비려 휘 소설집

남쪽을 찾아 나선 달꽃

남쪽을 찾아 나선 달꽃

초판 1쇄 인쇄 2013년 04월 22일
초판 1쇄 발행 2013년 04월 30일

지은이   비 려 휘
펴낸이   손 형 국
펴낸곳   (주)북랩
출판등록 2004. 12. 1(제2012-000051호)
주소   서울시 금천구 가산디지털 1로 168,
          우림라이온스밸리 B동 B113, 114호
홈페이지 www.book.co.kr
전화번호 (02)2026-5777
팩스   (02)2026-5747

ISBN 978-89-98666-47-7   03810

이 도서의 국립중앙도서관 출판시도서목록(CIP)은 서지정보유통지원시스템 홈페이지(http://seoji.nl.go.kr)와
국가자료공동목록시스템(http://www.nl.go.kr/kolisnet)에서 이용하실 수 있습니다.
(CIP제어번호 : 2013004171)

비려휘 소설집

남쪽을 찾아 나선 달꽃

book Lab

차례

남쪽을 찾아 나선 달꽃

♦ ♦ ♦

남쪽을 찾아 나선 달꽃

이상하고 알 수 없는 일이었다. 누굴까?

며칠간 내린 눈으로 세상이 온통 하얀 은세계로 변해있는 데다가, 구름 한 점 없는 하늘에는 보름달까지 떠있었으므로, 환하기가 영락없이 대낮 한가지였다. 북유럽의 백야가 이럴까? 세상이 투명한 유리 상자 속으로 들어와 버린 것이 아니라면, 그 혼자서 무슨 동화 속의 세상을 헤매고 있을 거였다.

그래서 갑자기 나타난 허깨비일까? 동네 어귀 농로를 막 들어서려는데, 저만큼 앞에서 홀로 걷고 있는 젊은 여자의 뒷모습이 보였다. 그래서 처음에는 동네 누군가를 찾아가는 사람이겠거니 하고 무심코 뒤따라가며 생각했었는데……. 웬걸, 여자는 동네 쪽이 아닌 외딴 그의 집 쪽 길로 접어들었다. 누구지? 이런 야심한 밤 시간에?

길바닥이 온통 얼음판이라서, 달빛에 마치도 유리알처럼 번들거렸고, 내리막길로 들어서면 발걸음이 더욱 조심스러워졌다. 앞서 걷고 있는 여자 역시 한 발 한 발 몹시 조심스럽고 힘겹게 떼어놓고 있었는데, 여자의 유별나게 앙증스런 걸음새와 뒷모습이 혼란스러울 만큼 육감적으로 다가왔다.

길은 동네와 외떨어져서 지어진 그의 집과 이웃 경칠이네 집에서 끝나는 것이라서 여자는 그 아니면 경칠이네를 찾아가고 있는 셈이었다. 하지만 그게 무슨 당치않은 일인가? 자기 집이고, 경칠이네고 간에 저런 젊은 색시가 찾아올만한 사연은 만무할 노릇이었다. 더구나 자정이 가까운 야심한 시간이 아닌가? 하지만 바로 그의 코앞에서 여자가 종종걸음을 치며 앞서 걷고 있는 것은 틀림없는 사실이었다.

오늘은 술도 별로 마시지 않았다. 그래서 술에 취해 허깨비를 보고 있는 것도 아닐 것이다. 그런데도 어쩐지 귀신이라도 보고 있는 느낌이었다.

야심한 달밤이라서, 혹 허깨비에 홀린 건 아닐까? 달이 밝으면 더러 …… 명부로 못 들어가고 떠도는 원귀들이 설치기도 한다던데……. 그는 여자의 뒷모습에서 눈을 돌려 환한 보름달을 올려다보았다. 참! 옛말에 귀신이라면 식은땀이 나고, 강도나 도둑이라면 더운 땀이 먼저 난다고 했었지, 아마?

궁금했던 나머지 미끄러운 빙판길임에도 불구하고 자기도 모르게 속도를 냈던 모양으로, 여자의 뒷모습을 확실하게 볼 수 있을 만큼 가까워졌다.

뜻밖에도 여자는 한복 위에 검은 코트를 걸치고 하이힐을 신은, 흔치 않은 차림새였다. 더구나 야심한 이 밤 시간에!

아무래도 수상했다. 명절 때도 아니고…… 미끄러운 밤 눈길에 하이힐도 그렇고……. 혹시 원통하게 죽은 신혼의 색시 귀신은 아닐까? 애라, 모르겠다. 산 여자든 귀신 여자든 어디 한번 가까이 쫓아나 가보자……. 마흔이 되도록 아직 장가도 못 든 처지가 아니더냐? 설령 여자 귀신에 홀려서 죽게 된다고 하더라도, 그리 서러울 일도 없을 일이었다.

마침내 서로의 거리가 불과 십여 보 정도로 가까워졌다. 이제 여자는 해골이라거나 피에 젖은 처참한 얼굴로 돌아보며 씩 웃어야 할 차례가 되었다. 그런데도 여자는 아주 바짝 가깝게 갈 때까지는 그렇게 하지 않을 요량인지 고개를 숙인 자세 그대로 미끄러운 얼음길을 또박또박 힘겹게 걸으며 발걸음을 옮겨놓고 있었다.

마침내 여자는 거의 그의 집 사립문 앞까지 다가섰다.

가만! 귀신을 보면 개가 먼저 알아보고 짖는다는데…… 그러나 오늘사 말고 검둥이라는 놈도 밝은 달밤에 제 감정을 추스르지 못하고 마실 나들이를 간 것인지 기척도 없었다.

길 끝에 이른 여자는 잠시 발길을 멈추더니 그의 집과 경칠이네 집을 번갈아 쳐다보았다. 마치 어느 집으로 들어갈까 하고 망설이고 있다는 듯이.

참! 별일이네. 누구지? 이 밤중에?

그는 초저녁부터 집에서 2킬로쯤 떨어진 면소재지의 서울집이라는 술집에서 소주잔을 비우고 있었다. 갑계 친구들 망년회 모임 자리였다.

계원들은 모두 다 이웃 이웃에서 비슷비슷하게 생활하던 초등학교 동창생들이었지만, 그 비슷비슷하다는 것은 물론 어렸을 때의 이야기였고, 세월이 흘러서 불혹의 나이가 되다보니, 지금은 저마다 형편이 사뭇 달라져있는 것이었다.

누구는 어떠어떠한 자리에 올라보니 무슨 무슨 일들이 있더라고, 또 누구는 사업을 확장하다 보니 어떠어떠하더라고, 또 누구는 그런 건 진짜 아무 것도 아니고 무엇이 또 어떻더라면서, 저마다의 경륜과 가치관과 인생관에 대해서 침을 튀기며 열심히 기염을 토해내었다. 거기에 또 난데없이 은근슬쩍 자식 자랑, 마누라 자랑까지 끼워 넣는 놈들이라니!

그러나 그는 더도 덜도 아니고, 장가도 못 간 늙은 홀아비 신세로 맞는 만 40세에서 딱 3일 모자라는 처량한 연말이었다. 자랑할 만한 것도, 내세울만한 것도 무엇 하나 없었다. 친구들의 말들은 들으면 들을수록 자괴심만 일뿐이었고, 평소와 달리 술도 잘 받지 않았다. 다른 친구들은 떠들고 법석을 떠는데도, 함께 어울리지를 못하고서 이상스럽게도 심란한 마음뿐이었다. 도저히 함께 할 자리가 아닌 것만 같아, 중간에 슬그머니 자리를 빠져나와 버렸다.

그런데 집 앞에서 난데없이 뜻밖의 여자를 만난 것이다. 여자는 경칠이네와 그의 집 사립문을 번갈아 쳐다보며 잠시 머뭇거리고 있더니만, 그와 불과 4-5미터로 가까워지자 마침내 뒤를 돌아다보았다. 그제야 인기척을 느꼈다는 듯이……

여자는 뒷모습에서 느낀 그대로 20대 초반쯤으로 보이는 낯선 색시였다. 어리둥절한 표정으로 한참동안 서로의 얼굴만 쳐다보고 있는데, 갑자기 검둥이란 놈이 사립문 사이를 비집고 튀어나오더니만, 두 사람 사이로 끼어들었다. 그리고는 짖기는커녕, 뜻밖에도 그가 아닌 여자에게 다가가 신발과 종아리에 코를 박고 열심히 냄새를 맡으며 아는 사람이기나 하듯 꼬리를 흔들었다.

저놈의 짐승도 그저 여자라면 사족을 못 쓰는구나.

"누굴 찾아 오셨습니까?"

여자는 대답 대신 그를 주시하고 있던 눈길을 내려뜨리며 무릎을 구부리고 엉거주춤하게 쭈그리고 앉았다. 그리고는 검둥이의 머리를 두 손으로 안아 매만져주기 시작했다.

벙어리인가? 아님 미친 여자일까…… 여러 가지 정황으로 보면 이상한 게 한두 가지가 아니었지만, 그렇다고 미친 사람이라거나 비정상적으로 보이지도 않았다. 또렷한 눈빛, 비록 걸맞아 보이지는 않지만 전혀 흐트러져 있지 않은 옷차림새……

여자는 쭈그린 자세 그대로 아무 말도 없이 한참동안 개만 어르고 있었다. 하지만 그렇다고 해서 개를 찾아온 손님으로 치부하고 혼자서만 집안으로 들어가 버릴 수도 없는 노릇이었다. 인가조차 드문 시골의 추운 겨울밤이 아니겠는가? 그리고 또한 무슨 사연이 있어도 한참 있을 것 같았고, 무엇보다도 여자가 너무나 젊고 아름답다는 점이 문제였다.

검둥이와 여자를 내려다보며 서있을 수밖에 없었다. 마침내 여자가 일어서며 그와 눈길을 맞추었다. 여자의 눈빛은 달빛 속에서 영롱한 보석처럼 빛났다. 눈빛이 대담하다는 느낌도 들었으나, 그보다는 깊고 고혹적이라는 느낌이 더 강했다. 진한 꽃향기가 쉴 새 없이 그의 코로 건너오며 한사코 정신을 어지럽혔다.

여자에게 무슨 말을 해야 할지 난감해서, 여자의 머리 위로 눈길을 돌렸다. 중천에 뜬 완벽하게 둥근 보름달이 쉬지 않고 여자의 정수리로 찬연한 달빛을 쏟아 붓고 있었다. 새삼 여자의 얼굴이 둥글고 환한 보름달을 닮았다는 생각이 들었다.

"누굴⋯⋯"

서툰 외국어로 의사전달을 해야 하는 경우가 이럴까? 단어 하나를 겨우 토해냈지만, 아무리해도 그 다음 단어가 생각나지 않았고, 혀까지 굳어버렸다. 입이 마르고 목소리도 나오지 않았다. 성가시게 헛기침만 계속했다.

"댁 갠가 봐요? 이름이 뭐예요?"

여자는 개 이름부터 알고 싶어 했다. 어쩐지 여자가 정상적이고 이성적인 상태라기보다 뭔지 모를 혼란스럽고 비현실적인 늪 속에 빠져있는 것만 같았다.

꿈속에서 살던 아가씨가 길을 잃고 어쩌다가 현실세계로 잘못 찾아 들어왔다거나⋯⋯. 아니면⋯⋯ 달에 살던 아가씨가 너무 환한 달빛에 땅으로 그만 잘못 실려 내려왔다거나⋯⋯.

눈이 다시 내리려는지, 한 겨울 밤이라 해도 생각보다는 포근했다. 하지만 꼭 그 때문만은 아닐 것이고 손바닥에서 연신 더운 땀이 났다.

"그렇습니다. 개 이름이야 뭐…… 길을 잘못 드셨나 본데…… 누추하긴 해도 밤도 깊었고…… 어쨌든 추운데 일단 들어가시죠?"

여자는 머뭇거리는 기색도 없이 그를 따라 곧장 집안으로 들어섰다. 검둥이는 뭐가 그리 좋은지, 한사코 여자의 주위를 맴돌며 껑충거렸다.

"저리가! 성가시게 굴지 말고……."

"병국이냐? 늦었구나."

인기척 소리에 잠을 깼던 모양으로, 마당으로 들어서자마자, 안방에서 노모의 반쯤 잠긴 목소리가 들려왔다.

"네, 아직 안 주무셨어요?"

"저녁은 어쨌냐? 누구랑…… 함께 온 거냐?"

"네. 멀리서 온 친구가 있어서요…… 함께 식사하고 오는 길이에요. 상관하지 말고 그냥 주무세요."

노모는 귀가 밝은 게 탈이었다. 노모가 혹시라도 문을 열어볼까 봐, 되도록 빨리 방문 앞을 지나쳤다. 잘 알지도 못하는 여자를 설명해야 하는 일이 어디 보통 일이겠는가?

여자를 별채처럼 사용하는 헛간채로 안내했다. 손님을 허청으로 인도한다는 것이 다소 민망하다는 생각도 들었지만, 방으로 안내할 수도 없었다. 사실 오늘밤에는 집에 들어오지 않을 요량으로 방에 군불조차 때두지 않았기 때문이기도 했지만, 그보다는 옆방의 노모가 혹시라도 낯선 여자 목소리를 듣고서 허황된 착각을 할까봐 그게 두려웠기 때문이다. 그리고 모든 걸 다 떠나서 노총각 혼자서 기거하는 낡고 지저분한 방으로 낯선 여자를 선뜻 들일 수도 없는 노릇이 아니겠는가?

대신에, 허청은 도시로 말하자면 소위 응접실노릇을 톡톡히 할 수 있는 공간이기도 했다. 다소 조잡하기는 했으나, 깐에는 신경 써서 치장했기 때문이다.

솔직히 시골 농사꾼 노총각 주제에 응접실이 따로 필요할 것도 아니었다. 하지만 누가 알아주지도 않는 글 나부랭이일망정, 사람과 번거로움을 피하며 쓰려면, 어쨌든 혼자만의 아늑한 공간이 반드시 필요했다. 그래서 생각 끝에, 비어있던 헛간을 개조해서 작은 홀처럼 만들고 헌 식탁 한 세트를 들여놓았다.

꾸며놓고 보니, 제법 아늑하고 그럴 사했다. 또한 실용적인 면에서도 그만이었다. 하지만 너무 누추하고 우스꽝스러운 게 흠이었다. 그래서 그런 옹색하고 희극적인 면을 줄이고, 다소간의 고풍스러운 낭만을 위해, 벽 한쪽에 벽난로 시늉을 만들어 보았다. 왜 요사이는 쓰지도 못할 옛 물건들을 일부러 긁어모아다가 인테리어 장식을 해놓는다지 않던가?

여하튼 그런 식으로 소위 응접실 겸, 서재를 꾸몄는데, 누가 보면 웃을지 모르겠지만, 어쨌든 효용성 면에서는 그만이었다. 그래서 아무래도 여자를 안내해 들이는 데에는 안성맞춤이라는 생각이 들었던 것이다.

여자는 허청으로 따라 들어오기는 했지만, 처음에는 엉거주춤 입구 쪽에 서서 사방을 두리번거리기만 했다. 허청은 예상했던 것보다 훨씬 더 썰렁하고 냉기까지 돌았다. 하지만 벽난로에 장작불만 붙여 놓으면 금세 훈훈해질 것이었다. 방이 정 필요할거면 그 사이에 방안을 대충 치우고, 아궁이에 군불을 넣어둔다던가······.

책상으로 쓰는 헌 식탁 위에 너절하게 놓여있던 원고뭉치를 한 쪽으로 치우며, 장승처럼 서있는 여자에게 의자를 권했다.

"지저분하지만······ 우선 좀 앉으시죠······ 추우실 텐데······ 곧 불을 피우겠습니다."

조명이라 해보아야 겨우 40와트짜리 형광등 하나만 책상 바로 위에 달랑 매달아놓았을 뿐이라서, 방안은 다소 어두웠다. 여자는 방안의 풍경을 눈에 담아두려는 것인지, 바쁘게 두리번거리며 사방을 휘둘러보았다.

장작더미 속에 석유 바른 헌 신문지를 쑤셔 넣고 불을 붙였다. 불꽃이 튀며 장작에 곧바로 불이 옮겨 붙고, 금세 따뜻한 열기가 생겨났다.

불꽃이 안정되는 것을 지켜보다가 커피 생각이 나서 장작 불 위에 삼발이를 걸고 주발을 얹었다.

여자는 추운 표정이긴 했으나, 선뜻 불 앞으로 다가오지 않았다. 여자를 보며 새삼스럽게 다시 물었다.

"참! 저녁 식사는 하셨습니까?"

여자는 대답도 없이 허청 안으로 쭈뼛거리며 들어서던 처음 표정 그대로 그의 양태만 관찰하고 있었다. 어쩐지 여자가 꽤 시장할 것만 같았다.

"시골한촌이라서 형편없지만…… 추워보이시는데…… 우선 요기라도 할 수 있게 뭘 좀 갖다 드릴까요?"

말은 그렇게 했지만, 사실은 여자를 위해서 뭘 어떻게 해야 할지 그자신도 잘 알 수 없었다. 달랑 김치 한 보시기에 밥 한 그릇 가져다주기도 그렇고…… 라면은? 그렇지, 이럴 땐 라면이 제일 무난할 거야.

갑자기 여자가 모처럼의 미소를 보이며 자리에서 일어나 그의 곁으로 다가왔다.

"아니에요. 괜찮아요. 그러실 필요 없어요. 커피를 끓이실 건가요?"

"네. 커피를 좋아하실지…… 대접할만한 게 없어서…… 화력이 좋아 물은 금방 끓습니다."

불 앞에 쭈그리고 앉은 여자에게 식탁 앞 의자를 옮겨주었다.

"잠시만 기다리세요. 어디 멀리서 오셨나 봐요?"

여자는 손을 펴서 불을 쪼이다가, 그를 한번 살짝 쳐다보고는 고개만 두어 번 끄덕였다.

"어떻게? 설탕이나 프림은?"

여사가 어떤 식으로 커피를 마시는지 몰라서 커피 2스푼을 컵에 덜어

놓고 나서, 설탕과 프림을 추가할까 말까하고 망설이다가 물었다.

"전 아무렇게나 다 좋아해요."

평소 자기 식대로 커다란 머그잔에 커피를 수북이 2스푼, 설탕 한 스푼, 그리고 프림 한 스푼을 넣고 끓는 물을 채웠다. 불 앞에 앉아있는 여자에게 커피 잔을 들려 준 후 그 자신의 몫으로 한 잔을 다시 더 탔다. 그리고는 의자를 여자와 조금 상거를 두고 놓은 후 함께 불 앞에 나란히 앉았다.

구수한 커피냄새가 방안을 메우고 있었으나, 그보다는 여자에게서 나는 진한 꽃향기가 더 강하게 느껴졌다. 묘령의 여인으로서 그의 서재를 방문하는 사람은 아마도 이 여자가 최초일 것이었다. 꽃향기 역시 그렇고……

"그런데…… 글을 쓰시는가 봐요?"

식탁에 어지럽게 널려있던 갱지 다발을 보고서 하는 말이 분명했다.

"아, 네, 뭐…… 글이랄 것까지는 없고…… 대충 혼자서 소일거리로 하는 건데요. 사실 쓰잘머리 하나도 없는 짓거리죠, 뭐……."

"그래도 뭔가 창의적인 자기 생각을 쓰실 것 아니에요? 그렇담 그게 곧 글이 아니고 뭐겠어요? 저도 한때는 문학소녀인 체 했었는데……."

여자는 커피를 음미하듯 조금씩 마시면서 조심스럽게 입을 열었다.

여자를 새삼스러운 눈으로 다시 살펴보았다. 여직도 실감이 안 가고, 혹 착각이나 허상은 아닐까 하는 의구심 때문이었다. 그러나 공간을 점유하며 확실하게 앉아있는 모습하며, 진한 꽃향기, 그리고 머그잔을 쥐고 있는 길고 가냘프게 생긴 손가락과 붉고 진한 색조의 매니큐어까지…… 절대로 허상일 수는 없고, 젊고 아름다운 여인의 실체가 분명했다.

장작더미 불 위에 두어 개의 장작을 더 얹으며 다시 여자의 기색을 살펴보았다. 아무래도 여자가 시장해 보였다. 그러자 그 역시 술만 몇 잔

받아 마셨을 뿐, 저녁을 쫄쫄 굶었다는 것이 갑자기 생각났다. 삼발이를 다시 걸고 두 사람 분의 분량이 되도록 냄비에 물을 채워 얹었다.

물이 끓기 시작했다. 익숙한 솜씨로 라면을 두 손으로 쪼개어 끓는 냄비 속에 집어넣었다. 여자는 그런 그를 말없이 바라보고만 있었다.

귀 밝은 노모가 깰까봐 조심해서 집 부엌으로 들어가, 빈 그릇 하나와 김치 한 보시기를 들고 왔다. 끓인 라면을 두 군데로 나누어서 식탁에 차렸다. 격식을 차리느라고 여자를 위해서는 가져온 그릇에 라면을 따로 나누어주었고, 그 자신의 몫으로는 귀찮아서 그냥 냄비 채 그대로 두었다.

"자! 드시죠."

여자는 말없이 불 앞에 앉아 그의 양태만 물끄러미 건너다보고 있더니, 마침내 식탁으로 다가와 젓가락을 들었다.

"배를 채울 만한 게 마땅치 않고…… 라면이라서…… 괜찮을지 모르겠네요."

여자가 모처럼 환한 미소를 보이며 고개를 끄덕였다. 미소도 그렇지만 눈빛이 너무 고왔다.

비록 값싼 인스턴트식품일망정, 언제고 늦은 밤 시간에 먹는 뜨거운 라면은 또 하나의 별미였다. 하지만 어디 그것뿐이겠는가? 이처럼 예상치도 못한 묘령의 여인과 함께 하는 기상천외한 정취는 또 어떻게 설명할 수 있다는 말인가?

처음에 여자는 맛이나 조금 보겠다는 듯이 조심스럽게 젓가락질을 하는 시늉만 냈다. 하지만 점차로 손놀림이 빨라지더니, 마침내는 두 손으로 그릇을 받쳐 들고 국물까지 모조리 다 비워내는 기염을 토했다. 그리고는 몹시 쑥스러운 표정이 되어 말했다.

"라면 국물이 너무 시원하고 좋네요."

늦은 밤참을 마치고 나서, 삼발이 위에 주전자를 다시 올려놓으며 여자에게 물었다.

"어때요? 커피를 한 잔 더 하시겠어요? 아니면…… 커피는 금방 마셨으니까…… 뭐 다른 걸로 드릴까요? 보리차처럼 마시는 둥글래 차도 있긴 한데……."

"아네요. 커피를 더 마시고 싶어요. 제가 탈 게요. 커피 어디 있어요?"

여자는 아까와는 딴판으로 몹시 밝아진 목소리로 자리에서 일어서며 말했다.

"아니, 뭐, 괜찮습니다. 손님에게 시킬 수야……."

"아네요. 제가 탈 게요."

하긴 자기 기호대로 마시게 하는 것이 좋을 것이었다. 입맛대로 알아서하라는 뜻으로 커피세트를 아예 통째로 식탁에 가져다주고는 장작불 위에서 주전자를 들고 왔다.

"아까 보니까, 커피 두 스푼에, 설탕, 프림 한 스푼씩 넣어 드시는 것 같던데, 맞아요?"

여자가 티스푼을 손에 든 채 물었다. 1년에 한 두 차례나 될까? 아주 가끔씩 명절날 같은 때, 친척 여자아이들에게서 차를 받아 마셔보았을 뿐, 이렇게 낯선 젊은 여자 손에서 비상업적으로 건네어 받는 것은 무척 생소한 일이었다.

대답 대신 고개만 주억거려주었다. 여자를 느꼈던 것일까? 나이 값도 못하는지, 그래도 총각이라고, 자꾸만 얼굴이 붉어졌다.

커피 잔을 건네주는 붉은 매니큐어 손톱에 희고 가느다란 손가락이 특별한 느낌으로 성큼 다가왔다. 여자에게서 커피를 받아들며 괜히 얼굴까지 붉어지며 화끈거렸다. 식탁에 여자를 앉혀둔 채로, 커피 잔을 들고서 불 앞으로 다가가 잘 타고 있는 장작들을 괜스럽게 이리 저리 들쑤

서보았다.

속도 모르는 여자가 그의 곁으로 다시 따라왔다. 꽃향기 역시 여자를 따라 즉시 그의 곁으로 함께 옮아왔다. 그윽한 꽃향기가 거역할 수 없게 그의 전신을 압도하며 감싸 안았다.

"할머니만 함께 계시는가 봐요?"

마침내 여자는 그가 가장 감추고 싶었던 말을 물었다. 한심한 처지가 그렇게 부끄러울 수 없었다. 얼굴이 더욱 달아올랐다.

여자의 말을 못 들은 척, 자신도 모르게 얼굴을 더욱 불쪽으로 가져가며 장작을 이리저리 쓸데없이 들쑤셨다. 얌전하게 잘 타오르던 장작불이 짜증스럽다는 듯 갑작스럽게 불똥을 내며 그의 얼굴을 향해 박혀들 듯 날아왔다.

여자가 다시 물었다.

"사모님이나 자제분은……."

"난 아직 사모님도 아이들도 없습니다."

공허한 수식어를 생각해내야 할 여자의 고심도 덜어주고, 자신의 자괴심도 털어버리려면 여자의 질문을 싹부터 잘라버려야 할 것이었다. 그런데 고맙게도 그런 판단보다 훨씬 앞서, 마치 기다리고나 있었다는 듯이, 입이 먼저 저절로 말을 내주었다. 차라리 잘 된 일인지도 몰랐다. 하지만 편치 못한 감정을 너무 쉽게 내보이는 것 같아 여자에게 다소 미안하기도 하고, 민망스럽기도 했다.

"어머머! 그래요? 죄송해요. 전…… 글 쓰시기 때문에 가족들과 떨어져 계시는 줄로만 알았어요. 죄송해요."

여자는 죄송하다는 말만 거푸 했다. 하지만 어찌 이게 죄송할 일인가.

"피차에 초면인데요, 뭐…… 그럴 수도 있겠죠. 이제 신년이 되면, 그러니까 3일 후면 딱 마흔이 되는데…… 그런 상상은 당연한 것이겠죠."

"어머머! 그게 정말이세요? 그럼, 아직 결혼하지 않고 계셨단 말이에요?"

"안한 게 아니라 못한 거죠. 그게 그것 같지만 사실 몹시 다른 것 아니겠어요?"

그가 극심한 자괴심을 누르며 신음처럼 말을 내뱉고 있었음에도 불구하고, 여자는 그의 감정 따위는 아랑곳도 하지 않고, 두 입술을 벙긋 벌리고 하얀 이를 드러내며 미소까지 지어보였다. 여자의 그런 표정이 너무나 고혹적이라서, 곤혹스럽기 그지없었다.

"제가 궁금하지 않으세요?"

마침내 여자도 자기소개를 할 모양이었다.

여자를 쳐다보았다.

"호호호! 처음엔 미친 여잔 줄 아셨죠? 그렇죠?"

고개를 끄덕여 주었다.

"사실일 거예요. 미쳤을 거예요. 아니, 지금이 정상이고 그때가 미쳤던 것인지, 아니면 그땐 정상이었는데 지금 미친 것인지 모르겠지만…… 아무튼 미친 건 사실일 거예요."

여자가 타오르는 장작불에서 그에게로 눈길을 돌렸다. 장작불이 여자의 눈으로 옮겨왔는지, 여자의 눈도 불꽃처럼 일렁거리며 붉게 물들어있었다.

"병국 씨라고 불러도 될까요? 전, 홍미나예요. 나이는 병국 씨보다 12살 아래인 스물일곱이구요. 그러고 보니 우린 띠 동갑이 되는 거네요? 그죠? 맞죠?"

노모의 말을 듣고서 그의 이름까지 알게 되었겠지만, 여자란 참으로 별스런 종자였다. 사소한 것까지 신경을 쓰며, 필요할 때는 곧바로 기억해내는 인종! 여자는 제 입으로 27세라고 나이까지 밝혔다.

허지만 아무래도 여자의 나이만큼은 미덥지 않았다. 아무리 보아도 이제 겨우 갓 스무 살을 넘겼을까 말까 하는 몹시 앳된 얼굴이기 때문이다.

여자의 얼굴과 눈을 새삼스럽게 다시 살펴보았다. 그의 시선을 피하지 않고 받으며 그녀는 또렷또렷하게 자신에 대해 설명하기 시작했다. 여자의 눈 속에 들어있던 붉은 장작불은 이제 흰 색으로 많이 사그라져 있었다.

"스무 살에 시작한 영업이었죠. 하지만 이제 그만 종지부를 찍고 싶어 어제 저녁 도망쳐 나왔어요. K시에 있는 K가든이라는 요정에서 말이에요. 처음에는 멋모르고 어떻게 하다 발을 들여놓게 되었는데, 세월이 갈수록 이게 아니다 싶더라고요."

여자는 고개를 숙인 채로 다 마셔버린 커피 잔을 제 손바닥 위에 올려놓고 손가락으로 뱅글뱅글 돌리면서 말을 이어갔다.

"어제 밤에도 세종대왕 스무 닢에 홀려서 남자를 따라나서던 길이었어요. 망년회를 끝낸 손님 하나가 절 원했던 거죠. 남자를 따라가다가 길에서 인형처럼 아주 귀엽게 생긴 조그만 아이를 보았어요. 아이는 자기 부모들에게 양 손을 매달린 채 아장아장 걸어오고 있었는데…… 뭐랄까? 몹시 멋지다고 해야 할까? 아녜요. 그보단 너무나 당당하다는 생각이 들었어요. 당당하다는 말이 우습나요? 저두 잘 모르겠어요. 어떻게 표현해야 할지. 하지만……"

여자는 잠시 말을 끊고 자기 손바닥 위의 빈 커피 잔에서 눈길을 돌려 그를 똑바로 쳐다보다가 다시 말을 이어갔다. 그는 꿀꺽 침을 삼키며 꼼짝도 하지 않고 그런 그녀를 바라다보았다.

"그 세 가족들 머리 위로 환한 둥근 달이 떠 있었어요. 그런데 그때 난데없이 '아가야 나오너라 달맞이 가자' 하고 시작되는 어렸을 때의 동요가 갑자기 생각나는 거예요. 왜, 병국 씨도 그 노래 아시죠?"

여자는 그에게 그윽한 눈길을 주며 계속해서 말했다.

"근데요, 그게 문제가 아니라, 달을 올려다보다가 까무러치게 놀랐어요. 행복이, 행복이 말예요, 달빛을 타고 세 식구 머리 위로 쉴 새 없이 부어져 내리는 거예요. 전 그때까지만 해도 행복이 달빛 속에 들어있는 줄은 꿈에도 몰랐거든요. 그 행복은 그들 머리에 닿자마자, 즉시 당당함과 자랑스러움으로 변했어요. 행복이 달빛 속에 들어있고, 행복이 사람들의 몸에 닿으면 당당함과 자랑스러움으로 변한다는 것도 전 그때 처음 알았어요."

여자는 눈길을 다시 불쪽으로 옮기고는 작은 소리로 말을 이어나갔다.

"그 순간…… 왜 그 동안 그토록 그것을 저만 모르고 살았던 것인지 저 스스로도 이해가 안 되더라고요…… 그리고…… 갑자기 욕심이 생겼어요. 어떻게든 현재의 생활을 접고 새해 첫날부터는 저도 그렇게 살아야겠다고요. 몰라요. 갑자기 왜 그랬는지…… 해를 넘기는 연말 분위기 때문인지, 아님 갑자기 철이 들어서 그랬던 것인지? 아님 달빛처럼 생긴 행복을 처음 보아서 그랬던 것인지…… 여하튼지 그랬어요. 믿어지세요?"

고개를 주억거려주는 그에게 여자는 다시 그윽한 눈길을 주며 말했다.

"병국 씨도 그 동요 부르실 줄 알죠?"

"글쎄…… 잘은……."

"그럼 제가 한번 불러 볼게요."

처음에 여자는 아주 작고 낮은 목소리로 응얼거리는 듯 노래를 시작했다. 하지만 곧 또렷하고 확실한 어조로 바뀌었다. 여자의 노래에 힘을 실어주고 장단을 맞추어 주려는 듯, 장작불이 세차게 일렁거리며 기운 좋게 타올랐다.

"아가야, 나오너라! 냇가로 가자. 앵두 따다 실에 꿰어 모옥에다아 거얼고, 검둥개야 너도 가자, 냇가로 가자아―."

고개를 들고 여자가 다시 그를 쳐다보았다. 기쁨도 슬픔도 아닌 몹시 애매한 표정이기는 했지만, 여자의 커다란 두 눈에는 눈물이 가득 고여 있었다. 그에게 일별을 보낸 여자의 눈길이 다시 장작불로 옮겨갔다. 장작불도 이제 여간 아니었다. 툭툭 소리를 내며 아주 힘차고 거세게 타오르고 있었다.

"냇가를 따라 달빛에 취해서 그냥 걸었어요. 그러다보니까 병국 씨 집 앞이 나오더라고요. 검둥개도 나오고요."

그랬었구나! 고개를 끄덕여 주다가는 궁금한 것이 있어서 물었다.

"그런데 어떻게 우리 동네 쪽으로⋯⋯."

"어떻게 병국 씨 동네를 찾아 왔나 하는 걸 묻고 싶은 거죠? 그쵸?"

"그렇소."

"달빛만 따라왔다고 했잖아요? 어제는 밤새껏 혼자서 K시를 아무 데나 쏘다니며 생각을 해보았어요. 어떻게 해야 할까 하고 말예요. 그러다가 마음을 정했죠. 좋아! 여기에서 남쪽으로 가는 차를 타고 아무 데나 가보는 거야. 그리고는 아무 데고 내리고 싶은 데서 내려서 다시 무작정 다시 길을 따라 남쪽으로 걷는 거야."

"그래서 그렇게 했던 거요?"

여자는 눈길을 타오르는 불빛에 고정시킨 채, 대답 대신 고개만 끄덕였다.

그랬었구나! 술시중 판에서 오버코트만 두른 채로 그냥 빠져나오다 보면 이런 차림새가 맞겠지. 새삼스럽게 여자의 검은 코트 자락 속으로 내비치는 한복을 눈여겨 살펴보며 작은 상념에 빠져드는 그에게 여자가 갑자기 물었다.

"참! 무슨 글을 쓰세요?"

"글쎄요. 심심하고 무료해서 낙을 찾아보려던 거지, 글은 무슨 글이겠소? 배운 것도 아는 것도 없는 시골 무지렁뱅이인데…… 그냥 혼자서 열병을 앓고 있는 거요."

"신가요? 아님 소설? 수필?"

"그냥 그렇고 그런 거요."

"그래도 간단한 거라도 하나 읽어보고 싶네요. 보여 주실 거죠?"

여자는 자기소개를 하다말고 난데없이 그의 허접 글 나부랭이를 구경하고 싶어 했다. 몹시 난처했지만, 그렇다고 모처럼 터진 대화와 분위기를 깨서도 안 될 일이었다.

"읽어보고 웃지는 마시오. 곧바로 한 줄 써올 테니까……."

식탁 겸 책상으로 돌아온 그는 원고지 대신 사용하는 8절 갱지 뭉치를 코앞에 놓고 잠시 눈을 감았다. 여자의 눈길이 그런 그에게 계속해서 쏟아졌다.

달 꽃

탐스런 달 꽃 한 송이가 사립문 앞으로 떨어져 내렸습니다.

꽃이 내려오는 우주의 궤적 끝에는 환한 보름달이 빛나고 있었습니다.

차가운 눈 위에 떨어질 새라 나는 재빨리 그 꽃을 안아들었습니다.

그렇지만 혹 아름다운 꽃잎이 상할까 보아 그랬던 것이지,

정말로 다른 뜻은 차마 없었습니다.

꽃을 안아든 채로 환한 보름달을 올려다보았습니다.

꽃이 있던 자리는 영락없이 검은 자국으로 남아있었습니다.

꽃을 잃었으니 빛을 잃은 자국으로 남아있을 밖에요.

꽃은 갑자기 찬란한 불꽃을 내며 날아오르는 천마가 되었습니다.

그리고는 나에게 말했습니다.

사람이여! 어느 쪽이 남쪽인가요? 전 남쪽을 찾아온 달 꽃이랍니다.

이세 달로 돌아갈 수 없답니다. 남쪽을 못 찾으면 전 죽고 말 거예요.

나는 이렇게 대답해주었습니다.

하지만 정말로는 이제 당신은 달 꽃이 아니랍니다.

동서남북 어디를 가도 좋을 천마가 되어 있으니까요.

여자는 즉흥적으로 써다 준 글을 몇 번이고 반복해서 읽었다. 그리고는 진지한 눈빛이 되어 물었다.

"남쪽이란 구체적으로 뭘 뜻하는 건가요? 아까 제가 했던 말을 그대로 옮긴 건가요? 아니면?"

"물론 그것도 있고…… 어쨌든 달에서 곧장 땅으로 내려오면 언제고 남쪽이 되겠죠. 아마도 달에서 본 땅이란 죄다 남쪽의 따스한 양지였을 것입니다."

"시인의 마음을 다 읽을 수는 없지만, 어쨌든 남쪽이란 따스한 양지라는 뜻이네요. 참, 학교 때 '산 너머 남촌에는 누가 살기에……'라는 시가 있었잖아요? 병국 씨 시를 읽노라니 갑자기 그 시가 생각나네요. 전 항상 '밀 익는 5월이면 보리 내음새를 찾아 남쪽 봄바람의' 고향을 가보고 싶었어요. 그렇지만, 산을 넘어도 남촌은 언제고 또 다시 산 너머에 있는 거였어요. 그럴수록 남쪽으로 더 오고 싶었는지 모르지만 말예요."

"그럼 미나 씨는 오늘밤에도 산을 넘으려 했던 거요? 남쪽 봄바람의 고향에 가보려고?"

"아뇨. 몹시 지쳐 있었어요. 그럴 용기도 없었고요……. 누군가가 뒤따라오고 있다는 걸 알았어요. 동네로 들어가는 큰길과 외따로 있는 집 쪽으로 가는 오솔길 어름에서 잠시 망설였어요. 그런데 어쩐지 뒤따라오는 사람이 동네로 가지 않고 외딴 집 쪽으로 갈 것만 같았어요. 그래서 어느 쪽이 남쪽인지 달을 쳐다보며 생각해보았죠. 물론 병국 씨 집 쪽으로 가는 길이 남쪽이었어요. 참! 담배를 피우시지 않나요? 있으시면 한 가치만 주시겠어요? 마지막으로 한 가치만 더 피우고 끊어야겠어요."

담배? 담배가 있느냐고? 가만? 아까 모임에서 한 갑 주워 담아오지 않았나? 주머니 속에 다행히 온전한 상태의 담배 한 갑이 들어있었다.

군대에서 처음 배운 담배였고 한동안은 참 줄기차게 피웠다. 하지만 개인적인 작은 욕망도 이겨낼 수 없으면서, 세상을 원망할 게 못 된다는 생각에서 칼로 무 자르듯 중간에 싹둑 끊어버렸다. 그런데 오늘 망년회 자리에서 불쑥 다시 담배를 피우고 싶다는 생각이 너무나 자연스럽게 찾아왔다. 그것은 아마도 오늘 경비를 몽땅 다 떠맡았다는 도청의 무슨 과장이라는 동창생이 숨넘어가는 소리로 제 자랑, 자식 자랑, 마누라 자랑하는 것을 듣고 난 직후였을 것이다.

본인들 말대로라면 그 자신만 빼면 동창생들 모두 다 대단한 사람들 뿐이었다. 하지만 그로서는 내세울 만한 것이 하나도 없었다. 정말이지 단 한 가지도!

그래서 구석 쪽에 조용히 앉아 술이나 죽이고 있었는데, 고급관리가 된 그 친구가 그에게 자기 자랑이 아닌 담배의 필요성을 적극적으로 설파했던 셈이었다.

오랜만에, 실로 오랜만에 담배에 불을 붙여 두 입술 사이로 밀어 넣어 보며, 나머지는 아예 곽 채 그대로 여자에게 건네주었다. 여자는 표정을 살피듯이 그를 한번 쳐다보고 나서 담배를 능숙하게 피우기 시작했다. 그러나 그는 연기를 들여 마시기도 전에 성가신 기침만 났으므로, 피워 보지도 못하고 담배를 장작불속으로 내던져버렸다.

만족스럽게 그리고 너무나 달콤하게 담배연기를 탐닉하던 여자가 불현듯 시간을 물었다.

"참! 몇 시쯤 됐죠? 4시?"

날이 어두워지고, 밝아지는 것이나 깨닫고 살 뿐, 평소 약속도 없고, 바쁘고 번잡할 일도 없는 전원생활이라서, 그냥 주머니 속에 넣고나 다니던 시계였다. 바늘은 여자의 말대로 정각 새벽 4시를 가리키고 있었다. 그는 고개를 끄덕여 주며 여자의 예지력에 감탄해서 되물었다.

"시간을 어떻게 그렇게 정확하게 맞출 수 있죠?"

"대충 감이 있잖아요. 그렇다면 어쨌든 이제 새해가 이틀하고도 20시간 밖에 안 남았네요……. 병국 씨! 그때까지만 절 여기에서 재워주실래요?"

여자는 의자에 앉은 채로 눈을 감고 졸기 시작했다. 이글거리며 타오르는 장작불꽃 그림자가 여자의 곤한 얼굴 위에서 현란하게 춤사위를 피워내고 있었다. 모르기는 해도 여자의 가슴속에서도 남쪽의 봄바람을 찾으려는 욕망의 그림자가 숨 가쁘게 흔들리며 춤추고 있을 것이었다.

잠든 여자를 혼자 그대로 놓아둔 채, 부엌으로 가서 아궁이에 군불을 지폈다. 아궁이 속 싸리나무에서 전에 없이 세찬 불길이 일었다. 그리고 물을 채운 솥도 삽시간에 부글거리며 열기 가득한 김을 뿜어내기 시작했다.

새 삶이 시작될 좋은 징조였다.

허청의 여자에게 돌아왔다. 여자는 두껍고 무거운 오버코트를 아예 벗어던지고 한복차림만으로 붉은 매니큐어의 길고 가느다란 양손 손가락을 꼭 깍지 낀 채, 불 앞에서 여적 고달픈 잠에 빠져있었다.

이 여자는 남쪽을 정말 잘 찾아 온 것일까? 깍지 낀 손가락을 풀어주며 여자를 조심스럽게 두 팔로 안아들었다. 뿌듯한 충일감과 만족감이 실팍하고 묵직하게 가슴 깊이 안겨오며 기쁨과 행복감이 동시에 찾아왔다.

삼십에 가까운 나이에 걸맞게 농익은 여자의 풍만한 부피였다. 숨 막힐 듯 향기로운 꽃향기와 함께, 그보다 훨씬 더 진한 여자의 살 냄새가 순식간에 그의 후각을 가득 채우며 다가왔다. 그리고 화려한 한복 때문이었을까? 여자가 어쩐지 신혼의 신부에 걸맞게 청초하고 특별하다는 느낌이 들었다.

가슴에 든 여자가 고단한 눈을 살포시 뜨고 그를 올려다보았다. 그리고는 아주 작고 수줍게 미소를 짓는가 싶더니만, 이내 곧 두 눈을 다시 감아버렸다.

미소와 함께 드러난 눈매와 입술이 너무나 예뻤고, 두 눈을 덮고 있는

긴 속눈썹 또한 무척이나 신비롭고 예뻤다. 길게 흘러내린 윤기 나는 검은 머리 결도 예뻤고, 초승달 같은 눈썹과 둥근 이마도 너무 예뻤으며, 숨을 들이쉴 때마다 불쑥 불쑥 솟아오르는 봉긋한 젖가슴도 너무나 예뻤다.

여자의 모든 것이 다 무척이나 신비롭고 더없이 예뻤다. 마치도 환한 보름달을 안은 것처럼……

여자가 꿈꾸듯 말했다.

"무겁지 않으세요? 어디로 가는 거예요? 난 여기가 좋은데…… 난 이제 더 이상 남쪽은 필요 없어요. 난 병국 씨가 좋아요……."

"자! 그럼 이제 우리만의 신방으로 갑시다. 홍미나 씨라고 했죠? 그렇지만 이제 더 이상 홍미나 씨는 세상에 없소. 오직 이 김병국의 아내, 달꽃이라는 이름을 가진 항아 아가씨가 있을 뿐!"

여자를 안은 채로 마당으로 나서자, 바지가랑이에 주둥이를 대고 검둥이라는 놈이 한사코 성가시게 따라왔다. 하늘에는 보름달이 세상을 대낮처럼 환하게 밝혀주며, 아직도 중천에 떠 있었다. 실팍함에 비해서, 포근하고 부드러워서 그런지, 여자가 깃털처럼 가벼웠다.

들창 너머로 들어오는 달빛만으로도 방안이 환해서 등을 따로 켤 필요조차 없었다. 달빛은 쉬지 않고 너울거리면서 발그레하게 달아오른 여자의 고운 얼굴을 계속해서 부드럽게 쓰다듬어주었다. 잘 왔다는 듯이……

달빛은 여자가 말했던 그대로였다. 달빛은 진짜로 행복을 가득 싣고 있었고, 여자의 몸에 닿자마자 순식간에 당당함과 자랑스러움으로 변했다.

부엌으로 나와 지난 40년 동안 달고 살았을 몸과 마음의 낡고 누추한 때를 완벽하고 철저하게 벗겨내기 시작했다. 그리고는 장롱에서 명절날에나 입던 한복을 새삼스럽게 꺼내 입었다.

여자가 눈을 실처럼 가늘게 뜨고 그런 그를 살펴보다가 탄성을 올렸다.

"어머! 너무 멋있고 예뻐요!"

"40년 만에 항아 아가씨를 만났는데, 어디 이게 보통 날이겠소?"

여자를 부엌으로 안내해서 더운물을 통에 가득 채워주었다. 그리고서도 혹시 물이 부족할까 몰라, 솥에 새로 물을 더 붓고 다시 데우기 시작했다.

싸리나무에 붙은 불꽃이 아까처럼 세차게 타올랐고, 솥뚜껑 역시 연신 들썩거리면서 힘차게 김을 분출시켰다.

돌아앉아 통 뒤에서 몸을 씻고 있는 여자에게 자꾸만 눈길이 갔다. 모락모락 피어오르는 김 속에서 뽀얗고 둥근 등허리와 함께 목, 머리로부터 당당함과 자랑스러움이 아지랑이처럼 아른거리며 스며나고 있었다.

"잠 안 자느냐? 첫새벽부터 무슨 목욕이냐?"

진즉 잠에 깨어 있었던지, 안방에서 노모의 카랑카랑한 목소리가 들려왔다.

"아, 네! 어머니! 좋은 일이 있어서요. 아침에 말씀드릴게 그냥 더 주무시고 계세요."

"좋은 일? 무슨 좋은 일? 나도 간밤에 퍽 이상스런 꿈을 꾸었다마는……. 달에 사는 항아 아가씨라면서, 꼭 눈처럼 흰 토끼 형상으로 젊은 색시 한사람이 우리 집을 찾아왔더구나. 환한 보름 달밤이라서 그런 꿈을 꾸는지, 원……."

통 안에 들어앉아서 몸을 씻고 있던 여자가 뒤돌아보며 그에게 생긋 웃어보였다.

달에 살던 항아 아가씨가 찾아왔더라고? 항아든, 달 꽃이든 상관없었다. 중요한 것은 그와 한 몸을 이룰 짝이 되었다는 것일 뿐.

아내는 이제 곧 남촌 봄바람의 고향에서 달덩이 같고 두꺼비 같은 아이들을 속속 데려올 것이다. 그리고 그 아이들의 손을 잡고 검둥이와 함께 당당하고 자랑스러운 모습으로 달맞이하러 냇가로 달려갈 것이다.

일기로 쓴 연서

◆ ◆ ◆
일기로 쓴 연서

딩동-.

아이들 오후 간식거리를 마련하느라, 도마 위에서 한창 바쁘게 손을 놀리고 있는 판인데, 난데없이 초인종 소리가 났다.

누구지? 주로 오후 12시 반쯤이거나 초저녁에 문이 열릴 때까지 발을 구르는 소리와 함께 딩동 소리가 계속나면 이제 초등학교 2학년인 정태가 온 것이고, 늦은 저녁 시간에 딩동 소리가 조금 사이를 두고 얌전하게 두 번 울린다면 장녀 정수가 온 것이다. 그런데 시간도 엉뚱한 이른 오전시간이려니와, 딩동 소리조차 단 한번 영 자신 없게 울리고는 그만이었다. 아무래도 낯선 초인종소리라서, 예감이 이상했다.

누굴까? 착각으로 이웃 집 벨소리를 잘못 들은 것일까? 아니면 누군가가 집을 잘못 찾아왔다가 다시 되돌아선 것일까?

혹간 조그만 꼬마 애들이 깨금발을 딛고 초인종에 장난질을 하는 적도 있었고, 층마다 여러 세대가 연속해서 사는 아파트이다 보니, 더러는 층수를 잘못 올라와서 무턱대고 벨을 눌러대는 수도 있었다.

딩동-. 하지만 그게 아니었다. 5분 이상 시간이 지난 것 같은데, 다시 또 한 번의 자신 없는 초인종 소리가 났다.

"누구세요오?"

사람 인기척이 나는 것 같은데도 대답은 없었다. 누구지? 하도 험한 세상이라서, 사람은 들어올 수 없게 보조 잠금 장치가 걸려 있는 것을 확인하고서, 빼꼼하게 문을 열고 밖을 내다보았다.

세상에! 현주였다…….

추레한 몰골에 퀭한 눈으로 집을 나갈 때 들고 나갔던 낯익은 가방 하나만 달랑 제 발치 앞에 놓고서 고개를 푹 수그린 채 대문 앞에 서있었다. 들어올 염치도 없다는 듯이, 마치도 허깨비처럼 동그마니…….

"세상에! 현주구나!…… 뭐 하구 있는 거니? 얼른 들어오지 않고서……."

문을 열어주는데도 머뭇거리며 그렇게 서있기만 하는 현주를 딱하고 답답해서 팔을 붙잡아 집안으로 끌어들이며 말했다.

이루 말할 수 없이 반가웠지만, 또 그 만큼 밉기도 했다. 애증의 복잡한 감정 때문이었을까? 현주 팔을 잡은 손뿐만 아니라 전신이 후들거렸다.

현주는 음울한 미소를 띤 애매한 표정으로 힐끗 한번 쳐다보더니만, 마지못한 듯 비척거리며 현관 안으로 끌려 들어왔다. 그러나 집안으로 들어와서도 추레한 몰골로 장승처럼 서있기만 했다.

또 다시 속이 상하고 짜증이 났다. 그러면서도 어쩐지 기분도 영 언짢았다. 아니 그보다 왠지 가슴이 덜컹 내려앉으며 섬뜩한 기분이 드는 것이 더 문제였다.

쟤가 어쩌자고 저렇게 하고서 돌아왔을까?

"덥지? 목욕이나 먼저 해라."

입에서 나오는 첫마디가 그랬다. 하지만 그건 마치 남의 머리에서 생각난 말이 자기 입에서 나오는 것 같은 느낌이었다. 어째서 생각하지도 못한 목욕이라는 어휘가 튀어나왔을까? 목욕을 해버리고 나면 초췌한 원인을 다 씻어버릴 수나 있다는 말일까? 아니면…… 동생의 초췌함이 아이들에게 전염되지 않게 하겠다는 생각 때문이었을까?

현주가 욕실로 들어가는 것을 보고서는 주방으로 되돌아가 다시 하던 일을 계속하려 했지만, 심란한 마음에 칼질조차 난마처럼 엉기기만했다. 도마 위에 칼을 내동댕이쳐두고는 현주가 들고 들어온 가방부터뒤져보았다. 낯익은 티셔츠 몇 장과 몽당치마, 추리닝, 그리고 수첩 나부랭이가 고작이었고, 지갑 속에는 고작 천 원권 몇 장이 들어있을 뿐이었다. 그렇다면 집을 나간 후 2년간 무엇을 하며 어떻게 살았는지 물어보지 않고도 다 짐작할 수 있는 일이었다.

"옷 넣어줄게!"

속옷을 꺼내어 욕실 안으로 밀어 넣어주며 욕실 문틈으로 재빨리 동생의 나신을 살펴보았다. 자기 생각으로도 너무 형편이 없어서 그랬을터였지만, 동생은 예전부터 자기의 나신을 어느 누구에게도 보여주려 하지 않았다. 문틈으로 동생의 몸을 재빨리, 정말로 번개같이 순간적으로살펴보았다.

빼빼 마른 사지는 여전했으나, 그와 대조적으로 복부, 특히 윗배 쪽이조금 부르다는 생각이 들었다. 아이를 가졌다면 아랫배 쪽이 부를 터인데……. 윗배 쪽이 부른 것이 수상하다면 수상한 일이었다.

마루에 걸린 시계가 12시를 알렸다. 몇 년 전, 남편이 턱없이 비싸게사들고 온 뻐꾸기 시계였다. 사업에 실패한 친구의 간청에 못 이겨 하는수 없이 월부로 사주었다는 것이었다는데, 아직도 별 고장 없이 시간마다 잘도 울기는 했다.

정태가 돌아올 시간이었다. 초등학교 6학년인 정수는 학교가 파하면학원 두 곳을 들렀다 오는 것이라서 저녁 8시가 넘어 돌아오지만, 정태는 12시만 넘으면 칼같이 돌아왔다. 그리고는 학원을 가려면서 점심 먹은 게 채 내려가기도전에 냉장고를 뒤지며 간식 타령이었다. '엄마! 아이스크림 없어?'

정태는 과일이라거나 다른 간식거리보다는 우유와 아이스크림을 무척 좋아했다. 아이스크림을 미처 사다놓지 못한 때에는 500cc짜리 우유를 물마시듯이 단숨에 마시고 나서는 다시 아이스크림 사먹을 돈을 달라고 했다. '얘, 아이스크림만 너무 많이 먹으면 비만이 된다는데…… 사과 깎아줄까?' '싫어. 그딴 건 뭐 하러 사다놓는 거야? 아무도 먹질 않는데.' 그러면서도 막상 과일을 깎아주면 깡그리 다 먹어치우고는 또다시 아이스크림 타령이었다. '엄마 돈 줘. 학원가면서 아이스크리임 사 먹게.' 한참 자라느라고 그런 것인지 정태의 배를 채워주는 것도 빠듯한 가계에서는 사실 힘들고 어려운 일이었다.

샤워를 끝내고 마루로 나온 현주의 윗배 부분에 눈을 주며 물었다.

"점심 먹어야지?"

훌쩍 떠난 후 2년이 지나서 초췌한 몰골로 돌아온 현주에게 물을 말도 많고 들을 말도 많았지만, 피곤에 쩌들은 눈빛을 읽으면서 우선 점심부터 말했다. 그러나 동생은 식탁 맞은 쪽 의자에 앉아 눈길을 떨군 채 말없이 고개만 내저었다.

동생에 대한 애증의 감정이 되살아나면서 마침내 피차에 득이 될 리 없을 본론의 첫 문장이 튀어나왔다.

"그 동안 뭐하고 살았니?"

"그냥 살았지, 뭐."

동생은 늘 그랬듯이 별로 할 말이 없는 모양으로, 그냥 살았다는 단 두 토막의 말로서 모든 것을 다 끝내버릴 요량이었다. 모르는 사람끼리 지나치면서 나누는 인사말도 그보다는 더 길 것이었다. 하지만 밉다는 생각보다는 측은하다는 생각이 앞섰다.

"뭐 마실 거라도 좀 줄까? 우유는 어때?"

우유를 반쯤 따르는데, 동생은 손을 내저었다. 그리고는 그것조차 겨우 마시는 시늉만 냈다. 그리고 나서는 잔뜩 상을 찌푸리며 말했다.

"언니 나 많이 아파서 왔어……."

"많이 아파? 어디가?"

알 수 없는 불길한 예감에 갑자기 가슴이 두근거리고 머리가 어지러우며 정신이 혼란스러워졌다.

"자꾸만 구토가 나고 배도 아프고…… 어지럽기도 하고……."

"어디 좀 보자."

아까 욕실에서 힐끗 보았던 불룩 솟은 윗배가 자꾸만 신경이 쓰였다. 동생의 배를 들추어보려고 자리에서 일어서다 말고 다시 주저앉고 말았다. 현주가 식탁에 팔꿈치를 괸 채로 두 손바닥으로 얼굴을 감싸고는 소리 없는 눈물만 흘리고 있었기 때문이다.

"큰 병원에 가서 검사를 받아보래……. 언니! 나 이제 어떡하면 좋아?"

동생의 말과 얼굴보다 동생의 파리한 두 손목과 수척해진 목덜미가 오히려 슬픔을 더 잘 나타내주고 있었다.

"자! 그러지 말고 우리 방으로 들어가서 얘기하자."

뒷박만한 방이 셋 있는 24평 아파트로서는 동생까지 네 사람이 살기에는 턱없이 좁았다. 방 하나는 부부가 쓰고, 정태와 정수에게 방 하나씩 주고 나면 당연히 남는 방이 없었다.

같은 여자라서 정수랑 현주랑 한 방을 쓰도록 했다. 그러나 둘이서 간신히 잠이나 잘 수 있을까, 비좁은 공간이라서 도저히 책상까지 들여놓을 처지가 아니었는데도, 정수는 한사코 자기 방에 책상을 들여놓겠다고 고집을 부렸다. 남편은 처제의 눈치를 살피며 정수를 야단쳤으나, 정수도 만만치 않았다.

"나도 이제 자기 방에서 혼자 공부를 하고 싶단 말이야. 마루에서는 공부가 안 돼. 이모는 정태와 자도 되잖아?"

"어이구! 정태는 남자 아니냐?"

"같은 조칸데, 뭐가 달라. 정탠 아직 쪼끄만 꼬맹이잖아? 난 곧 5학년
이 된단 말이야. 나도 이제 어른들처럼 비밀이 있단 말이야."

그러고 나서 얼마 안 되어 현주가 짐을 쌌다.

"어디 가려고?"

"회사에 취직을 했는데…… 멀어서 방을 따로 얻어야 할까 봐."

그렇지 않아도 얹혀사는 것 때문에 식구들에게 기를 펴지 못하고 지
내는데, 정수까지 철없는 고집을 피우고 있는 걸 보고서는, 더 이상 함께
살 수 없다고 생각한 모양이었다.

"무슨 회산데?"

"무역회사래."

"어디에 있는 거니?"

"영등포."

"그럼, 여기에서 지하철 타구 다녀도 되는 거 아니니? 복잡하게 따로
방까지 얻을 필요가 있을까 싶은데?"

"아냐, 언니 식구들도 불편할 거고…… 이젠 나도 독립을 해야겠어. 언
제까지 언니와 함께 살 순 없잖아?"

"너 지금 무슨 소릴 하구 있는 거야? 누가 불편하다고 그래?"

"이미 다 결정해버린 일이야."

현주는 전에 없이 고집을 피웠다. 그러면서 회사에 취직해서 나가겠다
는 말뿐, 다른 자세한 이야기도 없었다. 그렇지만 집에만 틀어박혀 있던
사람이 갑자기 며칠사이로 무역회사 같은 번듯한 직장을 어떻게 얻을
수 있었을까? 아무래도 믿기지 않는 일이었다. 필시 현주는 영등포 쪽
어디에 먹여주고 재워주는 정도의 적당한 허드렛일 자리를 임시로 마련

해나가면서 그렇게 둘러대고 있는 것이 분명했다.

"진짜로 무역회사에 취직을 한 거야? 그렇더라도 그렇지, 안정이 된 후, 이사를 해도 해야지 않을까? 안 그래? 우선 여기서 한두 달 다녀보면서 말이야. 혹시 너…… 정수 때문에 그런 것 아니지? 정수가 무슨 철이 있겠니? 내가 잘 타이를 테니…… 현주야! 언니 말대로 그렇게 하자. 응?"

짐을 꾸리고 있는 현주의 손을 붙잡고서 통사정을 해보았다. 이때껏 고생만 했지, 작은 제 몸뚱이 하나 편하게 눕힐 공간도 없이 항상 외롭고 고단하기만 했던 현주가 아닌가? 왈칵 눈물이 솟았다. 또한 언니라고 해보았댔자 현실적으로 동생에게 별다른 도움을 줄 수도 없었다. 견딜 수 없이 현주가 짠하고 자책감만 들었다.

동생이 하고 있는 양을 안타깝게 바라다 볼 수밖에 없었다. 아무리 만류해보았자 소용없을 일이기도 했지만, 본인 말마따나 언젠가는 독립시켜야 할 것이라는 생각 때문이었다. 하지만 이런 식으로 내보낼 수는 없었다.

"결혼도 직장도 다 시기가 있는 거야. 형부가 여러 군데 이야기를 해놓고 있고…… 나도 애를 쓰고 있으니까…… 금명간에 어떻게 될 거 아니니? 응! 현주야! 조금만…… 가을까지만 언니와 함께 지내며 기다려 보자……. 취직이 됐다면 회사야 그대로 다니면 될 거고 말이야"

"아냐…… 그렇더라도 난 지금 당장 독립을 하구 싶어."

"너 진짜로 방을 얻은 거야?"

현주는 짐을 싸면서 대답도 없이 고개만 주억거렸다.

"도대체 무슨 돈으로? 언제 나가서 회사를 알아보고 방까지 얻은 거야?"

현주는 마침내 꾸린 짐을 방 한구석으로 밀어놓더니만, 정색을 하며 말했다.

"언니, 너무 걱정하지 마. 잘 살게. 내 나이도 있고. 언제까지 이렇게 함께 살 순 없잖아? 정수가 이번에 고맙게 잘 가르쳐준 셈이야. 사실 진즉 독립해서 나갔어야 했어."

물론 현주의 말은 백 번 천 번 옳고 옳았다. 다만 시기와 계기가 문제라서 그렇지……. 번듯한 직장이라도 얻은 다음에나, 아니면 좋은 사람을 만나 결혼이라도 한 다음에 그렇게 한다면 얼마나 좋을 것인가?

"회사이름이 뭐야? 전화번호는?"

하지만 현주는 말없이 꾸린 가방만 들고 일어섰다. 다급해진 마음에 어쩔 줄 모르다가, 뜻밖에 갑자기 남편 평계가 생각났다.

"너, 형부에게 인사도 없이 그냥 갈 거야? 그건 아니잖아?"

"아냐, 오늘은 그냥 가고, 내일 다시 올게."

자리를 털고 일어선 동생의 의지가 너무나 확고해보였다. 더 이상 어쩔 도리가 없었다. 그동안 동생 몫으로 보관해두었던 통장을 급히 꺼내어 건네주며 말했다.

"그럼, 내일 꼭 다시 와라…… 저녁이라도 함께 하자. 그리고 참, 이건 지금 가져가라. 아무쪼록 몸조심 잘해야 돼."

"이게 무슨 통장이야?"

"그 동안 네가 집안일 많이 해주었잖니? 너무 적구나. 미안하다."

"난 필요 없는데."

"아냐, 어차피 네 몫이니까 가져가. 그리고 아무쪼록 몸조심 잘해야 돼."

"여자는 특히 몸조심 잘해야 한다는 말을 하려는 거지? 걱정하지 마. 내일 다시 올게."

마치 빚쟁이를 피해 달아나는 사람처럼 남편과 아이들이 오기 전에 현주는 그렇게 황망히 떠나갔다. 그리고서는 약속을 지키지 못해 미안하다며 다음날 저녁때 전화만 한 통화 왔었다.

전화번호가 어떻게 되느냐고 물었으나, 아직 확실하게 부서가 정해지지 않았으므로 다음에 다시 알려주겠다면서 일방적으로 전화를 끊어버렸으므로, 결국 그것으로 끝이었고, 연락처조차 알 수 없게 되고 만 것이다.

100만원…….

승승장구 잘 나가던 남편의 강요에 못 이겨서 하는 수 없이 10여 년째 다니던 학교에서 퇴직을 했었다. 그리고 그때 받은 퇴직금에서 동생 몫으로 따로 떼어둔 돈이었다. 물론 많다면 많고 적다면 적은 돈이었다.

그러나 그 후 남편의 사업이 실패만 연속하는 바람에 집안 살림조차 어려운 처지였지만, 그 돈만큼은 현주를 위해 절대로 사용하지 않고 기를 쓰고 보관해두었었다.

그 돈으로 우선 사글세 방 한 칸쯤 얻을 수는 있을까? 여하튼지 몇 달이야 어떻게든 지낼 수 있긴 할 것이다. 하지만 그렇다고 해서 그 돈만으로 어떻게 독립해서 살 수 있겠는가? 뒷돈이나 여유가 전혀 없이 세상 밖으로 나가버린 것이 자꾸만 마음에 걸리고 겁도 났다.

현주가 나가고 나서 처음 얼마동안은 꿈자리조차 심란해서 좌불안석이었고, 전화 벨 소리만 들어도 가슴이 철렁 철렁 내려앉았다. 그러나 연락이 끊긴 이상, 어떻게 지내는지, 전혀 알 수 없는 일이었고, 이제나, 저제나 하고 연락오기만을 기다리는 수밖에 다른 도리가 없었다. 하지만 그 후로는 도대체 전화는커녕, 편지 한 장도 없었고……. 세월만 그렇게 자꾸 흘러갔다.

처음에는 태산 같은 걱정으로 날밤을 지새우기도 했었지만, 결국은 시간이 약이었다. 차쯤 시간이 흐르면서 집안일에 파묻혀서 자라나는 아이들 뒷바라지를 하기도 바빴던 나머지 지난 몇 년을 훌쩍 흘러 보낸 것이다.

그런데 현주는 지금에야 싸들고 나갔던 그 헌 가방 그대로, 병을 얻었다며 다시 돌아온 것이다. 동생의 박복한 처지가 무어라 말할 수 없이 딱하기만 했다.

현주는 태어나면서부터 천덕꾸러기였다.

배를 빌려준 엄마조차 현주가 태어나자마자 딸이라는 것을 알고는 고개를 돌려버렸다고 했다.

"젖은 주어야지! 젖도 안주면 세상에! 애기가 어떻게 살겠소? 갓난애가 무슨 죄가 있다고…… 쯧쯧……. 생각을 고쳐먹고 정신을 차리소."

엄마는 현주를 낳고서 처음 한동안 젖조차 주려하지 않았다고 했다. 그래서 마을 사람들이 엄마에게 이구동성으로 그렇게 타일렀다는 것이고, 이웃마을에 살던 외할머니가 매일같이 딸네 집을 하루 3번씩 들려 현주에게 젖 물림을 하는지 살폈다는 것이다.

엄마는 유달리 목소리도 크고 엄살도 심했다. 거기에다 큰 키에 깡마른 몸집으로 얼굴도 남정네들 같아서 도무지 여성적인 데라고는 찾아볼 수 없는 선머슴 같은 모습이었다.

아버지는 그런 엄마가 별로 달갑지 않았을 것이다. 그러나 아버지는 집을 나가버린 공식적인 이유로서 엄마가 싫어서가 아니고 현주가 여자아이로 태어났다는 것을 내세웠다고 한다. 제사 지낼 아들이 있어야 한다는 것이 그 이유였다고 하니까…….

그러나 현주가 태어나기 이미 6개월 전부터 외박이 시작되었다는 것이었으니, 아버지의 가출은 사실 현주 탓이라고 할 수도 없었다. 그런데도 현주가 사내아이가 아닌 계집아이로 태어났다는 것이 아버지가 집을 나가버린 결정적인 이유로 치부해버린 엄마는 지독히도 현주를 미워했다.

'고추 달고 나오면, 엠병헐, 세상이 끝나기라도 한데냐? 저년이 고추만 달고 나왔어도 내 팔자가 이렇지는 않을 터인데, 아이고, 이 웬수야,

웬수!' 엄마의 넋두리는 늘 그랬고 미련을 버리지 못했다.

함께 죽겠다며 여자 세 식구가 며칠간 물도 안마시고 굶은 적도 있었다. 추운 겨울인데도 방에 불도 때지 않고 굶어죽겠다고 누워있는 것을 외할머니가 발견해서 세 모녀의 목숨을 살렸던 것이다.

"이것도 다 네 팔자인데 어떻게 하겠느냐? 그냥 참고 살아라. 사람이 제 팔자를 거슬러서는 못사는 법이니라."

할머니는 즉시 이웃집에서 땔감과 식량을 빌려다가, 아궁이에 불을 넣고, 물을 끓인다, 밥을 짓는다, 법석을 떨었다. 배고픈데다, 너무 춥고 겁이 나서, 엄마랑 누워 있던 방을 나와 외할머니 곁에 앉아 아궁이 불을 쬐었다. 할머니는 솔팽이에 불을 지피며, 계속 눈물만 짓고 계셨다.

"너희들이 무슨 죄냐? 그저 다 네 애비 애미 잘못 만난 탓이니라."

당신 곁에 쭈그리고 앉아 아궁이의 불길만 바라보고 있는데, 할머니는 머리를 쓰다듬어주다가 땟국에 절은 목덜미를 살펴보더니 한숨을 내쉬며 다시 말했다.

"네 어미가 이런 년인데…… 네 애비가 무슨 재미를 붙이고 살 것이냐?"

할머니는 뜸도 덜 든 밥을 퍼서 이제 제법 앉아 있을 만큼 따뜻해진 아랫목에다 상을 폈다.

"정신 좀 차리고 일어나 봐라."

할머니에게 시위라도 하듯 물 한 모금 넘기지 않고 한나절을 더 누워 있던 엄마는 결국 자리를 털고 일어났다. 그리고는 일어나면서 했던 첫마디가 이랬다.

"빌어먹을 두 웬수 년들 때문에 곱게 죽을 수도 없구나."

할머니는 며칠을 함께 더 계시다가 당신 집으로 가셨으나, 세 모녀가 못 미더운 나머지 그 후로는 이틀에 한번 꼴로 와보곤 했다. 할머니는 올 때마다 때에 찌든 몸뚱이를 씻어주고 깨끗이 빤 옷으로 갈아 입혀주면서 말했다.

"부모 치레를 못한 것도 너희 팔자는 팔자겠다마는, 그렇다고 어린 너희들에게 무슨 죄가 있겠느냐? 휴우- 네 어미가 어서 정신을 차려야 할 터인데……."

처음에 엄마는 누구나 다 다니는 초등학교조차 입학시키지 않으려고 했다. 그런데 나중에는 무슨 생각을 어떻게 했는지 둘 다 학교에 다니도록 허락했을 뿐만 아니라, 공부하는 것을 오히려 장려하기까지 했다.

"요새는 여자들도 조금씩은 배워놓아야 사내놈들에게 속지 않는 거니까."

요는 그러니까, 우리가 학교를 다니며 공부해야 하는 유일한 이유가 바로 남자들에게 속지 않기 위함이었다.

엄마는 남자들을 극도로 싫어했고, 학교 선생님만 빼놓고는, 바지 입은 사람은 어느 누구도 고운 눈으로 보지 않았다. 엄마 말로는 사내들이란 세상에서 가장 가증스러운 종자들이었다. 그러면서도 현주가 남자로 태어나지 못한 것을 두고 구박하는 것은 또 알 수 없는 일이었다. 남자들이란 처음에는 간이라도 빼줄 듯 접근해온 후, 돈과 몸을 뺏고 나면 노예처럼 부리려하고, 그렇게 해주지 않으면 곧바로 다른 여자를 찾아 떠난다는 것이었다.

"몸을 뺏는 것이 뭔데?"

기운 센 사내들에게 혹시 돈이나 물건을 뺏길 수는 있을까, 몸을 뺏긴다는 것은 얼른 이해할 수 없는 대목이었다. 그러나 엄마가 자세히 가르쳐주지 않는 이상, 잘 알 수 없는 일이었고, 아마도 미국에 있다는 흑인 노예들처럼 죽을 때까지 일만 하게 된다는 뜻으로 이해를 했었다.

"이년아, 넌 그런 것까지 다 알 필요 없어. 공부나 열심히 해서 사내자식들 기죽일 생각이나 해! 몸은 주어야 뺏기는 것이지, 주지 않으면 뺏길 일도 없으니까 말이야."

몸을 주어야 뺏기는 거라고? 몸을 뺏길 걸 뻔히 알면서 뭐 하려고 쓸 데없이 일부러 몸을 준다는 말일까? 엄마가 하는 말은 여자들이 힘센 남자들에게 끌려가서 팔리게 되는 것이고, 그렇게 되면 짐승처럼 쇠사슬에 묶인 채로 일만 하는 것으로 이해를 했다. 그러나 어떤 남자가 그렇게 하는 것인지 알 수 없었다. 동화책에서 보았던 대로 파나마모자를 쓰고 시가를 피우는 팔자수염의 노예상인처럼 생긴 남자들이 그렇게 할 것이라는 예감이긴 했으나, 동네나 학교에서 만나는 어떤 남자도 그런 사람은 없었다. 엄마가 하는 말은 도대체 이해할 수도, 종잡을 수도 없었다.

학교에서는 대체로 여자아이들은 여자아이끼리, 사내아이들은 사내아이들끼리 어울려 지내는 것이 보통이었지만, 학교만 벗어나게 되면 다른 대부분의 여자아이들은 사내아이들과도 잘 어울렸다. 그러나 엄마가 남자라면 소름끼치는 듯 적대시하고 살기 때문에 그럴 수도 없었다. 그래서 자연히 남학생 급우들은 물론이고 귀여운 어린 사내아이에게조차 선뜻 다가가지 못했고, 그것을 그때에는 당연하다고 생각했었다. 오히려 그렇게 하지 않는 다른 여자아이들이 이상하게 생각되었고, 어째서 다른 친구 여자아이들은 사내들과 어울리려고 하는 것인지 알다가도 모를 일이라고 생각했었다.

그런데 학교 일 때문에 그게 꼭 그렇게만 할 수 없게 되어버린 사건이 생겼다. 초등학교 졸업반 때, 학예회에서 '낙랑공주와 호동왕자'라는 연극을 하게 되었는데, 낙랑공주 역을 맡게 된 것이다.

연극 준비를 하려면 아무래도 학교에서 늦게까지 사내아이들과 어울려 있을 수밖에 없었다. 연습 때문에 하교시간이 혹시라도 늦어지게 되면 호동왕자 역을 맡았던 영수라는 사내아이가 밤길을 무서워하는 줄을 알고서는, 으레 학교와 마을 사이의 들길을 함께 걸어서 동네 앞까지 데려다 주었다. 그래서 자연히 영수라는 사내아이와는 조금 친해지게 되었다.

그는 다른 사내아이들처럼 짓궂지도 않았다. 또한 별로 말도 없었다. 묵묵히 바라보기만 했다. 통상적으로 사내들에게 있을 나쁜 성질이 거의 없는 아이였다. 그래서 그런 것인지, 영수는 완전한 사내라기보다는 사내와 여자아이의 중간쯤 되는 듯싶기도 했다.

그렇지만 여자아이들과의 경우처럼 나란히 함께 걷는 일은 단 한 번도 없었다. 먼저 앞서서 걸으면 그가 조금 떨어져서 뒤따라오는 그런 식이었다. 귀신이거나 호랑이가 나타나더라도 맨 뒷사람부터 해치려하는 법이기 때문에 사내인 그가 뒤에서 보호해주겠다는 것이었다.

그러다가 하루는 그가 난데없는 제안을 하나 했다.

"얘! 우리 이럴 게 아니라 걸어가면서 함께 연극대사를 외워보자. 자! 내가 처음 너희 나라 궁전으로 숨어 들어와서 너를 만난 부분부터 한다. '공주시여! 당신은 하늘의 태양보다도, 정원에 핀 모란꽃보다도 더 아름답군요.'"

'무사이시여! 당신은 누구십니까?' 물론 머릿속에서는 대사가 곧바로 떠올랐다. 그러나 어두운 밤길을 사내아이와 함께 걸으면서 어른들이나 할 수 있을 그런 부끄럽고 나쁜 연애질 같은 대사를 맞받아 말해줄 수는 없는 일이었다.

"대사가 생각나지 않는 거냐? '무사이시여! 당신은 누구십니까?'였을 걸."

"알고 있지만 난 그러고 싶지 않아. 대사를 모조리 다 외우고 있으니까 그럴 필요도 없고."

"넌 다 좋은데…… 아무 것도 아닌 걸 가지고 왜 그렇게 쌀쌀맞게 구는지 모르겠더라. 넌 누굴 싫어해서 그렇게 말하는 건 아니지? 조금만 덜 쌀쌀 맞으면 누구든지 다 널 좋아할 텐데……."

자신의 단점을 정확히 꼬집으며 서슴없이 충고하는 것이라서, 화들짝 놀라 그를 뒤돌아보았다. 그러나 어두운 밤길이라서 그가 어떤 표정을 짓는지 전혀 알 수 없었다. 하지만 어쨌든 그는 싫다는 뜻이 아니고, 오히려 좋아하므로 그런 말을 해줄 것이었다. 마음속에서는 그가 조금씩 좋아지기 시작했으나, 입으로는 그렇게 표현되지 않았다.

"그런 것까지 난 너에게 충고 받고 싶진 않아. 난 나대로 생각이 다 있는 거야."

"내 말은 그게 아니고……."

"거기…… 민주 아니냐?"

엄마였다. 평소에는 '죽일 년, 살릴 년' 욕을 하며 어디 나가서 죽어버리고 집에 들어오지 말라는 것이었으나, 밤늦게까지 돌아오지 않자 걱정되었던 모양으로, 뜻밖에 엄마는 동네 입구까지 나와 기다리고 있었다. 결국 영수와 단 둘이 들길을 걸어오고 있던 것을 기어코 들키고 말았다.

"이년이 하라는 공부는 안하고 벌써부터 연애질이냐!"

연습시간이 길어진 것뿐이라고 아무리 설명을 해도, 엄마는 그게 연애질이 아니면 뭐냐고 무섭게 몰아세우며 무조건 매질부터 시작했다.

"연극을 하는 거예요. 학예회 연극."

"이년이 어디다 대고 말대꾸냐? 말대꾸는! 그리고 이년아! 학예회는 학교에서 하는 것이지, 밤늦게 들길에서도 하는 것이냐?"

했던 일에 비해서 턱없이 많은 매를 맞았다.

"너네 선생은 공부나 잘 가르칠 일이지, 어째서 애들에게 벌써부터 연애질부터 가르치는지 모르겠구나."

그렇지만 엄마가 뭘 몰라도 한참 몰라서 그런 것이지, 사실 그것은 매우 자랑스러운 일이었다. 공부를 잘하는 순서대로 배역이 그렇게 맡겨졌기 때문이다. 어쨌든 엄마 때문에 낙랑공주 역을 못하겠다는 말을 선생님에게 하고 싶은 생각은 추호도 없었다.

다른 아이들에게 매 맞았다는 내색을 하지 않으려고 다음날 아침에는 혼자서 일찍 집을 나섰다. 부어오른 다리 때문에 걸음조차 떼기 힘들었기 때문이다. 눈물을 찔끔거리며 오리 길을 삼십 리 길이나 되는 양, 힘들게 걸어서 간신히 학교에 도착을 했다.

극중에서 공주의 부모가 호동왕자를 미워하며 그를 사랑하는 낙랑공주를 죽이려고 하듯이, 현실에서도 그와 똑같이 엄마가 영수를 적대시하며 자신을 학대하는 것이라서, 동병상련의 슬픈 주인공역이 썩 잘 어울리는 것이었고, 마음에도 들었다. 그래서 그런 것인지, 눈물이 필요할 때면 언제고 곧바로 줄줄 나와 주었다. 물론 그것을 본 선생님조차 몹시 놀라며 칭찬을 아끼지 않았다.

"민주처럼 저렇게 하는 게 진짜 연기야. 알겠어? 눈물이 저절로 나도록 작품 속 주인공역에 쏙 빠져야 하는 거란 말이야. 이영수! 넌 현실감이 너무 부족해. 역을 맡은 사람이 작품 속에 빠지지 못하고서는 관객을 감동시킬 수가 없는 거야. 금방 그 부분만 다시 해봐."

이번 역시 천연덕스러운 눈물을 잘도 흘렸지만 영수는 아무래도 잘 안되는 모양이었다. 선생님의 마음에 들 때까지 그 부분을 몇 번이나 되풀이했다. 그런 식으로 몇 번이고 반복하게 하던 끝에 선생님은 겨우 다른 부분으로 넘어가게 해주었지만, 자기 잘못이 아닌 남의 잘못으로 인해서 그토록 여러 번 힘든 반복을 해야 한다는 것은 대단한 고통이었다.

"가시나들은 감정이 예민해서 잘 되는가 본데…… 난 암만해도 눈물이 안 나온다."

그날은 방과 후로 연습이 더 이상 따로 없었다. 아이들이 교실을 빠져나가는 부산한 틈을 타서 영수가 곁으로 가깝게 다가오더니만, 미안하다며 속삭이듯 그렇게 볼멘소리를 했다. 선생님 앞에서 자기 때문에 곤욕을 치르게 했던 것이 미안하기도 했을 것이었다.

은근슬쩍 다가와서 그렇게 말하는 그가 미운 것은 아니었으나, 고생스럽게 연습을 반복했던 것이 그리 기분 좋은 일도 아니었다. 또한 그가 바래다주었던 것 때문에 어제 밤에는 엄마에게 죽도록 실컷 매까지 맞았던 것이 아닌가? 더 이상 그와 이야기조차 나누기 싫었다.

괜찮다고도 괜찮지 않다고도 말하지 않았다. 다만 못 들은 척 그의 곁을 그냥 지나쳐 버렸다. 그러자 그는 몹시 섭섭한 눈치였다.

매 맞은 장딴지가 성이 난 것인지, 하교 길에는 등교할 때보다 더욱 심하게 아프고 절뚝거려졌다. 하지만 어쨌거나 남들에게는 감추어야 했으므로 아이들과 뒤처져서 혼자 들길 중간쯤을 고생스럽게 천천히 걷고 있었다. 그런데 앞서 갔을 영수가 뒤돌아서 숨차게 달려오더니 도회지 과자를 손에 가득 쥐어주며 말했다.

"어제 집에 오신 손님이 사다주신 것인데…… 한 입 먹어봐라. 진짜 너무 너무 맛있다!"

다른 아이들의 눈을 피하려고 함께 앞서 가다가 일부러 다시 되돌아온 것이 분명했다. 그의 성의를 보아서라도 받아야 했으나, 그보다는 엄마가 더 무서웠다. 들판 저 건너편에서 어제처럼 부지깽이를 들고 사납게 노려보며 서있는 엄마가 환영처럼 떠올랐다.

"싫어."

"먹어 봐! 진짜 달아. 이런 데선 구경도 못하는 거래."

무심코 받기는 했지만 아무래도 엄마가 무서웠다. 그에게 다시 반환할 요량으로 손을 내밀었다. 그러자 그는 몹시 난처한 표정을 지으며 물끄러미 서서 바라보다가, 오던 길로 재빨리 몸을 돌려 냅다 뛰어갔다. 그리고는 뒤돌아보면서 커다랗게 외치듯 말했다.

"네가 안 먹어봐서 그래! 진짜 맛있어. 널 주려고 일부러 하나만 먹고 아껴둔 거야……."

하는 수 없었다. 영수가 준 과자를 책보자기 속에 넣고 감추었다. 걸어가면서 다시 생각해보니, 영수가 말한 대로 너무 맛있을 것 같았다. 아픈 다리도 쉴 겸, 개울가 돌팍에 앉아 꺼내어 살펴보았다. 손바닥 크기의 사각형 모양에 설탕을 발라 돌돌 말아 구어 낸 갈색 과자였는데, 아닌 게 아니라 입안에 들자마자 침에 살살 녹았고, 바삭거리며 혀를 자극하는 맛이 여간 아니었다. 태어나서 처음으로 맛보는 도회지의 과자였다.

물론 엄마에게는 맛을 보이기는커녕 매가 두려워서 입도 뻥긋하지 않았다. 다섯 개를 받았는데 하나는 오는 길에 먹었고, 나머지 네 개는 현주와 두 개씩 사이좋게 나누어 먹었다.

"어디서 난 거야?"

"응, 연극 잘 했다고 선생님이 주신 거야."

"진짜? 연극 잘했다고 진짜로 선생님이 주신 거야? 선생님이 되면 얼마나 좋을까?"

현주도 얼마나 맛이 있었던지, 이런 과자를 먹을 수 있는 선생님은 얼마나 좋을까, 부러워서 죽겠다는 것이었다.

"언니, 이 과자보다 더 맛있는 건 절대 없을 거야. 그치? 내일도 또 준대?"

영수에게 받았다는 말을 할 수가 없었으므로 그렇게 말했던 것인데, 현주는 진짜로 상을 받은 걸로 믿는 모양이었다.

"그건 알 수 없고…… 너 절대로 누구에게 이 과자 이야기하면 안 돼. 알겠지? 선생님이 아무도 모르게 나 혼자에게만 주신 거니까 말이야. 엄마가 알면 난 또 매 맞게 돼. 너 언니가 매 맞아도 좋아?"

혹시라도 제 친구들에게 쓸데없이 자랑하다 난처한 일이 생길까봐, 맞아서 퍼렇게 멍들고 부풀어 오른 종아리를 내비치며 미리 현주에게 단단히 일렀다. 현주는 그런 종아리를 보더니 마치 자기가 매를 맞기라도 한 듯 금시 눈물을 글썽거리며 고개를 끄덕였다.

"아냐. 아무 말도 안 할게. 언니 아프지?"

"이제 많이 괜찮아졌어."

그 이후로 현주는 학교선생님이 되고 싶어 했다. 중학교와 고등학교 다닐 동안 내내 그녀는 국비장학생이 되어 교육대학을 가겠다고 입버릇처럼 말했으니까……

학예회가 끝나고 얼마 안 된 어느 날, 선생님이 집으로 엄마를 찾아오셨다. 선생님의 표정으로 보아서는 나쁜 일로 온 것 같지는 않았으나, 갑자기 집에까지 찾아온 이유가 몹시 궁금했다. 몰래 문밖에서 대화를 엿들어보았다.

"돈도 많이 들 텐데…… 누구 돈 버는 사람이 있어야 중학교를 보내지요."

다른 여느 남자들에게는 새끼 딸린 암캐처럼 사납게 짖어대는 엄마였지만, 선생님에게만큼은 달랐고, 여간 다소곳한 태도가 아니었다. 선생님은 재능이 아깝다며 중학교 진학을 적극 권유하고 있었다.

"그래도 일단 시험이나 한번 치르게 하시죠? 잘하면 장학생으로 돈 한 푼 안 들이고 학교 다닐 수 있을지 누가 압니까? 제 말대로 한번 그렇게 해보세요. 아이가 워낙 총명해서…… 초등학교만 보낸다는 것은 말도 안 됩니다."

그 후 읍내에 있는 여중학교에 입학시험을 치르긴 했으나, 장학생으로 뽑히지는 못했다. 그러나 어찌된 셈인지 엄마는 예상과 달리 별 다른 말이 없이 중학교에 입학시켜주었을 뿐만 아니라, 읍내 양장점으로 데려가서 난생 처음으로 교복을 맞추어주는가 하면, 책가방까지 사주었다.

나중에 안 사실이지만, 그건 선생님이 따로 사는 아버지를 찾아가서 설득했기 때문이었다. 그래서 등록금 걱정을 할 필요가 없게 된 엄마가 진학을 허락했던 것이다.

따로 사는 죽도록 미운 아버지였지만 등록금만큼은 항상 때맞추어 제 때 제 때에 잘도 내주었다. 그리고 아버지는 등록금을 내러 학교에 올 때면 언제고 공책과 필기구등 학용품까지 한 보따리 서서 안겨주었다.

속도 모르는 아이들은 그런 아버지가 무척이나 부러운 모양이었다. 하지만 솔직히 말해서 등록금 때문만 아니라면 정말이지 아버지의 얼굴은 마주 대하기조차 싫었다.

"이번 학기에도 열심히 공부해서 전교 일등이 되어야 한다. 물론 반에서 일등 하는 것도 어렵긴 하겠지만, 전교에서 일등을 해야만 월사금을 면제시켜 준대니께 말여. 현주도 열심히 공부하면 중학교에 보내줄 것인즉, 그리 알고 열심히 공부하라고 해라."

마침내 3학년이 되고서는 대망의 장학금을 받게 되었다. 그리고 그 다음 해에는 같은 교정에 있는 고등학교에 다시 장학생으로 입학하게 되었다. 만약 고등학교에 장학생으로 입학할 수 없었다면 엄마가 학교를 다니게 했을지 의문스러운 일이었지만, 이번 고교 진학 역시 엄마가 반대하는 일은 없었다.

고교에 진학했던 바로 그 해에 현주도 중학교에 입학을 했다. 현주는 처음서부터 장학생으로 들어왔으므로, 등록금과 책값은 100% 면제였고, 다만 교복이나 책가방 등 준비물을 사는데 아버지 수고를 다소 끼쳤을 따름이었다.

자신이 노력파라면 현주는 타고난 수재였다. 엄마를 도와 집안일을 해가면서도 현주는 언제고 전교에서 일등을 놓치지 않고 지켰다.

자신이 서울에 있는 사범대학에 진학했던 반면, 교사가 꿈이라던 현주는 졸업 무렵 갑자기 마음이 변해서 국문학과에 입학을 했다. 국문학과에서도 학점 이수만 받으면 얼마든지 학교 선생님이 될 수 있고, 이왕이면 학교 선생님이 되는 사범학교 공부보다, 문학공부에 폭넓게 전념해보고 싶다는 것이 현주의 포부였다.

등록금이 싸다는 사범대학보다도 현주의 등록금은 더 쌌다. 현주는 명문 국립대학인 S대학에 입학되었기 때문이다.

현주의 첫 등록금은 출신 고등학교에서 기꺼이 전액 부담해주었고, 나머지 기타 비용은 물론 아버지가 다 해결해주었다.

시골 고등학교에서는 유례없이 서울 S대학에 합격한 현주를 놓고서, 무슨 대단한 벼슬이라도 한 양, 교문 앞에 플랜카드를 내걸고 읍 전체가 시끄러울 정도로 요란법석을 떨었다고 했다. 그런데도 엄마는 그런 현주를 놓고서, 거짓말로라도 잘 되었다는 말을 하지 않았다는 것이다.

"한 년이라도 집에 있으면 지 애미가 죽냐? 두 년들 모두 다 서울로 공부하러 가버리면, 이제 집에서 일 도와줄 년이라곤 한 년도 없게 생겼구면. 서방 덕 없는 년은 자식 복도 없다더니, 이제 나 혼자서 뼈 빠지게 일만 하다가 지쳐 뒈지게 생겼구나. 아이구우~ 내 팔자야!"

"아! 학교가 생기고 나서 서울 S대학생이 나온 것은 그 얘가 첨이라는데, 엄마라는 사람이 무슨 말을 그렇게 한대요?"

"아, 그럼! 그년이 당장 서울로 가버리면 당신네들이 우리 집에 와서 일을 대신 다 해줄 거요? 남 복장 터지는 줄은 모르고 입 터졌다고 흰 소리들만 하고 있네."

첨에는 속도 모르고 축하한다는 뜻으로 마을 사람들이 그렇게 말했던 모양이었으나, 엄마라는 사람의 대답이 그 모양이었으니, 모두들 더이상 말을 못하고 혀만 내둘렀다 했다.

초등학교에서부터 고등학교 때까지는 둘 다 같은 학교를 다녔으나, 서울에서는 학교도 다르고 과도 달랐으므로, 언니로서 해주어야 할 충고나 도움은 이제 거의 없게 되고 말았다. 그것은 또한 현주가 이제 그만큼 어른으로 자랐기 때문이기도 했다.

현주가 서울로 올라온 첫해는 숙식이 가능한 가정교사자리를 버리고 미아리 고개를 넘어서 비교적 방 값이 싸다는 수유리 빨래골 근처에 방을 하나 얻었다. 현주의 가정교사 자리가 생각같이 쉽게 생기지 않았기 때문이었다.

자신의 학교가 조금 먼 것이 흠이긴 했으나, 어차피 버스를 한번 타면 되었고, 현주 학교가 동숭동에 있었으므로 일부러 그렇게 했던 것이다.

그러나 그런 속도 모르는지 2학기가 되고 부터서 현주는 집에 안 들어오는 날이 더 많았다. 남자를 사귄 모양이었다. 외박이 잦은 걸 나무라며 언젠가 자세히 물어보았더니, 남자는 군대를 마치고 학교를 들어온 늦깎이 학생인데, 서울 태생의 괜찮은 집 아들이라는 것이었다. 그렇더라도 그렇지, 자기가 대학생이 된지 얼마나 되었다고 벌써부터 남자를 밝히는 내력이 얼마나 불안한지 몰랐다. 그리고 더욱 걱정스러운 것은 남자를 사귄 후로는 비밀이 많아졌고, 아무 것도 아닌 사소한 일에까지 변명이라거나 거짓말을 예사로 늘어놓는다는 점이었다.

그러다가 1년 반 정도를 그런 식으로 보냈나? 3학년 초쯤 언제 그랬나 싶게 원상으로 돌아왔다.

"헤어졌니?"

"응."

"왜?"

"이젠 공부를 하려고."

"남자를 사귀면서 공부는 못하는 거냐?"

"사내새끼들은 다 도둑이야. 엄마 말이 맞아."

"너 진짜로 헤어졌구나? 그래도 넌 그를 좋아하지 않았었니? 너무 쉽게 헤어지는 건 아닐까?"

"언니! 이제 그만해!"

나중에 알게 된 사실이었지만, 그 남자는 다른 여자를 사귀면서 현주를 버린 것이었다. 비가 몹시 오는 밤길을 어디서부터 걸었는지, 현주는 우산도 없이 옷이 흠뻑 다 젖은 채로 집으로 돌아온 후 며칠을 앓았다. 그러면서 헛소리까지 하면서 남자의 이름만 불러댔다.

"영환 씨! 날 버리면 죽어버릴 거야. 알겠어? 영환 씨! 내말 좀 들어 봐! 영환 씨!"

그러다가는 엉엉 울면서 그에게 매달리는 듯, 다시 애타게 절규를 하는 것이었다.

"영환 씨! 예전처럼 한 번 웃어 봐요. 그리고 다시 안아줘 봐요. 네? 난 지금 미칠 것만 같아요. 영환 씨! 왜 그러는 거예요? 영환 씨가 원하는 건 모두 다 해주었지 않아요? 다시 날 안아서 영환 씨가 하고 싶은 대로 다 해봐요. 네! 부탁이에요. 난 정말 영환 씨 밖에 없어요. 영환 씨가 그러면 난 살지도 못할 거예요."

아무리 약을 먹어도 소용이 없었다. 꼬박 4일 동안 열에 들떠서 앓기만 했다. 그러다가 5일째가 되는 날, 현주는 거짓말처럼 제 스스로 일어났다. 정신이 드는 걸 보고서는 주인집에서 동치미 국물을 얻어다 밥을 말아주었다.

"그 남자 이름이 영환이니?"

현주는 고개만 끄덕였다.

"인연이 안 되려면 하는 수 없는 거야. 이제 그만 잊어버려."

"아냐, 난 절대로 그럴 수 없어. 기어코 복수를 할 거야."

잊어버리라는 충고를 듣자마자, 현주는 이를 갈았다. 딴 살림을 차린 아버지 말만 나오면 이를 갈았던 엄마의 눈빛이 현주에게서 그대로 살아있는 것처럼 보였다.

하지만 그러고 나서 며칠도 지나지 않아 복수는커녕, 현주는 다시 앓아눕고 말았다.

별일 있을까 싶어 처음 얼마 동안은 현주에게 예전처럼 약만 사다주며, 밤늦게 집으로 들어오곤 했다. 가정교사 일도 있고 학교 수업도 문제이기 때문이었다. 하지만 현주의 상태는 날이 갈수록 악화되기만 했고, 급기야는 음식물은커녕 물만 마셔도 다 토해내기만 하고, 정신도 혼미해진 듯, 헛소리까지 했다. 그리고는 갑자기 몸을 바르르 떨며 경련을 일으키기도 했다.

아무 것도 먹지 못하고, 헛소리와 경련만 일으키는 현주와 밤새 씨름만 하다가 아무리 생각해보아도 이건 아니다 싶어 다음날 아침 일찍 현주를 일단 자기네 학교 대학병원에 입원을 시켰다. 그리고는 곧바로 편지를 써서 시골 엄마와 아버지에게 급히 속달로 보냈다. 하지만 편지를 받았는지, 못 받았는지, 거의 1주일이 다 되도록 시골에서는 도대체 연락이 없었다.

현주의 병명은 그 동안 한 번도 들어본 일이 없는 '무균성뇌수막염'이라는 병이었다. 다른데도 아니고 뇌에 염증이 생겼다는 것도 문제였지만, 당장 치료비가 더 문제였다. 생활비와 비상금으로 가지고 있던 돈을 몽땅 다 털어내어 입원보증금을 간신히 충당했다. 하지만 시골 아버지의 도움이 없다면, 그 다음 일에 대해서는 전혀 자신이 없었다.

현주의 병은 쉽게 호전되지 않았고, 상당 기간 동안 입원을 해야 했다. 병명을 알아내는 데에만 꼬박 1주일이 걸렸고, 구토와 열이 호전되기까지 다시 또 2주일이 더 걸렸으니까……. 하지만 어쨌든 뇌에 생긴 병이라는데, 죽지 않고 살아남은 것 자체만으로도 너무 기뻤다.

중간 계산을 마치지 못해 강제 퇴원이 될 뻔 했으나, 다행히 현주가 같은 대학을 다니는 학생신분이고, 사정을 알고 난 담당 교수님이 적극적으로 나서는 바람에 소위 '연구 환자'가 되어 치료를 계속할 수 있었다.

'연구 환자'란 치료비 전액을 무상으로 변제받는 대신에, 만약 치료 중에 사망하면 의과대학 학생들 해부 실습용으로 시체를 양도해야 하는 것을 말하는데, 현주는 현재로 보아서는 사망할 정도로 심각한 상황은 지났고, 이미 회복기에 든 것이니 만치, 그럴 일은 거의 없을 터이고, 사정이 딱하기도 하고, 더구나 같은 학교 학생이라서 특별히 선처를 해주겠다는 것이었는데, 그 말을 듣는 순간 "하늘이 무너져도 솟아날 구멍은 있다."라는 말을 새삼 실감하면서 얼마나 기뻤는지 모른다.

다행히 그런 저런 내력으로 현주는 제 몸을 학생들 해부 실습실에 내어주지 않고, 근 2개월 만에 살아서 무사히 퇴원하게 되었다. 하지만 뇌 질환을 앓았기 때문인지, 아니면 실연당한 상처 때문인지, 그 이후로 현주는 무슨 일에서나 겁을 내고, 아주 작고 사소한 일에도 자신감이 없어 했으며, 오로지 자기 껍질 속에 자기 자신을 가두고 혼자서 칩거하려고만 했다.

그래서 사람이 달라진 듯, 퇴원 후 갑자기 변해버린 현주가 몹시 걱정되기도 했지만, 오랫동안 큰 병을 앓았는데, 그 정도의 후유증이야 당연할 것이라는 생각에서, 너무 쓸데없이 걱정하지 말고 잠자코 더 기다려보자고 마음을 달랬다.

현주가 집에 들어온 다음날 아침 일찍, 남편이 출근을 하자마자, 집에서 가까운 E대학병원으로 가서 진찰을 시켰다. 젊은 의사는 현주의 배를 이리저리 몇 번 만져보더니 딱하다는 표정을 지으며 입원부터 권유했다.

"그 동안 이렇게 심하도록 방치하고 있었다는 것이 참으로 신기하군요. 하지만 뭐, 이제는 하는 수 없는 일이고…… 일단 입원을 시켜서 자세히 알아봅시다."

현주를 먼저 밖으로 내보낸 후, 의사에게 다시 물어보았다. 의사는 췌장이거나 위나 간에 암종이 생긴 것 같은데, 얼마만큼 퍼졌는지는 일단 입원한 후 조사해보아야 알 수 있고, 퍼진 정도에 따라 수술을 하든가 항암제를 쓰든가 할 거라는 것이었다.

암? 갑자기 온 몸에서 힘이 쏙 빠지면서 주저앉고 싶은 생각뿐이었다. 암이라니?

"나이도 젊은 처녀아이인데도 암에 걸릴 수 있습니까?"

"일반적으로 암은 나이 많은 사람들에게 더 흔하다는 이야기이지, 어리거나 젊다고 해서 안 오는 것은 아니죠. 여하간 입원해서 검사를 해봅시다."

입원수속을 마치자, 창구 아가씨는 '걸어서 갈 수 있겠죠?' 하고 묻더니만, 건너편 엘리베이터를 타고 7층으로 올라가서 702동 간호사에게 전하라면서 몇 가지 서류를 건네주었다.

병동에 도착하자, 간호사는 먼저 현주의 키와 몸무게를 잰 후, 그 자리에서 피를 뽑고, 소변을 받아 오라고 했다. 그런 후에야 두 사람을 7023호라고 문패가 달린 8인실 방의 한 침대로 안내해서 데리고 갔다.

파리한 현주의 얼굴만큼이나 희고 창백한 시트가 환자를 기다리고 있었다. 시계를 보았다. 침대에 가냘픈 몸을 눕히는 현주를 보는 순간, 식구들 저녁준비를 해야 한다는 생각이 났기 때문이다.

퇴근해오는 남편과 학원에서 돌아오는 정태는 밤 8시가 되기가 무섭게 칼같이 돌아오는데, 두 부자는 대개 엘리베이터 앞에서 만난다는 것이고, 함께 현관을 들어서면서부터 으레 저녁재촉이었다.

"어휴! 배고파."

"여보! 나 왔어! 오늘은 왜 이리 배가 고프지? 간신히 왔네. 얌마! 너는 학원가기 전에 뭘 좀 먹고 가야지? 그냥 가니깐 그렇지."

언제고 퇴근길의 남편은 배가 고팠고, 아무리 간식을 먹고 가더라도 그건 정태 역시 마찬가지였다.

"그냥 가는 게 어디 있어요? 점심 먹고 5분도 되지 않아 곧바로 다시 냉장고에서 문이 불이 나는데? 안 씻을래요? 식사 먼저 드려요?"

"그래, 밥부터 먼저 줘. 금강산도 식후경이라는데."

괜찮던 사업을 갑자기 실패한데다가, 월급도 그만그만한 남편은 외식을 호랑이만큼이나 무서워했다. 식구들과는 말할 것도 없고, 어쩌다 두어 달에 한 번꼴로 술에 진탕 취해서 들어오는 날을 제외하고는, 밖에서 단 한 번도 저녁식사를 하고 들어오는 일이 없었다.

병동으로 올라와 침대에 누운 지 채 10분도 안 되었을 성 싶고, 현주가 불안해할까 봐, 생각 같아서는 병실에 더 있고 싶었으나, 식구들 식사 준비가 문제였다.

"이따 밤에 다시 올게."

현주는 몸을 잔뜩 움츠리며 겁먹은 눈초리로 주위를 둘러보다가 음울한 표정을 지으며 고개만 작게 끄덕였다. 침대 자리가 차가워서 그런 것만은 아닐 터였다. 모든 것이 다 낯선 모양으로 현주는 한사코 주위를 경계하는 눈초리를 풀지 않았다. 그런 현주의 모습을 보자, 새삼스럽게 눈물이 나왔다.

병원에서 버스 정류장까지 걸어 나오는 얼마 안 되는 거리가 다리와 생각이 따로 노는 통에 10리길 보다 더 멀게 느껴졌다. 암이라면? 수술도 못 한다면? 큰일이야, 큰일…… 입원비도 그렇고……. 하얀 시트에 몸을 묻고 누워 혼자서 슬퍼하고 있을 현주가 자꾸만 눈앞에서 어른거렸다.

9시쯤 들어올 정수를 기다릴 수 없어서, 남편과 정태에게 밥만 차려준 후, 설거지를 하는 둥 마는 둥 하고 곧바로 일어서서 다시 현주를 찾았다.

"밥 먹었어?"

현주는 고개만 내저었다. 죄도 없을 현주를 원망스러운 눈초리로 쳐다보았다. 환자복 속에 뼈와 가죽만 남은 몸을 담고 하얀 침대에 누워있는 걸 보자, 어째서 이렇게도 박복하게 태어난 것인지 야속하기만 했다.

"왜? 밥이 안 나온 거야?"

늦게 입원했으므로 혹시나 밥이 안 나왔나 싶어서 그렇게 물었으나, 곧 침대머리에 걸린 '금식'이라는 표찰을 보고서는 입을 다물어버렸다.

"배고파서 어떻게 하지?"

"괜찮아. 배는 안 고파. 집에 있지 않고서? 낼 아침에 검사 받을 때 와도 될 건데."

"애들 도시락까지 다 준비해두고 왔으니까 걱정하지 마. 아프진 않니?"

"응."

현주는 눈길을 돌려 멍한 눈으로 천장에 붙은 형광등을 응시하더니만, 무겁게 입을 떼며 음울한 목소리로 말했다.

"나 때문에 늘 언니만 고생시킨 것 같아서 너무 미안해. 이번에 죽어버리면 이제 언니 고생시킬 일은 없을 거야."

이미 죽음을 예견하고 있었던 모양으로, 현주는 자기 죽음을 지나가는 말처럼 아주 가볍고 아주 자연스럽게 언급하며, 창백한 얼굴로 누워 소리 없는 눈물만 흘리고 있었다. 현주의 두 눈에 티슈를 꺼내어 닦아주며 말했다.

"바보 같은 소릴 또 한다? 말이 씨 되는 거야. 넌 나이도 있고…… 나쁜 병은 아닐 거야."

"암이라던데?"

"누가? 누가 그런 말을 하데?"

"나도 다 알아. 하지만 언니! 만약 못 나을 것 같으면 의사에게 부탁해서 차라리 그냥 안락사를 시켜줘. 그리고 화장해서 고향 뒷산에 뿌려줘. 그래도 난 고향이 젤 좋아."

"그 따위 쓸데없는 말 다시 하면 그땐 정말 혼 날줄 알아. 말이라고 다 말인 줄 아니? 네가 마음이 약해져서 그런 거야. 제발 마음을 굳게 가져봐. 그리고 이겨내. 이 언니를 생각해서라도 말이야."

"그래, 언니! 나도 정말 그러고 싶어. 하지만 이제는 아무래도 아닌 것만 같아. 참, 언니! 나 죽더라도 너무 슬퍼하지 마. 나중에 다 이야기해줄 거지만, 난 언니가 생각하는 것만큼 힘들고 외롭기만 했던 건 아냐."

"무슨 말이니, 그게? 언제 내가 널 외롭고 힘들다고 했어?"

"아냐, 그럼 됐어. 사실 난 죽는 게 너무 두렵고 무서워. 하지만 어느 누구도 죽지 않고 사는 사람은 없잖아? 그리고 죽는 사람은 죽어버리니까 그걸로 끝이지만, 살아있는 사람은 언제까지라도 슬퍼하게 될 거잖아. 난 그것도 잘 알아. 그러니까, 언니, 제발 나 죽더라도 너무 애달프게 생각하거나 슬퍼하지 마."

"그만해. 넌 결코 죽지 않아."

현주가 딸로 태어났기 때문에 아버지가 집을 나간 것이고, 현주가 태어나서 남편을 잃은 것이니 만치, 웬수는 아버지가 아닌 바로 현주라면서, 엄마가 죄도 없는 현주에게 화풀이를 하던 때의 서럽게 울던 어린 현주의 모습이 불현듯 눈앞에 다시 선연하게 떠올랐다.

조금만 잘못해도, 아니 아무런 잘못이 없는데도 엄마는 현주에게 아버지에게 하듯이 화풀이를 했었고, 끝내 그런 날은 세 여자의 울음소리로 온통 집안이 화간 지옥이 되었다. 결코 고향에서의 추억이 즐거웠을 리 없었다. 그런데도 현주는 자기 혼백과 넋을 부디 고향 뒷산에 뿌려달라는 부탁이었다.

다음날이 되자 아침부터 엑스선을 찍는다, 위내시경 검사를 한다, 초음파검사를 한다, 하루 종일 부산하게 보내고, 식사는 겨우 저녁때가 되어서야 처음으로 나왔다. 하지만 현주는 얼른 수저를 들지 못했다. 병원식사가다 그렇고 그럴 테고, 몸 성한 사람의 눈으로 보아도 맛없게 보이기는 했지만, 꼬박 이틀을 굶은 사람이 단 한 숟갈도 뜨지 못하는 것이다.

"집에서 뭐 다른 걸 해다 줄게, 먹고 싶은 거 있으면 말해 봐. 뭘 해올까?"

"괜찮아. 얼른 집에나 가봐. 형부 식사 차려드려야 하잖아?"

"그럼 이걸 몇 숟갈 떠봐. 이틀이나 굶었잖아? 내일은 김치랑 밑반찬을 조금 해 올게. 오늘은 우선 이걸 조금만 먹어봐."

마지못한 듯 현주는 침대에 앉아 몇 수저를 뜨더니만 곧 밀어내며 말했다.

"토해지려고 해서…… 도저히 안 되겠어."

현주는 식사를 물리기가 무섭게 다시 누워버렸다. 그러나 어제와는 달리 이제는 더 이상 눈물을 흘리지는 않았다.

"어서 집에 가봐. 나 때문에 식구들 굶기지 말고……."

시계에 눈을 주었다. 벌써 7시 반이었다. 항상 배가 고픈 부자의 저녁을 위해서는 더 이상 느려 뺄 수도 없었다.

"그럼 갔다 올게……."

자리에서 막 일어서는데, 병실 문이 열리며 정태를 대동하고, 병실로 들어서는 남편과 눈이 딱 마주쳤다.

"집에서 오는 거예요?"

"응."

두 부자는 합창을 하듯이 한꺼번에 대답을 하며 현주에게로 다가왔다.

"처제가 조금 아프다더니 더 예뻐졌네."

"이모! 진짜 많이 아픈 거야?"

현주가 가냘픈 미소를 보이며 침대에서 일어나 앉으려하자, 남편은 손을 내저으며 만류를 했다.

"누워 있어. 진짜 아픈가 하고 한번 와본 거야. 의사가 뭐래? 별 거 아니라고 그러지?"

"식사는 했어요?"

현주의 눈치를 살피며 쓸데없이 내숭을 떠는 남편의 말꼬리를 잘라버렸다. 다행히 현주의 표정에 큰 동요는 없었다.

"엄마! 우리 짜장면 사먹었다아!"

결혼하고 나서 단 한 번도 부엌에 들어간 일이 없는 남편이었다. 더구나 쥐꼬리 봉급에 외식을 보통으로 무서워하는 사람인가? 하지만 상황이 상황이니만치 일찌감치 감을 잡고서 정태와 함께 중국집을 들렸다가 온 모양이었다.

"그럼 언니는 어떻게 해?"

식구들 모두 다 저녁대신 짜장면을 사먹었다는 말에 현주는 성한 사람 끼니 걱정을 했다.

"괜찮아. 나야 이따 아무 때나 먹으면 되잖아. 걱정하지 마."

"집에 가봐야겠지?"

별별스런 여자 환자들이 여덟 명씩이나 빼꼭하게 드러누워 있는 병실 안을 이리 저리 둘러보던 남편은 아무래도 불편했던지 좌불안석이 되어 말했다.

"먼저 들어가세요. 금방 뒤따라 갈 테니까."

"배 안 고파? 같이 들어갔다가 식사하고 다시 오지 그래?"

"그래, 언니! 그렇게 해! 형부랑 같이 들어가. 이제 나 혼자 있어도 돼. 검사도 다 끝났잖아?"

피아노다, 보습학원이다 해서 정수 역시 여간 힘들어하는 게 아니었다. 정수를 생각해서 못 이긴 척 일단 집으로 돌아왔다. 며칠째 제대로 씻지도 못한 몸도 씻고 밀린 몇 가지 빨래를 하다 보니 어느새 정수가 돌아올 시간이었다.

"배고프지? 자! 얼른 씻고 와라."

"이모가 많이 아픈 거야? 무슨 병이래?"

정수도 이제 조금 자랐다고, 제법 어른스러운 말을 했다.

"글쎄…… 아직 결과가 다 나온 것은 아닌데…… 암이란다. 수술이라도 할 수 있으면 좋겠지만……, 보통 일이 아니로구나."

"암이라고?"

"그래."

정수와 함께 늦은 저녁상에 마주 앉았으나, 자꾸만 목이 메어 밥이 목 안으로 삼켜지지가 않았다. 몇 번이고 물을 마셨다. 정수 역시 말없이 고개를 푹 수그린 채, 벌레 씹듯 밥알을 우물거리기만 하다가, 기어코 눈물을 몇 방울 떨구더니만, 떨리는 목소리로 다시 물었다.

"암에 걸렸다면 못 낫는 거잖아? 나 때문에 집을 나가서 병이 난 건 아닐까?"

방을 혼자서 쓰겠다고 떼를 부렸던 것이 여간 후회되는 모양이었다.

"토요일 수업 끝나면 곧바로 이모에게 가봐야겠어. 날 미워하진 않을까?"

"얘는 무슨 소릴 하고 있는 거냐? 언제 이모가 널 미워하는 적 있었니?"

현주는 정수나 정태에게 마치 친 엄마처럼 대했다. 아이도 없이 살다가 결혼에 실패하고서 쫓겨 오다시피 집으로 들어와 함께 지내게 된 이후로, 현주는 직장을 나가는 언니 대신 두 아이들의 엄마 노릇을 톡톡히 했던 것이다.

처녀 때부터 다니던 직장이었는데, 아이를 가졌다는 것을 알게 되자, 남편은 그만 두라고 한사코 채근이었다. 사실 돈으로만 따진다면야 남편 사업만으로도 충분했다. 하지만 벌써부터 집에 들어앉아야 하겠느냐 싶어, 두 아이를 낳고서도 고집스럽게 몇 년간 일을 더 계속했는데, 그건 다 어떻게 보면 때맞추어 집으로 돌아온 현주 덕분이기도 했다.

몇 년 후 결국 계속되는 남편의 성화에, 하는 수 없이 직장을 그만 두게 되었는데, 집안에서 자기 일이 그만큼 줄어들게 된 현주는 그때부터 기를 펴지 못하고 지내며, 남편에게는 말할 것도 없고 언니인 자신에게 조차도 미안해했다. 설상가상으로 남편 회사가 실패를 하고 집안상황이 악화되자, 현주는 더더욱 좌불안석이 되었다.

물론 현주가 집에 있는 동안 내내, 중매쟁이를 포함해서 손을 쓸 수 있는 곳엔 모조리 다 손을 쓰며 어떻게든 현주를 재혼시켜 보려고 무진 애를 썼었다. 그러나 웬일인지 번번이 일이 틀어져버렸고, 몇 차례 선을 본 후로는 당사자인 현주 편에서 더 시들해져버려서 도무지 진척이 없게 되고 말았다.

현주는 어렸을 때와 성격이 완전히 달라져버렸다. 아마 그것은 현주가 대학 3학년 때 '무균성뇌수막염'을 앓고 난 이후였을 것이다. 고교 때까지도 거의 전교 1등을 유지할 정도로 머리도 명석하고, 활달한 편이었는데, 2달 정도 입원하고 나서 퇴원한 이후로는 도대체 자신 있어 하는 일이 하나도 없고, 누구를 사귀려고 하지도 않았을 뿐만 아니라, 오로지 자기 껍질 속에 들어앉아 살려고만 했다.

그래서 단 1년 남은 학교조차 제대로 마치지 못하고, 결국 중도 하차하고 말았다. 하지만 천만 다행으로 그것 말고는 전혀 흠잡을 데가 없이 자기 할 일을 그대로 큰 무리 없이 해나간다는 점이었다.

현주는 비록 졸업장을 받지는 못했지만, 국문학과 출신답게 글 쓰는 것이 취미였다. 그런데 이상한 것은 자기가 쓴 글을 다른 사람이 읽는 것을 죽기보다 더 싫어한다는 점이었다. 그래서 한집 식구이고 친언니이었을망정 무엇을 쓰는 것인지 알 길이 없었다.

그러면서도 해마다 여름이 지나고 초가을로 들어서기만 하면 연말까지 거의 매일 밤을 새우다시피하며 지냈다. 아마 그것은 연말쯤의 신춘문예 때문인 것 같았으나, 어디에서고 단 한 번도 현주의 작품이 실렸다는 소식은 없었다. 하지만 그렇다고 해서 고생스럽게 그런 쓸데없는 일을 왜 하느냐고 물어볼 수도 없었다.

"아니, 밤새 잠도 안자고 날 밤 샌 거니?"

새벽녘에 화장실을 가느라고 마루로 나와 보면 그때까지도 현주는 작은 포마이카 상 앞에서 이불을 둘러쓴 채 열심히 뭔가를 쓰고 있었다. 그런 동생을 보며 처음에는 '자라, 자라' 하고 말았으나, 매일같이 너무도 열심이라서 궁금증도 일었던 나머지, 고단한 하품을 이기며 무얼 쓰는 것인지 읽어보려 했던 적이 있었다.

"보지 마!"

"왜? 발표할 거 아니니?"

"발표는 무슨 발표. 몇 번 보내본 걸 가지고서……."

"그렇다고 혼자서만 볼 것은 아니잖아? 이렇게 힘들게 열심히 쓰는 건데 일단 보내 봐야지. 안 그래? 난 네가 너무 고생만 하는 것 같아……."

"고생만 하는 것 같아서 가슴이 아프다고 말하려는 거지. 아냐, 난 진짜 아니거든. 사람은 누구나 다 자기 생각으로 사는 거야. 기쁘다고 생각하면 기쁜 거고, 슬프다고 생각하면 슬픈 거고, 외롭다고 생각하면 외로운 거잖아. 자기 생각대로 살게 된다는 말도 옳을 거야. 어쨌든 나도 생각이 있어. 그리고 언니 생각만큼 나 그렇게 힘들지 않아. 나 지금 너무 너무 행복해. 그러니까 더 이상 걱정하지 마."

현주에게 아직 남아있다고 여겨지는 유일한 단 한 가지, 즉 글쓰기에 대한 정열과 의욕만큼은, 어떻게든지 세상 사람들은 다 몰라도 언니인 자기만큼은 확실히 인정해주고 싶었다. 글 쓰는 일로라도 자신감을 되찾은 현주가 다시 예전처럼 살게 된다면 얼마나 좋을 것인가? 하지만 현주는 단칼에 무를 자르듯 말을 막아버렸다.

하지만 잠도 안자고 그 고생을 하면서 무얼 쓰는지 솔직히 궁금하기도 했다. 그러나 현주는 제가 쓴 걸 혹시라도 누가 읽어볼까 봐 그러는지, 지레 겁을 내며 한사코 감추어 버렸다. 무슨 글인데 저렇게 감추려고만 들까? 혹시 옛날 엄마와의 이야기를 쓰는 것이라서 그러는 것일까?

그 후 어느 날인가, 현주가 없는 사이에 쓰고 있는 원고더미를 찾아내어 조금 읽어보았다. 그러나 아무리 문학에 문외한이라도 그렇지, 현주의 글들은 모조리 다 그림으로 치자면 무슨 추상화 같은 것으로서, 난삽하기 그지없고, 상징적인 짤막짤막한 독립적인 문장들뿐이라서, 도무지 무슨 말인지 이해할 수 없었다. 하지만 어떻게든지 절반쯤만이라도 이해해보려고 인내심을 발휘하여 몇 장 더 읽어보았으나, 이해할 수 없기는 매 마찬가지였다.

어느 날 밤, 커피를 마시고 있는 현주가, 드물게 기분이 좋아 보이는 것이라서, 그 기회를 이용하여 넌지시 한번 물어보았다.

"미안하다. 네가 하도 열심히 글을 쓰는 것 같아서 몇 장 읽어봤는데
……."

"무슨 말인지 도무지 알 수 없더라는 말을 하려는 거지? 그럴 거야. 난 내가 누군지 알고 싶어서 변죽부터 나를 그리고 있는 거야. 언니는 모를 수밖에 없어."

"자기를 그려?"

"그래."

"그럼 일종의 자화상 같은 거로구나. 그럼 회고록과는 다른 거냐? 변죽부터 그린다는 게 무슨 뜻이냐?"

"언닌 몰라도 돼. 설명할 수도 없고, 이해하기 힘들 테니까 말이야……. 난 인간이란 뭔가 하는 본질적인 걸 파악하려 하는 거야."

"그럼 문학이라기보다는 철학이네?"

"그래, 문학의 틀을 빌린 철학이라면 이해가 쉬울 거야……. 하지만 누가 날 알아달라고 뭘 쓰는 건 아냐. 독자나 작자가 나 혼자뿐이라고 해도 아무 상관없는 일이야."

결국 자기만의 틀에 갇혀서 세상을 사는 것이 가장 행복하다는 말이었을까? 현주는 혼자서 현실이 아닌 자기만의 가상의 세상을 마련해놓고 살아가고 있는 것이 분명했다. 그건 마치도 육지에 있다는 생각을 하며 망망대해를 혼자서 표류하며 살아가고 있는 구제불능의 외로운 표랑자처럼…….

구제불능이라고? 그랬다! 누가 아무리 현주에게 현실을 설득시키려 든다 치더라도 당사자는 전혀 이에 동의하거나 깨달으려 하지 않을 것이었다. 그건 태어나면서부터 엄마에게서조차 환영받지 못했던 데다, 두 번이나 연속으로 남자들의 배신을 받은 나머지, 더 이상 세상이라는 토양 위에 두 발을 현실적으로 딛고 설 수 없었기 때문일지도 몰랐다. 아니면 뇌수막염이라는 몹쓸 병을 앓고 난 이후로 뇌의 구조가 다 망가져서 그렇다거나…….

하지만…… 아무리 그렇다고 해도 글 속에다 가상적인 세계를 만들어두고서 혼자서만 살아가고 있다는 것은 정말이지 딱하고 안타깝기 이를 데 없는 일이었다.

그러나 문제는 그것뿐만이 아니었다. 현주는 정신적인 면뿐만 아니라

육체적으로도 여성적인 특징을 모조리 다 잃어버리고 말라붙은 검불처럼 변해가고 있었다. 집에서 간단한 샤워만 했고, 대중탕에는 절대로 가지 않았던 현주였으므로, 벗은 몸을 볼 기회가 전혀 없었다. 그러나 옷 위로 살펴보더라도 유방이라거나 기타 여성적인 면모는 무척이나 빈약했다. 더욱이 생리조차 없이 지내는 달이 많은 모양이었다.

하지만 그렇다고 해서, 아무리 언니라고는 해도, 그런 개인적인 질문까지 할 수는 없었다. 그래서 간접적이고 우회적으로 물어볼 수밖에 없었다.

'생리대를 많이 사다 놓았는데…… 너 일부러 따로 사다 쓸 필요 없잖아?' 아니면 '브래지어 선물이 들어왔는데…… 사이즈가 맞나 볼래?'하고 말할라치면, 현주는 그때마다 '난 괜찮아.' 아니면 '아, 난 필요 없는데.'하고 간단히 말해버릴 뿐이었다. 도대체 식사라고는 죽지 않을 정도로 먹고, 하는 동태를 보면 이미 생리가 끊겨버린 것은 확실했다. 그래서 몸매조차 남자 같던 죽은 엄마를 점점 더 닮아 가는 것 같았다.

저런 성격에 저런 몸매인데…… 어떤 남자가 매력을 느끼고 좋아할까? 한때는 어떻게든지 짝을 지어주려고 무척이나 애썼던 것이라서, 그때 일을 생각해 보면 되지도 않을 일에 고심만 했었다는 생각에서 쓴웃음만 나왔다.

"그렇게 조금씩 먹고도 넌 어떻게 사는 거니?"

"뭘? 이정도도 전에 비하면 많이 먹는 건데……."

"그래도 그렇게 조금 먹고서 어떻게 사니? 어느 정도는 먹어야지. 커피가 영양분으로 바뀔 일도 없을 테고 말이야. 다이어트도 정도껏 해야지 않을까? 잘못하면 몸을 버린다던데……."

그러나 현주는 그럴 때마다 별 소리를 다 한다는 듯이 응대도 하지 않고 제 할 일만 하는 것이었고, 언니의 쓸데없는 간섭은 하나마나라는 식이었다.

언젠가 방안에서 옷을 갈아입고 있는 현주의 가슴을 본 일이 있었다. 현주는 같은 여자끼리라 해도 절대로 자기 나신을 보여주는 일이 없었다. 옷만 갈아입으려 해도 꼭 문을 걸어 잠그는 것이 버릇이었는데, 어쩌다가 운 좋게 직접 확인해볼 수 있는 기회를 얻은 것이다.

세상에! 예상했던 대로 현주의 가슴은 흉물스럽게 드러난 갈비뼈 위로 양측 유두만 물사마귀처럼 붙어있을 뿐, 유방은커녕, 아예 가슴살조차 전무했다. 그 이후로는 현주에게 '결혼'에서 '결'자도 내비치고 싶지 않았다. 그런 현주였다. 그런데 무슨 바람이 불었는지, 항암제를 쓴 후 머리가 다 빠져나가는 것을 거울로 유심히 살펴보고 있다가 생전처음으로 용모에 관한 말을 했다.

"머리까지 죄 빠져버리니깐 여간 흉물스런 게 아니네. 스님이라면 모를까."

"걱정 안 해도 된대. 약을 끊으면 새로 다시 난대니까……."

"그래? 그럴까?"

그 동안 한 번도 자신의 외모에 대해서 입도 뻥긋한 일이 없던 현주였다. 그런데 이런 말까지 다 하다니……. 마음이 얼마나 착잡해지는지 몰랐다.

"언니 나 부탁이 하나 있는데…… 조금 이상하게 생각할지 모르겠지만……."

무슨 생각이 났는지, 현주는 난데없이 부탁 한 가지를 하겠다면서 입을 열고는, 한 동안 머뭇거리기만 했다.

"뭔데 그래? 말해봐."

"이따 저녁때 이야기할게…… 더 생각해보고……."

"괜찮아, 그냥 말해 봐. 할 수 없는 거라면 어쩔 수 없겠지만…… 뭔데 그래?"

입원하고 나서 5일째가 되던 날, 의사가 환자 몰래 따로 부르더니만 모든 결과가 다 나왔다면서 설명을 해주는데, 위암이 생겨서 위장 주위뿐만 아니라 뇌나 자궁, 뼈에 이르기까지 가지 않은 데가 없을 정도로 죄다 퍼져있으므로, 이제는 수술도 어렵다면서 항암제 치료와 방사선치료나 해보자는 것이었다. 처음서부터 그렇게 다 예상은 하고 있었음에도 불구하고, 의사의 입으로 나오는 말을 확실하게 듣고 보자 보통 난감한 게 아니었다. 거짓말로라도 다른 좋은 말을 들었으면 했기 때문이다. 그러나 방법이 그것뿐이라는데 어떻게 할 것인가?

환자에게는 알리지도 않고 항암제 치료를 시작했으므로, 처음에 현주는 그것을 잘 몰랐던 모양으로, 링겔만 맞고 나면 속이 더 뒤집히고 어지러워진다면서 한사코 주사를 기피하려 했다. 그래서 나으려고 그런 것이라고 애써 달래었다. 하지만 머리가 빠지는 걸 보고서는 본인도 이제 거의 확실하게 자기 병과 치료 내역을 깨달은 모양이었다.

태어나지 말았어야 하는 가외의 인생을 살고 있다는 자학이었을까? 그 동안 어떠한 경우에도 부탁한다는 말 따위를 했던 적은 한 번도 없었던 현주였다. 그러다가 철이 들고 나서 처음으로 현주 입에서 부탁이라는 말을 듣게 된 것이다.

"뭔데 그래? 속 시원히 말을 해야 알지?"

"언니! 미안해. 정말로…… 난 사실 엄마에게 미안할 건 별로 없어. 하지만 언니에겐 정말 미안해."

죽음이 임박했다는 것을 깨달은 것일까? 현주는 눈물을 흘리며 부탁 말을 하려했다. 죽지 않는다고 턱없는 거짓말을 하면서까지 하고 싶은 말을 못하게 할 수도 없었다. 유언이라는 생각에서 현주의 앙상한 가슴을 붙잡고서는 한참동안이나 울었다. 하지만 아무리 동생의 몸이라 해도 뼈가 다 드러나고 어찌나 해골 같던지 섬뜩한 귀기가 느껴져서 나중에는 싫은 생각만 들었다.

"무슨 말인데 그래? 괜찮아. 말을 다 해봐."

"언니…… 사람이 죽을 때가 되니깐 괜히 이상한 걸 다 바라게 되나 봐."

"죽긴 왜 죽니? 이 언니를 봐서라도 그런 소리 하면 안 돼. 이럴 때일수록 더욱 살겠다는 의지를 가져야 해. 자! 걱정 말고 뭔지 다 말해 봐."

"그래, 언니 말이 맞아. 하지만 이젠 안 될 거야…… 이제 너무 지쳐버린 것 같아…… 너무 오래 기다리기도 했고…… 뭔가 하면 말이야……. 언니! 나, 참 우습지? 언니…… 정말 오핼 하면 안 돼. 난, 언니를 좋아했던…… 시골학교 때 왜, 그…… 언니랑 같이 학예회도 했던 호동왕자 있지? 이영수 씨 말이야."

얘가 지금 무슨 말을 하는 것일까? 난데없이 호동왕자라니? 이제는 거의 기억조차 가물가물해진 까마득한 옛날 옛적 이야기였다.

"호동왕자? 이영수? 왜?"

"아아냐! 아아무 것도 아아냐!"

그러나 말을 가까스로 꺼낸 현주는 무슨 생각을 했는지, 말을 더듬더니만 갑자기 고개를 돌리고 입을 다물어버렸다. 아련한 기억 저 건너편에서 지금 정태보다 조금 더 큰, 초등학교 6학년인 영수가 두 손으로 한 움큼 과자를 쥐고서 들길을 되짚어 달려오던 모습이 눈앞에 다시 선하게 떠올랐다.

그리고 곧바로 다시, '진짜? 연극 잘했다고 진짜로 선생님이 주신 거야? 선생님이 되면 얼마나 좋을까?' 혀에 감기며 스르르 녹는 양과자의 감칠맛에 넋을 잃고 감탄하던 현주의 어렸을 때의 천진스런 모습도 주마등처럼 나타났다.

그때가 언제 때 일인데…… 지금 현주는 뚱딴지같은 일을 기억해내고 있는 것일까?

처음에는 극도로 쇠약해있는데다, 독한 항암제 때문에 헛소리를 하고 있는 것이 아닐까 하고 생각했었는데, 그게 아니었다. 그 후로 한 일주일쯤 지난 어느 날 밤, 이제는 머리칼이 다 빠져 거의 대머리가 된 모습을 거울로 비추어보던 현주가 다시 갑자기 이영수 이야기를 꺼냈기 때문이다.

"언니! 지난번에 말했던 이영수 씨 있지? 언닌 그가 어떻게 되었는지 잘 모르지?"

"그래. 왜?"

얘는 어째서 자꾸만 난데없는 이영수 타령만 할까? 그게 언제 때 이야긴데…….

가만! 혹시 둘 사이에 그 동안 나 모르는 무슨 일이 있었다는 말일까? 그럴 일은 없었을 터인데…….

"제발 오해하지 말고 들어주면 좋겠어. 언니에게 부탁 말이 있어서 그런 거야."

직감이랄까? 만약에 현주와 영수 사이에 무슨 일이 있었다면 그것은 현주 혼자 시골에서 지내던 고교시절이었을 것이라는 생각이 번개처럼 들었다. 남정네들보다 더 험한 말과 행동으로 악바리만 부리던 엄마의 유일한 상대로서 언니인 자신의 몫까지 현주 혼자서 감내하며 지내야 했을 힘들고 괴로운 시기였을 터이니까…….

"영수 씨는 언니를 무척 사랑했어. 이건 사실이야. 언니가 어떻게 생각할지 모르지만 언니가 선덕여왕이라면 자기는 지귀라고 했어. 그를 돌이켜 생각해볼 때마다 난 그가 불쌍해서 견딜 수가 없어. 그는 매일 밤 근 5년 동안이나 언니에게 애절한 연서를 썼어. 사랑할 자격도 없지만, 사랑하지 않을 수 없다면서 말이야…… 자기의 매일 첫 기도는 고민주 씨를 이제 그만 잊게 해달라는 것이었고, 잠들 때의 기도는 그래도 짝사랑일망정 고민주 씨를 사랑하고 있게 해주셔서 감사하다는 것이었대. 언니, 내 말 잘 들어봐. 그의 일기장에 깨알처럼 쓴 걸 난 직접 다 읽어보았어. 사실 그건 일기가 아니고 언니에게 보내는 애절한 연서였어. 그땐 언니가 직접 볼 수 있게 편지로 쓰지, 뭐 하려고 그렇게 자기 혼자서나 볼 수 있는 일기장에다만 써놓은 것인지 얼마나 궁금했었는지 몰라. 언니가 선덕여왕이라면서, 어떤 데에서는 여왕 폐하라고 쓰기도 했고, 어떤 곳에서는 나의 베아트리체라고 쓰기도 했는데, 어쨌든 오로지 그저 고민주 씨뿐이야."

마치 마른하늘에서 떨어지는 날벼락 같은 소리랄까? 꿈에도 생각하지 못하고 지냈던, 그야말로 기상천외하고 허무맹랑하기 짝이 없는, 지어낸 거짓말이 오히려 더 그럴 듯하게 여겨질 만한 말이었다. 도대체 일고의 가치도 없을 그따위 말을 죽음을 앞둔 지금에야 새삼스럽게 털어놓는 것을 들으며, 현주가 하고 있는 말의 의미를 유추해보려 애썼다.

애는 지금 무슨 말을 하고 싶은 걸까?

"그게 무슨 말이야? 넌 지금 대체 무슨 이야길 하고 있는 거니? 네가 쓴 소설 이야기를 빗대서 하고 있는 말이니, 혹시?"

"아냐, 이건 죄다 진실이야. 그런 식으로다 영수 씨를 모독하면 안 돼. 그러면 언닌 진짜 구제받지 못할 사람이 될 거야. 내 말 잘 들어 봐."

"구제 받지 못해? 그게 무슨 뜻인데?"

"그래. 물론 그게 다 언니의 책임만은 아니겠지! 하지만 언니의 책임도 있는 거야. 잘 들어 봐."

영수에게 진 빚이라고는 싫다고 하는데도 억지로 쥐어주던 과자 다섯 개가 고작이었다. 하지만 현주의 말은 그게 또 아닌 모양이었다.

"그는 언니가 대학 때 아버지에게 보냈던 감사 편지까지도 보관하고 있었어. 기억할 수 있겠어? 그때 아버지에게 편지 썼던 일을?"

아버지에게 써서 보냈던 감사 편지? 그렇다면 그건 대학 2학년 여름방학 때쯤 가정교사자리를 옮긴 직후였을 것이다. 새 학생을 맡게 되어 바쁘다는 핑계도 있었지만, 시골집에 가봐야 악다구니 쓰며 사는 엄마와 찔찔거릴 현주가 있을 뿐이고, 작은 엄마 집에서 따로 사는 아버지를 엄마 눈치 살피며 만나야 한다는 것도 보통으로 싫은 일이 아니었다. 그래서 방학이라 해도 도대체 시골집에 가보고 싶은 생각이 없었다.

하지만 아버지에게 최소한 편지라도 써서 보내야 했다. 얼마 전 보내준 돈을 잘 받았다는 것, 그리고 새로운 주소지도 알려야 할 것이기 때문이다. 그러나 다른 것은 다 좋지만 생각조차 하기 싫은 아버지에게 고맙다는 편지를 쓴다는 것은 사실 죽기보다 더 싫은 일이었다.

등록금은 장학금을 받고 있었으므로 문제도 아니었고, 먹고 자는 것 역시 가정교사를 해서 해결하고 있었다. 다만 다소간의 용돈이 필요할 따름인데, 일 년에 두어 번 아버지랍시고 긴 사연의 편지와 함께 얼마씩 돈을 보내주는 것이었고, 그 돈을 받아쓰는 것이 그토록 부담스러울 수 없었다. 돈도 돈이지만 아버지가 보낸 그 긴 편지의 반에 반량이라도 답장을 써서 보내는 것이 딸의 도리일 것이기 때문이다. 하지만 그러려면 생각조차 하기 싫은 아버지에게 미주알고주알 감사하다는 편지를 써야할 터인데, 그건 물속에 코를 박고 숨을 쉬라고 하는 거나 마찬가지였다.

그렇다고 '돈 잘 받았습니다. 잘 쓸게요. 감사합니다.'하고 전보처럼 단한 줄 써서 보낼 수도 없는 노릇이고, 하다못해 건강하시라는 말 한 마디라도 보태어 써야 할 것이었다.

그래서 그렇게 편지를 시작하다보면, '애라 모르겠다.'하고서는 실제가 아닌 상상 속의 아버지에게 편지를 쓰는 식이 되어버렸고, 여느 딸이 객지에서 그리운 아버지에게 쓰는 글로 변질이 되어버리기 일수였다. 그런데 현주의 말은 그 편지 중의 하나를 이영수가 간직하고 있다는 것인데

……. 어떻게 해서 그 남자의 손에까지 들어가게 되었는지 도대체 알 수 없는 노릇이었다.

절대로 본심일 수 없는 소설 같은 생판 거짓말이라서 누가 읽어보았다고 해서 무슨 상관이 있을 것도 아니었다. 하지만 그렇다 하더라도 어쨌든 개인적인 사연이 아니겠는가? 자기 편지가 엉뚱한 남자에게 보관되어 있었다는 것은 결코 기분 좋은 일은 아니었다.

"그건 확실히 언니가 아버지에게 썼던 편지였어. 어떻게 해서 영수 씨 손에 들어간 것인지 나도 모르지. 하여간 첫머리가 이렇게 시작된 거였어. '그리운 아버지께'하고 말이야."

그리운 아버지? 말도 안 돼! 정말 턱도 없는 소리였어…….

"언니의 편지를 읽은 소감을 깨알 같은 글씨로 장장 2페이지나 썼는데…… 그는 집안의 불행을 초래한 장본인인 아버지에게까지 그토록 다정하고 존경스러운 태도로 편지를 쓸 수 있는 언니야말로 하늘에서 내려온 천사가 틀림없다고 쓰고 있었어……. 그래서 혼자서 짝사랑한다는 것이 결코 부끄럽다거나, 잘못되었다고 말할 수 없을 만큼 언니는 너무도 훌륭한 여인이라고 씌어져 있었어."

"너도 그 편지를 읽은 거니?"

"읽었다면 어떻고 안 읽었다면 어때? 다 지나간 옛날이야기잖아."

"이영수를 언제 처음 만난 거냐? 아니, 그보다도…… 자기 일기를 어째서 너에게까지 보여 주었던 거야?"

"아냐, 그랬던 것은 아니야. 내 말을 더 들어봐!"

고 2 늦봄 때쯤이고, 정규 수업을 마치고 집으로 돌아오는 길이라서, 대략 오후 5시쯤이었다는 것이다.

읍내에 위치한 고등학교는 집에서 대략 5킬로쯤의 거리였다. 그러나

버스가 자주 있는 것도 아니고 돈 여유도 없었으므로 대개들 들길을 가로지르는 지름길을 걸어서 등하교를 했었다. 그건 3년 후배인 현주 때에도 마찬가지였던 모양으로, 들길을 혼자서 걷고 있는데 영수가 뒤에서 부르더라는 것이다.

"얘! 너 민주 동생 현주 맞지? 그렇지? 그 사이 많이 자랐구나."

"누구세요? 아아! 영수 오빠? 그렇죠? 맞죠?"

갓 제대를 하고 오는 길인 듯, 예비군복 비슷한 옷에 커다란 가방을 어깨에 걸멘 채로 자기 뒤를 바짝 따라 걸어오는 영수를 처음에는 누군지 잘 몰랐다는 것이다.

"그래 맞다. 난 영수야. 학교에서 오는 길이야?"

"네. 그런데…… 지금 제대해서 오는 길이세요?"

"그래. 맞았어. 제대하고 고향에 첫발을 내딛고 있는 중이지. 참으로 감개무량한 날이야. 그런데 민주 동생까지 만났으니, 반갑기도 하지만, 예사 일이 아닌 것 같구나."

"예사 일이 아니라뇨? 그게 무슨 뜻이죠?"

"하기야 동네 앞에서 동네사람을 만났는데…… 뭐! 별스런 일도 아니겠다만. 핫핫핫! 맨날 고향 그리워하며 강원도 철책에서만 살아서 그런지, 고향에서 고향사람 만난 것까지도 감개무량해지는구나."

"삼팔선에서 근무하셨어요?"

"아니 그보다 훨씬 더 북쪽. 북한군과 마주보며 지내는 철책선 안에서 근무했지."

"아휴! 무서워라! 정말 무서웠겠어요?"

"옷이 다르고 총이 달라서 그렇지, 그놈아들도 우리와 하나도 다르지 않게 생겼고, 마! 똑 같은 처지일 거야. 참! 너 민주만큼 공부 잘한다고 소문이 자자하던데? 축하한다. 언니처럼 장학생이 되어 서울로 대학 가겠구나?"

"글쎄요. 그건 지나봐야 알죠. 그런데 그런 말은 어디에서 들었어요?"

"응, 철책에 들면 고향을 비추어보는 작고 아주 정교한 거울을 하나씩 배급받거든. 거기를 들여다보면 현주가 아침밥을 먹었는지 아닌지 까지도 죄다 다 보이는 거야."

"피이! 거짓말! 그런 게 어디 있어요?"

"어라? 방금 전에도 그 거울을 보니까, 현주가 점심을 쫄쫄 굶고서 허겁지겁 집으로 가고 있는 게 보이던데? 그래서 재빨리 쫓아온 거지만 말이야."

점심을 굶고 배가 고프다는 것까지 어떻게 알았을까? 아마도 앓고 있는 엄마랑 힘들게 살아가는 처지를 넘겨 집고 하는 말일 것이었다.

"자! 그러지 말고 우리 읍내로 다시 되돌아가자. 너네 학교 앞에 괜찮게 뵈는 빵집이 있더라. 이래봬도 대한민국 육군 민정경찰 36개월을 보내면서 모은 돈이 있는데, 모처럼 민주 동생을 만나고서, 더구나 점심도 아직 안 먹었다는데, 그냥 갈 수 있겠냐?"

"군인이 아니고 경찰이었어요?"

"아냐, 그게 그 말이야. 어때? 이따 늦으면 막차 타고 집에 가기로 하고."

언니와 한 반이었다는 생각에 더욱 친밀감이 느껴져서 그를 따라갔었는데, 주린 배라서 그런지 음식냄새가 더 구수하더라는 것이다.

"자세히 보니 민주를 정말 많이 닮았구나. 웃는 거 하며……."

"언닌 나보다 훨씬 더 예쁠걸요?"

"아냐, 내 눈으로 보면 똑같이 예뻐."

하긴 초등학교 저학년 때는 언니네 교실로 들어가면 닮은꼴 왔다고 놀려주던 일이 있었을 정도로 자매가 똑같이 생겼다고 하던 때도 있었다. 그러나 커가면서 언니는 장미꽃처럼 예뻐진 반면에 그녀는 갈수록 못생긴 엄마를 닮아 가는 통에 무척 샘이 나기도 했었다.

그런데도 그는 언니와 똑같이 예쁘게 생겼다고 추켜세웠다. 모르긴 해도 서울이라는 데는 수돗물을 사용하므로 물이 좋아서 언니가 더 예쁘게 보이는지도 몰랐다. 아무렴, 같은 자매 사이인데, 누구는 예쁘고 누구는 미울 수 있겠는가? 서울로 가면 아마 언니처럼 예뻐질 수 있을지 모를 일이었다.

언니를 닮았다는 말에 기분이 좋아졌다. 그리고 돈 아까운 줄 모르고 그 맛있는 빵을 양껏 먹게 해주는 성의도 고마웠다. 그래서 그랬던지 처음으로 가깝게 함께 한 그였지만, 내심 여간 호감이 가는 게 아니었다는 것이다.

막차 버스 맨 뒷좌석에 나란히 앉아 집으로 돌아오면서도 그는 언니 이야기만 계속했고, 그래서 공연히 언니에게 질투심까지 일더라는 것이다. 그리고 남자와의 첫 데이트라면 첫 데이트인 셈이었는데, 공교롭게도 언니를 좋아하는 남자였다는 점이 마음에 걸릴 정도로, 여지껏 엄마에게서 듣고 배웠던 남자에 대한 교육은 깡그리 다 잊어버리고서, 그가 좋아지기 시작했다는 것이다.

"그래서? 그 후로 어떻게 된 거야?"

"그 후로 두 달인가? 하여간 얼마 지나지 않아서 그가 학교 앞에서 날 기다리고 있었어. 배를 타러 가기로 했다면서 말이야."

다시 만나게 된 둘은 자연스럽게 학교 앞의 그 빵집으로 들어갔다는 것이다.

"친구 동생인데, 이 학교에서 일등을 하는 애라우. 잘 아시죠?"

빵집 주인이야 자기네 가게에 자주 와서 많이 팔아주는 아이나 알까, 학교에서 일등을 하던 꼴찌를 하던 상관이 없을 터인데도, 그는 듣기 좋은 말부터 했다.

"하이고! 그래요? 그렇담 내 특별히 더 많이 드리지. 어쩐지 첨부터 여간 똑똑하게 보이지 않더라고요. 이제 2학년이구먼?"

학년이야 배지를 보고 알았겠지만, 그렇게 말해주는 주인아저씨 말이 고마워서 상긋 웃어주었다. 어른 남자든 아이 남자든 그처럼 여유 있게 마주보며 웃어주는 일은 사실 처음이었다.

"중학교 겨우 나온 무식쟁이가 제대를 하고 보니 직장이 문제인 거라. 이번에 배를 타고 한 1~2년간만 고생을 해볼까 해. 돈이 생기면 서울로 가서 야간대학이라도 다니고 싶어서지. 다행히 입대하기 전에 고등학교 검정고시는 합격해두었거든. 넌 공부를 잘해서 좋겠지만, 여하간 세상을 살아가려면 대학은 반드시 나와야 할 것 같더라고."

다녔던 학교라고는 겨우 읍내 중학교가 고작이었으나, 혼자 힘으로 대입 검정고시를 합격했다는 것으로 미루어보면, 그가 보통으로 노력했던 것이 아니었을 것이다.

"집안 사정이 그렇게 힘들었나요?"

"아니, 뭐 그렇다기보다도…… 처음엔 그딴 학교는 힘들게 다녀서 뭐 하겠나 싶었지."

"그런데요?"

"뭐가 그런데요야. 그냥 그랬던 거라니까."

"그런데 갑자기 왜 검정고시를 봤어요? 무슨 계기가 있었을 거 아네요?"

"계기는 무슨…… 심심풀이로 그래봤던 거지."

"그럼 무슨 계기 때문이라기보다, 불안해서 공부를 다시 시작했던 거네요? 그렇게 하긴 어려웠을 텐데? 공감하기 좀 그러네요."

"그랬나? 여하간 나도 잘 모르겠어. 무슨 계기 같은 것은 아마 없었을 걸. 나도 잘 모르겠어."

아니었다. 그건 새빨간 거짓말이었고, 나중에 그의 일기를 보고 나서야 그 이유를 알게 되었다는 것이다.

"일기에 뭐라고 쓰여 있었는데?"

"언니가 고등학교 졸업식을 마치고 집으로 돌아가던 때였다던가, 여하간 상을 받아서 가방과 상을 양손으로 나누어 들고 가는 것을 길에서 보았는데, 언니가 아는 척도 하지 않았다면서?"

"누가 그러든? 그가 그러든?"

"나야 일기를 보고 알았지. 그때부터 다시 공부를 시작했대."

하기야 아무리 동창생이라고는 해도 다 자란 처녀가 길에서 만난 사내를 새삼스럽게 반가워해야 할 이유도 없으려니와, 철이 들고나서부터는 지금껏 남편이 아닌 다른 남자와는 업무 이외의 일로 단 5분 이상 이야기를 했던 기억이 없었다.

현주의 말을 듣고 보면, 그는 자신을 무척이나 좋아했었고, 기억나는 것은 아니지만 만약 그때 그런 일이 있었다면, 아닌 게 아니라 자존심이나 기분이 몹시 상했을 것이다.

"그래서?"

"그날 나를 만나자고 한 것은 언니 주소를 알고 싶었기 때문인 것 같아. 그렇지만 함부로 가르쳐 주기도 뭐 했고……. 아냐, 솔직히 말해서 꼭 그런 것만도 아니었어. 언니 제발 오해하지 말고 들어줘. 언니를 짝사랑하는 그를 보며 갑자기 언니에게 질투심이 일었기 때문에 난 더더욱 주소를 가르쳐 주기 싫었던 거야. 그래서 그에게 물었지. '무엇하시게요?' 그랬더니 뭐라고 한 줄 알아?"

"뭐라고 했는데?"

"'그냥……, 잘 있나 보려고.' 그게 전부였어. 그리고는 언니에 대해서는 입도 뻥긋하지 않고 헤어졌어."

언젠가 학생시절, 집이 아닌 학교로 발신인 주소도 없이 익명으로 어떤 남자에게서 편지가 왔었던 일이 번개같이 떠올랐다.

하도 워낙 오래 전의 일이라서 자세하게 기억할 수는 없지만, 세상에서 고민주 씨를 가장 사랑하는 사람인데, 너무나 사모하는 나머지, 차라리 고민주 씨의 옷이라거나 만년필, 아니면 일기장이 되고 싶다면서, 혹자기가 누군지 짐작만이라도 해준다 해도 여한이 없겠다는 그런 정신병자가 쓴 것 같은 내용이었다.

그래서 당시에는 이영수는 꿈에도 생각하지 못했었고, 누가 이따위 미친 수작을 부렸을까 하고서, 한동안 가정교사 노릇을 했던 학생 오빠를 지목하고서 언짢아하며 지내기도 했었고, 결국 그런 저런 이유로 해서 그 집을 나왔었는데, 지금 현주의 말을 듣고 보니까, 어쩌면 그 편지는 집 주소를 몰랐던 영수가 학교로 보냈을 가능성이 가장 크다는 생각이 번개처럼 들었다.

초등학교 때 학예회 연극 일로나 그와 얼굴을 맞댈 일이 있었을까? 중학교를 다니면서부터는 학교도 다르고 마을도 달랐으므로 자연히 서로 만날 기회도 없었다. 또한 설령 서로 마주쳤다 하더라도, 사춘기 때라서 오히려 극도로 남자들을 조심하며 지내던 때였고, 더욱이 그때의 지상목표는 진고에서 1등을 하고 대학을 장학생으로 들어가는 일이었으므로, 영수가 눈에 들어왔을 리도 없었다. 그러나 고교시절 내내 공부를 잘한다는 이유 하나만으로 남자아이들이 여간 귀찮게 했던 게 아니었다. 그래서 더 더욱 고답적이고 도도하게 굴었었다. 아마 그래서 그는 더욱 자기 혼자만의 짝사랑을 키웠을지 몰랐고, 그런 사연을 전혀 모르고 있었던 자신은 그런 그의 일을 짐작조차 하지 못한 채 별개의 세상에서 살았을 것이다.

"그리고는 끝이야. 6개월도 채 안된 그 해 11월쯤 집으로 소포가 왔어. 겉봉에 발신인이 이영수라고 되어 있어서 첨에는 이영수 씨가 철 이른 크리스마스 선물이나 보낸 줄로 알았지. 근데 그게 아니었어."

현주는 부탁이라면서 어째서 본인 이야기가 아니고, 엉뚱하게 이영수와 언니인 자기 이야기만 하고 있는 것인지 의아하고 궁금했다.

하지만 그러면서도 자기를 짝사랑하고 있었다는 초등학교 동창, 이영수의 자세한 그 후의 이야기도 궁금했다.

"그럼?"

"깨알 같은 글씨로 기록된 그의 일기노트가 들어있었어. 아니, 정확하게 말하자면 일기가 아니라 언니에게 쓴 연서였어. 그는 바다에서 죽었대. 바다에서는 사람이 죽으면 수장을 하나봐. 언니! 나도 영수 씨가 수장된 바다로 가서 묻힐 수 있다면 얼마나 좋을까? 그를 삼킨 고래의 뱃속에 똑같이 들어가서 그의 영혼을 만나볼 수가 있다면······. 묻힐 방법도 자기 마음대로 선택할 수 있다면 얼마나 좋을까?"

현주는 이제 자기가 곧 죽는다는 것을 기정사실로 받아들이고 있었다. 그러면서 이왕 죽어서 묻히려면 자기도 영수처럼 수장이 되면 좋겠다는 말과 함께 한숨을 내쉬고는 잠시 말을 끊었다.

"근데 왜?"

"그의 일기가 어떻게 전해졌느냐는 말을 묻고 싶은 거지? 그를 수장시킨 후 소지품을 뒤졌는데 시골 우리 집 주소가 적혀있는 유서가 나오더래. 그는 어쩌면 이미 자기의 죽음을 예견하고 있었고, 그래서 유서를 써두었는지도 몰라. 아니면 단순히 위험한 바다래서 그런 걸 기본적으로 써두었다거나 말이야······. 하여간 그걸 읽은 선장이 우리 집으로 죄다 보내 준 건데······. 이렇게 유언이 씌어 있었어."

"어떻게?"

"아냐, 그건 다음에 얘기해줄게. 생각을 더 정리해 보고……."

"그냥 말해 봐! 다 지난 일인데 뭐?"

"그래! 말해 봐!"

갑자기 등 뒤에서 난데없이 채근하는 굵은 남자의 목소리가 들렸다. 남편이었다.

"웬일이세요? 이렇게 일찍?"

"응. 회사 일로 밖에 나온 길에 잠시 들렀지. 곧 퇴원해도 된데? 얼굴이 많이 좋아진 것 같은데 말이야."

"그렇죠? 당신 생각에도 그렇죠? 현주야! 너 정말 많이 좋아진 거야."

현주에게 거짓말로라도 좋아졌다고 말해주는 남편이 고마워서, 평소의 성격에 맞지도 않는 호들갑을 떨었다. 그러나 그건 자기 생각으로도 스산하고 공허할 뿐이었다.

현주는 갑자기 남편이 들어서자, 일부러 이야기를 중도에서 그만 둔 것인데, 출입구와 등지고 앉아있어서 미처 몰랐던 모양이었다. 하지만 어쨌거나 그런 것은 이미 다 지나간 옛이야기에 불과했다. 또한 설령 현주의 말대로 영수가 혼자서 짝사랑을 했다 치더라도, 그건 그 혼자 그랬던 것이니 만치, 남편과는 상관도 없을 일이었다. 하지만 남자들이 여자들보다 더 질투심이 강하다는데…… 모르는 게 어쩌면 더 좋을지 몰랐다.

"처제가 뭘 말해주지 않는 거야? 두 자매께서 무슨 재미나는 이야기를 한참 나누시던 것 같던데?"

남편은 둘 사이의 이야기가 무척 궁금한 모양이었다.

"아무 것도 아니에요. 당신과 상관없는 일이고요."

"그러니까 더 듣고 싶은 거 있지? 말해 봐! 처제. 대체 무슨 이야기였어?"

두 사람의 표정에서 무엇을 읽어낸 것일까? 남편은 여간 호기심을 보이는 게 아니었다.

"언니에게 부탁 하나 하려했어요."

"무슨 부탁인데? 아! 부탁이라면 언니보다 나에게 하는 게 더 빠르지. 안 그래? 처제?"

"그래요. 형부! 형부에게 하는 게 더 좋겠어요. 그 동안 너무 고마웠어요. 앞으로도 고마울 거지만요. 내가 죽으면…… 미안해요. 형부. 하지만 이제 어쩔 수 없을 것 같아요. 거짓말을 참말처럼 하기는 너무 늦은 것 같아요. 미안해요. 형부."

그 동안 현주는 남편 앞에서 자기 희로애락은 물론이고 작은 감정 변화조차 내비치지는 법이 없었다. 그저 '네' 아니면 '아뇨' 라고만 대답하는 것이 고작이던 현주가 아닌가? 그런데 지금은 영수의 이야기 끝에 이 불자락으로 자꾸만 눈물을 닦으면서 남편에게 유언처럼 고맙다는 말만 되풀이하고 있었다.

"아니, 처제! 죽긴 왜 죽어? 그리고 무슨 부탁이 그렇게 길어? 어서 말해 봐!"

"형부! 너무 고마워요. 죽으면…… 되도록 먼 바다에 뿌려주세요. 아니면 고향 뒷산에 뿌려주던가…… 고향마을은 바닷가라서 빗물을 타고 아주 쉽게 먼 바다로 갈 수 있을 거예요."

"알았어. 처제는 절대로 죽지 않아. 누가 문학하는 사람 아니랄까 봐서 그래? 괜히 쓸데없이 공상 소설까지 써서 눈물짜낼 일 있어? 그딴 생각은 이제 하지도 마!"

남편은 애절한 현주의 부탁 말을 농담처럼 받아쳐버렸다. 하지만 물론 그것이 그의 진심일 수는 없었다. 듣기에 따라 몹시 무안하게 느낄 수도 있을 것이었으나, 그렇다고 해서 달리 그가 할 수 있는 대답도 없을 것이었다.

그리고서 남편은 회사에 들어가 봐야한다며 곧바로 일어섰다. 아마도 눈물을 감추고 싶었는지 몰랐다. 그리고서도 아무래도 미심쩍었던 모양으로 얼굴을 보이지 않은 채로 뒤돌아서서 다시 한 번 쓸데없는 내숭을 떨었다.

"정태 정수는 내가 저녁 사서 먹일 테니까 걱정하지 말고, 처제랑 더 있어. 참! 처제 언제 퇴원하라는 말은 아직 없어? 가고 싶은 고향에도 한 번 가봐야 할게 아냐?"

남편은 대답도 듣지 않고 나가버렸다. 잠시 후 현주가 다시 말했다.

"언니! 그게 내 부탁이야! 아까 형부에게 말했던 그대로 해 줘."

"넌 벌써부터 쓸데없이 무슨 그런 빙충맞은 말부터 하는 거냐? 아까 의사선생님도 그랬잖아? 많이 좋아졌다고⋯⋯."

"아냐, 내 병은 내가 잘 알아. 언니! 그리고 내 말 더 들어봐."

남편이 나가고 나자, 현주는 다시 영수의 이야기를 꺼냈다.

"대략 5년간의 시간이 그 일기 속에 들어 있었어. 언니가 모른 척 하고 가버렸던 데서부터 철책에서 군대 생활을 했던 시기와 바다에 있었던 때까지. 그런데⋯⋯ 언니! 오해하지 말고 들어봐. 바다에서 지낸 시기에는 그 전 시기와 확실히 다른 점이 하나 있었어. 그게 뭐냐 하면⋯⋯ 영수 씨가 사랑한 사람은 언니임에 틀림없지만, 나를 만나고 나서는 현실적인 나에게 더 사랑을 느꼈다는 거야. 처음에는 언니를 닮았다는 이유 하나만으로 내가 무척 보고 싶더래. 그런데 그렇게 생각하다보니까 내가 자꾸만 좋아지더래. 그래서 바다에서의 일기에는 언니가 아니고 매일 나에게 쓴 편지가 들어있는 거야. 안아보고 싶고, 입을 맞추어보고 싶었대. 언니! 내 말 들어 봐. 난 이제 사실 더 이상 여한이 없는 거야. 비록 내 앞에서 그런 말을 미처 해주지 못했을 뿐, 그는 나를 그토록 간절히 원하면서 사랑했던 게 사실일거잖아. 생각해 봐! 엄마조차 날 미워했고, 어쩌면 창조주조차 잘못 내려 보냈을 거라고 믿기도 했던 나를 사랑해준 세상에서의 유일한 사람이 있었던 거야. 물론 마음속으로야 엄마도 나를 사랑했겠지. 또 언니도 나를 얼마나 사랑했겠어? 하지만 미안한 이야기일지 모르지만 영수 씨 만큼은 아닐지 몰라. 그는 꿈속에서 수도 없이 나를 만나 몽정을 했대. 늘 내 이름만 부르며 지냈고 말이야……. 믿어져? 언니! 하지만 그의 일기에 그렇게 다 씌어져 있었어. 수도 없이 내 허상을 만들어서 안아보고, 입도 맞추어보고, 그것까지 죄다 다 해보았대. 세상에! 언니, 내 말 다 듣고 있는 거지? 그런데도 그때는 물론이고, 그 후로도 난 한동안 그를 전혀 생각해보지도 않고 지냈어. 지금 생각해보면 글자 하나하나가 모두 다 진실한 영혼에서 울려나오는 애절한 절규였는데도 말이야. 그런데도 어째서 그렇게 감동은커녕, 이상한 남자라고만 생각하고 말았는지 정말 모르겠어. 아마도 너무 어렸기 때문이었을 거야. 아니면 죽은 사람이라서 으스스하게 느껴져서 그랬다거나……. 그렇지만 언니 집으로 와서 살게 되면서 그의 일기가 다시 생각났어. 그래서 읽고 또 읽었어. 그리고는 마침내 깨달은 거야. 그가 얼마나 간절하고 진솔한 마음으로 나를 사랑하며 그리워했었는지를……. 그가 쓴 일기는 이제 다 외워버릴 정도야. 자! 이제 그가 남긴 유언장을 들려줄게."

말을 마친 현주는 터져 나오는 울음을 참는 것인지, 눈을 감은 채, 한동안 입술을 씰룩거렸다.

"참! 그의 일기와 유언장은 얼마 전에 모두 다 태워버렸어. 섭섭할지 모르겠지만 이제 할 수 없는 거야. 언니나 형부가 그걸 읽어서 좋을 일도 없을 거고……. 그리고 언니야! 영수 씬…… 죽은 영수 씬 내 남자야. 언니가 혹시라도 마음에 두고 있다 해도, 부탁이야…… 나에게 양보해주길 바래. 알겠지? 물론 대학 때 철모르고 사귀었던 장영환이라는 남자나 결혼해서 잠시 함께 살았던 김민재라는 남자가 있었지만…… 그 남자들 둘 다 영수 씨가 나를 사랑했던 100분의 1도 나를 사랑하려 하지 않았어. 난 현실적으로 살아있다는 단 한 가지 이유만으로 그 남자들을 사랑하려 했었고. 언니! 내 말 듣고 있는 거야? 집에 있는 내 지갑 속을 봐. 거기에 재를 싼 비닐이 들어있을 거야. 그게 그의 일기와 유서를 태운 흔적이야. 그걸 다시 나와 함께 태워 줘. 알겠지, 언니? 언니! 대략 4년 반 정도는 언니에게 바쳤던 시기였지만, 가장 중요한 마지막 6개월간은 언니가 아닌 나였어. 내가 고등학교만 졸업했더라도 내 입술을 가져보려 했을 거래. 그리고 내가 고등학교 3학년만 되었더라도 사랑한다는 말을 했을 거래. 여하튼지 그는 다음 세상에 먼저 가서 나를 기다리고 있을 거래. 언니! 내 말 듣고 있는 거지?"

"그래! 죄다 다 듣고 있어."

"그럼, 내 말을 다 알아들을 수 있는 거야?"

"그럼, 다 알아들을 수 있지."

말은 그렇게 했지만, 솔직히 현주의 말은 이해하기도, 동의하기도 힘들었다. 아무리 그래도 그렇지, 그따위 허무맹랑한 일에 인생을 걸고서 자기 껍질 속에 자신을 가둔 채로 평생을 허송해버릴 생각을 도대체 어떻게 할 수 있었을까?

물론 그것은 남자를 미워해야 한다고 가르쳤던 엄마에게 다소의 책임이 있을지 몰랐다. 하지만 현주 자신에게 책임이 있을 것이, 꽉 막힌 생각도 그렇고, 평소 여자로서의 몸 관리는커녕, 남자를 아예 사랑해보려고 하지도 않았던 것이 아니겠는가? 그렇다면 그건 자기변명이거나, 자가당착적인 사고방식일 뿐이라는 생각만 들었다.

결국 현주의 말은 현실에서 보상받지 못한 사랑을 허상에서 찾으려 했다는 것 외에는 아무 것도 아니라는 생각이 들었다. 살아있는 남자를 사랑할 수 없었으므로 결국 죽은 영수를 들먹이고 있다는 생각만 들었기 때문이다.

그러나 모처럼 자기 진심을 털어놓는 현주의 말을 다시 되새겨보고 있노라니까, 꼭 그렇게만 생각할 수도 없는 혼자만의 단견일 수 있고, 더욱이 일이 이렇게 된 이상, 현주의 생각을 상당 부분 수용해주어야 할 것이었다.

현주가 죽음을 목전에 두고 있는 이상, 다음 세상에서 기다릴 것이라는 영수의 약속을 허랑하게만 생각해서도 안 될 것이고, 또한 그토록 애절한 연서를 일기처럼 한 두 달도 아니고 5년간이나 하루도 빠짐없이 썼다는 그 자체가 특별한 사랑이 아니었다면 불가능했을 것이기 때문이다.

"그래서 난 밤이 늦어도 쉽게 잠들 수 없었어. 외롭기도 했지만, 그보다 밤 시간이란 결국 그가 나에게 일기로 연서를 썼을 바로 그 시간일 거잖아? 정작 장본인인 나에게는 한마디 말도 못한 채 내 생각만 하면서 연서 일기만 쓰며 지냈을 영수 씨가 눈앞에 어른거렸어……. 그래서 그런 그가 나 역시 너무나 그리웠던 거야. 그래서 그렇게 애타게 나를 그리며 오대양을 헤매고 있을 영수 씨에게 그가 썼던 사랑의 연서 일기처럼, 나 역시 마치도 문학이나 철학의 틀을 빌린 기호처럼 언니가 이해하기 난삽한 글들을 날마다 쓰고 있었던 거야. 그런 걸 언니가 어떻게 이해할 수 있었겠어? 언니! 이제 그의 유언을 들려줄게. 부디 당장의 짧은 단견으로 판단하려 들지 말고, 제발 그의 영혼에서 울려나오는 외침의 소리를 들어야 해."

현주는 '큼큼'하고 목소리부터 가다듬었다. 중요한 낭독을 위해 먼저 목소리부터 가다듬겠다는 듯이…….

그리고는 영수가 썼다는 유언장을 마치도 눈으로 직접 보면서 낭독하는 것처럼, 정태보다 어린 초등학교 2학년 아이가 구구단을 외우는 것처럼, 평소와 달리 완전 믿기지 않을 만큼의 낭랑한 목소리로 외어가기 시작했다.

"사랑하는 현주 씨에게……. 이곳은 남태평양의 망망대해랍니다. 과학적으로는 한국에서 직선으로 지구의 중심을 뚫고 나오면 바로 이곳이 된다고 하는, 소위, 칠레 앞 바다죠.

그러나 그런 건 아무래도 다 좋습니다. 마음속으로야 지구의 중심 같은 건 열 번이라도 더 뚫을 수 있으며, 지금 당장 현주 씨에게 달려가서 내가 미처 다 하지 못하고 헤어졌던 말, 즉 '당신은 나의 여신님입니다. 내 삶도 죽음도 모두가 다 당신 것이며, 생시에도 꿈에도 난 당신을 '잊지 못하니까요.'하는 말을 전해드리고 싶습니다.

그러나 그건 절대로 안 될 일이겠지요. 아직 고2에 불과한 어린 당신 마음에 그런 무거운 짐을 지울 수는 없으니까요. 그래서 혹 1-2년이라도 지난 후라면 모를까, 지금은 편지로서도 감히 전하지 못하고 그저 혼자서 마음속으로만 끙끙 앓으며 그날을 기다리며 살아가고 있다는 것을 부디 알아주시기 바랍니다.

조금 이상한 말이 될지 모르겠지만 만약에라도 내일 당장 내가 죽게 된다면, 어떻게 될까요? 영영 당신에게 나의 진실 된 마음을 전하지 못할 게 아니겠습니까? 그래서 나는 그런 유사시를 대비하기 위해 이 글을 써두기로 마음먹었습니다.

물론 그렇게 된다면 이건 유서가 되겠지요. 그러나 그런 건 아무래도 상관없습니다. 왜냐하면 구원의 사랑이란 시공을 초월할 것이기 때문입니다.

어쨌거나 만약 내가 죽게 된다면 이 글은 당신에게 반드시 전달되어야 할 것입니다.

나는 솔직히 말해서 여지껏 당신을 기다리며 살아온 것은 아니겠는가 하는 어떤 설명할 수 없는 확신에 차있습니다. 그래서 시차가 있기는 하겠지만 결국 당신의 머리 위도 똑같이 비추어줄 밤하늘의 저 달을 쳐다보며 갑판 위에서 오래도록 당신 생각을 하고 있다가, 이 글을 쓰고 있는 것입니다.

만약 내가 죽지 않고 살아서 당신을 1년이나 2년 후에 다시 만난다면 먼저 내 입으로 당당하게 얼마나 당신을 사랑하는가를 말하겠습니다.

그러나 만약 그 안에 내가 죽게 된다면…… 아아! 내가 만약 죽게 된다면 ……. 이 글을 당신께서 읽고 잠시 나를 위해 묵념이라도 해주시기 바랍니다.

현주 씨! 나는 일기장에 현주 씨의 언니인 민주 씨에 대한 열병 앓이를 거의 5년 동안이나 쓰기도 했습니다만…… 오해하지 말아주십시오. 내가 민주 씨에게 바쳤던 글자의 한 획 한 획은 모두 다 틀림없는 나의 진실이었습니다. 나는 오로지 민주 씨를 사랑하기 위해 이 세상에 태어났다고 해도 충분하다는 생각이었고, 더 이상 다른 무엇도 없었으니까요…….

그래서 영하 20도를 오르내리는 최전방의 고지 참호 속에서도 민주 씨의 이름을 부르며 목숨을 지탱할 수가 있었고, 2년간의 검정고시 준비기간 동안 하루에 단 두 시간을 자면서 공부하던 때 역시도 민주 씨의 얼굴을 그려보며 버텨낼 수 있었던 것입니다.

이건 죄다 사실입니다.

초등학교 졸업반 때부터 나는 고민주 씨를 나의 구원의 여인으로서, 그리고 내가 평생 동안 섬기고 사랑해야 할 여신으로 결정하고 그렇게 살려고 결심했었습니다.

어떠한 괴로움 속에서도 고민주 씨 생각만 하면 힘이 솟았습니다. 물론 초등학교 때에는 지금 감히 말씀드립니다마는 내가 고민주 씨를 사랑한다고 해서 잘못되었다고 말할 사람은 아무도 없었을 것입니다.

그러나 나는 가난한 어촌의 평범한 청년이 되었던 반면, 고민주 씨는 뛰어난 능력을 유감없이 발휘해서 도저히 넘나볼 수 없는 고귀한 여인이 되고 말았습니다.

그러므로 지금은 사랑 운운하는 나를 고민주 씨는 거들떠보지도 않을지 모르고, 상대해주지 않을 지도 모르겠습니다.

그러나 그게 무슨 문제라는 말입니까? 참다운 사랑에는 국경도 없는 법이고, 시공조차 초월하는 것이 아니겠습니까?

나는 현주 씨나 민주 씨에 비해서 학벌이나 지식이 턱없이 부족하므로, 진실을 가려버린 무식함만 보여드려 비웃음을 받을 지도 모르겠습니다. 그러나 부디 내가 표현하는 말 이상을 깨달아주시기 바랍니다. 고민주 씨가 나를 어떻게 생각하든, 나는 고민주 씨를 사모하고 있었고, 사랑이라는 지고지순한 명제에 한해서는 아무런 문제도 없다는 사실 말입니다.

하지만 그럼에도 불구하고 그건 이미 지난 일이 되어버렸고, 현주 씨에게 감히 말씀드리지만 지금은 아닙니다. 왜 그럴까요?

그건 바로 현주 씨 때문입니다. 현주 씨를 닮았기 때문에 민주 씨를 현주 씨로 착각하고 그토록 오매불망 그리워했다는 것을 얼마 전 현주 씨를 보고 나서야 확실하게 깨닫게 되었습니다.

그렇습니다. 우리는 아마도 전생에서 100년도 더 넘게 해로하면서 서로를 사랑했을 것입니다. 로미오의 줄리엣에 대한 사랑은 현주 씨에 대한 나의 사랑에 비한다면 한 때의 열정일지도 모르고, 아마도 아사녀의 사랑쯤이 나의 사랑의 반절 정도나 될지 모르겠습니다.

현주 씨! 여기는 직선으로 말하자면 지구의 중심을 지나지 않고는 서로 만나볼 수 없는 남태평양의 망망대해랍니다. 지금의 현실만큼이나 멀리 나의 애틋한 마음과 당신의 마음은 떨어져 있을지도 모릅니다. 그래서 그럴까요? 마지막 헤어질 때 악수도 한번 하지 못하고 헤어져버렸다는 사실이 발등을 찧고 싶도록 너무나 후회가 됩니다.

아침에 일어나면 나는 맨 먼저 당신에게 이렇게 인사합니다. '잘 잤어? 간밤에 나 때문에 잠도 제대로 못 잤지? 미안해! 하지만 당신이 너무 좋아서 재울 수가 없는 걸 어쩌해……' 식당으로 가서 식사를 할 땐 또 이렇게 말합니다. '자! 많이 먹어. 맛있게 먹어야 돼. 자! 내가 눈을 감고 있을 테니까 내 입에 밥을 한번 떠 먹여 봐! 그렇지! 잘했어······.' 밤에 잠자리에서는 또 이렇게 말하죠. '자! 이리 와! 사랑해 줄게! 당신 입술은 완전 해당화야. 어쩌면 이렇게 붉고 예쁠 수 있어? 자! 이제 자야지! 우린 이따 꿈속에서 다시 만나야 돼. 알겠지?'

현주 씨! 어리석고, 바보 같고, 미친놈 같다고 생각하셔도 좋습니다. 하지만 만약 당신이 내 곁에 있고, 그리고 고등학교를 마치기만 했다면 나는 당신의 입술과 당신의 마음과 당신의 모든 것을 다 원한다는 것을 분명히 말씀드렸을 것입니다. 왜냐고요? 바로 당신은 나의 전생에서부터의 배필이기 때문입니다.

만일 내가 죽은 후에 이 편지가 전달된다거나, 현주 씨가 누군가 다른 남자의 아내가 되었을 시기에 전해진다고 한다면······ 현주 씨! 부디 이 편지를 태워서 고향 뒷산이라거나 먼 바다에 뿌려주시길 간절히 부탁드립니다. 그리고 이영수라는 미치광이 같은 남자의 일은 모조리 다 잊어버리시기 바랍니다. 왜냐하면 현재의 이승에서는 우리는 결코 사랑해서는 안 될 사람들이기 때문입니다.

그렇지만 나는 굳게 믿습니다. 만일 내가 죽게 된다 해도 절대로 당신을 떠날 수 없듯이 당신 역시 결코 나를 완전하게 떠나서 자유로울 수는 없을 것입니다. 왜냐하면······ 만일 내가 죽는다 해도 나는 다음 세상에서 당신이 오실 날만을 손꼽아 기다릴 것이기 때문입니다.

나의 영혼과 육신과 마음을 다 바쳐 당신을 사랑합니다. 현주 씨! 당신은 나의 희망이고, 등대이며 나의 여신님입니다. 그럼 다시 만날 때까지 안녕!

〈추신〉 민주 언니에게 이런 나의 이야기는 절대로 하지 말아주시기 바랍니다. 지금쯤 어느 하늘 아래에서 다른 훌륭한 남자와 아름다운 삶을 살아가야 할 언니께 짐이 되어드리기 싫으니까요. 하지만 물론 민주 씨께도 나의 작은 기도를 정성껏 보내드립니다.

1984년 11월 13일 이영수 드림."

그랬었다. 현주는 그 때문에 수많은 밤을 하얗게 밝히면서 자기 혼자서 작가도 되고 독자도 되었을 그런 글만 쓰고 있었다. 추상화 같은 언어와 문장들을 동원하여 오로지 죽은 이영수에게 보내는 사랑의 편지를……

그런 줄도 모르고 현주가 다시 재혼해서 언니 짐도 덜어주고 본인도 정상적으로 살기를 얼마나 바랐던 것인가?

현주는 엄마에게서조차 사랑받지 못했지만, 자기를 여신님처럼 사랑한다던 이영수라는 사람의 모든 생각을 알았던 이상, 결코 불행한 삶만 살다가 죽었다고만 할 수도 없을 것이었다.

'그래, 현주야! 이영수라는 남자가 너를 자기의 여신님이라고 했던 것만 보아도 그가 얼마나 너를 사랑했던가를 죄다 다 알 수 있겠다. 넌 결코 불행하기만 했던 것만은 아냐! 안 그래? 현주야!'

장중하고 낭랑하게 이영수의 편지를 마지막 부분까지 외어가던 현주가 아무 말도 없이 천정을 보며 그대로 누워있었다.

"현주야! 아니 현주야! 이것 봐! 큰일 났네! 현주야? 현주야!"

'이영수 드림'하고 끝냈을 마지막 발음에서 생을 마감했다는 것을 증명이라도 하듯, 현주의 파리한 입술은 한일자로 가볍게 다물어져 있었다. 그러나 눈동자만큼은 꿈꾸는 사람 모양, 눈을 조금 뜬 채 먼 우주공간을 응시하고 있었고, 미소 가득한 표정이었다. 마치도 '언니! 내 말 듣고 있는 거야. 난 지금 그를 보고 있어.' 라고 말하는 듯이……

의사와 간호사가 병실로 달려와서 현주에게 마지막 인공호흡을 시도하겠다며 잠시 밖에 나가 있으라고 했으나, 고개를 내저으며 그럴 필요가 없다고 단호하게 거절했다.

그리고는 '이영수 드림'하고 외우던 마지막 표정 그대로, 미소를 지으며 시공도 없는 영원으로 달려가고 있을 현주의 눈꺼풀을 덮어주며 말했다.

"그래! 현주야! 이젠 모든 게 다 끝났어. 다 끝난 거야. 설움도, 고통도, 이 세상일 모두 다…… 이영수 씨에게 달려가는 너의 뒷모습이 훤히 다 보이는 듯싶구나. 현주야! 부디 먼저 돌아가신 엄마를 용서하기 바란다. 그리고 항상 너에게 잔소리만 늘어놓던 못난 이 언니도 제발 용서해다오. 또한 아버지와 작은 엄마, 그리고 너를 자기 가슴에 품고서도 전혀 반겨하지 않았던 이 세상, 또한 몹쓸 두 남자들까지도 모두 다 용서하기 바란다. 잘 가거라! 편안하게…… 세상에 떨군 자식 하나 없이 떠나는 것이라서 뒤돌아 볼 일도 없겠지만, 제발 뒤돌아보지 말고 영수 씨가 기다릴 새로운 시공을 향해서 훨훨 날아가렴. 안녕! 현주야! 안녕……."

어둠이 내리고, 벌써 창밖은 어둑어둑 했다.

산 자들을 위해 밝혀둔 형광등 불빛을 받으며, 죽은 자의 빈껍데기를 싣고 영안실로 가는 카트를 정신없이 따라가다가 생각을 바꾸었다.

이제는 더 이상, 죽은 현주에게 해줄 말도 없고, 이영수를 찾아 다음 세상으로 날아갈 현주를 이승에 지체시켜서도 안 될 것이기 때문이다.

복도 끝에 걸린 시계가 8시를 가리키고 있었다. 남편과 정태가 엘리베이터에서 만나 손을 잡고 현관으로 들어오면서부터 '엄마! 아이스크림 어딨어?', '아이고, 배고파라! 여보! 나 왔어! 밥부터 먹자!' 하고 소리칠 시간이었다.

이제 죽은 현주는 죽은 영수에게 맡기고, 산 자는 살아있는 가족들에게 돌아가야 할 시간이었다.

그래! 이제 집으로 가야 해! 현주는 영수에게로 떠나버렸으니까.

한여름의 땡볕인데다, 오랜만에 가파르게 올라보는 산길이었다. 등, 가슴팍, 이마 할 것 없이 쉴 새 없이 땀이 나며 가쁜 숨이 토해져 나왔다.

생전의 모습에 견주어볼 수야 없겠지만 어쨌든 한 세상을 살다간 한 인간의 흔적이 이렇게 가벼워도 되는 것인가 하는 허망한 감정에 휩싸였던 것도 잠시였고, 산을 오르면서 몇 걸음도 못 가서 수도 없이 유골함을 내려놓고 주저앉아 쉬었다.

동생은 먼 바다를 동경했다. 그래서 동생이 생전에 소원했던 대로 가급적이면 먼 바다가 잘 보일만한 곳, 조금이라도 더 높은 곳이면서, 또한 양지바른 곳을 골라야 했다.

마침내 7부 능선쯤에서 그럴듯한 자리 하나를 찾아내었다. 바다 쪽으로 오목하게 자리 잡은 남향의 작은 분지였다.

한숨을 토해내며 엉덩방아로 널브러져 앉아 사방을 휘둘러보았다. 섬 너머로 먼 바다까지 잘 바라다보였고 해안을 따라 열린 올망졸망한 고향동네가 바로 코 아래에서 내려다보이는 괜찮은 자리였다.

언제 왔었는지 작은 풀벌레 한 마리가 날아와서 유골상자 위에서 날개를 접고 쉬고 있었다. 푸른 기가 가시고 벌써 누른 기가 도는 작은 산 메뚜기였다. 계절에 걸맞지 않는 색깔인데다가 유골상자를 안듯이 하고 있었으므로, 불교에서 말하는 생명의 유전이 생각나서 마음이 착잡해졌다.

이유도 모르고 태어났다가 이유도 모른 채 죽는 것으로 본다면 사람의 운명이라고 해서 이런 풀벌레와 다를 것도 없을 일이었다. 다만 다르다고 한다면 스스로의 생에 의미를 부여할 수 있는 사고 능력의 차이라고나 할까?

하지만 인간의 사고 능력이란 또 얼마나 변변치 못한 것인가? 그것은 동생이 살다 간 짧은 인생을 생각해보더라도 너무나 자명한 일이었다.

현주는 이미 죽어버린 이영수에게 마지막 순간까지도 집착을 했었다. 병적일 만큼 심했던 엄마의 남자 혐오증은 또 어땠는가? 그리고 이영수의 기이한 행적은?

하지만 달리 생각해보면 꼭 그렇기만 한 게 아닐지도 몰랐다. 이런 생각 자체가 잘못된 편견이거나 무지일 수도 있을 테니까……

현주가 세상에서 버림받은 나머지, 어쩔 수 없이 죽은 영수에게만 매달려 있었다고 생각했던 것이라거나, 영수가 정신질환을 앓고 있었다고 간단히 판단해버린 것도 사실은 오히려 자신의 저능한 2차원적인 생각인지도 모를 일이었다.

저능한 2차원적인 세계…… 그럴지도 모른다. 보다 더 고차원적인 영원을 두고 판단해본다면 실제로 영수는 현주가 이해하고 있었던 대로 생사를 초월한 영혼의 메시지를 썼을지도 몰랐다. 그게 정말이라면 얼마나 좋을까? 그렇다면, 만약 그렇다면…… 죽어서라도 서로 다시 만나 새롭고 영원한 사랑을 하게 될까?

위암이라는 절망적인 병을 얻어 집을 찾아온 현주는 고향마을에 자기 육신을 태운 재를 뿌려달라고 부탁했었다. 그리고 생전에 단 한번만이라도 다시 고향을 찾아서 먼 바다를 바라볼 수 있기를 얼마나 소원했었다.

사실 현주로서는 조금도 즐거웠을 리 없을 고향마을이었을 터인데도 어째서 그런 생각을 했던 것일까? 동생의 애착은 참으로 별스럽고 유별나다는 생각뿐이었다.

"언니! 나 지금 제일 가보고 싶은 곳이 어딘 줄 알아? 언니랑 함께 살던 고향이야. 언니는 고향이 싫지? 첨엔 나도 그랬지만…… 지금은 아냐. 고향에 가면 맨 먼저 외할머니 무덤 앞에 가서 '나의 살던 고향'을 큰 소리로 노래 부를 거야."

'나의 사알던 고오향은 꽃피느은 산꼬올. 복숭아 꼬옷 살구우 꼬옷, 아기 진달래애. 울긋불긋 꼬옷 대궈얼 차리인 동네애……'

미쳐 노래의 뒷부분을 채 끝마치기도 전에 고통의 전율이 다시 오는 것인지 이를 악물었으나, 그러면서도 현주는 죽는 마지막 날까지도 고향을 그리워했다.

　유골함에는 한줌의 검고 윤기 나는 뽀얀 가루로 변한 현주의 흔적이 아무런 항변도 없이 들어있었다. 참았던 오열이 마침내 새삼스럽게 한꺼번에 북받쳐 올랐다. 유골함에 손을 넣고 발을 뻗은 채 엉엉 울기 시작했다.

　'현주야! 즐겁고 행복한 새로운 세상을 향하여 네 마음껏 떠나보렴. 너를 품고도 절대로 사랑해주지 않았던 이 세상과, 너를 낳고도 결코 반겨하지 않았던 엄마, 그리고 잔소리꾼 노릇만 했던 이 못난 언니도 부디 용서하기 바란다……. 이제 네 사랑을 찾아서 네가 소원했던 대로 훨훨 날아가 보렴.'

　현주의 작고 가벼운 몸뚱이를 손에 쥐고 바람에 내맡기며 사방에 흩뿌려주었다. 그리고서는 세상에서 현주를 가장 사랑했다는 사람이 있을 먼 바다로 시선을 주며 오래도록 서있었다. 흩어져 간 현주의 작은 흔적들이 넋과 혼을 싣고서 그니를 여신님처럼 사랑했다던 사람을 찾아서 바람과 빗물을 타고 먼 바다를 향하여 흘러가기를 빌고 또 빌면서……

높게, 더 높게, 보다 더 높게

(부제: 그에게 필요한 건 정녕 무엇이었을까?)

높게, 더 높게, 보다 더 높게

(부제: 그에게 필요한 건 정녕 무엇이었을까?)

12월 29일 월요일······.

정해진 일과시간은 채워야 하겠고······ 환자도 없는 퇴근 무렵의 저녁 시간, 텅 빈 진료실에서 고단한 몸을 의자 깊숙이 파묻고 반쯤 감긴 눈으로 시간만 죽이고 있던 중에······ 무심코 벽에 걸린 달력으로 눈길을 보내다가, 소스라치게 놀라고 말았다. 아니, 벌써······ 달랑 한 장 남아있는 달력에······ 그것도 오로지 단 이틀을 남기고 있는 언필칭 세모의 시기가 아닌가?

떨어져 나간 달력에서 세월의 무게까지 찢겨나간 것은 아닐 것이다. 그런데도 달력이 얇아진 만큼 남은 세월도 가벼워졌다는 생각뿐이었다. 단 이틀 후면 새해가 되어서 그런 것인가?

새해가 되면? 그렇다. 새해가 되면 만으로 50세가 된다. 그동안 아직 만 나이로는 50대가 아닌 40대라고 자위하며 살았다. 그런데 이제는 40대라는 시간은 단 이틀에 불과하고······ 50세······ 그렇다면······ 60세의 문턱에 발 하나를 턱 올려놓게 되는 것인가?

기분이 야릇했다. 50대나 60줄 따위는 그동안 상상조차 하지 못한 채, 오로지 40대라는 생각만으로 살았다. 그런데, 그런데 벌써 50대, 아니

60줄이라니! 단 며칠 사이로 20년이 훌쩍 지나가는 셈인데……. 어떻게 그런 산술이 나올 수 있을까?

손가락으로 답답한 머리칼을 쓸어 올리려다 말고 황급히 손을 거두었다. 부쩍 가늘어지고 없어지는 머리숱이나 확인할 일이 아니겠는가?

늙었어. 그럼, 늙었고말고……. 이제는 더 이상 부정할 수도 없어! 그러고 보니 머리에 물기를 단 채로는 절대로 거울을 보지 않는 것이 벌써 여러 해째라는 것이 생각났고, 아무리 좋게 생각해보려 해도 그 동안 살아온 세월이 하릴없고 염치없다는 생각뿐이었다.

하지만 어떻게 하겠는가? 가는 세월을 붙잡을 수도, 늙어가는 육신을 되돌릴 수도 없는 법. 몸 성히 살다가 죽을 수 있도록, 다른 것은 다 그만두고라도 건강관리만큼은 최우선으로 하며 살아가야 할 것이었다.

"원장님! 전화 받으세요. 시골 친구분이시래요."

퇴근 준비에 바쁜 간호사의 턱없이 높은 목소리가 일순간에 상념을 깨며 다그치듯 들려왔다. 초로에 든 원장이라고 직원들조차 함부로 하는가 싶어 잠시 언짢은 생각도 들었지만, 그보다는 전화의 주인공이 더 궁금했다. 시골친구? 누구지?

"여보세요?"

"야! 나다. 나! 유복만이. 응! 잘 사냐?"

"누구? 아이고! 복만이라고? 유 원장? 그래. 지금 어디야? 전화번호는 어떻게 알고?"

"척하면 3천리지, 이 친구야! 의사 노릇 하는 한은 너나 나나 모두 부처님 손바닥 위에 있는 거고 말이야…… 하하하!"

그와는 대학시절 참 각별히 지냈었다. 하지만 시골에서 개업하여 돈 냥이나 벌었다는 소문만 자자했지, 그 동안 생판 전화 한 통화 없이 지내던 친구였다. 서로 생활터전을 달리 잡았던 관계도 있었지만, 과도 달랐고, 학교를 마치고 나서는 거의 만날 일이 없었으므로, 자연 그렇게 소원해져버린 것이다. 근데 일마가 갑자기 무슨 전화지? 무슨 바람이 불었을까?

"그래? 지금 어디야? 서울 왔어?"

"술 사려고? 걱정 마! 하하하! 여긴 시골이니까……."

오랫동안 소식들이 끊겼던 친구가 갑자기 전화를 하면, 대체로 자기 부모나 누가 돌아가셨다거나, 아들딸이 결혼한다던가 하는 조금은 귀찮은 이야기였다. 그런데 그의 어감으로 보면 부모상은 아닐 것이고, 아마도 자녀결혼식 때문인가 하고 지레 짐작을 해보다가는 고개를 내저었다. 그의 결혼식에 참석했던 게 아직 15년 안팎이라는 기억이 또렷이 났기 때문이다.

당시 그는 전주 Y병원에서 수련 중에 있었고, 여자도 같은 병원에서 근무하는 약사라고 했었다. 결혼식이 끝난 후 그날 모인 친구들은 그의 아내 된 사람을 놓고 의견들이 분분했다. 물론 그가 없는 자리에서였고, 주로 가깝게 지내는 근처 병원 친구들의 입방아였는데, 얘가 너무 착한데, 여자가 보통으로 드세지 않다는 것이 주된 내용이었다.

여자가 너무 적극적인 성격이라서 자기편에서 남자들을 호텔로 불러내어 프러포즈를 했다는 둥, 그럼에도 불구하고 모조리 다 거절당했다는 둥. 그것도 남자 수가 한 다스는 족히 될 거라는 둥, 그건 프러포즈 문제가 아니고 타고난 색골이라서 남자가 없으면 그곳에 막대기라도 끼워놓고 살아야 할 여자라서 그렇다는 둥…… 여하간 결론은 앞으로 그 녀석, 마누라 때문에 여간 시달리며 살아갈 것이 틀림없는데, 어째서 일을 여기까지 벌였는지 도무지 이해할 수 없다는 식들의 이야기였다.

그러나 전혀 다른 주장을 펴는 사람도 있었다. 같은 병원에서 근무한다는 동료의사 계수영이었다.

"아냐! 난 절대로 그렇게 생각하지 않아. 두고 봐! 아마 앞으로 우리들 중에서 복만이를 따라갈 사람은 아무도 없을 거야."

사실 나는 결혼식장에서 그의 아내 될 사람을 처음으로 한 번 보았을 뿐, 그 전에도, 그 후로도 만난 적이 없었다. 그러나 그 후로 들려오는 이야기로는 계수영이가 주장했던 대로 그는 여간 큰 성공을 거둔 게 아닌 모양이었다. 곧 대단위 종합병원과 의과대학 설립까지도 계획하고 있다는 소문이었으니까…….

그러나 그런 건 다 그렇다 치고 너무나 오랜만에 전화를 한 내력이 몹시 궁금했다. 그러나 그는 다소 과장스럽다 싶을 정도로 너털웃음만 웃어재끼다가, 엉뚱한 소리를 지껄이기 시작했다.

"웬일은 웬일이냐? 우리도 이제 낼 하루만 지나면 50 아니냐? 60줄에 한 다리 척 걸쳐놓는 거지, 뭐…… 난 지금 오징어 다리에 쐬주 한 잔 걸치며 앉아있다. 물론 나 혼자다만……."

그 역시 그 생각인 모양이었다. 그래서 갑자기 옛 친구가 생각났던 모양이고……. 그리고 보면 제아무리 성공했다거나 돈을 많이 벌었다 해도 종국에는 모두 다 그게 그것이고, 소위 '도토리 키 재기'가 되는 것일까? 새삼스럽게 개업의사의 한계를 깨달으며 마음이 더욱 허전해졌다.

혼자서 오징어 다리에 소주를 마시고 있다는 그를 상상해보며 나 역시 공허한 마음에 실없는 소리를 지껄여주기 시작했다.

"돈 많이 벌었다더니 진료를 일찍 끝내나 보구나. 초저녁부터 오징어 다리에 쐬주 걸치고 있게. 하지만 시골에서는 서울보다야 동기생 만나기가 더 쉬운 거 아니냐? 아니면 젊은 색시나 늙은 마누라라도 곁에 놓고 마시던가? 꿩 대신 닭 아니더냐?"

"씨팔! 마누라 뒈진 게 언젠데 그딴 소리냐? 난 한 두어 달에 한 번쯤이나 여자 만지고 산다. 요새는 그것도 힘들어졌지만……. 여자 사는 게 어디 보통 돈 드는 일이냐?"

요사이로는 소위 중년이 되어서 그런지, 사실 30대 후배들에게 환자를 많이 뺏기고 있다. 하지만 돈으로는 상대가 없다던 친구가 아닌가? 엄살은……. 그런데…… 상처를 했다니? 첨 듣는 소리였다.

"그래? 그런데 왜 연락도 안 했냐? 무슨 병으로 그랬어? 사고야?"

"뭐가?"

"상처를 했다며?"

"씨팔! 술맛 떨어진다. 그딴 이야긴 집어치우자. 참! 너 지금도 글 쓰냐?"

"글은 무슨? 의사노릇도 변변치 못한 주제에……. 그냥 나 혼자 쓰고 나 혼자 본다."

"마! 너무 그렇게 돼지는 소리는 그만 하고 신년부터서라도 잘 풀리고 잘 살아라. 연하장도 못 보내서 미안하다. 하지만 너한테 보낼 연하장 살 돈보다 술값이 더 급한 처지다. 끊는다."

"그래, 고맙다. 너도! 응, 잘 있어라. 그래, 우리 언제 한 번 만나자."

의자에 앉은 채로 다시 눈을 감고 생각해보았으나, 그 동안 살아온 50년의 세월이 너무도 짧은 한 순간에 불과했다는 느낌뿐이었다.

하지만 앞으로 살아갈 날들은 어떤가? 그보다도 훨씬 더 짧을 것이 아니겠는가? 그렇다면 남은 세월 역시 번개처럼 지나가 버릴 것이다. 문득 그 동안 너무나 소시민적인 생활에 묶여서 정도 이상으로 외골수로만 살았다는 자괴심이 일었다. 오로지 환자, 가정, 병원, 자식, 돈, 명예가 세상의 전부인양 살았던 것이나, 그렇다고 해서 무엇 하나 똑똑히 얻은 것도 없었다.

이제부터라도, 정말이지, 일상적인 삶에만 너무 얽매이지 말고, 첫째로 건강 잘 챙기고, 둘째로는 하고 싶은 일에 가일층 노력하며 살아야 할 것이다. 여명을 헤아려야 하는 노년의 첫걸음을 든 것이 확실하지 않은가?

1997년, 12월 30일.

유 원장(유복만)은 새삼스럽게 식당 벽에 걸린 달력을 다시 한 번 쳐다보고는 가볍게 한숨을 내쉬면서, 잔을 다시 채웠다. 1948년생이니까 일요일인 내일 하루만 지나고 나면, 모레 월요일부터서는 신년을 맞게 되고, 그러면 미우나 고우나 이제 반백년이 되는 50세가 된다는 게 너무나 공허해서였다.

50세. 50세!······ 60줄. 60줄······.

백이면 백 아내는 제 성격 그대로 지금 이 순간에도 욕심껏 시간을 보내고 있을 것이었다. 그녀는 참 욕심도 많고, 적극적인 성격이었다. 추호도 시간낭비를 하지 않고, 주저하지도 않으며, 필요하다싶으면 무모하리만큼 곧바로 행동으로 옮기는 그런 여자였다.

이제 아내는 그를 남편이라고 꿈에도 생각하지 않을 사람이었다. 그런데도 연말이라는 뒤숭숭한 느낌 때문인지, 아니면 앞으로 살아갈 날이 살아온 지난날보다 훨씬 더 짧을 것이라는 조바심 때문인지, 아내를 어떻게든 다시 한 번 만나 얼싸안아보고 싶었다. 그리고 지난 일은 깨끗이 다 잊어버리고 새롭게 다시 시작해보자고 애원하고 싶었다.

하지만 아내는 절대로 그럴 사람이 아니었다. 그것을 기대한다는 것은 해가 서쪽에서 뜨기를 바란다거나, 아니면······ 아니면 1982년 3월 18일 이전의 시간으로 되돌아가기를 기대하는 것과 똑같이 어리석고 불가능한 일이었다.

1982년 3월 18일······ 그 날은 그의 결혼 날짜였다.

아이들은 무슨 생각을 하고 있을까? 물론 부모들을 이해할 수는 없을 거지만, 나름 판단은 하고 있을 것이다. 어쩔 수 없는 운명으로 받아들이거나, 아니면······ 아니면 부모들의 생각과 행동을 역겨워하거나······. 어쨌든 자기들 나름대로 판단하고 자기들 나름대로 시간들을 보내고 있을 것이었다.

'지금 몇 시인가? 9시 40분. 여름 같으면 아직 초저녁 시간인데…… 진웅이나 진영이…… 아니, 그보다 막내 진희가 왜 이리 보고 싶은 걸까? 갑자기 내가 왜 이럴까? 눈 딱 감고 취한 척 다시 한 번 더 찾아가 봐? 아냐, 아냐! 다 부질없고 소용없는 짓이야. 마음만 더 상할 테고.'

뽀얀 진희의 얼굴에 얼굴을 부비면서 아이의 두 눈을 들여다보고 있노라면, 마치도 무욕의 순수한 천사의 눈빛이 이럴까 싶었다. 호수처럼 맑은 눈빛! 아무런 이해타산도 없고, 아무런 욕망도 없는 눈빛!

예전의 아내 역시 제대로 몸을 섞고 난 직후에는 꼭 그런 눈빛이었다. 더 이상 무엇도 필요하지 않은 상태! 오욕의 육체에 들어있기는 해도, 무엇을 더 비울 것도, 채울 것도 없이 완벽한 상태!

그때는 그 역시 세상에서 부러울 것이 없었다. 세상일이 온통 다 희망이었고, 즐거움이었고, 기쁨뿐이었다. 어서 빨리 빚을 갚고, 번듯한 종합병원을 세우고, 생각같이 일이 잘 풀리면 학교도 세우고…….

물론 그렇게 생각처럼 빨리 마음속의 일들이 실현되지는 않았으나, 아이들은 하루가 다르게 저절로 잘 자라주었고, 재산 역시 기하급수적으로 불어났다. 그래서 사람들은 왜 그토록 세상 살기가 힘들고, 팍팍하고, 재미없다고만 하는 것인지 도무지 이해할 수 없었다. 아마도 모두들 너무 어리석거나, 아니면 운이 없거나, 그것도 아니라면 능력이 그것밖에 안 되어서, 희망과 행복이라는 것을 도대체 모르고 살기 때문이라고 막연히 짐작만 했을 뿐이었다. 그런데…… 갑자기 이건 또 무슨 난데없는 생각이란 말인가?

그러나 지금은, 그렇게 생각했던 바로 자기 자신이, 세상의 모든 것을 다 잃고서 힘들고 고달프고 팍팍하게 살아가는 인간으로 되어버린 것이다. 아내도, 가정도, 희망도, 즐거움도, 모두 다…….

생각을 거듭하며 계속해서 잔을 비웠다. 오늘은 이상하게 소주를 대포 잔으로 4잔째 연속으로 마시지만 기별도 없고, 자꾸만 목구멍 속에서 술을 청했다. 술이 달다거나 써서가 아니었다. 해결되지도 않을 근심 걱정뿐만 아니라, 욕망까지도 어떻게든 잠재워야 하겠다는 그런 생각도 없었다. 그냥 목이 마르고 가슴이 말랐다. 술을 마시는 그 순간뿐, 아무리 마셔도 타는 갈증을 잠재울 수는 없었다.

이웃에서 사는 여동생은 동네식당에서 그 혼자 식사하는 것이 보기에도 딱하다면서 제발 자기네 집으로 오라고 입버릇처럼 말했다. 그러면서 그에게 술이 너무 과하니 적당히 줄이고 제발 정신 좀 차리라고 했다. 술이 과하기도, 정신을 차리기도 해야 할 것이었다. 그러나 어떻게 그럴 수가 있단 말인가? 사는 것이 사는 것도 아니고, 혼자서 외롭게 세월만 죽이고 있는 것이 벌써 몇 년째인데, 어떻게 술이 없는 맑은 정신으로 생명을 유지할 수 있다는 말인가?

내가 왜 이렇게 되었을까? 어쩌다가 내가 이 모양 이 꼴이 되어 버렸을까?

"아니, 원장님! 식사를 하시면서 술을 드셔야지……."

그는 식사를 가져다 놓은 줄도 모르고 있었다. 아니 식사뿐만 아니라, 허깨비 마냥 전혀 아무 것도 깨닫지 못하고 있었다. 아무래도 이상했던지, 식당여자는 그 곁으로 다가와, 얼굴을 유심히 살피면서 다시 채근을 했다.

"누구 오기로 했을까유? 국이 다 식는디……."

그제야 그는 마지못한 듯, 수저를 무겁게 들었다. 그러나 국물을 한 숟갈 입안에 넣고서는 또 그만이었다. 음식을 먹으려는 게 아니고, 습관처럼 수저를 들었던 것이 분명했다. 다시 소주를 잔에 가득 채우는 그에게 여자가 물었다.

"국을 뜨거운 것으로 다시 갖다 드릴게유."

"됐어요. 괜찮아요."

전주식당에서 저녁을 먹은 지도 벌써 4년은 족히 넘었을 것이다. 아침은 그 혼자 내실 식탁에서 빵 한 조각으로 때우거나 귀찮으면 굶어버렸고, 점심은 직원들과 함께 병원식당에서 간단히 해결했다. 그러나 저녁만큼은 반드시 병원이 아닌 동네 식당에서 꼭 먹었는데, 남들 눈으로는 청승맞게 보일지 몰라도, 그건 잠시라도 병원이라는 굴레에서 벗어나고 싶다는 아주 단순한 소망 한 가지 때문이었다.

동생부부는 그게 몹시 못마땅한 모양이었다. 그러나 동생에게 가보아야 불편하기는 매 일반일 것이었다. 어쨌든 전주식당이 맛깔스럽기도 하고 버릇이 되다시피 해서 편했고, 또한 한 번 들인 습관을 쉽사리 바꿀수도 없었다. 하지만 기실 그보다 더 큰 이유는 자신의 초라하고 비참함을 동생부부가 딱하고 안타깝게만 바라볼 것이라서 그것도 싫었고, 행여 불운 덩어리인 자신의 몸에서 작은 불씨라도 떨어져 행복하고 단란한 동생의 가정으로 옮아갈까봐 그것도 겁이 났기 때문이다.

동생은 착한 남편을 만났다. 약사였다. 그래서 하루 종일 좁은 공간을 지키며 아픈 사람들의 짜증을 받아주어야 하는 것은 그와 똑 같겠지만, 다만 그는 위로받을 수 있는 금슬 좋은 아내가 있었다. 둘은 무척이나 사이가 좋았다. 불운한 오빠가 잠시라도 연인 같은 두 부부 사이에 끼어들어도 안 될 일이었다.

아직 밥에는 손도 못 대고 소주만 연속해서 마른 입속에 털어 넣고 있는데, 입구가 시끄러워지더니 낯익은 얼굴들이 줄줄이 들이닥쳤다. 그의 병원을 포함해서, 읍내에 있는 의원 3곳과 보건소에서 근무하는 직원들이었다.

"식사하세요? 원장님!"

"안녕하세요? 원장님!"

"응. 그래! 그래! 오랜만들이야."

"저흰 회식이 있어서요."

"아! 그래?"

병원 근무라는 공통점 때문에 그들 나름대로의 모임이 진작부터 있었던 모양이다. 망년회 자리였던지, 10여 명의 젊은 남녀들이 소란스럽게 들어오다가 그를 보고서는 멋쩍은 인사를 한 번씩 하고는 방안으로 들어갔다.

방안에서는 무엇이 그리 즐거운지, 여러 사람들의 커다란 목소리와 함께 까르르 웃음꽃이 새어나왔다. 자기가 웃음의 주인공은 아니겠지만, 젊은 남녀들의 웃음소리를 듣다보니, 어쩐지 뒤통수가 근질근질하기 시작했다.

'나도 저만 때는 저렇게 하고 살았을까? 그런데 오늘은 영 귀에 거슬리는 게…… 늙었나 보다. 젊은 웃음소리만 들어도 소외감이 드니 말이야. 혼자이기는 하지만, 모처럼 노래방에나 한 번 가봐? 연말이고…… 기분도 영 꿀꿀한 게 아니니까 말이야.'

"아니, 전혀 식사도 안 허시고, 맨 술만……."

여자의 말을 귓전에 흘리며, 밥은 손도 대지 않은 채 그대로 일어섰다.

"점심을 늦게 했더니만……."

"그렇더라도 밤이 되면 시장허실 텐디유……."

오랜 단골이랍시고, 예사롭지 않게 꼬치꼬치 챙겨주려는 주인여자의 친절도 귀찮아졌다.

'진짜 혼자서라도 노래방에나 가 봐? 내실 티비 앞에서 혼자 죽치고 앉아 있으니 말이야…….'

아무래도 연말이라는 분위기 때문인지, 아니면 고작 며칠 후면 50이 된다는 생각 때문인지, 지난 수년간을 혼자서 잘도 살아왔으면서도 얼마나 허허로운지 몰랐다. 자기도 모르게 어느새 발길이 종달새노래방이라고 커다란 간판이 붙은 지하로 들어서고 있었다.

"어머! 원장니임! 웬일이세요오? 혼자 오셨어요?"

노래방에 들어서는 순간, 방마다 온갖 노래가 가득 차 있다가 한꺼번에 그의 귀로 달려왔다. 즐겁고 기쁜 사람들도 하 많은 세상이었다. 주인은 그의 단골이랄 수 있는 40대 중반의 여자였고, 의외라는 표정도 잠시, 곧 반색을 하며 맞아주었다.

"웬일은? 지나는 걸음에 한 번 들려본 거지, 빈 방 있어요?"

"그럼요! 저쪽 12호실이 비어있는데…… 일루 오셔요. 혼자 오셨어요?"

"방들이 다 꽉꽉 차 있네. 우리 병원보다 낫겠어."

"별말씀을 다 하셔요. 연말이라서 그렇죠오."

"망년회 뒤풀이들을 하러 온다는 말이군……"

"네. 식사 후엔 모두 일루다 오는 셈이죠. 호호호. 참, 여기 원장님은 처음이시죠?"

"웬걸! 몇 번 왔었지. 근데 이제 노래도 영 시원찮아서 말요…… 노래도 자주 불러보고 연습을 해봐야겠어요. 목소리부터 늙는 건지, 원……"

본인 생각으로도 혼자서 노래방에 온 것이 딱하기도, 민망하기도, 멋쩍기도 했다. 혼잣말을 하듯 허랑하게 내질러보는 소리였다.

"그럼요! 노래도 늘 부르셔야 젊어지죠. 그리고 아무래도 잘 부르려면 연습도 자주 하셔야 하고요. 어떻게? 한 시간 드려요?"

"그래요."

"음료수는요?"

"캔 맥주 있죠? 우선 그걸루 너댓 개 가져다주세요."

"네에- 그렇게요오-"

캔 하나를 뜯어서 우선 목을 축이고는 이리저리 책을 뒤적거리며 알 만한 곡을 찾아보았다.

-이제는 잊어야 할, 당신에 어얼굴에서······-

본인 귀로도 그다지 들을만한 목소리가 아니었다. 그러나 다행히 턱없이 큰 반주소리 때문에 그런대로 대충 넘어가 주었다. 맥주 마시기와 노래 부르기를 한꺼번에 할 수는 없었다. 노래 한 곡이 끝나면 맥주를 한 캔 마시면서, 책을 보고 선곡을 했고, 캔 하나를 비우면 다시 새 노래를 시작했다. 결국 노래 한 곡에 맥주 한 캔인 셈이었다.

-천두웅산 바악달재럴, 울고 넘는 우우리 님아-

캔맥주가 바닥난 것으로 보면 너댓 곡이나 불렀을까? 나오지도 않는 목청을 억지로 빼서 달걀 곯은 소리를 마이크에 대고 열심히 불어넣고 있는 판인데, 문이 빼꼼 열리면서 황 선생과 정 선생이 모가지들을 삐쭉이 내밀었다. 둘 다 방사선사들이었는데, '황'은 그의 병원, '정'은 이웃 제세의원 직원이었다.

"원장님 혼자 계신다기에······."

"그래! 들어와! 들어와!"

이미 둘 다 상당히 술이 취한 듯 얼굴들이 붉었고, 꼭 시끄러운 스피커 소리 탓만은 할 수 없을 만큼 목소리들이 턱없이 컸다.

"자! 그럼, 누구 시작해 봐!"

"원장님부터 먼저 하셔야죠. 뭐 하실래요?"

"여태 했는데?"

"그래도 위아래라는 게 있잖습니까?"

"그래? 허허허! 그럼······ 요새 거 유행하는 뭐드라? '이 세상에 하나밖에' 하는 거 있지?"

"아! '나훈아의 사랑'요? 황 선생! 372버언!"

스타트가 나가자 '정'은 맥주를 가져오겠다며 밖으로 나갔고, '황'은 곁에 앉아 화면에 눈을 주며 손바닥 장단을 쳐주었다.

"이 세상에- 하나밖에- 둘도 없는 내 사랑아!"

진짜로 목소리조차 늙어 가는 것인지, 노래 소리가 영락없이 돼지 목 따는 소리였다. 젊었을 적에는 자신 없는 곡이라도 일단 노래를 시작해 놓고 보면, 대충 마무리가 되었는데, 요사이로는 노래뿐만 아니라, 자신 있는 일이라고는 씨가 마른 듯, 도대체 단 한 가지도 없었다. 그리고 도무지 무슨 일이든 시작하기도 전에 벌써 겁부터 나기 일쑤였다.

'금세 늙는구먼. '황'을 보니 나를 알겠어. 하긴 뭐, 우리 병원에서만도 벌써 10년째가 아닌가?'

40도 안 된 주제에 앞머리가 홀라당 벗겨져나간 '황'의 이마를 쳐다보며 유 원장은 자신의 나이를 난감하게 생각해보았다. 세월이 유수 같이, 빨라도 너무 빨리, 흘러간다는 생각뿐이었다. 이처럼 빠른 세월이었음에도, 그토록 오랫동안 혼자서 쓸쓸히 지냈다는 생각에서 자괴심이 일며 한숨이 터져 나왔다.

그러나 그것보다 사실은 앞으로가 더 걱정이었다. 만약 아내가 다시 찾아온다면……. 차라리 이렇게 살 바에야 모든 것을 다 접어 용서하고 꺼이꺼이 울면서 새로운 삶을 시작하자고 애원해보겠다는 생각이 불현 듯 일었다.

아니라면…… 정식으로 이혼하고…… 새로운 사람과 새로운 삶을 시작하든가……. 이상하게도 평소에 없이 마음이 몹시 다급하고 바빠졌다. 50세가 되는 세모라서 그런 것인가?

"참! 이번 연휴 때 며칠 쉬시죠? 사모님께 안 가세요?"

"연휴? 글쎄?"

'황'이라면 결단코 그딴 질문을 하지 않았을 것이다. 그러나 '정'은 자기 병원 원장이 아니라서 거리낌이 없는 것인지, 아니면 술기운 때문인지, 여하튼 턱없는 소리를 내지르고 있었다. 그러나 곧 상황파악을 했던 모양으로, 그는 대답을 들을 것도 없다는 듯이 맥주를 따라주며 얼버무렸다.

"아이고, 이거 취하네! 헛소리도 나오고……. 원장님, 한 잔 받으세요. 참! 무슨 노래하실래요?"

'사모님? 사모님에게 안 가느냐고?'

유 원장의 아내는 '갑자기' 달라졌다. 물론 그 '갑자기'라는 말이 다소 생경할지 모르겠다. 하지만 어쨌거나 어느 한 순간에 그녀가 달라져버린 것은 사실이었다. 아니 그런 것이 아니라, 그로서는 전혀 의식하지 못하고 살았었는데, 아내가 달라져버렸다는 것을 어느 한 순간에 깨달았다는 말이 더 옳을지도 몰랐다. 그도 아니라면 아내보다 그가 먼저 달라져버렸는데, 그가 모르고 있었다거나…….

어떻든 그건 그의 아내가 대학원에 진학하던 무렵이었다. 그가 제대로 능력발휘를 못하게 된 이후였을 테니까. 설명이 다소 난삽하기는 하지만, 어쨌거나 확실한 것 한 가지는 현재로서는 법적으로만 부부로 남아 있을 뿐, 얼굴은커녕 목소리조차 들은 지 여러 해 되었다는 점이었다.

왠지 모르게 조급해지기도 하고, 비록 술기운을 빌린 턱없는 생각이겠지만, '정'의 말을 듣고 보자 지금 당장 아내와 아이들에게 달려가고 싶다는, 말도 안 되는 생각이 불같이 일었다. 그러면서 지난 세월에 대한 야릇한 회한까지 더욱 깊게 가슴을 적셔왔다. 설령 아내는 만나지 못한다 할지라도 최소한 아이들 얼굴은 볼 수 있을 것이 아닌가? 그러다가 그는 고개를 설레설레 내저었다. 우선 예고도 없이 갑자기 아이들을 찾아간다는 것도, 다른 남자를 찾아갔을지도 모를 그녀를 기다리고 있을 일도, 이제 더 이상 자신이 없었기 때문이다.

맥주 두어 잔을 더 받아 마시고는 자리에서 일어섰다.

"벌써 가시게요? 원장님?"

배웅 인사를 해주는 노래방 주인 여자를 보며 생각해보았다.

'어떻게? 병원으로 그냥 들어가? 아니면…… 오랜만에 여자가 있는 술집을 한 번 가 봐? 가만있자? 니나노 집은 다소 그렇고…… 어디 적당한 데가 없을까? 여긴 아무래도 좁은 바닥이라서…… 소문이 쉬 날거고. 택시로 전주를 한 번 나가 봐? 지난 번 그 술집 아이도 괜찮았었는데……'

그러나 그날 밤 그는 여자를 사러 전주를 나가지 않았다. 병원 앞 가게에서 소주와 마른 오징어를 사들고 병원으로 돌아온 후, 4층 내실까지 올라가기도 귀찮았던 나머지, 당직실로 사용하던 1층 진료실 곁방으로 들어갔다.

한때는 끝도 없이 밀려드는 환자들 때문에 밤 시간까지도 내실로 올라갈 수가 없었던 나머지 토막잠을 자며 지내던 곳이었다.

종이컵 가득 소주를 채우고 목안으로 넘겼다. 알싸한 느낌이 왔다. 슬픔과 분노로 불붙고 있는 육신을 잠재우는 데에 술밖에 더 있겠는가? 오징어를 뿍뿍 찢어 깨물다말고, 그것도 귀찮아져서 방구석에 아무렇게나 내던져버리고는 목구멍 속으로 연신 깡 술만 털어 넣었다. 그러다가 종국에는 그것조차 귀찮아서, 종이컵에 따를 것도 말 것도 없이, 아예 병째 나발을 불었다. 그리고는 요 위에 큰 대자로 몸을 내던져버렸다.

이미 틀어질 대로 틀어져버린 일이 아닌가? 아내와의 일을 다시 한 번 생각해보다가 긴 한숨을 내쉬었다. 그럼에도 불구하고 갑자기 막내 진희가 너무나, 아니 미치도록 보고 싶었다. 지금쯤 다른 사람은 몰라도 막내만큼은 틀림없이 아파트에 있을 것이다. 택시를 타면 금방일 텐데……

갑자기 몸이 깊은 심연 속으로 순식간에 쭉 빨려 들어가며 가라앉는다고나 할까, 천근 콘크리트 더미 속에 무겁게 파묻힌다고나 할까, 빛과 소리가 한 순간에 소멸되고, 숨이 탁 막히면서, 세상이 공만큼의 크기로 수축되며 온 몸을 압착했다. 숨 막히는 심연을 벗어나려 맹렬히 사력을 다해 몸부림을 쳤다. 하지만 그럴수록 숨은 더 막혀오고, 몸은 더 압착되었다.

갑자기 왜 그러지? 아무리 술에 취해도 이렇진 않았는데. 내가 왜 이렇지?

1981년, 6월.

그와 그의 아내, 두 사람 모두 전주 Y병원에서 근무하고 있었다. 그는 비뇨기과 3년차 레지던트, 그의 아내(김영란)는 그 병원의 일반약사였다. 물론 그때는 아직 부부가 아니었다. 결혼하기 전이었으니까……

유 원장이 확실하게 기억하기로는 여자 쪽에서 먼저 꼬리를 쳤다.

"유 선생님! 차 한 잔 하지 않으실래요?"

1년차 레지던트를 대신해서, 당직을 서던 토요일 밤이었던가? 여하튼 밤 10시쯤 응급실 일을 보아주고 병동으로 올라가려는데, 언제 보았는지 그녀는 약국 문을 빼꼼히 열며 그를 불러 세웠다.

모처럼 차나 한 잔 하자는 것인데, 그냥 지나칠 수도 없으려니와, 사실 커피 생각이 간절히 나기도 했다. 그녀가 제의하는 대로 방으로 들어섰다.

그녀는 그가 등에 달고 있던 공기조차 못 들어오게 하겠다는 듯이 그가 들어서자마자 곧바로 문을 닫아버렸다. 그리고는 마치도 끈끈이주걱 속에 그를 가두려는 듯이, 쉬지 않고 눈에 보이지 않는 촉수를 내며 다가왔다. 그의 느낌이나 감각뿐만 아니라, 생각까지도 모조리 다 그녀의 촉수에 의해서 읽혀지고 있다는 느낌이 들 정도였다. 그러면서도 그녀는 휴일 밤에까지 근무해야 하는 따분한 처지에 있는 동료의식을 한껏 부풀리면서 호들갑을 떨었다.

"진짜 이게 뭐예요? 이 황금 같은 토요일 밤 시간에 말예요……. 참, 유 선생님! 내일 시간 있으세요? 〈미워도 다시 한 번〉 3탄 못 보셨죠? 완결편이라는데…… 극장표가 두 장 생겼거든요오……."

그렇게 재잘거리면서 그녀는 더운 여름철인데도 뜨거운 커피를 탔다. 우선 간편한 탓일 것이다.

"난 뜨거운 커피가 좋더라고요. 유 선생님은 어떠세요? 더워도 뜨거운 물을 마시면 오히려 더 시원해지는 거 있죠? 이런 게 이열치열인가? 호호호."

그는 말없이 고개만 주억거려주며 약국내부를 새삼스럽게 이리저리 살펴보다가, 잔을 비우자마자 곧 일어섰다. 청춘남녀 처지에 사적인 일로 설익은 대화를 나눌 심적 여유가 없었기 때문이다. 그러자 그녀는 다시 끈끈한 촉수를 내밀며 호들갑스러운 웃음을 달고서 다짐시키듯 말했다.

"뜨거울 텐데, 그렇게나 빨리 마셨어요? 벌써 가시게요? 참, 내일 오전 11시 푠데요……. 영화가 끝나면 점심이나 한 끼 사세요."

"글쎄…… 내일은……."

"아이참! 숙녀가 모처럼 하는 부탁인데 거절하실 거예요? 한 번 해본 소리였죠? 그죠? 나오실 거죠?"

그녀는 턱없는 호들갑을 떨었다. 그러면서도 어중간하게 대답하는 그의 코에 숙녀의 부탁이라는 낚시 바늘을 꿰려고 애를 썼다.

"내일 중앙극장, 10시 45분까지? 아시겠죠오? 바람 맞추심 안돼요. 그러면 나 진짜 울어버릴 거예요!"

그녀에게서 벗어나며 잽싸게 약국을 나왔는데, 그녀는 열린 문틈으로 그의 뒤통수까지 끈적거리는 긴 촉수를 계속 내보내면서 약속을 확인시켰다.

"늦어도 50분까지 오기예요. 매표소 앞으로요!"

선뜻 남의 호의를 무시하지 못하는 성격 때문에 그는 그녀에게 애매한 웃음만 흘리며 생각했다.

'함께 영화를 보자는 말이지? 점심도 한 끼 하고……. 모처럼 하루를 외롭지 않게 보낼 수 있어서 좋긴 하지만 어떡하지?'

여느 때처럼 다음날인 일요일 오전 9시가 되자, 주치의(1년차 레지던트)는 임무교대를 받으려고 칼같이 병동으로 돌아왔다. 해서 병원에 더 있을 이유도 없었다. 하지만 김영란 약사와의 약속은 여전한 고심거리였다. 그녀 편에서 너무나 일방적으로 만나자는 것하며, 여러 남자들에게 프러포즈를 했다가 하나같이 거절당했다는 소문하며…… 여간 찜찜한 게 아니기 때문이었다.

더구나 얼마 전 동기 의사 계수영이가 그녀를 따먹었다고 낄낄거리며 자랑하지 않던가? 가지 말아버릴까? 사실 약속이라고 해보았자, 그녀 혼자서 일방적으로 했던 것에 불과한 일이었다. 하지만 확실하게 거절했던 것도 아니라서 다소 애매하기는 했다.

'어떡하지? 오히려 만나주는 게 좋지 않을까? 난 남자니까 그닥 손해 볼 것도 없을 테고 말이야……. 고작 영화 한 프로 보고 점심 한 끼 하자는 건데……. 그것조차 일방파기 해버리면 사내랄 것도 없지 않을까? 어때, 또? 나에게도 몽땅 다 주겠다면 계수영이처럼 데리고 가서 한 번 자봐야지. 까짓 호텔방 값이 문제야?'

"유 선생니임! 여기예요. 여기."

극장 외벽 매표소 앞에 두리번거리며 서있는 판인데, 그녀는 벌써 극장 건물 안으로 들어가 있다가 그를 불렀다.

그녀는 병원에서와는 생판 달랐다. 그녀가 먼저 부르지 않았더라면 설령 매표소 앞에서 마주쳤다 할지라도 알아보지 못했을 정도였다.

잠자리 날개같이 얇고 짤막한 검은색 원피스를 두르고 있었는데, 그게 몸에 착 달라붙어 있어서 가슴과 엉덩이, 허리선이 한껏 강조되어 있었고, 중요 부분이 맨 눈으로 안 보여서 그렇지, 입으나 벗으나 매 한 가지일 정도였다.

머리모양까지도 병원에서와는 완전 딴판으로 달랐다. 머리를 질끈 묶어 올리고 비단 천 머리핀을 꽂은 병원에서의 모습 대신에, 곱슬을 준 머리를 어깨선까지 찰랑거리게 내려뜨리고 나비가 달린 하얀 헤어밴드를 하고 있어서 무슨 영화에서 보았던 여자 주인공의 모습과 흡사했는데, 무척이나 발랄하고 멋진 모습이었고, 한마디로 어린 소녀처럼 깜찍하고 귀여운 양태였다. 그가 기억하고 있던 병원에서의 그녀의 이미지는 단지 커다란 코와 입, 그리고 빼꼼한 눈밖에 없었는데, 이렇게 변해버린 것이 참으로 신기한 노릇이었다.

"일찍 왔었나 봐요?"

"아뇨, 금방요. 누가 볼까 봐……. 사람들 입이라는 게 괜히 아무 것도 아닌 걸 가지고 소문들을 얼마나 요란하고 고약스럽게 내는지……. 나중엔 살이 붙고 뼈가 붙어서 진짜 사실처럼 만들어 버리기도 하고 말이죠."

"별스럽군."

"사람들 모두 남 말하기를 좋아하잖아요?"

싱긋 웃으며 그녀가 가볍게 대꾸를 했다. 눈과 이마에 비해서 턱없이 큰 코와 입이었다.

그녀는 아마도 여러 남자들에게 프러포즈를 했으나, 모조리 다 딱지만 맞았다는 병원 내의 소문에 대해서 그렇게 자기변명을 하고 있다는 생각이 들었다.

영화는 예상했던 대로 그만그만한 줄거리였다. 다만 한국적이고 토속적인 이야기라서 그런지, 외국영화에서보다는 훨씬 더 현실감이 있었다. 남녀 간이라는 것은 참 미묘해서, 한 번 서로 좋아하게 되면 중간에서 그만 두기도 여간 어려운 일이라는 내용이었고, 공감이 가는 이야기였다.

1시쯤 극장을 나왔고, 그로서는 점심 살 일만 남아있었다. 조조 프로였지만, 일요일이라서 관객들이 많았다. 인파에 떠밀리다시피 해서 밖으로 나왔다. 혹시 아는 사람들이 자기들을 보고 있지나 않은지, 둘 다 자꾸만 주위를 살펴보며 걸었다.

"자! 이젠 내 차롄가? 어디로 모실까요? 시내 한국관?"

안 나왔다면 몰라도 나온 게 불행이지, 일단 그녀를 만났으니 아무래도 시내 고급식당쯤은 가야 할 것이었다. 그러자 그녀는 벌써 장소를 생각해 두었던지 뜻밖의 제안을 했다.

"시외로 나가면 안돼요? 대야리 저수지쯤? 거길 가는 게 훨씬 좋을 텐데."

전주에서 1시간 거리라서 가깝지도, 멀지도 않은 곳이었다. 그 역시 예전에 몇 번 병원 사람들에게 물어서 놀러가 본 일이 있었다. 물놀이라거나, 보트도 탈 수 있고, 적당한 음식도 있는 그런 곳이었다. 그가 뭐라고도 하기 전에 그녀는 눈에 보이는 제과점으로 그를 끌고 들어갔다. 그리고는 그에게 묻지도 않고 빵 몇 개와 우유 두 잔을 골랐다. '얼마죠?' 그녀는 지갑을 꺼내더니 정말로 세상구경을 처음 하는 것 같은 빳빳한 새 돈을 꺼내들었다. 여자들의 지갑이 더 두툼하다는 것은 결코 빈말이 아니었다. 그녀의 지갑 속에는 어림짐작으로 그의 1개월 분 봉급 정도가 그런 새 돈 고액지폐로 들어있는 성싶었다.

"시간두 어중간하고…… 유 선생님 배고플까 봐서…… 차에서 요기를 하게요."

그녀는 길가에 늘어서 있는 택시에 먼저 올랐다. 그녀를 따라서 차를 타는 수밖에 없었다. 뒷좌석에 나란히 앉았다. 서있을 때는 잘 몰랐었는데, 턱없이 짧은 옷이었다. 팬티가 드러날 것처럼 위태롭게 탐스런 허벅지 살을 죄다 드러내놓고 있었다. 앉아있는 엉덩이 때문에 더욱 옷이 짧아지는 모양이었다. 슬쩍 그걸 보고는, 무안해서 못 본 척 고개를 돌려버렸다. 그녀가 웃었다. 그리고는 온통 다 드러나는 자기 허벅지위에 손수건을 올려놓아 가리고는 다시 그 위에 빵 봉지를 올려놓았다. 그녀가 우유와 빵을 건네면서 말했다.

"자! 한 번 들어보세요. 맛이 괜찮죠?"

그가 고개를 끄덕여 보이자, 그녀는 까르르 웃음을 달았다.

"난 이걸 제일 좋아해요."

애들이나 좋아할 만한 크림이 잔뜩 든 슈빵이었다.

대야리 저수지까지는 1시간여 거리라서 물론 택시비가 수월찮게 나왔다. 하지만 그녀는 아까워하기는커녕, 아주 기쁘고 생글거리는 행복한 표정을 지으며, 지갑 속에서 예의 그 빳빳한 새 고액지폐를 꺼내어 기사에게 건네주었다.

"내가 낼 건데……."

남자라는 자존심도 있고, 적지 않은 돈이라 부담스러워서, 그가 대신 치룰 양으로 지갑을 꺼냈지만, 그녀는 극구 우겼다.

"점심만 사기로 했잖아요? 또 여기는 사실 내가 오자고 한 거고……."

"이왕이면 숙녀 분이 내시는 새 돈으로 받겠습니다. 하지만 잔돈은 새 돈이 없고 헌 돈뿐이라 어떡하죠?"

"잔돈은 그냥 다 가지세요."

"아이구, 고마워라. 그럼 그렇게 하겠습니다. 좋은 하루 보내세요."

기사조차 그녀 편을 들어주며, 번들거리는 눈빛으로 두 사람을 빤히

처다보며 말했다. 이제 그가 할 수 있는 일이라고는 눈만 껌벅거리며 차를 내리는 일이 전부였다.

"우리 저리로 가요."

호수가 내려다보이는 메기매운탕 집이었다. 그곳에서 늦은 점심식사를 하고 나서는 호수가로 내려와 보트를 빌려 둘이서만 배를 탔다.

노를 저으며 호수를 한 바퀴 삥 도는데, 노 젓는 일도 서툴러서 생각보다 힘들었지만, 그보다 배안에서 땡볕을 그대로 받으며 앉아있기도 괴로운 일이었다. 곧 싫증이 나고 피곤해졌다. 물에서 나와 시원한 곳을 찾아 전망 좋은 2층 찻집을 찾아 들어간 후, 각기 자기 취향대로 냉커피 한 잔, 뜨거운 커피 한 잔씩을 시켰다.

"여긴 시원해서 참 좋네. 참! 보트를 너무너무 잘 다루시던 데요? 그동안 여자들에게 인기가 좋으셨나 봐요? 갈고 닦은 실력이시던데?"

사실 어줍잖은 세월을 살았고, 여자들과 물놀이를 다닐 만큼 한가로울 수도 없었으므로, 노 젓기가 여간 힘겨웠는데, 그녀는 턱없는 칭찬부터 늘어놓고 있었다. 하지만 그녀의 칭찬을 듣고 나자 왠지 기뻤다.

"갈고 닦긴…… 그럴 기회가 있었어야죠?"

"어머! 정말이세요? 그렇게 보이질 않던데? 아무튼 그렇담 유 선생님과 친해져도 아직 시비할 여자는 없겠네! 그죠? 호호호! 참, 유 선생님은 뭘 좋아하세요? 취미요."

"무취미가 취미죠."

"에이 그런 게 어딨어요? 수영 좋아하세요? 테니스는요?"

"잘은 못해도 조금씩은……."

"어머? 그래요? 아이! 좋아라! 그럼 우리 다음 주 토요일 오후에 테니스 한 게임 뛰어요."

"테니스를 잘 하시나본데?"

"잘 하긴요? 유 선생님이 좋아하신다니까 그렇죠."

"그런데, 병원 코트는 스텝들 눈치 보일 텐데……"

"아, 그건 걱정 안하셔도 돼요. 법원에 친척 오빠가 근무하고 있거든요
……. 테니스를 얼마나 좋아하는지 몰라요. 아주 광이에요, 광! 거길 가
서 치면 될 거예요."

물론 그는 테니스를 잘 하거나 운동신경이 남다른 것은 아니었다. 다
만 무슨 운동이든 조금씩은 할 줄 알았고, 좋아하는 편이었다. 아무려
면 따분하게 어둠 속을 찾아들어가 영화를 본다거나, 불볕더위를 안고
노를 젓는 것보다야 백배는 나을 것이 아닌가? 또 사실 요사이 운동이
다소 필요하다는 생각이었다. 갑자기 몸이 너무 불고 몸도 무거워졌던
것이다.

이게 소위 이성교제(?)의 시작인가? 그녀의 얼굴이 새삼스럽게 동공
가득 들어왔다. 마치 평생 오직 단 하나만 소유해야 하는 것이라서, 처
음서부터 잘 골라야 한다는 강박적인 생각과 함께……

하지만 결혼을 전제로 만날 것도 아니고, 잠시 테니스나 함께 친다는
것인데 너무 그렇게 신경 쓰거나 심사숙고를 할 일도 아닐 것이었다.

그녀의 인상은 너무나 평범하달까? 특별한 점은 전혀 없었다. 예쁘지
도, 그렇다고 아주 밉상도 아니었다, 다만 입이 크고 다소 글래머 스타일
이라는 게 매력이라면 매력이었다.

유심히 자기의 얼굴을 살피는 것을 느꼈던지 그녀 역시 의심스럽게 그
를 쳐다보며 물었다.

"왜 그래요?"

"아뇨! 그냥…… 아무 것도 아니에요."

그리고서 그 다음 주 수요일인가? 퇴근 무렵 그녀에게서 전화가 왔다.

"유 선생님! 저예요. 약국…… 오늘 저녁 어떠세요? 바빠요?"

처음서부터 무슨 특별한 기대를 했다거나 큰 호감이 가지 않아서 그런 것인지, 일요일 온종일을 함께 지내다시피 했었으나, 그녀에게 아무런 연락도 없이 지냈었다. 그런데 그녀 편에서 먼저 연락이 온 것이다.

"글쎄…… 별일은……."

"그럼 오늘 저녁 우리 테니스나 한 게임 해요."

"테니스?"

"네, 오빠에게 말해두었거든요."

"난 아무 준비도 안 했는데……."

"270 신으시죠? 신발과 라켓은 갖고 있는 게 있거든요."

그녀는 신발과 라켓은 있으니까, 걱정하지 말고 몸만 가도 된다는 이야기였다. 테니스 라켓을 어떻게든 한 번 잡아보고 싶었던 차라서, 그녀의 성화에 못이긴 척 따라나섰다. 그녀의 말대로 법원에 도착해보자 코트가 한 자리 비어있었다.

그녀가 꺼내 보이는 신발과 라켓은 완전 신품이었다. 덜컥 신으려다보니 부담스럽기 짝이 없었다. 하지만 그렇다고 해서 다시 되돌아 갈 상황도 아니었다. 이왕지사 이렇게 된 것, 나중에 물건 값을 치를 각오로 신발을 받아 신었다. 그런데 신기한 것은 신발도 라켓도 마치 본인이 미리 다 확인해보고 산 것처럼 자기 손발에 거짓말처럼 꼭꼭 잘 들어맞는다는 사실이었다.

그녀와 둘이서 서브를 몇 번 주고받으면서 몸을 풀어보았다. 그러나 첫날이기도 했지만, 정식으로 코치를 받은 일도 없이 재미삼아 친구들과 적당히 몇 차례 쳐보았던 실력이라서 생각같이 공이 잘 맞아주지 않았다. 그래서 그녀와 그녀 오빠의 권유에 따라 다음날부터 정식 레슨을 코치에게 받기로 했다.

둘은 어설프게 한 시간 반 정도 코트에서 시간을 보내다가 다소 늦은 시간에 저녁을 하러 갔다. 그녀는 일요일 점심을 얻어먹은 대가라며, 자꾸만 저녁식사 비용을 부담하려 했으나, 그것은 말도 안 되는 이야기였다. 식사비용보다 훨씬 더 많았던 그날 택시비용과 보트 렌탈 비용도 그렇지만, 거기에다 또 자기 오빠에게 선물하려고 진즉 샀던 것이라며, 도무지 신발 값과 라켓 값을 받으려 하지 않았기 때문이다. 저녁을 사더라도 크게 사야 할 것이고, 물건 값을 정 안 받겠다고 한다면 비슷한 액수로 선물이라도 해주어야 속편할 일이었다.

모처럼 했던 운동 뒤끝이라서 맥주도 곁들여서 품위 있는 저녁을 했다.

"오빠 것을 내가 먼저 신어버렸으니 어떡하죠? 이건 내가 그냥 사용하고 오빠께는 새로 사드려야 될까 봐요?"

"잘 맞으세요? 호호호! 그럼, 됐어요. 하나도 신경 쓰실 건 없어요."

"왜죠? 남의 선물을 가로챘는데?"

"그건 그냥 복만 씨 선물로 해석하세요."

복만 씨라고? 그럼 나도 이 여자에게 '영란 씨'라고 해야 한다는 말인가? 가까운 사이에서나 부를 수 있는 호칭을 턱도 없이 그녀는 제멋대로 사용하고 있는 것이라서, 그는 이 대목에서 몹시 헷갈렸다.

"선물요?"

"그래요. 복만 씨에게 드리는 선물요."

그녀는 이제 말끝마다 그저 '복만 씨, 복만 씨'였다. 처음 들을 때는 몹시 어색하고 귀에 설더니만, 금방 괜찮아지긴 했다. 하지만 아무래도 다소는 이상하고 애매했다. 벌써부터 '복만 씨'라니?

"왜 나에게 이런 선물까지……."

같은 병원에서 근무한다는 것, 그리고 영화 한 프로에, 점심 한 끼 함께 했다는 것, 이 두 가지 이유만으로서 받는 선물치고는 너무나 과분한 것이었다. 그러나 이미 신어버린 신발이고, 이미 사용해버린 라켓이었다.

"맘에 안 드세요?"

"아뇨. 무슨……."

"그럼, 됐어요."

사실 봉급이라고 해보아야 쥐꼬리였다. 그래도 그녀는 약사라서 정식 직원에 속했으므로, 다소 여유도 있고, 괜찮았을 터이지만, 그는 피교육생인 수련의 신분이었으므로, 하는 일에 비해서 급료가 턱없이 작았다. 그래서 말은 그렇게 했지만 막상 그녀가 선물해준 물건들을 다시 그만큼 상환하자면 거의 한달 급료의 절반은 소요될 판이었다. 거기에다 또 엉겁결에 코치까지 받겠다고 했으니…….

하지만 그녀의 논리는 완전히 달랐다. 신발과 라켓이야 원래 진즉부터 주인 없이 썩고 있었던 물건에 불과했는데, 드디어 확실한 주인을 찾게 되었으니, 이 얼마나 다행이냐며, 전혀 신경 쓸 이유가 없다는 것이었고, 다만 저녁식사비용을 그가 부담했으니, 그렇다면 대신에 자기는 유니폼이라도 선물하겠다는 것이었다.

하지만 그녀의 논리는 완전 억지에 불과한 주장이라서 말도 안 된다고 한사코 거절했지만, 그녀가 얼마나 고집을 부리며 졸라대는지 하는 수 없이 그녀가 하자는 대로 두고 볼 수밖에 없었다.

그녀를 따라 시내 유명 운동구점 가게를 찾아갔다. 하지만 그녀는 자기가 했던 말과는 완전히 딴판으로, 기실 라켓과 신발도 엊그제 바로 이 가게에서 산 모양이었다. 그녀는 물건을 고르자마자, 그 점을 강력하게 내세우며 가게주인과 익숙하게 흥정하기 시작했다.

"이렇게 해도 되는 거요?"

"뭐가요? 아이, 차암! 유 선생님답지 않게에! 뭘 이딴 걸 갖고서 그러세요."

그녀에게 선물 받은 옷가방을 들고 가게를 나오면서 생각해보았다. 이유를 잘 알 수는 없으나, 어쨌든 그녀가 턱없이 많은 돈을 쓰고 있다는 사실 한 가지는 확실했다.

좋지 않은 소문도 있고, 계수영이가 했던 말까지 생각나서 몹시 찜찜했던 터에, 그녀가 너무나 급속하게 다가온다는 느낌이 들어서 상당히 부담스러웠다. 하지만 그렇다고 해서 당장 뭘 어쩌자는 것도 아니었으므로, 적당한 거리를 두고 지켜볼 수밖에 다른 도리가 없었다.

'잠시 사귄다고 해서 뭐 별 일 있겠어. 확실히 결혼할 것도 아니고 말이야.'

그녀가 해준 만큼 나중에라도 천천히 되돌려주면 되지 않겠느냐고 맘 편히 먹기로 했다. 그래서 다음날 그는 그녀의 몫까지 두 사람의 1개월분 코치비용을 치렀다. 물론 그것은 그의 반 달 봉급 수준을 훨씬 넘는 거액이었다.

어쨌거나 이왕 한 번 시작한 운동이었다. 그도 그녀도 열심히 배우고 익혔다. 8월부터 시작했는데, 날씨가 허락하는 한, 거의 하루도 거르지 않고 뛰기도 했지만, 둘 다 그렇게 운동신경들이 둔하지 않았던 덕택에, 마침내 10월이 되자, 가히 프로급이 되었다.

그녀의 오빠는 법원 행정직 직원이었는데, 테니스 실력이 여간 아니었다. 두 사람의 실력이 안정되어가자, 그와 그녀를 상대로 단식으로 뛰기도 했으나, 자기 동료들과 한 팀이 되어 그들과 복식게임을 하는 때가 더 많았다. 그래서 자연히 단시간에 서로 매우 친숙해지게 되었다.

경기가 끝나면 으레 함께 어울려서 맥주로 목을 축였다. 비용은 지는 팀이 부담하기로 했던 것이라서, 경기는 어떻게 보면 아주 살벌할 정도였다. 하지만 언제나 꼭 그런 것만은 아니었고, 경기가 끝나면 모두들 아이들처럼 즐거워했다.

처음에는 그와 그녀 편에서 주로 비용을 부담했지만, 시간이 갈수록 오히려 그와 정반대로 점점 그와 그녀가 일방적으로 압승하는 일이 다반사가 되어버렸다. 연륜 만으로는 아무래도 젊은 예봉들을 당해낼 수 없는 모양이었다. 결국 그녀는 이편저편으로 짝을 바꾸어서 뛸 수밖에 없었다.

"젊은 사람들이라서 실력들이 너무 빨리 늘어서 말이야, 이러다간 우린 봉급을 고스란히 뒤풀이 맥주 값으로 다 날리게 생겼어. 이렇게 하면 어떨까? 영란이가 닥터 유와 다른 편이 되어 뛰면 말이야. 아니면 영란이가 하루씩 세 남자와 돌아가면서 짝이 되든가……. 그런데, 내 말이 조금 이상하냐? 헛헛헛!"

"그렇게 하죠, 뭐. 내가 오빠와 한편이 되고 복만 씨가 이 과장님과 한편이 되면……."

그러나 그렇게 하자 당분간은 승패의 결과가 엇비슷하게 되는 듯 했으나, 또다시 금방 그가 이기는 횟수가 많아지게 되었고, 결국 또 그녀의 오빠가 불만이었다.

"넌 왜 나하고 한편만 되면 닥터 유한테는 맥도 못 추냐?"

"오빠! 그게 말이 돼요?"

"말이 되나 마나, 도대체가 넌 닥터 유와 한 편만 되면 펄펄 날다가도, 갈라서기만 하면 맥을 못 추니깐 이상해서 하는 말이지."

"그럴 리가 있나요?"

그녀를 두둔한다기보다, 총각처녀라는 미묘한 문제 때문에 그가 토를 달고 나섰다.

"그리고 그것도 그거지만, 난, 뭐, 맨날 노처녀 엉덩이 뒤에서 뒤치다꺼리만 할게 뭐냐? 통 무슨 재미가 있어야지……. 처녀 손에 묻어 나오는 공 맛을 볼 수도 없고, 그나마 매일 술값만 들게 생겼으니까 말이야……."

"아이, 오빠도오, 무슨 말이 그래요?"

"사실이 그렇잖아? 나도 남잔데, 그럼 네 손에 오는 공을 받고 싶지, 어디 저 뻣뻣한 이 과장 공 받게 생겼어?"

"제길! 누군 어떻고?"

난데없는 화살이 자기에게 돌아가자 이 과장이라는 사람 역시 불만이었다. 결국 그녀는 세 남자와 고루 한 번씩 파트너가 되어주기로 했다. 그러자 또다시 문제가 되는 것은 그와 그녀가 한 팀이 되는 날에는 승패가 항상 확실하게 정해져 있다는 점이었다.

"안 되겠어. 젊은 사람들끼리 한편이 되는 날엔 승패에 상관없이 지들보고 사라고 해야겠어. 청춘남녀 데이트하는데 우린 꼽사리 끼어든 형국이니깐 말이야."

그런 식으로 거의 한 겨울이 될 때까지도 퇴근 후에는 오로지 테니스에 미쳐 살았다. 그래서 마침내는 내로라하는 법원직원들이나, 그들처럼 외부에서 오는 사람들과 복식 내기를 할 정도로까지 발전되었다. 물론 그럴 때마다 그와 그녀는 항상 같은 편이었다.

결국 해가 바뀌기도 전에 법원 코트에서는 '무서운 혼성팀'이라는 별명까지 붙게 되었고, 작은 지역사회라서 금방 소문이 돌아서, 마침내 병원의 스텝들조차 그들과 복식경기를 하고 싶어 하는 사람들이 많아지기 시작했다. 그래서 둘은 임상 각과 과장들의 선약을 받느라 진땀을 빼게 되었고, 한 세트가 된 두 사람은 퇴근 후 저녁시간이 되면 낮보다 더욱 바빠지기 마련이었다. 또한 그러면서 날이 갈수록 두 사람간의 사이도 가까워져갔다. 마침내 테니스를 함께 시작한지 6개월도 채 안되어서 두 사람의 관계가 보통이 아니라는 것을 믿지 않는 사람은 아무도 없게 되었다.

병원의 과장들조차 둘을 만나면 그 이야기부터 먼저 꺼냈다.

"닥터 유! 언제쯤 국수를 먹게 되는 거야?"

"네?"

"네라니? 이젠 슬슬 정식으로 '부부 팀'을 발족시켜야 되는 게 아냐?"

"아, 예! 원, 별말씀을!"

"실제론 이미 부부 팀이지? 그렇지? 신고만 안했을 따름이지? 맞지? 요새 젊은 사람들이 어디 보통 스피드야?"

"자넨 남의 집 사정을 어떻게 그리 잘 알아?"

"아, 척하면 삼천리지, 이 사람아! 저 정도 팀웍을 유지하려면 어디 눈만 맞추어서 될 일이야? 별스런 사정도 다 알고 있어야지. 예를 들면 ……."

"예를 들어 봐, 그럼!"

"점잖은 처지에 내가 숙녀 앞에서 그딴 예를 꼭 들어야겠어? 척하면 3천리로 알아들어야지?"

병원 과장들은 두 사람을 놓고 자기들 입맛대로 완전히 부부로 만들어버렸다. 그는 그녀의 바이오리듬은 물론이려니와 생리날짜까지도 죄다 알고 있으므로 그처럼 압승할 수밖에 없다는 입담들이었으니까…….

물론 처음에는 그녀에 대한 이런 저런 좋지 않은 소문도 있었고, 그녀를 따먹어버렸다는 말을 계수영이한테서 직접 듣기까지 했으므로, 그녀와 결혼한다던가 하는 생각은 꿈에도 하지 않았었다. 그러나 그녀와 만나는 횟수가 늘어갈수록, 그게 아니었다. 어느새 말투도 복만 씨, 영란 씨 정도가 아니라, 자기 어쩌고저쩌고 하는 반말 투로 변해갔다.

또한 손도 잡아보고, 가슴속을 뒤져본 것도 이미 한참 전의 일이었고, 벌써 포옹도 수십 차례 했었다. 그래서 사실 다른 사람들이 결혼 운운하는 것이 하나도 이상할 것도 없고, 본인들 스스로도 전혀 귀에 거슬리지 않았다. 그러나 그러면서도 그는 왠지 조금은 께름칙했고, 어떻든 그녀와 결혼하려면 몇 가지 더 확실히 해야 할 것이 있을 것 같다는 생각이 들었다.

그렇게 그 해도 다 가고 있었다. 바람이 심하게 불거나, 아주 추운 날이 아니고 웬만한 날씨라면, 둘은 여전히 테니스코트를 찾았다. 그러나 아무래도 추운 겨울로 들어서면서부터는 수영장에서 만나는 횟수가 월등히 더 많아졌다. 둘 다 테니스처럼 수영이 능한 것은 아니었으나, 자유영이나 평영정도는 보기 좋을 만큼 곧잘 했기 때문에 수영장을 함께 가도 부담이 없었다. 수영장에서 확인된 그녀의 몸매는 얼굴과는 비교도할 수 없을 만큼, 그야말로 팔등신이었다.

미끈한 다리에, 큰 키, 잘록한 허리선, 둥글고 풍만하면서도 징그럽다는 생각이 전혀 들지 않는 아름답고 매력적인 글래머 유방, 희고 탐스런 허벅지와, 둥근 곡선으로 솟아오른 엉덩이……

운동을 하는 사람이라 그런지, 얼굴이 60점이라면, 몸매만큼은 단연코 120점이었다.

그녀의 그런 몸매에 한껏 취해있다 보면, 첫 데이트 때 그녀가 수영을 잘 하느냐고 그에게 묻던 이유가 생각날 정도였다. 수영장에서만큼은 단연코 그녀의 완벽하고 미끈한 몸매는 다른 사람들과 비교가 불가능할 정도로, 오로지 돋보일 뿐이었다.

그녀는 가끔 접영도 했다. 그럴 때마다 느끼는 것은 수영 동작 자체가 멋지다기보다, 미끈한 두 다리와 둥근 엉덩이 살, 그리고 군더더기가 별로 없는 어깨선과 허리선의 잘 빠진 육체가 너무나 멋지다는 생각뿐이었다.

정말 그녀는 잘 빠진 미끈한 몸매를 한껏 뽐내며, 훈련된 돌고래처럼 유연하게 물을 헤쳐 나갔다. 속도도 여간 아니었다. 사람들, 특히 남자들은 그런 그녀의 엉덩이가 물속에서 불쑥불쑥 솟구쳐오를 때마다 눈길을 돌리지 못하고 군침을 흘렸다.

아마도 그날은 토요일 오후였을 것이다. 시내 개봉관 영화도 이미 다 섭렵해버린 뒤라서 새로운 것도 없고, 짧은 겨울 오후 한나절을 보내려면 천상 수영장뿐이었다. 크리스마스가 임박해있어서 그런지 마음이 여간 뒤숭숭하지 않은 때였다.

여전히 그녀는 몸에 착 달라붙는 토플리스 비키니 수영복 차림이었다. 연말의 들뜬 분위기라서 더 그런지, 그녀가 웃을 때마다 상하로 출렁거리며 춤을 추는 예쁜 배꼽이 도대체 눈에서 떠나지 않았다. 너무나 생동적이랄까, 생명에 넘치는 발랄함이랄까, 어떻게든 당장 한 번 만져보던가, 깨물어주고 싶다는 생각뿐이었다.

그녀는 무엇이 그리 즐거운지 쉬지 않고 이야기를 하며 웃음보를 터트렸다. 그녀가 커다랗게 웃을 때마다 배꼽뿐만이 아니라, 두 유방과 하복부, 그리고 여성의 입구가 있을 것이라고 짐작되는 곳에 이르기까지 꼭 끼는 얇은 수영복 안에서 팽팽한 긴장감을 만들며 우쭐우쭐 춤을 추고 있었다. 그는 오로지 오늘 밤에는 어떻게든 그녀를 한 번 가져보아야겠다는 그 생각뿐이었고, 거기에서 한 치도 헤어나지 못한 채 황홀하게, 그녀의 팔등신을 갈망하고 있었다.

수영을 마치고 저녁식사를 하면서 그녀가 재잘거리는 것에 대해서 적당히 보조를 맞추어주면서, 그는 의도적으로 그녀에게 술을 많이 먹였다. 운동 뒤끝이고, 기분이 좋아서 그랬는지, 그녀는 주는 대로 맥주를 넙죽넙죽 잘도 받아 마셨다. 둘이서 손쉽게 5-6병을 비웠을까? 보통 때라면 둘 다 절대로 그렇게 많이 마시지 않을 턱도 없는 과음이었다.

그녀는 가톨릭계 여학교를 다녔다면서 주로 외국인 신부들의 언어 미숙에 따른 다소 쌍스런 우스갯소리와, 여학생들의 반응을 재미있게 이야기했고, 유아세례를 받았을 정도로 독실한 그리스도교 신자 집안에서 교육받고 성장했음을 은연중에 강조하고 싶어 했다.

8시부터나 식사를 시작했을까? 술까지 마시면서 이런 저런 이야기를 하며 앉았다보니, 어느새 10시였다. 다음 날이 일요일이니 늦더라도 무슨 상관있겠느냐며 커피나 한 잔 하자고 일어섰다. 그녀가 몹시 비틀거리는 자세로 일어섰다.

"나 술 취했나 봐?"

그녀가 애매한 웃음을 흘리며 말했다. 하지만 밖으로 나오자마자 그녀는 곧 구토가 나려하고 어지럽다며 오만상을 다 찌푸리고 매달리듯 그를 잔뜩 껴안았다. 그리고는 몇 걸음도 못 걷고 자꾸만 아무데나 주저앉으려 했다.

겨울 밤 한길가라서 잠시만 쭈그리고 앉아있어도 엄청 추웠다. 그리고 무엇보다도 이런 식으로 하다가는 길에서 통금을 맞을지도 모를 일이었다. 물론 지방 소도시라서 설령 통금에 걸린다 하더라도 별일은 없을 것이었다. 큰 종합병원 직원들이고, 신원이 확실한 이상, 파출소에서 통금이 풀릴 때까지 억류시키는 일은 없을 것이기 때문이다. 다만 엉망으로 취한 모습을 보여주며 사연을 설명할 일이 난감할 문제였다.

지나는 택시에 억지로 그녀를 끌어다 태웠다. 더러 가져보았던 유방이고, 허리였지만, 부축을 받는 그녀 편에서 너무나 육감적으로 안겨오는 것이라서, 또 다시 너무나 흥분이 되었다.

"어디로 모실까요?"

두 남녀가 몹시 한심하다는 생각이었겠지만, 기사는 아주 점잖게 물었다.

"시내 관광호텔로 갑시다."

어떻게 불쑥 그런 생각을 했었는지 나중에 아무리 생각해보아도 알 수 없는 노릇이었다. 하지만 어쨌든 그는 그때 그렇게 턱없는 소리를 지껄였다. 그러자 그에게 몸을 다 내맡기고 있던 그녀가 놀란 눈을 동그랗게 뜨고 그를 한 번 쳐다보았다. 하지만 그녀는 그것으로 곧 그만이었고, 별다른 동요 없이 눈을 그대로 다시 감아버렸다.

맥을 못 추고 비틀거리는 그녀를 택시에서 끌어내려 호텔 방까지 데려갈 일이 난감하기 그지없었다. 그러나 의외로 그녀는 그의 팔만 야무지게 붙들었을 뿐, 택시에서 내려 호텔 현관을 거쳐 커피숍까지 오는 데에까지 그다지 표시가 나거나 흔들리지 않고 잘 걸어주었다.

커피가 나온 후로도 한참 동안이나 그녀는 눈을 감고 자리에 그대로 앉아있기만 했다. 아마도 갑자기 더운 방안으로 들어오니까, 더욱 취기가 오르는 모양이었다.

여기까지 여자가 고분고분 잘 따라온 이상, 육체적 교섭은 이제 시간문제였다. 긴 생각할 것 없이 더블침대 방 하나를 얻었다. 그리고는 다소 잔머리를 썼다. 좁은 시골도시라서 혹시라도 말이 날까봐, 자기 혼자뿐이라는 듯이 여자를 커피숍에 그대로 놓아둔 채 보이를 따라서 그 혼자서만 먼저 방으로 올라갔다.

다시 커피숍으로 내려와 보니, 그녀는 여전히 입도 대지 않은 커피 잔을 코앞에 놓아둔 채 눈을 감고 앉아있었다. 카운터에서 계산부터 끝냈다. 그리고는 그녀의 겨드랑이에 팔을 넣어 일으켜 세운 후 부축해서 엘리베이터 앞까지 천천히 걸어갔다. '땡' 하고 엘리베이터가 서는 소리에 그녀가 놀란 듯 눈을 떴다가 곧바로 다시 감아버렸다.

추운 겨울이라서 두터운 겉옷을 입었는데도, 그녀의 겨드랑이 밑에서는 부드럽고 물컹한 질감을 가진 유방의 감각이 손바닥을 거쳐 머릿속까지 턱없이 뜨겁게 달려오고 있었다.

방으로 들어서자마자, 그녀는 침대 앞 카펫 방바닥에 무릎을 꿇고서 그대로 퍼질러 앉더니만, 침대 코너에 엎드려 얼굴을 묻어버렸다. 그는 창가에 놓인 탁자로 가서 그런 그녀를 건너다보며 담배를 붙여 물었다.

얼마동안이나 그렇게 하고 있었을까? 그녀는 마침내 자기 스스로 일어섰다. 그리고는 겉옷을 벗어 옷장 안에 얌전하게 건 후, 두리번거리며 제 수영가방을 찾아 챙겨들고 욕실 안으로 들어갔다.

그녀는 욕실에 들어서기가 무섭게, 누가 쫓아온다는 듯이, 딱 소리가 나게 문부터 잠갔다. 그리고 그 이후로는 무엇을 하는지 계속해서 물소리만 요란하게 들려올 뿐이었다.

담배를 다시 한 대 더 피워 물었다. 계수영이가 그녀를 따먹었다며 낄낄거리던 모습이 금세 눈앞에 선히 떠올랐다. 그리고 동시에 그녀에 대한 온갖 좋지 못한 소문들도 귓전을 맴돌기 시작했다. 하지만 그럼에도 불구하고 물기를 단채로 웃을 때마다 요란하게 움찔거리며 춤추던 배꼽과, 꼭 낀 수영복 안에서 훤히 다 드러나던 하복부 쪽의 여성 부분이 표출해내는 팽팽한 긴장감이 그런 것보다 훨씬 더 강하게 그의 뇌리 속을 차지하고 있었다.

거의 1시간이 넘도록 계속해서 물소리만 날뿐, 욕실로 들어간 그녀는 도대체 감감 무소식이었다. 결국 그는 걱정 반, 재촉 반의 심정으로 욕실 문을 두들기며 물었다.

"괜찮아?"

"응. 이제 다 괜찮아졌어. 곧 끝나. 금방 나갈게."

언제 그랬었나 싶을 정도로, 그녀는 이제 얼마 전까지와는 완전히 다른 생동감 넘치는 목소리가 되어 말했다. 마침내 그녀는 분홍빛의 뽀얀 피부와 젖은 머리를 하고서 김으로 가득 찬 욕실에서 나왔다. 그는 그녀를 방안에 남겨둔 채 교대로 욕실을 들어갔다.

여자를 주무르며 교감을 나누다가 적당한 기회를 보아 일을 치르려고 곁에 바짝 붙어 누었다. 하지만 처음에는 그런 대로 제 몸을 맡겨주던 사람이 결정적인 일을 시작하려하자, 돌연 완강하게 거절해버리는 것이라서, 얼마나 난처한지 몰랐다.

예전에 들었던 말들이 오히려 이상스럽게 생각될 정도로 참 의외의 일이었다. 어제까지만 해도 그녀는 아무런 저항도 하지 않고 여성의 입구만 빼고는 모든 부분을 죄다 개방해주었다. 그리고 오늘은 더구나 순순히 제 발로 호텔 방까지 따라 들어오지 않았는가? 그런데 이게 무슨 얼토당토하지도 않은 짓거리란 말인가?

"아! 싫어, 싫어, 싫어…… 싫대도…… 저리가! 어머! 안 돼! 안 돼! 진짜 안 돼. 자기 이럼 나 화낼 거야!"

그녀는 겨우 유방이나 입술정도나 허락했지, 그 아래쪽으로는 완강하게 거절했다. 기대했던 것과는 영 딴판이었다. 그러나 이미 그녀를 가지려고 작정을 해서 그런지, 그럴수록 더욱 욕망만 풍선처럼 부풀어 오를 뿐이었다. 그에게 보이거나 들리는 것은 아무 것도 없었다. 오로지 그의 머릿속에는 아까 수영장에서 보았던 그녀의 우쭐거리며 춤추던 배꼽과 여성부분의 팽팽한 긴장감밖에 생각나는 것이 없었다.

수영장 뭇 대중들 아무에게나 거리낌 없이 내보이던 배꼽과 하복부였음에도 불구하고 도대체 만지지도 못하게 하는 데에는 거의 미칠 지경이었다. 웃을 때마다 움칠거리며 춤추던 배꼽과 그녀의 욕망이 죄 들어 있을 도도록한 하복부! 그녀의 어떤 반항도 그에게는 전혀 의미가 없었다. 마침내 강제로 그녀를 거의 알몸 상태로 만들었다.

그러자 그녀는 갑자기 어디에서 그런 힘이 솟았는지, 결정적인 순간에 이르자 그를 힘껏 떼밀어버렸다. 그리고는 알몸 상태 그대로, 그에게서 조금 떨어진 곳으로 옮겨가 앉으며 말했다.

"자기 나 책임질 수 있어?"

이제 그녀에게서는 털끝만큼의 술기운도 남아있지 않았다.

"무슨 말이야, 그게?"

"난 이런 식으로는 절대 안할 거야. 그리고 내 몸인 이상, 누구에게든 내가 결정할 거야. 강제는 안 돼. 물론 자기를 좋아하는 건 사실이야. 그렇지만 이런 식으로 순결을 내주긴 싫어."

그녀의 태도는 예전에 계수영이에게 들었던 말과는 완전 딴판이라서 몹시 얼떨떨했다. 하지만 부풀어 오른 욕망이 워낙 급했고, 사리나 이치나 기타 어떤 것도 따져볼만한 여유가 없었다. 또 이런 자리에서는 순결이고, 나발이고, 계수영이 이야기고 간에, 무슨 소용이 있을 턱도 없었다.

"그래! 책임질 거야."

"진짜? 진짜지?"

"그래, 진짜야. 이리와 봐!"

"그럼, 잠시 기다려."

그녀는 음모와 여성입구나 겨우 가려질 정도로 작고 앙증맞은 팬티와 유두만 간신히 가려질 정도의 브래지어만 달랑 걸친 상태였다. 그러나 그녀는 아무런 거리낌도 없이 태연하게 침대에서 내려서더니 커다란 유방과 엉덩이를 흔들어대면서 탁자로 걸어갔다. 그리고는 제 가방에서 작은 손수건을 꺼내어 가져왔다. 그걸 제 엉덩이 밑에 깔고는 눈을 감고 누우며 말했다.

"책임질 자신 있으면 자기가 하고 싶은 대로 다 해도 돼. 그리고서도 책임지지 않으면 난 자기랑 함께 죽어버릴 거야. 알아서 해."

"그래 알았어. 다 책임질게."

그런 건 사실 말로써 해결할 문제는 아니었다. 그런 건 나중, 나중, 한

참 나중의 일이었고, 우선 시급한 것은 터질 듯 부풀어 오른 욕망의 해결이었다. 턱도 없는 생각이겠지만, 즉시 해결되지 않는다면, 아마 '과 카테콜라민 혈증'으로 인한 심장마비가 와서 즉사할 것 같다는 생각뿐이었다.

그녀는 눈을 감은 채로 미동도 없이 누워 있었다. 동백꽃이파리 한 잎 정도 넓이로 겨우 유두나 가려지는 브래지어와, 손가락 하나 넓이도 채 안 될 굴참나무 잎에 무슨 끈을 매달아 놓은 것 같은 팬티였지만, 어쨌든 일을 치르려면 벗겨내야 했다.

마침내 그녀의 모든 것이 다 드러났다. 그녀의 여성은 몹시도 음흉하고 수상쩍은 색조였다. 거무스름하고 튼실하게 부풀어 올라있는 것이 어찌 보면 영락없이 곤충을 꾀는 독버섯 같기도 했다. 하지만 그런 것은 전혀 그의 눈에 들어오지도 않았다.

브래지어와 팬티를 벗기느라고 엉덩이 밑에 깔고 누웠던 손수건이 옮겨졌던 모양으로, 그녀는 제 손으로 그걸 다시 원위치로 가져다놓으며 또 한 번의 다짐을 시켰다.

"자기 진짜 책임져야 해! 안 그러면 나 진짜 자기랑 죽어버릴 거야"

마침내 그녀의 가장 깊고 은밀한 곳, 그래서 그녀의 모든 것이라고 할 수 있는 곳으로 터질 듯이 부풀은 남성을 가져갔다. 다소 긴장하며 뻣뻣하게 누워있던 그녀의 몸이 조금씩 풀리면서, 얼굴에 홍조가 돌기 시작했다. 마침내 그녀의 입에서도 연신 한숨소리가 섞인 뜨거운 입김이 뿜어져 나왔고, 여성 속에서도 묘약을 샘물처럼 내고 있었다.

눈도 없는 물체였으나, 한 치의 오차도 없이 정확하게 제 위치에 진입되었다. 진입을 받아드리며 그녀는 '훅' 하고 입파람 소리를 냈다. 그리고는 아직 한 번도 들어본 일이 없는 세차고 거친 호흡음을 내기 시작했다. 일촉즉발의 위험한 물체 역시 그녀의 몸속으로 미끄러져 들어가자마자, 넋을 빼고 발버둥을 쳤다.

그녀의 몸속은 너무나 뜨거웠다. 꼭 무슨 용광로 속으로 기어 들어간 것만 같았다. 이유도, 의미도 알지 못한 채, 위험한 물체는 그녀의 몸속을 파고들며 자동인형이나 되는 듯이 전진과 후퇴의 똑같은 동작만을 반복했다.

마침내 그녀의 여성 속을 깊게 파고들던 일촉즉발의 위험한 물체는 온 몸에 가득 차 몸과 마음을 옥조이던 욕망 덩어리를 일순간에 몸 밖으로 배출해버렸다. 그러자 그토록 다급하고 죽을 것처럼 고통스럽던 모든 것들이 한 순간에 사라지고, 몸 전신이 날아갈 것같이 가뿐해졌다.

일을 끝낸 후 그녀와 몸을 포갠 그대로 뺨을 맞대고 있다가, 갑자기 뜨거운 액체가 그의 볼을 자극하고 있다는 것을 깨닫고는 깜짝 놀라 고개를 들었다. 그녀가 소리 없이 울고 있었다.

"정말이지 그 동안 난 너무나 견디기 힘든 소문들 때문에 너무나 힘들고 괴로웠어. 아마 자기도 들었을 거야. 모른척하고 있었을 뿐이지. 그렇지? 하지만 맹세코 말하지만 그건 사실이 아냐. 그렇다고 누구에게 증명할 수도 없는 일이잖아? 자기까지 그걸 곧이곧대로 믿을까봐 겁이 났었어……. 날 틀림없이 믿어줄 거라는 생각하기도 했지만 솔직히 자신이 없었어. 여기 손수건 꺼내 봐. 이제 자기 눈으로 보면, 그게 다 거짓말이었다는 걸 확실히 다 알 수 있을 거야……. 물론 처녀막수술을 하는 사람들도 있다는 건 나도 다 알아. 하지만 자긴 의사니까 그런 것쯤은 다 알 수 있을 거 아냐? 여자로 태어났다는 게 뭔 줄 알아? 여자는 이처럼 여러 가지로 고통스러운 게 많은 거야. 자! 지금 확실하게 보고 확실하게 믿어 줘."

그러고 나서 3개월 후쯤 두 사람은 결혼식을 올렸다.

그녀가 유 선생과 결혼한다는 소문이 나돌자, 병원사람들 입들이 다시 바빠지기 시작했다. 다시 한 번 그녀는 유명세를 탔고, 병원직원들의 입에서 입으로 그녀에 대한 온갖 가지 미확인 풍문들이 꼬리에 꼬리를 물고 번져갔다.

그러나 당사자들은 그런 것에 상관없이 결혼을 강행해버렸다. 그래서 그 많던 소문들도 결국 얼마 지나지 않아서 다시 조용해졌다. 당사자들이 그에 대해 신경 쓰고 흥분하지 않는 이상, 아무런 의미도 없었던 것이다.

뭔가 쇼킹하기를 바라며 소문을 전하고 불렸던 사람들은 결국 아무런 보람도 없게 되고 말았고, 한때는 주간지에서보다도 더 흥미롭고 재미있던 이야기들도 결국 시들하게 묻혀버리고 말았다.

그러나 어떻게 전해 들었던 것인지, 유 선생의 집에서는 그렇지 못했다. 공무원으로 일하는 그의 바로 위형과 이미 출가해나간 여동생, 그리고 막내 남동생까지 그에게 결혼을 파기하도록 적극 권유했던 것이다. 그러나 본인의 의사가 확고한 이상, 그래보았자 아무 소용도 없는 일이었다. 더구나 그에게는 형제들만 있을 뿐, 다소라도 영향력을 행사해줄 수 있을 부모들은 이미 오래전에 작고하고 없었다.

결혼 후로도 두 사람은 여전하게 자기 자리들을 지켰다. 그러나 결혼 후 곧바로 임신해버리는 바람에 그녀는 더 이상 코트에 나오지 않았다.

그 역시도 마찬가지였다. 그녀도 없는데다가, 전문의 시험 준비를 하느라고 바빠졌기 때문이다. 그래서 테니스코트에서 무서운 부부 팀이 되어 저녁 값과 맥주 값을 버는 일은 이제 없어졌다. 대신에 두 사람은 퇴근시간이 되면 칼같이 함께 병원을 나섰다. 그리고 적당한 식당에서 사이좋게 저녁식사를 한 후 신혼의 보금자리를 찾아 들어갔다.

날이 갈수록 배가 불러졌다. 그러나 그녀는 결코 그런 것에 굴하지 않왔다. 어느 여자들과는 딴판으로 그녀는 배가 불러질수록 더욱 빈번하게 그를 잠자리로 끌어들였고, 평소 그녀 성격 그대로 예전과 똑같이 병원으로 출근해서 임신 티를 전혀 내지 않고 근무를 계속했다.

그렇게 해서 결혼한 79년 그 해 10월에 첫아이인 진웅이를 낳았다. 물론 그녀는 출산 무렵 두어 달 정도 잠시 직장을 쉬긴 했으나, 아이를 낳고서도 여전히 줄기차게 출근해서 일을 했다. 대신에 아이는 혼자 사는 외할머니가 와서 봐주었다.

그러다가 81년도 초봄이 되자, 마침내 그의 수련도 끝났고, 전문의사로서 새롭게 발 돋음을 시작했다. 그는 그녀의 의견에 따라 전주에서 대략 1시간거리에 있는 Y읍으로 내려가서 외과의사로서 개업을 시작했고, 물론 그녀 역시 그토록 줄기차게 지켜오던 자기 자리를 내어주고 그를 따라갔다.

하지만 그녀는 워낙 부지런하고, 성격도 특이했다.

'높게, 더 높게, 보다 더 높게', '정지는 곧 후퇴.' 이 두 가지는 그녀의 모토이자 신조였고, 잠시도 일에서 손을 놓으려 하지 않았다.

그녀는 이번에는 직장을 나가는 대신에, 자기 모교 대학원 석사과정에 입학을 했고, Y읍과 학교가 있는 광주를 거의 매일같이 오가게 되었다. 진웅이는 여전히 외할머니 몫이었다.

개업 첫해인 82년에 또 다시 두 번째 아이가 들어섰다. 물론 그녀는 예전 직장을 다닐 때와 똑같이, 남산만큼 배가 불러질 때까지도, 여전하게 학교를 오가며 공부를 계속했다. 다만 노선버스를 이용했던 초창기와 달리 가을부터는 병원 기사가 1주일에 3번씩 그녀를 광주 학교까지 통학을 시켜주었다. 그렇게 해서 81년 12월 중순 경, 장녀인 진영이가 태어났다. 그런데 무엇보다 다행스러운 점은 그때는 겨울 방학 때였으므로, 아이 때문에 학업을 쉬지 않아도 되었다는 점이었다. 물론 아이들

둘 다 전적으로 외할머니의 몫이었다.

개업은 대 성공이었다. 물론 처음 개업할 때에는 은행 빚을 내고, 여기 저기 알만한 데에서 돈을 꾸어서 시작했으나, 1년도 되기 전에 다 갚아버렸다.

진영이가 태어난 다음해인 82년도 봄에 다시 은행 빚을 더 내고 그 동안 번 돈을 이리 저리 더 보태서 대지 100평에 건평 250평의 4층짜리 새 건물을 지었다. 자기 돈은 땅값에나 불과했고, 건물은 완전 빚으로 시작한 것이긴 했으나, 번듯한 자기 건물에 들고 보자 감개무량하기 그지없는 일이었다.

빚이 있었다고 해도, 병원이 워낙 잘되었으므로, 문제도 아니었다. 모든 것이 다 만사형통이었고, 근심거리라고는 단 한 가지도 없었다. 식구 역시 계속해서 불어났다. 병원일 말고도 눈에 보이는 모든 일들이 하루가 다르게 승승장구하고 있는 중이었다.

83년 3월 석사 과정이 끝나자, 그녀는 곧 대학 약용식물학 강사 자리를 얻었다. 그러나 그렇다고 해서 그쯤에서 만족할 만한 사람은 물론 아니었다. 석사 과정이 끝나고 얼마 지나지 않아 곧바로 박사과정에 진입을 했다. 석사나 강사자리는 시작일 뿐이었다. 박사 과정만 마치면 그녀는 조교수가 될 것이라서, 교수반열도 이제는 시간문제라는 것이었다.

그러다가 아내는 또다시 배가 불러졌다. 셋째 아이가 생겨난 것이다. 그러나 그녀는 이번에도 역시 그런 것에 결코 굴하지 않았다. 산달인 12월초부터 학교를 두어 달 잠시 쉬었을 뿐, 아이를 낳고서도 겨울방학이 끝나자마자 곧바로 다시 학업으로 복귀했다. 이렇게 해서 차녀인 진희가 태어났다.

그녀는 욕심이 참 많은 여자였다. 그토록 바쁘고 힘든 와중에서도 줄기차게 아이를 낳았다. 그리고 매사에 그처럼 적극적일 수가 없었다.

잠자리 일도 똑 같았다. 그가 환자 때문에 제아무리 바쁘다고 할지라도, 그녀는 어떻게든 짬을 만들어서 그를 불러주었다. 사랑을 나누지 않고 지나간 날은 단 하루도 없었다. 그건 아무리 배가 불러도 마찬가지였다.

그리고 아이가 태어나는 한 두 달이나 집에 있었을까. 어떻게 하든지 보다 더 훌륭하다고 생각되는 일을 하기 위해 끊임없이 애를 썼다. 피곤이라거나, 만족이라는 단어는 결코 그녀의 사전에 없었다. 오히려 게으르면 안 된다고 간단없이 그를 닦달했다.

그에게는 그녀에게 매일같이 기쁨을 주는 임무 외에도 환자와 수입을 매달 늘려가야 하는 또 하나의 책무가 배당되어 있었다. 좋기도 하고, 힘들기도 해서 죽을 지경이었다. 그렇지만 그녀는 조금도 만족감을 표시하지 않고 계속해서 그를 다그쳤다.

"당신 생각과 습관을 고쳐야 해. 세상 모든 일이 다 할수록 늘고, 쓸수록 생기는 거야. 안 그래?"

몇 년이 지나자, 작은 읍임에도 불구하고 개인의원들이 늘어나기 시작했다. 또한 도로사정이 좋아지고 경제가 발전되면서 수술을 받아야 하거나, 금방 좋아질 병이 아니고 여러 날 입원해야 하는 경우에는 점차로 전주라거나, 근교 대도시로 가버리는 일이 많아졌다. 개원초기 몇 년간은 그의 전공인 외과 쪽은 말할 것도 없고, 산부인과 쪽 수술환자들도 꽤 많았으나, 세월이 흐르면서 숫자가 점차 감소하기 시작하더니, 급기야는 경제적으로 어려운 계층이나 그를 찾아올까, 다소 여유가 있는 사람들은 모두 다 도시의 큰 병원들을 찾아가 버리는 모양이었다.

그건 그의 수술 실력이 줄었다거나, 대도시 큰 병원들이 훨씬 더 시설이 좋기 때문만도 아니었다. 사람들은 단지 번듯하게 잘 뚫린 도로로 인해 단축된 시간과 최근 들어 조금씩 두툼해지기 시작한 주머니의 유혹에 견디지 못했던 것이다. 비단 수술환자들만 그런 것이 아니었다. 급기야는 감기나, 배탈, 외상 등 간단한 처치만 필요한 환자들까지도 눈에 띄게 줄어들었다. 전주나 근교 대도시로 병원나들이를 가는 것이 무슨 유행병처럼 번져버린 것이다.

그가 개업을 시작했을 때만 해도 읍내에는 70대의 늙은 의사 한 사람뿐이었다. 그래서 개업초기 몇 년간은 거의 혼자서 독주를 할 수 있었다. 그러나 내과, 산부인과전문의가 들어와서 속속 개업을 시작했고, 설상가상으로 행정위주로 운영되던 보건소까지도 진료 환자를 받기 시작했다. 보건소에는 치과를 포함해서 소장까지 의사가 셋이나 되었다.

모두들 전문 과목을 찾아가는지, 내과 산부인과 환자가 급속하게 줄더니만, 종국에는 간단한 감기환자들조차 모두들 보건소로 가버리는 모양으로, 그렇게 많던 감기환자들조차 뜸해지기 시작했다. 전문성 외에도 그의 병원 위상이 어중간하다보니, 큰 환자는 큰 병원으로, 사소한 환자는 더 저렴한 곳을 찾아 가버리는 것이 분명했다.

그건 아주 눈 깜박할 사이로 달라져버린 변화였다. 늘어나는 환자 수에 맞추느라 입원실을 해마다 늘렸기 때문에 크고 작은 방이 15개나 되었으나, 지금은 고작 2~3실을 채우고 있을 뿐이었다. 또한 끝도 없이 밀려드는 외래 환자들 때문에 수술시간이 아까울 정도였으나, 지금은 그것도 한갓 옛날이야기에 불과할 따름이었다.

그랬다. 모든 것이 최근 1년 사이에 아주 순간적으로 칼같이 급변해버린 상황이었다. 내과 간판이 달리기가 무섭게 소아과와 내과 환자가 절반으로 줄더니만, 산부인과 간판이 붙자마자 그 역시 반도 안 되게 줄었다. 거기에다가 한 술 더 떠서 최근 보건소에서는 약국보다 더 쌀 정도로 거의 무료에 가깝게 턱없이 싼 진료비를 받고 진료를 해주기 시작했으므로, 이제는 인내의 한계점이 온 것이다.

그 동안 너무 많은 환자들 때문에 힘들었던 것은 아무 것도 아니었다. 그리고 수입이 줄어든 것도 사실 두 번째 문제였다. 그런 모든 것을 다 떠나서 이제는 자존심 문제였다.

외래는 예전의 4분의 1도 안되게 줄어버렸고, 입원실은 방마다 텅텅 비어 먼지만 쌓여가고 있으며, 직원들 역시 꼼짝도 하지 않고 텔레비전이나 신문잡지에 눈을 박고 앉아있거나, 반쯤 졸며 하품만 하고 있었다. 그런 것들을 눈으로 볼 때마다 울화통이 치밀었고, 억장이 무너졌다.

그래서 그런지 아무리 힘들어도 출근부에 도장을 찍듯이 매일같이 했던 아내와의 은밀한 일조차 잘 되지 않았다. 이상하고 알 수 없는 일이었다. 환자가 줄고 시간여유가 많으면 더 잘 되어야 정상일 것이었으나, 갑작스레 환자가 줄게 되자, 그것 역시 번데기처럼 오그라들어서 펴질 줄을 몰랐다. 그러나 사실 그런 것은 문제도 아니었다. 가장 큰 고통은 뭐니 뭐니 해도 아내 얼굴 살피기였다.

마침내 아내의 눈부신 활약이 시작되었다. 역시 아내는 대단한 사람이었다. 아내는 먼저 상황이 왜 이렇게 급변해 버렸는가에 대해서 조목조목 따지며 그에게 설명하기 시작했다. 물론 그것은 그가 생각하고 있던 대로, 길이 넓어지고, 경제가 좋아지고, 병원이 늘고, 보건소에서 덤핑을 하는 것이 그 이유일 것이나, 그건 어디까지나 상대적이고 표면적이며 조절 가능한 것이 아닌 어쩔 수 없는 외적인 이유에 불과한 것이고, 실제적으로 해결책을 그런 이유에서 찾아서는 안 된다는 것이었다. 오히려 그런 건 필연적이고 당연한 시대의 어쩔 수 없는 변화라는 것이고, 그런 것보다는 예견된 변화를 쫓아가지 못하고 구태의연하게 진료에 임하고 있는 그의 태도 자체가 문제라는 것이었다. 결국 앞날을 예견해가면서 끊임없이 연구하고 대비해야 하며, 일에 대한 해결책을 원인 파악으로만 찾으려 하지 말고, 적극적으로 뚫고 나갈 수 있는 확실하고 새로운 발상으로 해결책 모색에 고심해야 한다는 뜻이었다.

"그럼, 어떻게 해야 된다는 말이야?"

"싸고, 친절하고, 확실하게 치료해서 어떻게든 환자 스스로 다시 찾아오게 만들어야지. 입 소문이 제일 중요하잖아. 그리고 일단 병원에 들어선 환자는 절대로 놓쳐서는 안 되고, 또 어떻게든 환자를 더 많이 유치해야 하고……."

"어떻게?"

"어떻게 하긴! 당신은 병원에서 싸고 친절하고 확실하게만 해주면 돼. 일단 찾아온 환자는 절대 내보내지 마……. 나머지는 내가 다 알아서 할 테니까. 환자 유치고, 뭐고 간에 죄다 말이야."

당장 그 다음날부터 아내의 충고대로 병원 진료패턴이나 수납 방법을 완전히 바꾸었다. 수술비용을 포함해서 모든 수가를 대폭 낮추었는데, 의료보험 환자들에게도 진료비를 보건소 수준의 수가로 낮추어 받는가 하면, 예방접종, 엑스선, 검사비 등 모든 병원비용을 낮추었고, 일반 환자 수가까지도 무조건 예전의 절반 수준까지 내렸다.

그리고 별로 급한 병도 아닌데, 밤늦게 찾아오는 환자들에게 예전처럼 귀찮은 표정을 짓거나 야간 가산을 해서 더 비싸게 받지도 않았고, 아무리 바빠도 환자의 말을 끝까지 다 들어주었다. 낫든지 말든지, 약도 환자가 원하는 날수만큼 군소리 없이 다 지어주었고, 의학적 필요성이나 해악성에 상관없이 주사를 원하면 무조건 다 주사를 놓아주었다.

마침내 다시 환자들이 늘어나기 시작했다. 예전 수준은 아니라 해도, 이제는 환자를 기다리며 무료한 시간을 보낼 일은 없어졌다. 그렇지만 수가가 워낙 황당하다보니, 남는 것이 별로 없을 일이었다. 아마도 직원들 봉급과 약값 결재를 하고 나면 그의 몫으로는 의사 인건비를 건지기도 힘들지 몰랐다.

그러나 일단 환자 수가 불어나자, 그런 것에 상관없이 병원 분위기가 되살아나기 시작했고, 직원들도 생기가 돌기 시작했다. 마침내 주위병원들도 허겁지겁 진료시간을 그가 하는 것처럼 거의 24시간으로 늘리고, 수가 역시 낮추었지만, 아무래도 역부족인 모양이었다. 가장 큰 타격은 무엇보다도 보건소였다. 그런 식으로 5-6개월이 흐르자, 도저히 운영이 힘들었던지 치과만 빼고는 진료의사들을 도로 다 내보내고 예전처럼 보건소장 혼자서 직접 진료를 한다는 소문이었다.

입원실이 다시 반 이상 채워졌다. 그러나 아내는 거기에서 만족하지 않고 지속적으로 보다 더 적극적으로 행동했다. 환자를 싣고 오는 택시 기사의 가족들을 무료로 진료해주었을 뿐만 아니라 피를 흘리는 사고 환자를 싣고 오면 세탁 비 명목으로 운전사에게 직접 사례비를 지급했다. 그러다가 나중에는 피를 흘렸든 안 흘렸든 일단 사고환자를 데려오기만 하면 그에 상응한 사례비를 무조건 지급했다. 그건 비단 택시 기사뿐만 아니라, 관청직원들이나, 업체임원들에게도 마찬가지였다.

길이 넓어지자 교통사고도 늘어났다. 교통사고가 나면 경찰관서에서는 현장에 출동하면서 병원 구급차 기사에게도 알렸다. 그래서 경찰들보다 구급차가 먼저 도착되는 일이 다반사였다. 또한 싸워서 경찰을 찾아온 사람들 역시도 모두가 다 그의 병원을 찾아왔고, 진단서 역시 전적으로 다 그의 소관이었다. 읍내에서는 외과를 전공한 의사가 달리 없기도 했지만, 환자를 보내주기만 하면 사례비가 나갔기 때문에 상해환자 진단서는 아예 그의 몫이었던 것이다. 나중에는 그가 개업하고 있는 Y읍뿐만 아니고 근처 읍면에서조차 그의 병원으로 환자를 데려오는 일도 많아지게 되었다.

염가 진료, 사례비 등 지출도 크긴 했지만, 일단 환자 수가 늘다보니, 수입도 따라서 늘었다. 그리고 무엇보다 입원실이 가득가득 차게 되었다는 것은 대단히 큰 전향적 변화였다. 그러자 또 그에 상응해서 외래환자도 다시 늘기 시작했다. 그래서 6개월이 채 가기 전에 예전처럼 활기찬 병원으로 다시 탈바꿈을 하게 되었다. 이런 일련의 변화는 실로 모두 다 아내의 적극적이고 탁월한 대처 덕분이었다.

물론 아내는 여기에서 만족하지 않았다. 아내의 사전에는 애시 당초 만족이라거나, 그만이라는 단어가 존재하지 않았는지 모른다. 그가 비록 콩팥이나 방광 등을 보는 비뇨기과 전문의사라고는 해도, 솔직히 그런 환자들은 씨도 없었다. 대신에 맹장염이나 탈장 등, 일반외과수술이라거나, 자궁적출, 제왕절개술, 난소제거술, 예쁜이수술, 분만, 아기 지우는 수술 등, 산부인과 수술이 훨씬 더 많은 게 현실이었다. 그래서 그는 개업 전에 이런 수술들을 미리 일부러 배워두었고, 실제로 그런 수술을 많이 했었다.

그러나 교통사고환자가 늘다보니 이제는 그런 수술보다 뼈나 머리를 수술해야 할 정형외과, 신경외과 환자가 훨씬 더 많아지게 되었다. 정형외과나 신경외과 수술은 돈으로 따지면 그 동안 그가 했던 어떤 수술과도 비교할 수 없을 정도로 거액이었다. 또 입원기간도 길었다. 그래서 병실 부족으로 큰 수술 환자를 받지 못하게 되는 일이 없도록, 별 볼일 없는 환자는 되도록 입원시키지 않거나, 단기 입원만 시켰다.

생명이 위험할 정도로 많이 다친 경우만 아니라면, 거의 모든 교통사고 환자들은 그의 병원에서 해결했고, 전주로 보낼 일도 없게 되었다. 그의 능력 밖인 수술환자라도 환자를 도시의 다른 병원으로 보내는 대신, 반대로 수술해줄 해당과 집도 의사를 병원으로 데려와서 해결했고, 이것 역시 아내의 탁월한 발상과 지속적인 맹활약의 덕분이었다.

수술 집도의가 필요하면, 대학병원 수련의는 말할 것도 없고, 대학병원 과장이라거나 스텝들뿐만 아니라, 아내는 놀랍게도 그와 경쟁관계에 있는 도심지의 다른 개업 의사까지도 서슴없이 초빙해오는 것이라서, 어안이 벙벙할 지경이었다.

"어떻게 그를 데려왔어?"

"돈 생기는 일인데, 그럼, 안 오고 배겨? 좋은 길 드라이브 삼아 와서 한 두 시간 수술 못해줄 게 뭐가 있겠어? 안 그래? 나라고 해도 정신없이 달려오겠네."

아내는 일단 초빙해온 의사에게는 비록 그가 수련의에 불과할지라도 깍듯이 예의를 지켰다. 수고비를 즉시 지불해주는 것은 물론이었으려니와, 왕복교통편 역시 지위에 상응하게 그가 전문의사라면 고급승용차를, 수련의라면 구급차를 반드시 제공했다. 식사 역시 마찬가지였다. 치료비가 많이 예상될수록 융숭했다. 그러면서 아내는 그가 무슨 천재라도 되는 줄 아는 양, 어서 빨리 정형외과와 신경외과 수술들을 익히도록 성화를 부렸다.

"출장비에, 밥값에, 또 왕복 차 기름 값에, 이것저것 다 제하고 나면 뭐, 남는 거나 얼마 되는 줄 알아? 그리고 돈 받을 땐 입이 벌어지는 사람들일수록 첨엔 또 얼마나 빼는 줄 알아? 나 속상하는 건 관두고라도, 그 사이에 환자가 도시로 내빼버릴까 봐, 마음은 급하지, 도대체 해먹을 수가 있어야지. 또 그것만 있는 줄 알아? 환자 데려온 사람 사례비도 줘야지, 돈 탈 때 공식적으로 떼이는 돈 있지, 못 살아. 진짜 제정신으로는 못해먹을 게 바로 이 짓이야. 아무튼 당신이 제발 빨리 수술을 배워 둬. 까짓 거 이거나 저거나 수술에 기본만 아는 사람이면 별 거 없잖아? 출혈이 많은 것도 아니고……. 난 정형외과 뼈다귀 수술하는 걸 보면, 다른 더 어려운 수술도 잘하는 당신이 왜 그런 걸 못한다는 것인지 이해가 안 돼."

"과가 달라도 너무 달라서 그렇지. 그 동안 한 번도 배우질 못했고
……."

"그러니까 이런 기회에 정신 차려서 잘 배워두라는 거 아냐? 도대체
언제까지 마누라더러 전주, 광주 갈고 다니며 칼쟁이들 애걸복걸해서 초
빙해오라는 거야? 돈 문제만도 아냐, 이건."

그러나 말이 쉽지, 모든 수술을 다 잘하는 만능 오퍼레이터(수술의사)
가 될 수는 없을 일이었다. 수술마다 노하우가 있게 마련이고, 또 똑같
은 수술이라 하더라도 케이스바이케이스로(경우 경우에 따라) 수술하는
방법이 다 다를 수밖에 없고 아주 조심해야 하거나 주의해야 할 중요한
키포인트가 있는 법이 아니겠는가?

사실 그녀의 언급이 있기 전, 이미 그 스스로도 이건 아니다 싶은 생
각을 했었다. 그래서 어떻게든 한시바삐 정형외과나 신경외과 수술중
비교적 흔한 것은 자기 혼자서도 할 수 있도록 익히려고 애썼었다.

어쨌거나 위기에 몰렸던 병원이 아내의 개입 이후로는 말 그대로 극적
으로 반전되었다. 아니 반전 정도가 아니라, 어떻게 보면 예전보다 훨씬
더 활성화가 되었다고도 볼 수 있었다.

그리고 그럴수록 그는 더욱 바빠졌다. 언제부터인가 그는 간신히 아
침, 저녁만 하고, 점심은 아예 굶기 일쑤였다. 그 혼자서 하는 병원이니
만치, 분만이나 응급 수술 등으로 수술 방을 들어갔다 나와 보면 대기
실 가득 외래환자가 그를 기다리느라 줄을 서있기 때문에 솔직히 점심
시간을 낸다는 것은 불가능에 가까운 일이었다.

그래서 환자 진료를 하면서 우유와 빵을 먹으며 허기를 달래기도 했
고, 아니면 아내가 부지런히 만들어다 주는 잉어 즙을 마시면서 끼니를
대신해야 했다.

그래서 자연히 바쁜 진료가 끝나는 밤 9시쯤에는, 식구들 모두 다 이

미 저녁을 마친 후였지만, 부족한 하루 분량을 벌충하고, 다음날의 중노동에 대비하느라, 그 혼자서 게걸스럽게 기름진 음식을 탐했다.

워낙 바쁘게 하루를 보내고 나면 너무나 피곤해서 얼른 잠이 안 오는 것인지도 몰랐다. 하지만 수면 시간은 단 1분 1초가 아쉬웠다. 베개에 뒤통수를 대자마자 잠이 들어야 하는데, 그렇지 못하고 한 동안 뒤척이게 되면 더 피곤해질까 싶은 두려움에 가끔은 조금씩 술도 마셨다.

한밤중에 오는 환자는 외상 환자 아니면, 복통환자나 분만환자 뿐이었다. 복통 환자라면 간호사에게 오더만 내주고 기다려보면 그만이었으나, 외상 환자는 사진 찍고 처치 수술을 해줘야 하고, 분만환자는 출산시까지 계속해서 곁에서 지켜보고 있다가 처리를 해주어야 했다. 하지만 나중에는 요령이 생겨서 어느 정도 산문이 열렸는지 살펴보기만 하고는 출산이 가까워지면 다시 알려달라고 하고 1층 당직실로 들어가 코를 곯았다. 워낙 하루가 힘들다보니 입원실 중요 환자 드레싱은 새벽이 아니면 할 틈이 없었다. 그래서 새벽 시간도 낮 시간만큼이나 바쁘고 힘들었다.

하지만 무척이나 다행스러운 점은 그의 타고난 체력이 대단했다는 사실이다. 그렇게 식사조차 제대로 하지 못하고 거의 24시간을 수많은 환자들 틈에서 파묻혀 살았지만, 쉬 지치지도 않았고, 한 번 앓아눕지도 않았다. 오히려 시간이 갈수록 잘 적응되어, 살이 오르고 혈색도 좋아졌다.

그러나 아무래도 한가지만은 속일 수 없었다. 그건 나이에 따른 변화였는지, 아니면 잠시도 쉬지 못하고 거의 24시간 동안 수많은 환자들과 긴장 속에서 살기 때문인지 알 수 없는 일이었으나. 어쨌든 출근부에 도장 찍듯이 그렇게 매일같이 하던 부부관계가 딱 끊겼다는 점이었다.

그와 마찬가지로 그의 아내 역시 바쁘기는 매일반이었다. 사례금은 공개적으로 지출할 수 있는 성질의 돈이 아니라서 남의 손을 빌릴 수 없었던 나머지, 반드시 그녀가 찾아다니며 손수 자기 손으로 직접 전달했고, 그것 말고도 기타 경제적이거나, 사무적인 모든 일 역시 죄다 다 그녀의 몫이었다. 거기에다가 아이들을 아무리 외할머니가 보아주고 있다고는 해도, 엄마로서 어떻게든 참견해주어야 할 일이 얼마간은 꼭 있게 마련이었다. 또한 잠시 쉬고는 있었지만 대학원 공부를 위해서도 여전히 학교를 나가야했기 때문에, 여하간 그녀 역시 잠시의 틈도 없었다.

그래서 두 사람 모두 부부관계 같은 당장 급하지도 않고 쓸데없는 가외의 일에 매달릴 시간적 여유가 전혀 없었다. 그리고 또 신혼도 아니었다. 만약에 그럴 만한 힘이나 시간적 여유가 생긴다면 이제는 둘 다 돈 버는 일에 더욱 골몰하려 했을 것이다.

두 사람은 업무 이외의 일로 다정하게 대화를 나눌 시간조차 잃어버린 지 이미 오래전의 일이었다. 그런데도 둘 다 그런 것에 대해서 무슨 걱정을 하거나 문제가 된다고 생각해본 적은 털끝만치도 없었다. 예전에 해왔던 생활습관으로 본다면 그것은 참으로 이상하고 기이한 일이었다.

만약 그토록 많은 환자들에게 거의 24시간을 시달려가면서도, 아내를 예전처럼 매일같이 기쁘게 해주어야 한다면 아무리 강철 같은 사람이라 해도 그는 아마 진즉 지쳐 쓰러졌을 것이다. 여하튼 그 일은 그랬다. 천만 다행이었다.

두 사람의 당면과제는 철저하게 돈을 모아서 되도록 빠른 시일 안에 전주나 다른 대도시에 어떻게든 번듯한 종합병원을 올리는 일이었다. 그리고 그 병원을 키울 수 있는 데까지 키우고, 어떻게든 학교도 설립해서 육영사업에 뛰어들고 싶었다. 뭐, 서울 유수의 큰 민간 대학 병원이 별것 있겠는가? 부지런히 돈을 모으다보면 결국 언젠가는 하늘 아래 뫼일 것이었다. 두 사람은 오로지 그것만을 위해서 하루하루를 산다고 해도 과언이 아니었다.

아무리 피곤하고 힘들어도 그는 눈에 번듯한 종합병원과 의과대학이나, 간호학교를 떠올리며 몸과 마음에 채찍질을 했다. 기타 나머지 일들은 이제 그만저만한 가외의 쓸데없는 일들이었다.

결국 그렇게 지내다보니 남자로서의 기능이 아직도 남아있는 것인지, 아예 없어져 버린 것인지조차 알 수 없게 되고 말았다. 아무래도 확실한 실험이 한번쯤은 필요할 것이었으나, 두 사람 모두 너무 바빴던 나머지, 그런 것은 생각도 하지 못하고 지냈다.

물론 아주 가끔씩 그 문제가 걱정스럽게 생각나기도 했다. 하지만 워낙 많은 일에 치여 살다보면 순식간에 도로 잊어버리기 일 수였다. 아내 역시 얼마나 바쁜지, 예전과 딴판으로 그런 것은 생각도 못하는 것 같았다.

낮 시간은 물론이고, 늦은 밤 시간에도 환자들은 잠시도 그를 그대로 놓아두지 않았다. 주로 그런 시간에 오는 환자들은 폭행 건으로 경찰서를 찾은 외상환자라거나, 급성복통환자, 아니면 산모들이었다. 그래서 설령 두 사람이 비밀스럽게 부부간의 일을 하고 있는 도중이라 할지라도 불시에 환자가 들이닥치면 일을 중단하고 진찰실로 내려가 보아야 할 판이었다.

상해환자나 급성복통환자는 곧바로 간단한 처치 몇 가지만 해주면 그만이었으나, 산모라면 그게 아니었다. 자궁 문이 얼마나 열려있는지 수시로 확인하며 기다려야 했으므로, 그런 밤에는 제대로 눈을 붙이기란 거의 불가능한 일이었다.

그런데 무엇보다 다행스러웠던 점은 그토록 여유가 없이 많은 환자들을 진료했음에도 불구하고, 문제가 되거나 시빗거리가 될 만한 일이나 의료사고가 전무했다는 점이었다.

잠을 거의 못 잔 다음 날은 오른손을 수술해야 하는데 왼손에 마취주사를 놓는가 하면, 배가 아픈 환자에게 감기약을 처방해주기도 했고,

심지어는 어른에게 3살짜리 어린아이 약 처방을 해주기도 했으나, 별 탈 없이 그냥 그대로 잘 넘어갔다.

오히려 배가 아팠던 사람은 사실은 감기 기운도 있었는데, 어제 처방 해준 약을 먹었더니 감기도 훨씬 좋아졌다면서 어떻게 그리 잘 알고 감 기약까지 처방해주었느냐면서 고마워했고, 아이 약을 받아간 사람은 다 음날 다시 찾아와서, 자기는 약에 아주 민감해서 용량을 약하게 써야 하는데, 그걸 미처 잊고 말하지 않았는데도 어떻게 그렇게 잘 알고 처방 했느냐는 식이었다.

여하튼 모든 일이 다 그런 식이었다. 그래서 식사시간조차 없이 바쁘 다는 것이나 문제일 뿐, 그 외에는 달리 신경을 써야 하거나, 성가실 일 이 없었다.

그렇게 정신없이 돌아가는 병원에서 정신없이 살고 있기는 했지만, 최 소한 월수입이 얼마이고 지출은 얼마인데, 현재 모아놓은 돈이 어느 정 도나 되는 것인지 가끔은 그게 몹시 궁금하기도 했다. 하지만 그건 잠 시 동안의 생각이었고, 곧 밀어닥치는 환자들 진료에 바쁜 나머지, 금시 잊어버리고 전혀 관심을 두지 못했다. 아내가 어련히 다 알아서 할 것이 아니겠는가?

사실 그 동안 경제 문제에서만큼은 당연히 아내의 몫이었다. 그에게 는 돈이란 버는 것이지 쓰는 것은 절대로 아니었다. 진료하느라 바깥출 입이 전혀 없는 그에게는 설령 돈이 있다 해도 그 돈을 쓸 시간이 없었 다. 그는 병원이라는 굴속에 들어앉아 두더지같이 돈만 벌었고, 번 돈은 그의 아내가 독자적으로 주물렀다. 그래서 자기 한 달 수입이 얼마나 되 는 것인지, 지출은 얼마나 되는 것인지 전혀 알 수조차 없었다. 아내가 간혹 해주는 말에서 대충 짐작이나 할 일이었고, 또한 솔직히 말해서 그 런 것까지 신경 쓸 여유도 없었다. 밀려드는 환자 처리해수는 일만으로도 하루가 정신없고 버거웠다. 여하간 똑똑하고 부지런하고 욕심 많은 아내를 만났다는 게 그저 고맙고, 기쁘고, 천만 다행일 뿐이었다.

그렇게 세월을 잘 보내고서 마침내 86년을 맞았다. 결혼한 지 어느새 7년이 지났고, 개업을 시작한지도 어언 5년째였다. 장남인 진웅이가 만 6세라서 다음 해에는 학교를 가야했다. 그 동안 읍내에 있는 그만그만한 유치원에 보내어서 그림과 피아노 등을 평범하게 시킬 수 있었으나, 정규학교만은 그게 아닐 것 같았다. 아무래도 첨서부터 대도시로 보내야 할 것이기 때문이다.

2년 터울인 장녀 진영이도 문제였다. 아이는 이제 겨우 만 4살에 불과했으나, 피아노 조기교육을 시작하고 보자, 선생님들이 이구동성으로 하는 말이 음악에 천재라도 보통 천재가 아니라는 것이었다. 시작한지 1년 정도 되는 진웅이도 여간 아니라고 했었지만, 시작한지 단 3개월도 안 되는 진영이는 진웅이와 비교도 안 된다는 이야기고 보면, 뭔가 확실히 다른 점이 있긴 있는 모양이었다. 자기네 학원만 생각한다면야 진영이를 어떻게든 붙잡아 두고 싶지만, 아이가 워낙 천재성을 보이므로, 대도시로 나가 대학교 음악교수에게 직접 사사시키는 것이 좋겠다는 것이었다.

그러나 사실 그런 이야기조차 워낙 바쁘다보니, 밤 9시쯤 늦은 저녁을 하면서 아내의 입을 통해서 간신히 전해 들었을 정도였다.

"그럼, 어떻게 해야 하나? 당장 전주나 광주로 이사를 할 수도 없고……."

"무슨 수를 써야겠어. 우선 진영이, 진웅이만이라도 광주나 전주로 내보내든가……. 진영이도 그렇지만, 진웅이도 이리저리 전학시킬 순 없잖아. 여하튼 도시로 내보내야 하는데, 광주가 좋을지, 전주가 좋을지 모르겠네?"

"종합병원을 우리가 전주에서 시작하기로 하지 않았었나? 그런 저런 걸 생각하면 당연하게 광주보담 전주로 보내야 하지 않을까?"

"글쎄…… 내 생각도 그렇긴 한데……."

그러고 나서 며칠도 채 되지 않아 전주에 아파트를 구했다면서 아내는 식구들을 다 데리고 곧바로 이사를 나가버렸다. 아내, 돌이 갓 지난 진희를 포함해서 세 아이, 아이들에게는 그림자 같은 그의 장모까지도 죄다 다 떠나버리고, 오로지 남은 것은 그 혼자뿐이었다.

아내는 가구나 집안 물건들이 낡고 오래되었을 뿐만 아니라, 아파트에 맞지도, 어울리지 않는다며, 모든 방안등물들을 그대로 놓아두고 거의 전수이 새로 장만해나갔다.

그래서 몸에 걸치는 옷가지와 밥해먹는 주방용품이나 아파트로 가져 갔을까, 침대를 포함해서 방안 가구들은 원래 그 자리 그대로 고스란히 놓여있었다. 하지만 그럼에도 불구하고 식구들이 없다보니 이제는 내실 에 올라가보았자, 죽은 집처럼 썰렁하고 찬바람만 일뿐이었다.

물론 식구들과 함께 살고 있었을 때에도, 오로지 환자들 뒤치다꺼리 였으므로, 저녁 먹는 시간과 몇 시간 눈 부치는 밤 시간이나 내실에 있 었을까, 거의 병원에서 지냈고, 집안에 있는 아이들과 차분하게 대화를 나눌 시간은커녕, 얼굴을 볼 수도 없었다. 그래서 식구들이 없더라도 처 음 생각으로는 그게 그것일 것 같았으나, 그것은 천만의 말씀이고, 막상 식구들이 모두 이사를 가버리고 나자 허전하고 불편하기가 이루 말할 데 없었다.

또한 피곤하고 바쁜 나머지 부부생활이 전혀 없었다 해도, 눈앞에 마 누라가 있는 것과 없는 것은 하늘과 땅 차이였다. 그리고 또 아내가 없 으면 왜 그렇게 아내를 찾는 사람이 많은지 몰랐다.

아내는 이사를 하고나서, 2~3일에 한 번꼴로, 일주일에 두어 번, 아침 10시쯤 병원에 왔다가, 오후 2~3시쯤 아파트로 다시 돌아가곤 했는데, 결국 그러다 보니 그로서는 병원에 혼자 남아서 상머슴을 사는 꼴이었고, 아내나 다른 식구들과 오붓하게 지내는 일이란 여름하늘에서 눈이 내리는 것을 보는 것만큼이나 어려운 일이 되고 말았다. 어쨌거나 식구들 얼굴도 보지 못하고 그 혼자서 오로지 병원 일에만 골몰하며 사는 수밖에 없게 되었고, 그것은 대단한 고통과 불편함이었다.

그러던 중 아내는 자기 학교 일이 있고 해서, 병원 일까지 하기에는 너무 벅차고 도저히 힘들어서 안 되겠다며, 자기 4촌 된다는 30대 총각 하나를 병원에 데려다 놓았다. 즉, 그녀 대신에 병원 관리를 시킨다는 것이 주된 이유였고, 직함은 유의원 기획실장이었다. 이제는 사례비를 전달하는 일에서부터, 유관기관과의 지속적인 관계유지까지, 아내가 하던 모든 일이 다 그의 소관이 되었다.

아내가 어련히 알아서 사람을 잘 골랐겠는가마는 그래도 미심쩍어서 바쁜 와중에도 일부러 더러 확인을 해보았다. 속임질이 있다거나 일처리가 매끄럽지 못하다면 아예 처음 시작 시부터 싹을 잘라야 할 것이기 때문이다. 하지만 그는 젊은 나이에 걸맞지 않게 일 하나는 아주 똑 부러지고 확실하게 하는 것 같았다. 당분간은 믿어줄만 하다는 생각에서 적이 마음이 놓였다.

처음에 그는 아내가 하던 외부 일만 인계받아 처리했으나, 곧 얼마 지나지 않아 병원 내부 일까지 완전히 도맡아서 하게 되었다.

아내는 몸만 전주에 두었을 뿐, 머리는 제 사촌 기획실장 머릿속을 완전 공유함으로서, 병원에서 함께 살 때보다 오히려 더 병원 소식이나 일에 능통했다. 그날 수입 지출은 얼마이고, 외래 환자수가 몇 명이었으며, 심지어는 어떤 환자들이 왔고, 직원 누가 어땠으며, 하다못해 그가 저녁을 어디에서 먹었는지에 이르기까지 아내는 환히 다 꿰고 있었다.

세월은 잘 갔고, 그렇게 해서 또 후딱 2년이 흘러갔다.

이제 초등학교 2학년이 된 진웅이는 자기 학년 전체 720명중에서 단연 수석을 차지한다는 것이었고, 진영이 역시 무슨 무슨 신문사, 무슨 무슨 단체에서 주관하는 피아노 경연대회 때마다 유치부와 초등부를 통틀어서 최우수상을 도맡아놓고 타온다는 전언이었다. 그러면서 아내는 자식들이 벌써부터 이렇게 부모들의 노고에 완벽하고 확실하게 보답해주고 있으니만치, 병원 일이 다소 힘들다고 하더라도, 그것을 힘들다고만 생각할 수는 없을 것이라는 이야기였다. 그러면서 아내는 침이 마르도록 계속 아이들 칭찬이었다.

"진짜로 진영이만큼 천재성을 가진 아이도 없다네? 아마 나중엔 정명훈이나 백건우보다도 더 유명해질 거라는데? 진희도 이제 4살이 되었잖아? 한 번 시켜봐야겠어. 피아노든 바이올린이든 말이야."

"당연히 그렇게 해야겠지. 그런데 애들이 싫어하거나 힘들어하진 않나?"

"그게 무슨 말이야? 진영이 자기가 더 좋아해. 아무리 천재성이 있으면 뭘 해? 진영이처럼 본인이 스스로 좋아해야지. 안 그래? 그래야 발전성도 있을 거잖아?"

"그야 그렇지."

정말 오랜만에 병원을 찾아온 아내를 붙잡고 바쁘고 바쁜 시간을 쪼개어 모처럼 대화를 나누었다. 잠시 동안의 부부사이 대화를 위해서도 접수실로 초응급 환자라거나, 몇 분 사이로 아이가 나올 산모가 아니라면 잠시 기다리게 해두라는 지시가 필요했다.

'환자가 많이 밀려있지 않느냐'며 진찰실에서 잠시 몇 마디 나눈 것으로 모든 일을 마치고 가버리려는 아내를 억지로 끌고 모처럼 함께 4층 내실로 올라왔다.

내실로 들어온 아내는 눈에 들어오는 대로 사위를 두리번거리며 일별하더니만, 주방 의자에 스님 바랑만큼이나 큰 자기 가방을 올려놓은 후, 익숙한 솜씨로 가스레인지에서 물을 끓이기 시작했다.

아내는 제 4촌을 기획실장에 앉혀둔 뒤로는 정말 꿈에 떡 얻어먹기로 아주 가끔씩 병원에 얼굴을 내비쳤던 것이라서, 아내가 오면 묻고 싶은 것도 많았지만, 솔직히 우선 너무 반가웠다.

전주 아파트는 식구들이 이사를 나간 다음 1주일 후엔가, 딱 한 번 아내가 운전하는 차로 토요일 밤중에 갔다가 다음날 새벽녘에 곧바로 돌아왔고, 그 이후로는 병원을 비울 수 없어 단 한 번도 다시 가보지 못했다. 그래서 겨우 대략적인 위치와 아파트 이름과 동 호수나 알고 있을 뿐, 주변상황이나, 집안 구조조차 생소했다.

새로 구할 병원자리 역시, 새벽녘 시골 병원으로 되돌아오는 길에 잠시 차를 세우고 일별하기만 했었고, 뭐가 들어선다, 뭐가 생긴다 하는 아내의 말만 들었지, 완전 허허벌판 같은 곳이라서 아내가 침이 마르도록 설명했지만 도대체 현실감이 들지 않았다.

"전주 병원 자리 말이야, 그 자리를 내가 다시 가보지 않아도 될까?"

"당신이 봐서 뭘 알아? 일단 결정했으니까, 아무 소리 말고 그대로 밀고 나가. 보통 좋은 자리가 아니야. 이제 곧 기차역이 옮겨오고, 방송국도 옮겨 온대. 그리고 대학병원도 캠퍼스 안으로 옮겨간다는 말이 있어. 이건 거의 확실한 이야기야. 진안 장수 쪽에서 나오려면 반드시 그 길을 거쳐야 하잖아? 그러니깐 장소로는 왔다지. 절대 다른 생각할 필요가 없는 곳이야, 평당 120만원이니까, 다소 비싸다고 할 수는 있겠지만, 어쨌든 4거리 코너잖아? 비싼 게 다 이유가 있는 거야. 그리고 싸다고 무턱대고 발전성도 없고 병원 자리도 아닌 곳을 사놓을 수도 없잖아?"

병원에서 진료하는 일 말고는 그가 아내보다 더 나은 것은 아직 단한 가지도 없었다. 더구나 경제문제라면 더욱 그럴 것이었다. 결국 이번 일도 아내가 결정하는 대로 따르는 것이 제일 좋을지 몰랐다.

"그럼, 그렇게 해야지, 뭐. 하지만 평당 120만원이면 비싸도 너무 턱없이 비싼 건 아닐까? 아직 아무 것도 들어선 게 없는 허허벌판인데 말이야."

"싼 게 다 비지떡이고, 비싸면 다 그만한 가치가 있다니까! 지금은 황량해도 금방 들어찰 거야. 어쨌든 이번 건은 내가 알아서 다 처리할 테니까 당신은 제발 오는 환자나 열심히 잘 봐. 나 없는 사이에 또 전부 대학병원으로 내 지 말고……."

"가겠다고 떼를 쓰는데, 어떻게 붙잡을 수 있나?"

"그러니까 그게 다 요령 아냐? 도대체 지금 당신 개업이 몇 년짼데, 아직도 그따위 소리야? 그럴 땐 일단 홀딩(붙잡아) 해두고, 나한테 전화만 하라니까. 대학에서건 어디서건 오퍼레이터(수술의)를 내 즉시 데려다가 해결해 줄 테니까. 참! 그런데 나 며칠 후 미국가야 되거든."

"미국? 갑자기 왜? 무슨 일 있어?"

언제고 아내는 이미 자기 혼자 모든 것을 다 결정한 후, 상의라기보다는 통보 식으로 말하는 경우가 많았지만, 이번에도 난데없이 미국 운운하는 것이라서, 무슨 바람이 또 분 것인지 의아한 생각에 되물을 수밖에 없었다.

"왜는 왜야? 다 학교 일 때문이지. 한 달은 지내야 할 것 같은데……."

"한 달씩이나? 그렇게 할 수 있을까?"

"병원 터는 내일이라도 계약하자니까 상관없고, 건축설계도 한 석 달 이상 걸린다니까……. 사실 지금은 별로 바쁠 일은 없어."

"하지만 애들은?"

"애들이야 할머니 계시잖아? 한 달밖에 안되니까 상관없을 거야."

"한 달 동안이라면서? 누구랑 가는데? 혼자 가지는 않을 거 아냐?"

"음…… 이번에는 공식적으로는 우선 나 혼자야. 김 교수와 이교수도 간다는 것 같던데, 잘 모르겠어. 참, 당신도 그 김 교수는 알지? 키 크고 미남형 약용식물학교수 있잖아?"

"미남형? 난 잘 몰라."

"언젠가 당신한테 소개를 했을 텐데? 여하간 그 김 교수하고, 또 이교수라고 본초학 교수가 있거든. 나까지 세 사람인데, 그 사람들은 1주일쯤 뒤에 출발하겠대. 무슨 다른 일들이 있나 보더라고."

"남자 둘에 여자 하나로군. 당신 여름휴가로는 괜찮겠네……. 좌우로 사내들을 하나씩 끼고서 한 달 동안 지내는 거잖아. 구체적으로 무슨 일이야?"

"당신은! 무슨 말이 그래?"

농담으로 했던 말인데, 아내는 예상외로 심한 과민반응을 일으켰다. 기분 나쁘고 불쾌한 기색이 역력해지더니, 끝내 인상을 잔뜩 찌푸리며 막 타놓은 커피를 마시려다 말고 자리에서 일어서려했다. 그런 아내를 달래며 주저앉히고는 다시 물었다.

"농담도 못하나? 구체적으로 무슨 일이야?"

"농담도 농담 나름 아냐? 남편이 그렇게 말하면 마누라에겐 그게 욕 아니고 그럼 뭐야? 당신은 착한 것 같으면서도 어쩔 땐 아주 정나미가 떨어져. 그리고 지금 내가 놀러가는 거야? 학교 간 자매결연 하는 일 때문에 공적인 학교 일로 가는 거지."

"학교 간 자매결연? 그게 무슨 한 달씩이나 걸리는 일인가?"

"그걸 내가 다 어떻게 알아? 가봐야 알지. 그리고 모처럼 마누라 외국 나가는 데, 잘 갔다 오라고는 못할망정, 당신 말은 그게 뭐야?"

갑자기 아내가 뾰로통해졌다. 심술 때문인지, 아내가 더 예뻐 보였다.

아내의 얼굴을 유심히 살펴보다가 깜짝 놀랐다. 세상에! 아내는 그 사이에 코도 좁히고 쌍꺼풀 수술도 했다는 실토였다.

"갑자기 왜?"

"사람이 뭘 하든 여자는 우선 얼굴관리부터 해야지. 집에서 애 낳고 고생만 하며 살다보니깐 그게 아냐……. 이제는 몸매까지 다 망가져 버렸어."

솔직히 아내는 몸매 하나만큼은 가히 타의 추종불허였다. 왜, 수영장에서 본 그녀의 몸매 때문에 넋이 빠져 결혼까지 하지 않았던가? 하지만 이제 와서 갑자기 왜 얼굴까지 뜯어고칠 생각이 들었는지, 그게 여간 궁금한 게 아니었다.

"교수가 왜 얼굴이 필요하지?"

"나도 여자잖아? 나 혼자서만 그 동안 요 모양 요 꼴로 살았던 게! 어휴! 생각해보면 그저!"

"당신…… 혹시 애인 생긴 건 아니겠지?"

여자가 갑자기 안 하던 치장을 하기 시작하면, 뭔가 사연이 있다는 정신과 교과서 이론이 갑자기 생각나서 자기도 모른 사이에 해본 말이었는데, 아내는 웃음도 아니고, 그렇다고 화내는 표정도 아닌, 몹시 어중간한 표정으로 변하며 말을 받았다.

"당신 지금도 그 소리야? 그때 다 보여주었잖아? 내가 처녀였지만, 사람들 소문이 그랬었다고…… 지금도 그걸 못 믿는 거야?"

"그건 그때 일이고…… 난 지금 현재 진행형 상황을 묻고 있는 거야."

"그런 쓸데없는 소리는 왜 해? 이렇게 다 늙고 쭈구렁 망태가 되었는데."

"무슨 소리야? 내 보기로는 지금도 사내들이 그냥 있지 않을 것 같은데……."

"어이구, 됐어. 이제 그만 해!"

아내는 검정 색을 좋아했다. 옷이나, 가방, 신발, 하다못해 모자, 스카프까지도 모조리 다 검정색 일색이었다. 검정 색의 엷은 블라우스 속에 하얀색 브래지어가 살짝 내비치는 것이 오늘따라 너무나 육감적이고, 여자의 특유한 살 내음까지 여름철의 높은 습기를 타고 턱없이 가깝게 다가왔다.

아내와 함께 했던 것이 몇 달 만인지도 모르겠다는 생각과 함께, 갑자기 아내를 가져보아야겠다는 욕망이 불같이 일기 시작했다.

인터폰으로 병실 입원환자들 동태를 물었다. 당장 무슨 일은 없다는 대답이었다. 다시 외래로 인터폰을 해서 아주 응급환자가 아니라면 한 15분만 더 기다리라고 해놓고는 아무도 없는 내실이라서 식탁 앞에서부터 서둘러 아내를 벗기기 시작했다.

아내의 코에서 갑자기 발정 난 암고양이 모양 앙살스런 소리가 났다. 아내는 품안으로 안겨 들면서도 '바쁜 사람이……' 라고만 말했을 뿐, 거절하지는 않았다.

너무 오랜만에 여유가 없이 시작해서인지 금방 끝나버렸다. 바쁜 짬을 냈던 것이니 만큼, 처음부터 큰 기쁨을 선사해줄 자신이 있었던 것은 아니었지만, 너무나 싱겁게 끝나버린 통에 아내의 문전만 더럽힌 꼴이 되고 말아서, 영 미안하고 자신도 몹시 참담하고 속이 상했다. 그러나 아내는 이미 상황을 다 파악해버린 모양으로, 곧바로 몸을 일으키더니, 먼저 주섬주섬 자기 옷을 찾아 입으며 말했다.

"이제 됐어? 당신 볼과 입술에 루즈가 묻었네. 얼른 세수하고 내려가 봐."

그러나 너무 모처럼의 일이었고, 오늘은 아무래도 아내를 얼른 놓아주기가 싫었다. 그래서 아내를 억지로 끌어다가 다시 곁에 눕혔다. 옷 속으로 손을 집어넣고서 그녀의 실팍하고 포동포동한 엉덩이며 아직도 촉촉하게 젖어있는 여성 입구, 그리고 부드러운 젖가슴을 요리조리 가져보고 있는 판이었는데, 기어코 외래에서 급한 산모가 왔다는 전갈이 왔다.

"오늘은 기다렸다 밤늦게 가. 도저히 안 되겠어."

"안 돼. 아이들 일도 있고…… 출국준비도 해야 할 거고…… 여하간 안 돼. 곧 가야겠어."

"당신 곧바로 미국 간댔잖아? 아이들 일이 뭔데?"

"말하면 당신이 대신 해줄 거야? 그리고 지금 다 했잖아? 한 번 했으면 됐지, 자기가 무슨 이팔청춘인가? 그렇게 더 하고 싶으면 1시간 안에 다시 올라와. 그 정도는 기다려줄 수 있으니까……."

산모 일부터 해결하고, 정신없이 나머지 외래환자들을 처리해준 후, 1시간쯤 지나서 다시 내실로 쏜살같이 올라가보았으나, 아내는 이미 가고 없었다. 몹시 허전했다. 아내 말마따나 자기가 무슨 이팔청춘이라고 갑자기 성욕이 주체할 수 없을 만큼 불같이 이는 것인지 알다가도 모를 일이었다.

아내가 없는 이상 다시 하릴없이 다시 외래로 내려왔는데, 그러자 다시 또 그만큼의 환자들이 그를 기다리고 있었다.

그러고 나서 그 다음날 오후에 아내에게서 전화가 왔다.

기필코 평당 120만원씩 받겠다는 것을 간신히 5만원 깎아서 평당 115만원씩에 계약을 했고, '우리건축'이라는 자기네 학교 교수가 잘 아는 건축사에게 설계를 의뢰해놓았다는 것이다. 하지만 하필 그때는 산모가 곧 분만하려는 순간이었다. 간호사가 분만에 정신이 없는 그의 귀 가까이에 송수화기를 가져다 대주었으나, 상황이 상황인 만치, 더 이상 무슨 이야기를 나눌 수도 없었다.

조금 한가해진 밤 시간을 틈타 아파트로 전화를 해보았다. 그러나 그의 장모가 전화를 받으면서 아내는 그날 오후 이미 출국해버렸다는 대답이었다. 그러면서 장모는 딴 소리였다.

"아까 집에서 짐 꾸리면서 자네한테 전화하는 것 같던데? 왜 전화를 못 받았나?"

"아뇨. 땅 계약했다는 말만 들었지…… 그런 이야기는……."

"어이구, 그래? 그럼 난 모르지. 모두들 뭐가 그리 바쁜지, 원."

장모를 탓할 일도 아니었다. 아이들 잘 있느냐는 거나 물을 수밖에 없었다.

"애들은 모두 다 잘 있죠? 별일 없고요?"

하지만 무정한 장모는 아내 대신 아이들이라도 그에게 바꾸어줄 생각은 하지 않고, 그저 자기 고생 자랑하기에 바빴다.

"거럼, 애덜이야, 내가 좀 힘들어서 그렇제, 잘 데리고 있으니께. 그런 건 걱정도 하지마소."

"알겠습니다. 그럼 전화 끊습니다. 무슨 다른 일 있으면 전화하세요."

"다른 일이 있을 턱이 있나. 아이들얼 매일 밤낮으로 내가 다 감탕같이 보고 있는디……."

장모는 자기 말을 마치자마자 잘 있으라는 허드레 공치사 인사말 한마디도 없이 달칵 전화를 끊어버렸다. 참으로 이상한 말 같지만, 갑자기 그는 지금 자기가 무슨 지랄을 떨고 있는 것인지 몹시 헷갈리기 시작했다.

아무리 생각해보아도 이건 상머슴살이 이상은 아무 것도 아니었다. 밀려드는 환자 뒤치다꺼리나 할 줄 알았지, 그저 식사 한 번 제대로 할 시간이 있나, 누구 친구라도 만나 술 한 잔 나눌 수 있나, 아내나 가족들과 살을 맞대고 따뜻한 대화 한 번 해볼 수 있나…….

그러자 갑자기 형이나 여동생, 남동생 모두에게 지난 수년간 얼굴 한 번 안 보이고, 전화 한 번 없이 잘도 살았다는 것이 생각났다.

여동생은 그보다 훨씬 먼저 결혼했고, 형 역시 그와 6살 터울인데다가(둘 사이에 원래 또 한 형제가 더 있었는데 어려서 죽었다고 했다.), 일찍 결혼했기 때문에, 두 집 모두 아이들이 대학을 다니고 있었다. 그럼에도 불구하고 두 집 모두 인사말로라도 등록금 한 번 내주겠다고 말한 적도 없었을 뿐만 아니라, 몇 개월 전에는 막내인 철만이 부부가 사업자금을 좀 돌려달라고 시골병원까지 찾아왔으나, 아내의 의견이 워낙 강경해서, 돈 한 푼 쥐어주지도 않은 채, 인생은 자기 스스로 개척해나가야 하는 것이 아니겠느냐며 쓸데없는 말 보시만 잔뜩 해서 빈손으로 보냈었다.

그때 동생은 이런 말을 했었다. 자기 생각으로는 형은 지금 아무래도 자기 정신이 아니고, 몹시 이상하다고, 그리고 예전의 형이 아니고, 뭔가에 잔뜩 씌어있는 사람 같다고……. 그러면서 돈이야 돌려주기 싫으면 그만이지만, 제발 자기 말을 좀 진지하게 생각해보았으면 좋겠다고 했었다.

어째서 갑자기 그런 것들이 생각나는지 알 수 없었다. 아내가 단 한 마디 인사말도 없이 출국해버렸다는 서운한 감정만은 아닐 것이고, 갑자기 사춘기가 되었을 리도 만무한데……. 그럼에도 불구하고 이상하고 야릇했다. 그래서 평소에는 까맣게 잊고 지냈던 이런저런 생각을 하느라고 그날 밤에는 늦게까지 피곤한 눈을 얼른 감지 못했다.

미국에 간 아내는 근 1주일이 지나서야 겨우 전화 한 통화를 해주었다. 그러나 그렇다고 해서 무슨 살갑고 다정한 이야기도 아니었다. 안부를 묻는 법도 없이 바쁘다며 아주 간단한 사업상의 말 한 마디였다. 오에스(정형외과) 수술환자가 있으면 Y병원 팀들보다는 차라리 이제는 C

대 병원 레지던트들을 부르라는 이야기였고, 아끼려고 돈을 일부러 적게 가져왔는데 아무리 절약하려해도 생각보다는 많이 든다며, 급히 3000불정도 더 송금해달라는 부탁 말이었다.

아무리 비싸고 비싼 국제 전화라고 해도 그렇지, 오랜만에, 그것도 지구 반 바퀴나 떨어져 있는 부부간에 겨우 나눈다는 말이, 다정한 인사말 한 마디 없이, 그저 돈 부치라는 말과, 돈 잘 벌라는 말 뿐이라서 기가 막혔다. 그리고 두고두고 곱씹어볼수록 아내의 처사는 섭섭하기 그지없고, 고깝기까지 했다.

사무장을 불러 아내가 불러준 주소로 즉시 전신환을 끊어 부치게 했으나, 왠지 마음이 편치 않았다.

지난번에 철만이가 배부른 제 마누라까지 앞세우고 와서 500만원만 돌려달라고 했을 때에도, 그러니까 달러로 환산해서 겨우 3500불 정도만 빌려주면 다시 일어설 수 있다고 했을 때에도, 그는 아내가 시키는 대로 일언지하에 거절해버리고, 흰소리만 잔뜩 늘어놓았었다.

아내의 말은 아주 단순명료했다. 아무리 친 형제라 하더라도 한 부모 밑에서 자라날 때에나 한 가족이고 형제였지, 각자 가정을 따로 꾸미고 살진데, 언제까지 형이라며 도와주기만 할 수 있겠느냐는 것이었다. 그리고 설령 아흔 아홉 번을 잘해주었다 하더라도 단 한 번만 안 해주면 평생 단 한 번도 안 해준 것으로 생각하는 게 인간의 심리이고, 사람의 마음이라는 것이었다. 아내의 말은 옳고 지당했다.

하지만 그래도 그렇지, 이제 와서 다시 생각해보니 아내의 말이 결코 옳다고만 할 수도 없었다. 그 돈 철만이에게 조금 돌려주고 설령 영영 돌려받지 못하게 된다 하더라도 당장 생활에 문제가 생기거나 집안이 거덜 날 것도 아니고, 또 그 돈 있다고 해서 갑자기 무슨 큰 부자가 될 것도 아니었다. 한 부모 밑에서 피를 나눈 형제가 생존에 필요하다며 평생에 한두 번 부탁하는 돈을 아내의 말 한 마디 듣고 일언지하에 거절해버린 것이 과연 옳은 일인가 싶었다.

남편을 상머슴 부리듯 하면서 제 실속은 다 찾는 마누라에게는 생존문제가 아니고 오로지 편안함이나 배가해줄 여행자금을 말이 떨어지기 무섭게, 아이를 공동 생산했다는 단 한 가지 이유만으로, 군소리 없이 즉시 갖다 바치는 처사가 오히려 문제일 것이다. 생각해볼수록 몹시 마땅찮았다.

철만이 전화번호는 어딘가에 적어두기만 했을 뿐, 솔직히 그 동안 단 한 번도 거들떠보지도 않았다. 수첩을 이리저리 한참 동안 뒤적거리다가 겨우 찾아낼 수 있었다.

"나다. 형."

"누구? 형이라고요? 난 경만이 형 외엔 아무도 없는데? 혹시 전화를 잘못 한 거 아뇨?"

배부른 제 아내까지 대동하고 형이랍시고 들렀었는데, 박절한 거절을 받고 난 후로 동생은 너무도 속이 상해버린 모양이었다.

"몹시 섭섭했던 모양이로구나. 그래! 난 네 형은 아니고 유복만이라고 하는 사람이다."

"근데, 무슨 일이죠?"

"네 통장번호를 알고 싶어서 그런다. 지난번 임신 중에 찾아왔던 제수 씨를 그냥 보냈던 것이 너무나 미안하구나. 솔직히 난 너에게 미안할 건 하나도 없다."

"아니! 형! 그게 참말이유?"

"그래! 나 바쁘다. 빨리 계좌 번호나 말해다오. 국민은행, 034대시05대시…… 그래, 알았다. 500만원이라고 했지? 너에게 10만원, 제수씨에게 990만 원 해서 총 1000만원 부친다. 소홀히 생각하지 말고 꼭 일어서라.

그럼 끊는다."

"아니! 형! 지금 뭐라고 했소?"

"소홀히 생각하지 말고 꼭 일어서라고 했다. 난 바빠서 이만 끊는다."

"형! 형!"

목이 메어 형만 계속 부르는 동생의 목소리를 남겨둔 채 바쁜 전화를 끊었다. 그러고 나서 그 사이에 들이닥친 환자들을 몇 사람 보아주고 나서는 사무장을 다시 불렀다.

"천만 원씩이나요?"

"왜, 돈이 없어?"

"아뇨, 그런 건 아니지만…… 아무래도 사모님께서 나중에……."

"이 사람이 지금 무슨 소리를 하고 있는 거야? 원장인 내가 그렇게 하라잖아? 잔소리 말고 빨리 은행 갔다 와."

환자들 치다꺼리하느라고 철만이에게 송금시키라고 했던 일을 까마득하게 잊고 있다가, 오후 3시쯤 다른 일로 찾아 온 사무장을 보고서야 생각나서 다시 확인해보니 뜻밖에도 바빠서 아직 은행에 가지 못했다는 말도 안 되는 대답이었다.

"내 벌써 말했잖아? 이 사람이 지금 무슨 말을 하고 있는 거야?"

속이 상할 대로 상해서, 밖에서도 다 들릴 만큼 '꽥' 소리를 내지르며 사무장에게 야단을 쳤다. 그리고는 환자들을 대기실에 그대로 놓아둔 채, 구급차 기사에게 즉시 차를 대라고 했다.

"빨리 통장 가져와. 내 직접 은행갈 테니까."

"원장님, 아무리 해도 좀 어렵겠는데요?"

"왜?"

"아까 사모님께 돈 부치고…… 현금이 얼마 안 되기 때문에……."

갑자기 여지껏 잘 모르고 살았던 것 한 가지가 순식간에 깨달아졌다.

자기는 그냥 상머슴이거나, 사람도 아닌 그냥 곰이었다. 마누라가 돈 받는 중국 사람이라면 자기는 사람들 앞에서 재주부리는 곰에 불과했다. 아무려면 그 정도의 돈이 없다는 게 어디 말이나 될 소리인가?

"진짜야? 진짜 지금 은행 잔고가 그것도 안 돼?"

"아뇨, 그런 건 아니지만…… 월말에 결재할 약값도 있고…… 또 사례금 등 돈 나갈 데도 많고…… 아무래도…… 좀……."

사무장은 덥지도 않은데 자꾸만 이마에서 땀을 닦아내며 갑자기 말을 더듬기 시작했다.

"이 사람이! 지금 무슨 소리를 하고 있는 거야? 아직 월초잖아? 자! 타! 잔말 말고 어서 타."

사무장의 눈빛이 불안하게 흔들렸다. 은행에 도착해서 철만이에게 확실히 송금이 되는지 하나하나 꼼꼼하게 살펴보았다. 평소 때와는 너무 다른 그의 태도 때문에 사무장은 물론이려니와, 구급차기사까지도 조심스럽게 그의 눈초리만 살폈다.

은행에서 돌아와 제일 먼저 한 일은 외래 수납책임 간호사를 방으로 부른 일이었다.

"환자들이 너무 오랫동안 기다렸는데요……."

그녀 역시 이상한 분위기를 눈치 챈 듯, 표정이 불안하게 흔들리며 연마부터 쳤다. 사무장에게 귀띔이라도 받은 후 원장 이야기를 듣고 싶다는 눈치가 역력했다.

"됐어, 괜찮아. 환자는 금방 보아주면 되니까. 내 이야기는 별 거 아냐. 이리 와 봐! 오늘부터 말이지……. 외래수입금을 기획실장이나 사무장에게 갖다 주지 말고 나에게 직접 가져와. 알겠지?"

"사모님 말씀은 그게 아니었는데요."

"상관없어, 이제부터는 내가 직접 관리할 거니까."

그러고 나서 한 두어 시간이나 지났나, 환자가 잠시 뜸한 틈을 타서 진찰의자에 뒤통수를 붙이고 잠시 피곤한 눈을 감아보고 있는 판인데, 기획실장이 쭈뼛거리며 들어왔다.

"저…… 원장님!"

"그래! 앉아. 무슨 일인가?"

그가 찾아온 이유는 백치가 아니고서야 훤히 다 알만한 일이었지만, 일부러 엄한 표정을 지어 보이며 찾아온 용건을 새삼스럽게 물었다.

"뭐지?"

"네…… 병원 수입금액 문제 때문에……."

"수입금액 문제라니?"

기획실장의 말로는 외래 수입과 퇴원환자 수입만으로 직원들 봉급을 뺀 나머지 경비, 즉, 사례비, 접대비, 섭외비, 약값, 식당 운영비 등 병원의 자질구레한 모든 경비를 해결하고 있으며, 자보(자동차보험), 산재(산업재해보험), 의보(의료보험), 보호(의료보호)등에서 매달 한꺼번에 큰돈으로 지급되는 돈은 모두 다 아파트 통장으로 들어가 버리므로, 병원에서는 손도 대지 못한다는 것이었다. 그래서 만약 원장이 직접 외래수입금을 몽땅 다 챙겨버리게 되면, 자기는 손을 놓고 지내야 하니, 그만 두라고 하는 말이나 똑 같다는 이야기였다. 듣고 보니 그도 그랬다.

"사례비는 대충 한 달에 얼마나 드는데?"

"대중없습니다. 환자들 진단 주수에 따라 다르거든요."

"어떻게? 난 자세한 걸 잘 몰라서 그래. 한 번 자세히 말해봐."

"진단서에 기재되는 게 기준이고요……. 주당 5천원부터 2만원까진데요, 아무래도 수술환자라거나 관공서 쪽이면 주당 2만 원 정도 나가고요, 수술이 없고 기사들 쪽이라면 주당 5천 원 정도로 계산해주었습니다."

"그래? 그렇다면 이제부터는 이렇게 해. 진단이 4주 이상이고, 수술이 예상되는 경우에 한해서만 무조건 주당 만원씩으로 총 4만원까지, 그리고 그 외에는 모두 5천원으로 통일해."

그의 말에 기획실장은 피식 웃음만 흘렸다. 버릇없는 태도에 버럭 소리라도 지르고 싶은 것을 간신히 참으며 물었다.

"왜 웃어?"

"아뇨……. 그렇게 하면 아무도 우리에게 환자를 보내지 않을 거라서요. 한 번 밉보여놓으면 그 동안 아무리 잘해주었더라도 한 순간에 등을 돌릴 겁니다. 나중에 후회해 봤자죠. 그리고 한 번 그래놓으면 아무리 곧바로 예전대로 잘 해주더라도 신뢰 회복하기도 어려울 거고요."

"알았어. 그렇다면 당분간은 현재 방식, 그대로 밀고 나가지, 뭐……. 대신에 내가 시간을 두고 더 연구해볼 테니까 말이야. 그건 그렇고 우선 김 실장이 100만 원 정도 가지고 있으면서 일을 해보고, 부족하면 그때그때 미스 송에게 이야기를 해서 가져가게. 단 결산은 매주 하기로 하고."

"결산이요?"

"그래."

"영수증은 불가능한데요?"

"아냐. 내 말은 영수증이 아니고, 차트야. 차트를 맞추어보면 다 확인될 게 아닌가?"

"그건 진작부터 사모님과도 그렇게 해오고 있었는데요?"

"2중 일이 된단 말이지?"

"그렇습니다."

"미안하지만 그래도 당분간은 그렇게 해주게나."

방을 나가는 기획실장의 표정이 무척이나 심란하게 보였다. 불필요한 상전이 '옥상 옥'으로 하나 더 늘게 되었을 뿐이라는 눈치가 역력했다.

당장 다음날부터 직원들의 태도가 변했다. 간호사들은 간호사들대로,

사무장, 기획실장, 기사 등 남자직원은 남자직원들대로 원장과 얼굴을 마주치지 않으려고 애쓰는 것이 아주 눈에 보였다. 이제까지와는 사뭇 다른 원장의 태도가 여간 불안하지 않은 모양들이었다. 변하지 않은 유일한 사람들은 식당과 청소 빨래방 아줌마들뿐이었다. 그녀들은 그렇거나 저렇거나 아무 상관도 없다는 듯이 여전히 수더분하고 둥실둥실하게 지내었다.

아내의 정보통은 참 빠르기도 했다. 외래수입을 딱 하루 챙기고 난 바로 그 다음날, 그러니까 동생 철만이에게 돈을 부친 그 다음 다음날, 미국에 있는 아내에게서 득달같이 전화가 왔다.

"당신 왜 그래?"

"뭘 말이야?"

아내는 '어디 아픈 데는 없냐, 식사는 잘하고 계시느냐?'가 아니라 첫마디부터 '당신 왜 그래?'였다.

세상에! 아무리 그래도 그렇지, 그게 아내로서 할 말인가? 그는 새삼 이번 일을 야무지게 아주 잘 결정했다는 생각이 들었다.

"당신처럼 그딴 식으로 해서 병원이 돌아갈 것 같아? 직원들 봉급만 해도 얼만데? 병원이 잘 돌아가야 직원들도 안심하고 근무들을 할 게 아냐?"

"갑자기 그게 무슨 소리야? 안 돌아갈 게 뭐가 있어?"

"당신이 외래수입 다 가져가 버리는 통에 김 실장(기획실장) 손발이 다 묶였다는데? 당신 다시 옛날처럼 병원 문 닫네, 어쩌네 하고 싶어서 그래? 그리고 당신 말 듣고 병원 옮겨서 신축하려고 이번에 땅까지 계약했잖아? 땅값 건축비 하면 그게 어디 보통 돈으로 될 거 같아? 그런데 어떻게 철만이네에게 나한테 묻지도 않고 한꺼번에 천만 원씩이나 보내?

세상에! 어떻게 그럴 수가 있어?"

아내는 철만이에게 돈 보낸 것까지 이미 다 꿰뚫고 있었다. 누군가의 정보통이 아내에게 병원에서의 일회일비까지 그대로 다 알려주고 있음이 분명했다. 아내의 말은 다 이해할 수 있지만 그의 말 때문에 새 병원 터를 계약했다는 말은 또 금시초문이었다.

"그게 무슨 소리야? 내 말 듣고 했다니?"

"종합병원 차리고, 학교 세워서 이사장 되는 게 당신 평생소원이라면서?"

"그래서? 종합병원 차리고, 학교 세워서? 내가 뭘 어쩌겠다는 거야?"

"어머머! 갑자기 왜 그래? 내 기가 막혀! 지금 당신 제 정신으로 하고 있는 말이야, 그게?"

"제정신이나 마나 그런 쓸데없는 전화를 하려면 끊어. 지금 나 몹시 바빠!"

"알았어. 그럼 당신 좋을 대로 해! 이젠 난 몰라!"

알았거나, 몰랐거나, 더구나 국제전화로 무슨 이야기를 어떻게 더 할 수 있겠는가? 몹시 화가 나서 신경질적으로 내쏘며 그를 몰아세우다가 바쁘다는 말에 일방적으로 전화를 끊어버리는 아내를 다시 한 번 생각해보았다.

이혼? 아이들 문제도 있고, 어쨌든 이혼은 안 될 일이었다. 하지만 '높게, 더 높게, 보다 더 높게'를 유일한 인생의 모토로 삼으면서, 마치 경주라도 하듯 사는 아내에게 맞추어, 그녀가 하자는 대로 순종하며 실수도 없었다. 인생을 저당 잡힌 채, 재주넘는 곰, 상머슴 꼴이 되어 세상을 살고 싶은 생각은 정말이지 이제는 추호도 없었다.

맥이 풀리고 환자 보기도 싫어졌다. 갑자기 내원 환자들이 몹시 성가시고, 버거워지기 시작했다. 즐거움과 기쁨과 자부심과 만족감으로 임했던 지난 세월이 갑자기 고통과 슬픔과 회한으로 다가오기 시작했다.

초저녁 환자 몇 사람을 보아준 후, 직원들에게 아프다는 핑계를 대고
는, 소주 두 병을 들고는 아무도 없는 4층 내실로 올라왔다. 설령 산모
가 올지라도 평소 계속 산전 진찰을 받았던 환자가 아니라면 즉각 다른
병원으로 보내버리라고 알렸다. 밤 당직을 해야 하는 직원들 입들이 함
지막하게 벌어졌다.

내실 소파에 혼자 걸터앉아 잔을 홀짝이며 생각을 거듭해보았으나,
아무리 생각해보아도 그게 그거였고, 무엇이 옳은 것인지, 어느 경우가
바람직한 것인지, 도대체 알 수 없기는 마찬가지였다.

비록 경제적으로는 어떨지 모르겠으나, 가족들과 함께 살아가는 읍내
다른 보통 사람들의 삶이 훨씬 더 좋을 성 싶고, 오히려 그들의 삶이 부
러워졌다.

그들보다 비록 돈을 더 많이 벌지는 몰라도, 토끼 같은 자식들과 여우
같은 아내를 데리고 다분다분 정을 누리며 사는 것이 아닐 바에야, 그들
만큼 행복할 리도 없을 것이기 때문이다. 정말이지 이제는 혼자 외톨이
로 지내면서 이런 식으로 사는 삶 자체가 이미 지칠 대로 지쳤다는 생
각만 들었다.

그렇다고 해서 밥을 4끼 먹는 것도, 행복을 저축해두는 것도 아니었
다. 이렇게 죽도록 고생해서 무엇을 어떻게 하겠다는 말인가? 아이들에
게 좋을 거라고? 물론 아이들을 잘 가르치고 재산을 상속시킨다는 것은
좋은 일일 것이다. 유명한 음악인을 만든다는 것도 좋은 일이고……

하지만, 그렇다고 해서 그게 뭐 어떻다는 것인가? 유명한 음악인이 되
었다는 것과 인생을 행복하게 잘 살아간다는 것은 전혀 별개의 문제가
아니지 않는가? 그렇게 하려고 소처럼 일만 하다 죽는다면, 그게 다 무

슨 소용이라는 말인가?

아무리 생각해보아도 그 동안의 일들이 모두 다 어리석고 허망하기 짝이 없었다.

물론 이렇게 된 데에는 아내의 가치관이나 생활관, 그리고 성격을 파악하려 하지 않고 서둘러 결혼한 자신의 책임이 가장 클 것이었다. 어떻게든 '높게, 더 높게, 보다 더 높게' 하늘을 재빨리 날고 싶어 하는 제비 여자를, 제 주제도 모르는 땅속 굼벵이남자가 아내로 맞아드렸다는 것 자체가 문제일 뿐, 기실 아내나 그나 다른 특별한 잘못은 전무할 일이었다.

아내와의 결혼 자체가 후회스럽기가 짝이 없었지만, 그렇다고 이제 와서 어떤 좋은 변통 방법이 달리 또 있겠는가? 썰렁하고 넓기만 한 침대로 돌아와 술에 취한 고달픈 몸뚱이를 눕혔다.

하지만 잠은 저 멀리 도망가고 성가신 생각만 줄달아 떠올랐다. 아내는 성격상 소박한 주부로서 적당히 살아갈만한 여자는 절대로 아니었다. 따라서 설득이나 의논으로 어떻게 해결될 일도 아니었다. 오히려 아내는 반대로 그를 어떻게든 설득하려 들 것이었다.

그렇다면? 그렇다면 결국 이혼 아니면 별거였다. 하지만 아무리 생각해보아도 이혼할 수는 도저히 없는 문제이고, 별거 쪽이 서로를 생각해볼 기회가 더 많을 것이라서 바람직할지 몰랐다. 그러다가 마침내 그는 폭소를 터트리고 말았다. 그럼 그 동안 자기 혼자서만 외떨어져 살면서 돈이나 벌어주었던 것이 결국 별거가 아니고 과연 무엇이었다는 말인가?

술기운에 마음이 헤퍼진 탓인지, 허황된 웃음 끝에 갑자기 슬픔과 좌절감이 밀물처럼 엄습해왔다. 아이들처럼 소리 내어 꺼이꺼이 울고만 싶었다.

누기 불시에 들어오는 일이 없도록 현관문을 잠그고는 옷을 죄다 벗었다. 그리고는 울음소리를 죽이려고 욕조에 물을 세차게 틀면서 진짜로 대성통곡을 하며 꺼이꺼이 슬프게 울었다.

거울 속에서 벌거벗고 우는 남자가 흐릿하게 눈에 들어왔다. 40대 후반의 하릴없는 몸이었다. 머리는 어느새 반백이고, 그나마 듬성듬성한 것이 여간 꼴불견이 아니었다. 그리고 불쌍할 정도로 빈약해진 가슴근육, 구부정한 등허리, 흉측스러운 복부지방……. 그 아래쪽으로는 설명할 필요조차 없을 만큼 위축되어 축 처진 채 매달려있는 남성……. 그리고 한때는 '무서운 강자'라는 테니스 선수였다는 것이 의심스러울 정도로 새 다리처럼 가느다랗게 변해 껑충 서있는 두 다리…….

그 동안 수년간을 운동과는 담을 쌓고 지냈던 당연한 결과가 아니겠는가?

외래수입을 챙기고 보자, 직원들 봉급날에 맞추어 급료도 이제 자기 손으로 챙겨주어야 했다. 외래, 병실해서 간호사 5명, 사무장, 김 실장, 운전기사, 병리기사, 방사선사, 물리치료사, 청소, 빨래, 식당 아줌마 해서 원장인 그까지 도합 15명의 대 식구였다. 사무장에게 우선 전 직원들의 봉급액수와 날짜를 알아오게 했더니, 그야말로 사람 수대로 날짜도 제각각이고 액수도 천차만별이었다. 들어온 날을 기준으로 해서 봉급날이 정해진 모양이었다. 그래서 그 달부터서는 전 직원들의 봉급날을 매월 27일로 정했고, 날자가 더 되거나 남은 사람들은 다음 달에 다시 정산하기로 했다.

외래 수입을 모은 것이 2주일도 채 안 된데다, 아내와 동생에게 적잖은 돈을 부치고 보니, 약값 결재는커녕, 직원들 봉급주기도 어려웠다. 아내가 보관하고 있는 통장과 도장은 분실처리 해버린 후, 새로 통장과 도장을 만들어서, 의료보험과, 자동차보험에서 입금된 돈을 찾았다. 그리고는 거기에서 한꺼번에 14명의 전체 직원들 봉급을 몽땅 다 해결해주었다.

마침내 아내가 미국에서 돌아왔던 모양으로, 눈에 쌍심지를 킨 채 병원으로 들이닥쳤다. 그녀는 병원에 도착하자마자, 제 4촌이 된다는 기획실 김 실장부터 만나는 모양이었다. 그를 만나기 전에 상황파악부터 하자는 심사였을 것이다. 그리고는 점심시간이 되자마자 그를 내실로 불러올리더니, 코를 씩씩 불고 눈을 희번덕거리면서 말했다.

"당신 나 좀 봐."

그런 그녀를 싹 무시해버리기로 했다.

"진료 끝나고 이따 밤 시간에 차분히 이야기하도록 하지? 서로 생각을 더 정리해보고 말이야."

그의 태도가 평소와 달리 워낙 차분하고 차가워서 그랬나, 그녀는 몹시 놀라면서, 자기감정을 억제하려 애쓰는 눈치가 역력했다. 그리고는 아직 1퍼센트쯤 남아있을 부부의 정을 내비치는 듯, 낮고 은근한 목소리로 물었다.

"생각을 정리할 게 뭐가 있다는 거야? 혹시, 무슨, 내게 오해한 게 있어?"

그러나 도무지 그가 대답을 하지 않자, 마침내 아내는 방법을 바꾸어서 막무가내로 그의 어깨를 흔들면서 위협적으로 다시 따져 물었다.

"종합병원 이제 관둘 거야? 땅 계약금 포기해? 말해봐!"

그녀를 외면하고 있다가, 차갑게 올려다보며 말했다.

"그런 건 다 당신 알아서 해! 이제 난 상관없어."

"뭐라고? 당신이 더 소원을 댔었잖아? 평생 이렇게 살수는 없다고?"

"그래! 바로 그 문제야! 평생 이렇게 살수는 없어. 난 당신에게 그 문제로 할 말이 너무 많아."

아내를 싹 무시해버리고, 내실에서 다시 2층 식당으로 내려와 점심상 앞에 앉았으나, 밥이 입으로 들어올 리 없었다. 밥을 절반만 다시 가져오게 해서 반찬도 없이 물에 말아 훌훌 마시는 것으로 그냥 점심을 끝내버렸다.

그리고는 병원 옥상으로 올라와서 담배를 피워 물었다. 사실 수년전에 이미 끊었던 담배였다.

담배 연기를 허파 깊숙이 들어 마시자, 곧 바로 손끝발끝까지 저릿저릿해지면서, 머리끝이 곤두서고 어지러웠다. 옥상 바닥에 아무렇게나 퍼질러 앉은 후 눈을 감았다. 여름철 물속에 머리를 통째로 담갔던 때처럼, 두 귀에서는 둔중한 저주파 음이 고통스럽게 들려오고 있었다.

그날 밤에는 울부짖는 아내와 대화도 되지 않는 대화를 하느라고 거의 새벽녘까지 억지 생실랑이를 하며 밤을 새웠다. 그녀는 그의 말을 전혀 들으려 하지 않았고, 그 역시 자기 고집을 거두려 하지 않았다.

그뿐이었다. 아무런 결론도 없었다. 다만 이제 더 이상 서로를 신뢰하거나 사랑하지 않는다는 점 한 가지만 둘 다 확실하게 깨달을 수 있었을 뿐이었다.

부부란 신뢰를 바탕으로 서로를 의지하고 사랑하면서 살아가는 것이 아니겠는가? 하지만 이제 두 사람 사이에는 퍼질러놓은 자식 이라는 공통점 외에는 아무런 공통분모가 없었다. 오히려 하나에서 열까지 생각이 모든 점에서 다 달랐다.

그래서 제발 뭘 어떻게 해달라고, 얼마동안만이라도 뭘 어떻게 해보자고 애원할 것도 없었다. 마치 테니스 코트에서처럼 두 사람은 씨알도 먹히지 않을 말들만 공처럼 상대에게 던지고 받아치기만 했다.

새벽녘이 되어서야, 그는 피곤한 몸을 일으키며 그녀에게 말했다.

"이런 식으로는 난 이제 도저히 더 이상 살수 없어. 돈도 이제 그만 벌고 싶어. 난 정말이지, 이제 어떤 것보다 살가운 아내가 필요해. 항상 곁에 있어주고, 내가 위로받으며 잠들 수 있는 그런 편안한 아내 말이야. 난 그런 아내가 필요해. 만약 당신이 그게 싫다면, 난 이혼이라도 해야겠어."

그 후로 그의 아내는 점차 병원을 멀리 했다. 큰 변화였다. 예전에 그녀는 병원에 얼굴도 내비치지 않고 아파트에 있으면서도 병원 돌아가는 것을 손금 들여다보듯 훤하게 다 알고 있었다. 그래서 까딱하면 그에게 이런 저런 닦달을 했다.

'환자를 왜 보내? 도대체 그렇게 불친절하게 해서, 뭘 어쩌겠다는 거야?', '사람 좋다는 말만 들으면 다야? 직원들에게 잔소리도 좀 해!', '어제 밤에 늦게 온 산모는 다른 병원으로 보내버렸다면서? 유의원 원장 배불러져서 오는 환자도 보지 않는다는 소문나면 어떻게 하려고 그래? 시골이라 소문도 엄청 빠르고, 금방 등 돌리는데.'

아내는 참 많이도 알고 있었다. 당사자인 그 보다도 더 잘 알고 있는 일도 많았다. '거참, 이상하네. 치료비 안낸 환자들은 직원들이 차트에 표시까지 해둔다는데 왜 당신 눈에만 그게 안 보일까?', '요사이 당신 점심 시간이 너무 길어졌다고 하던데……' 아내의 훈계와 요구는 끝도 없었다.

그런데…… 그런데, 이제 그런 일들은 사그리 다 사라져버리고, 아내에게서는 전화 한 통화도 없이 완전 연락두절이 된 것이다.

그는 아파트로 매달 돈을 얼마씩 보내주겠다거나, 또는 어디 어디에서 나오는 돈은 아파트 통장으로 들어가게 해주겠다거나 하는 식으로 아내에게 약속하지는 않았다. 그녀 또한 이렇게 저렇게 해달라는 주문도 없었다.

그렇지만 시간이 가면서 자연적으로 관행처럼 굳어진 사실은 외래수입과 입원실 수입 등 현금으로 들어오는 수입은 그가 관장하면서 병원의 모든 비용을 다 해결했고, 나머지 의료보험과 산재보험, 자동차보험등 통장으로 들어오는 돈은 고스란히 아파트로 들어간다는 점이었다.

결국 잇속은 아파트에서 여전하게 다 챙기고 있었고, 그는 별 볼일 없이 진료 업무 외에도, 병원의 온갖 잡다한 업무를 잔뜩 떠맡기만 한 쓸

이 되었다. 하지만 아이들이 있는 이상, 아파트로 돈을 보내지 않을 수도 없었다. 다만 어쨌거나 아내에게 죽도록 욕만 얻어먹으면서 상머슴 노릇만 하거나, 아내의 채찍질을 받지 않는 것만도 어찌 보면 불행 중 다행이었다.

영리한 아내는 그와 다투고 아파트로 가버린 이후로는, 아이들, 특히 그가 귀여워하는 막내 진희를 시켜서 돈이 필요하다는 암시를 주는 전화를 자주 하게 했다.

"아빠, 나 이제 피아노 안 해. 바이올린으로 바꿨어."

진영이나 진희 모두 원래는 피아노를 했었다.

"진영이 언니도 이제 피아노 안 해. 우린 이제 모두 모두 다 바이올린이야. 비싸대."

"뭐가? 바이올린 값이?"

"몰라. 난 그런 거 하나도 몰라."

"엄마가 전화하라고 시켰구나?"

"응. 아니……. 근데 아빠 집에 언제 와? 병원 안 하면 와?"

결혼 후 첫 몇 년간을 빼놓고는, 사실 아내와 알콩달콩 살갑게 살아본 적은 거의 없었다. 아내는 오로지 자기 공부요, 자기 계발이요, 자기 생활이었다. 하지만 요즈음처럼 전화 한 통화 없이 철저하게 별거하는 일은 아직 단 한 번도 없던 일이다.

고통이고, 슬픔이고, 가끔은 회한이었다. 죽도록 일만 하면서 뭐하려고 세상을 사는 것인지 도무지 알 수 없었다. 아무래도 뭐가 잘못돼도 한참 잘못되었다는 생각뿐이었다.

그럼에도 불구하고 아내는 몇 달째 도대체 화해할 기미조차 없었다. 아무래도 아내가 딴 마음을 먹었거나, 아니면 다른 남자가 생겼을지 몰랐다. 그렇지 않고서야 어찌 이럴 수 있겠는가?

그가 예전과 달라진 점은 야간 진료를 접고 정규 낮 시간에만 진료실을 지키게 되었다는 점과, 예전에는 수술 환자들을 다른 큰 병원으로 보내는 일이 없이 거의 다 자체 해결했었으나, 이제는 조금만 큰 수술이라거나 전문적인 기술이 필요하면 백이면 백 모조리 다 전주나 광주 큰 병원으로 보내버린다는 점이었다.

그렇게 하다 보니 야간에 오던 산모들이나 교통사고 환자들도 급속하게 줄어들었고 그것은 주간에서도 마찬가지였다. 그래서 얼마 전까지만 해도 상상도 하지 못할 일이었으나, 낮 진료 시간 때에도 어떤 날은 1시간 이상 환자가 없어서 그냥 빈둥대고 앉아있기만 할 때도 있었다. 이것을 처음에는 매우 다행스럽고 정상적이며 바람직한 일이라고까지도 생각했었으나, 웬걸, 그게 아니고 시간이 지날수록 차쯤 근심걱정으로 변해갔다.

하지만 그렇다고 해서 다시 되돌릴 수도 없는 일이었다. 자업자득이라는 생각도 들었지만, 그보다는 그동안 일중독에 걸려 살았던 것이지, 최근의 일들은 결코 잘못된 것이 아니며, 사실 지극히 정상적인 삶의 방식이고, 느림의 미학이며, 나이 든 사람에서의 당연한 귀결, 혹은 바람직스럽고 자연스러운 일이라고까지 생각하려고 애썼다.

솔직히 더 벌어도 그만, 덜 벌어도 그만 아니겠는가? 오히려 달콤한 여유를 즐기려 노력해서 예전의 사고방식을 깡그리 잊어야 할 것이었다.

이렇듯 환자와 수입이 크게 줄었으므로 당연히 내부적으로도 문제가 생겼다. 우선 직원 숫자를 줄이는 것이 급선무라서 직원들을 다수 내보내게 되었고, 퇴직금과 위로금도 상당했으므로, 개업초기 이후로는 단 한 번도 빌린 적이 없었던 융자금까지 동원했다. 하지만 그럼에도 불구하고 아내에게서는 그 이후로 단 한 번도 연락이 없었다.

환자가 줄어든 만큼 몸이 편해지고 개인적인 시간이 늘었다고는 해도, 마음은 예전이나 지금이나 똑같이 힘들고 무겁기만 했다. 아니 오히려 일에 치어 아무 생각도 못하고 바쁘게만 살던 예전이 지금보다 훨씬 더 나았을지 몰랐다.

그리고 아무리 '아니네, 괜찮네.'해도, 수입이 반에 반 토막으로 줄어들어 간신히 병원을 꾸려나갈 정도가 되어버린 것은 자존심 문제를 떠나 현실적으로도 사실 큰 고통이었다. 하지만 그보다도 훨씬 더 크고 말할 수 없이 심각한 고통은 그 이후로 아내에게서는 단 한차례 전화조차 없다는 점이었다. 그것은 정말이지 견딜 수 없는 외로움이자 슬픔이었고, 단장의 고통이었다.

환자와 수입이 주는 만큼, 반대로 늘어나는 것은 무료한 시간과 술이었다. 그리고 한숨이었다. 하지만 이제 와서 무엇을 어떻게 할 수 있다는 말인가?

어떤 날은 환자가 없어서 아예 내실로 올라와 있는데, 두 시간을 넘기도록 환자 한 사람 오지 않는 날도 있었다. 그런 날은 물론 그때부터 밤까지 계속해서 내내 술이었다.

예전에는 어떻게 그렇게 팔팔하고 기운차게 살았던 것일까? 이제는 무슨 일에서거나 자신감도 없고, 도대체 흥미로운 것이 없었다. 그리고 그보다 더 큰 변화는 이제 도대체 어느 누구도 믿을 사람이 없게 되었다는 점이었다. 세상의 모든 사람들, 아내까지도……. 이것은 이루 말로 다 형언할 수 없을 만큼 외롭고 힘든 고통이었다.

왜 이렇게 변한 것일까? 세상이 변한 것인가? 아니면 자기 자신이 변한 것일까? 어쨌든지 이 모든 것은 아내와의 다툼에서 시작되었던 것이니만큼, 벗어나는 것 역시 아내와의 화해가 첫 번째 일일 것이었다.

사실 그동안 여러 차례 전주 아파트로 아내와 아이들을 만나러 갔었다. 아내가 마치 죽은 사람 대하듯, 전화 한 통화 없이 해도 너무 한다는 생각에서, 어떻게든 만나 이야기를 해보려 했던 것이다. 하지만 그때마다 아내는 부재중이었고, 대신에 병원 간호사들에게서 전화가 왔었다.

"사모님 병원 오셨는데요, 내일 가시겠다면서 식구들과 저녁 식사하고 그냥 주무시래요."

그가 아파트를 가는 동안에 벌써 아내는 병원으로 와버렸다는 이야기였다.

"이런 제기! 사모님 바꿔봐!"

"안 계시는 데요?"

"어디 갔어?"

"글쎄요? 아까 밖으로 나가시는 것 같던데……."

아내는 직접적인 전화 대신에 언제고 외래간호사들을 시켜서 간접적으로 자기 말을 전해주었다. 서로 만나는 것은 고사하고 목소리조차 듣기 싫다는 듯이…….

아무튼지 아내는 모습은커녕, 목소리조차 들을 수 없게 된 것이 벌써 여러 달째였다. 분명 살아있으나, 죽은 사람 한가지인 셈이었다. 아니 죽은 사람보다 더했다. 죽은 사람은 애틋하고 그리움이라도 남는 법이겠지만, 아내에게서는 나날이 미움과 섭섭함만 증대될 뿐이기 때문이다.

그러기를 근 2년? 아니 3년? 참, 오래고 긴 세월이었다. 참을 수 없이 긴 세월! 가혹 아이들이나 보기 위해 아파트를 가볼까, 이제는 더 이상 아내를 만나기 위해 아파트를 가는 일이 없게 되었다. 아내의 체취나 남아있을 아파트의 빈 둥지에서 혼자서 실망에 찬 채 외롭게 잠들었다가, 진료도 하고 아내를 어떻게든 다시 한 번 만나보려고 다음날은 새벽같이 Y읍 병원으로 되돌아와 보았으나…… 언제고 아내는 벌써 사라지고 없었다. 차라리 죽는 게 더 좋을 만큼 고통스럽기 짝이 없는 시지푸스 신화의 반복…….

아내를 어떻게든 다시 만나서 속 시원히 물어보고 싶었다. 명색이 부부인데 언제까지 이렇게 살 것이냐고?

아무리 서로 등을 돌렸다손 치더라도, 아무려면 부부사이가 아니겠는가? 다시 만나게 되면 몸도 섞게 되고, 그러다 보면 오해가 풀리기도 할 것이었다. 하지만 그것은 언제고 그의 희망사항일 따름이었다. 그가 병원으로 다시 되돌아 와보면 아내는 언제고 벌써 사라져버린 후였으니까 ……:

그가 집에 있을 때에는 아이들이, 병원에 있을 때에는 직원들이 가르쳐주어서 그렇게 잘 아는 것인지, 아내는 수년간이나 도대체 얼굴 한번 마주치지 않고 미꾸라지처럼 잘도 피해 다녔다.

그래, 누가 이기나, 어디 한번 해보자는 자존심도 있었지만, 솔직히 그런 건 잠시 동안의 객기에 불과했고, 이것은 절대로 아니라는 생각뿐이었다. 급기야 아내에게 뭔가 심상치 않은 사연이 생겼을지도 모른다는 생각과 함께, 이렇게 살 바에야 차라리 아예 일찍 갈라서버리는 것이 서로 더 좋을 것이라는 생각까지 여러 번 했다.

아내 그림자도 보지 못하고 병원으로 되돌아 온 어느 월요일 밤, 도저히 이대로는 지나칠 수 없다는 생각에서 다시 아파트로 전화를 했다. 천만 다행으로 그 날은 기적같이 아내에게 전화 연결이 되었다. 다른 좋은 말도 얼마나 많을 터인데도, 입에서는 따져 묻는 말이 먼저 나왔다.

"뭣 때문이야?"

"뭐가?"

"마누라라고 도대체 얼굴을 볼 수가 있나, 말을 전할 수 있나? 뭘 의논해볼 수가 있나? 도대체 무엇 때문이야? 무슨 죄를 졌어? 당신 도대체 왜 그래?"

"당신이 그렇게 만들었잖아? 잘 알면서 뭘 그렇게 새삼스럽게 물어?

그리고 말이 씨 되는 거야. 죄진 일이라니? 무슨 말이 그래? 나 바쁘다는 거 몰라? 진영이하고 진희 레슨 받으러 다니느라 눈코 뜰 새 없이 바쁘지, 진웅이도 이제 6학년인데, 중학교 가서 뭘 좀 제대로 하도록 해줘야 할 거 아냐? 새끼 퍼질러 놓고 애들 목에다가 돈만 걸어놓으면 다 되는 줄 알아?"

진웅이는 그녀의 말대로 그때 초등학교 6학년이었고, 진영이는 4학년, 진희는 3학년이었는데, 진영이와 진희 둘 다 바이올린을 하고 있었다.

"그럼, 그토록 바쁘신 학부형께서 어떻게 시골 병원에까지 오실 수 있었을까? 그것도 나 없는 시간에만 일부러 골라서……."

그러나 그녀는 정곡은 회피한 채, 엉뚱한 말만 계속했다.

"병원도 내버려두면 굴러가는 줄 알아? 그래도 가끔씩 내가 가서 하나 하나 따져보니깐 그렇지, 당신에게 맡겨두면 직원들 봉급이나 줄 줄 알아? 까놓고 다 말할 수는 없지만 나만 없어봐. 식당이나 사무장 모두들 다 제 세상 만났다고 모조리 다 해먹어버릴 텐데, 뭘 그래?"

"모조리 다 해먹어? 뭘 다 해먹어?"

"아, 해먹을 게 한두 가지야? 그리고 내가 가끔씩이라도 가서 보니깐 그 정도인줄이나 알라고. 그리고 당신 또 왜 그래? 일껏 환자가 와도 의료보험 수술이라면서 모두 다 대학병원으로 보내버린다면서?"

의료보험 청구액은 전액 고스란히 아파트로 들어가고 있었으므로, 아내는 그것을 우회적으로 비난하고 있음이 분명했다. 아내와의 사이가 소원해진 후로는 세상일이 다 심드렁해져버렸다. 나이 탓 때문만도 아니고, 여하튼 복잡한 환자가 오면 도대체가 싫었다. 꼭 의료보험이래서 그런 건만은 절대로 아니었다.

"다 보내긴 뭘 다 보내? 예후가 좋잖을 사람 한 둘 보냈지."

"한둘 보냈다고요? 허 참! 내, 기가 막혀! 이보세요, 유복만 원장님! 이제는 밤에 오는 환자는 나 몰라라 아예 병원 문 걸어 잠그시고, 낮에 오는 환자만 입맛대로 골라 보시면서 뭘 그래요. 그것도 의료보험 환자라면 아예 보지도 않고 다른 데로 다 보내버린다면서? 지난주만 해도 그렇게 보낸 게 다섯 케이스가 넘는다는데, 어떻게 그렇게 뻔뻔스러운 거짓말이 입에서 나올 수 있어? 그리고 그렇게 오는 죽죽 모두 다 대학 병원으로 보내버리는데, 어떤 미친놈이 유복만 씨한테 진료 받으러 다시 오겠어? 물론 환자 보다보면 고생도 하겠지. 그렇지만, 진영이 진희에게 어디 보통으로 돈이 들어가? 첨서부터 안 시켰으면 모를까, 다른 집에서는 모두들 토, 일요일에는 서울로 원정레슨을 보내는 판인데, 지금 당신은 무슨 생각을 하고 있는 거야? 그리고 진웅이라고 뭐, 돈 안 들어가는 줄 알아? 새끼를 낳았으면 부모책임을 어느 정도는 다 해줘야 할 거 아냐!"

그녀는 야멸차게 몰아붙이고 나서 인사도 없이 일방적으로 전화를 끊어버렸다. 그래서 일단 얼굴을 맞대고 한번 만나자. 일단 만나서 말도 안 되는 이 결혼 생활에 종지부를 찍던지, 아니면 다시 화해하고 예전으로 돌아가던지 둘 중에 하나를 결정하자고 말하려 했던 당초의 의도는 아예 꺼내지도 못하고 말았다. 물론 다시 계속 전화를 시도했지만, 전화를 받을 사람도 아니었다.

그리고는 여전하게 제 멋대로 저 살면서 도대체 얼굴 한번 마주쳐주는 일도 없었다.

아내와 어떻게든지 맞대면을 해볼 요량으로 누구에게도 귀띔하지 않은 채 평일 날 늦은 밤 시간을 이용하여 택시로 아파트를 가본 적도 있었다. 그러나 아내는 어떻게 그렇게 귀신같이 잘도 아는 것인지, 이미 벌써 병원에 와있다는 것이었다. 이건 진짜 인내의 한계를 넘어선 일이고, 해도 너무 한다는 생각뿐이었다.

"사모님 병원 오셨다고 전화하라는데요."

"이런 제기! 넌 그딴 전화는 왜 해! 직접 바꿔!"

머리끝까지 화가 나서 외쳤다. 아내가 병원에 와 있다며 대신 전화해주는 죄도 없는 간호사에게 마치 아내에게 하듯 신경질적으로 소리를 내질렀다.

"도대체 부부로서 살자는 거야, 뭐야?"

"이봐요! 유복만 원장님! 지금 여기 여러 사람이 듣고 있어요."

더 이상 전화로 악다구니를 써보아야 무슨 해결책이 나올 일도 아니었다. 일단 대면을 해야 무슨 설득을 해보던가, 어떻게 애걸을 해보던가, 아니면 둘이 콱 죽어버리던가 무슨 답이 나올 것이 아니겠는가?

화가 나서 병원으로 즉시 되돌아오면 물론 그녀는 벌써 병원을 떠나고 없었다. 코를 씩씩 불며 다시 아파트로 전화를 하는 수밖에 없었다. 하지만 아내는 아파트에 도착했는지, 못 했는지, 백이면 백, 전화 연결조차 불가능했다. 하지만 어쩌다 아내와 연결이 된다 치더라도 결과는 그게 그거였다.

"지금 무슨 숨바꼭질하자는 거야, 뭐야? 어느 놈과 좋아지내고 있는 거야, 뭐야?"

"이런? 말이면 다 말인 줄 알아? 어느 놈과 좋아지내다니? 당신 지금 무슨 말을 그렇게 하고 있어? 내가 어느 놈과 좋아지내고 있는 걸 봤어? 증거가 있느냔 말이야? 욕도 유분수지. 그런 말이 어딨어? 아이들 때문에 다시 온 거지, 것 가지고 뭘 그래?"

"그렇담 지난번은 아이들 일이 없어서 병원에 아침까지 계셨었나?"

"그땐 그때 일이고."

"제길! 그럼, 오늘은 또 무슨 일이신데?"

"아이들 때문이라고 했잖아? 난 매일같이 퍼질러 놓은 새끼들 때문에 전쟁을 치르는데, 돈이라고 쥐꼬리만큼 벌어주면서, 아이들 일 때문이라는데, 애비라는 사람이 뭘 그렇게 꼬치꼬치 따지기는 따지는 거야?"

"쥐꼬리?"

"그래. 그럼, 그게 쥐꼬리가 아니고 뭐야? 내가 따로 열심히 일을 하고 있으니까, 그나마 망정이지……"

어이가 없었다.

자꾸만 술이 늘어갔다. 술이 늘어가는 만큼 환자도 줄어들고, 수입 역시 그에 비례해서 날이 갈수록 줄어들었다. 마침내 그 바쁘고 북적거리던 병원이 하루 종일 사람 그림자 하나 보기 힘들만큼 한심스럽게 변해 버렸다. 그 사이에 읍내에 병원이 더 생긴 것도 아니었으므로, 결국 그것은 그가 환자들을 소홀하게 대해서 그렇게 된 것은 확실했다.

여동생 남편은 약사였는데, 최근에 Y읍으로 옮겨왔다. 그래서 여동생이 가끔씩 병원을 들러주었고, 불쌍한 오빠를 위해 여러 가지 자질구레한 일들을 챙겨주기도 했다.

한 때 병원이 쌩쌩 잘 돌아갈 때에는 세탁, 청소, 주방 아줌마 해서 4-5명이 근무하고 있었지만, 지금은 다 내보내고 아줌마 혼자서 주방, 청소, 세탁, 안집 관리를 하고 있었다.

여동생은 병원에 들를 때마다 아줌마에게 주의를 주는 모양이었다. 원장님 와이셔츠를 하루 이상 입지 못하게 하란 달지, 사람이 없을수록 내실 청소를 더 잘하란 달지, 원장님 식사에 조금 더 신경 써달란 달지, 뭐 그런 것이었을 것이다.

아닌 게 아니라 인원이 줄고 아내가 간섭하지 않게 된 후로는 직원들의 태도도 눈에 띄게 게을러진 것만은 사실이었다. 하지만 여동생이 병원을 드나들고 나서부터는 조금씩 다시 달라지기 시작했다. 과음을 한 다음날 아침상에는 꼭 북어 국이 올라왔고, 1주일에 2번 정도는 갈비찜도 나왔다. 그리고 내실이 여간 청결해진 게 아니었고, 옷도 항상 깨끗이 빨아서 다려진 채로 옷장 안에 걸려 있었다.

그러나 기실 그런 저런 것은 정말 아무 것도 아니었다. 가정생활이 결여된 채로 혼자서 외롭게 살면서 일만 해야 한다는 생각, 그 생각 자체가 너무나 견디기 힘든 고통이었다. 그것이 해결되지 않는 한, 대책 없는 고통은 마르고 닳도록 죽을 때까지 계속될 것이었다.

내실에 혼자 앉아 술을 퍼마시면서 이런 저런 생각을 해보노라면 자기 스스로도 기가 막혔다. 이게 지금 무슨 꼴인가? 지금 도대체 뭐 하는 짓인가? 이게 지금 무슨 지랄인가?

어쨌든 계속해서 이런 식으로 살아갈 수는 없을 일이었다. 어떻게든 그 편에서 먼저 아내를 설득하고, 그동안 얽히고설켰던 일들을 풀어가야 할 것이었다. 당장 자기 자신을 생각해서도 그렇지만, 셋이나 되는 아이들을 위해서도 화해는 반드시 필요할 일이었다.

그리고 사실, 술에 취한 생각에서가 아니고, 실제로도 아내는 다소 잔소리가 심하고 욕심이 많아서 그렇지, 아주 문제성이 많거나 나쁜 여자는 아니라는 생각이었다.

시계를 보았다. 밤 11시 반이었다. 아파트로 전화를 해보았다. 한참 동안이나 신호가 갔으나, 연결이 되지 않았다.

다시 전화를 해보았다. 잠시 후 막내 진희가 전화를 받았다. '나다. 아빠. 잘 있었니?' '응.' '그래? 엄마 좀 바꿀래?' '엄마 없어.' '어디 갔어?' '몰라. 엄마 요새 집에 잘 없어.' '왜?' '몰라.'

"누구냐? 여보세요? 누구시요?"

대화가 심상치 않다고 생각했던지, 장모가 전화를 가로챘다.

"잘 계셨어요? 유 서방입니다. 어디 갔어요?"

"남방까지 집에 있었는디, 뭘 사러갔나 본디?"

"그럼, 곧 들어오겠네요? 들어오면 곧바로 전화해달라고 말 좀 전해주세요. 네…… 아니에요. 끊습니다."

아이 말로는 아내가 집에 잘 없다는 데, 장모 말로는 방금 전에 뭘 사러 나갔다는 것이다. 누구 말이 맞는지 알 수 없는 노릇이었다.

술을 두어 잔 더 했으니까, 한 20여분쯤 지났을까? 마침내 전화벨이 울렸다. 애써 마음을 가라앉히고 흥분을 삭히며 떨리는 손으로 송수화기를 집어 들었다. 요사이로는 갈수록 손이 참 잘 떨렸다. 술 때문이거나 다른 병 때문일 수도 있겠지만, 그보다는 아마도 신경과민에서 오는 증상일 것이었다. 술이야 그동안 죽장 마셔왔었고, 그렇다고 이 나이에 벌써 파킨슨씨병이 온 것도 아닐 터이니까.

"여보세요오."

"여보세요?"

아내가 아니었다. 몹시 침울하고 우울하기 짝이 없는 미지의 여자 목소리였다. 전화를 잘못 건 게 아니라면, 예전 근무시간을 생각하고 밤늦게 전화하는 환자라거나, 아니면 정신이상자의 전화일지 몰랐다. 하지만 더 듣고 보니 그게 아니었다.

"유의원이죠? 죄송하지만 원장님 좀 바꿀 수 있을까요?"

"제가 원장인데…… 무슨 일이시죠? 환자 분이신가요?"

"아! 그러세요? 아마 원장님은 절 잘 모르시겠지만…… 전 이철규 씨 아내 되는 사람인데요……"

여자의 목소리가 너무나 음습했다. 그리고 한 밤중에 무슨 용건으로 하는 전화인지 짐작조차 할 수 없었다. 전화를 하는 당사자는 물론이고, 이철규라는 사람이 누구인지 도무지 알 수 없기 때문이다.

"여보세요? 여보세요?"

"말씀하십시오. 듣고 있습니다."

그가 생각을 정리해보며 침묵을 지키고 있자, 여자는 전화가 끊긴 줄 알고 거푸 '여보세요'를 연발했다.

"죄송하지만 지금 곧바로 전주로 나오실 수 있겠어요? 지금 꼭 보셔야 할 게 있거든요."

"봐야 할 것? 그게 뭐죠?"

"와서 직접 보셔야 아실 일이에요……. 전 지금 전주 관광호텔 지하 나이트클럽 안에 있는데요, 입구에서 왼쪽 두 번째 탁자예요. 저 혼자 앉아 있으니까, 금방 찾으실 수 있을 거예요. 한 30분이면 오시겠죠?"

여자는 대답도 듣지 않고 일방적으로 전화를 끊어버렸다. 무슨 일인지 궁금하기 그지없었으나, 그건 가서 보아야 안다고 하지 않던가? 하지만 그렇다고 덮어놓고 가까운 거리도 아닌 전주까지 즉시 쫓아갈 수도 없었다. 우선 어떤 여자이고, 무슨 사연인지 알 수도 없고…….

머뭇거리며 생각을 정리해보고 있는데, 다시 전화가 왔다, 아까 그 여자였다. 지금 즉시 오지 않으면 나중에 큰 후회를 하게 될 것이라는 협박에 가까운 내용이었다. 뭔가 심상치 않은 일일 수 있다는 예감이 퍼뜩 들었다. 즉시 택시를 타고 여자가 알려준 곳으로 달려갔다.

여자는 금방 만나 볼 수 있었다. 입구에서 머뭇거리며 두리번거리는 그를 여자 편에서 먼저 알아보고 손짓해주었기 때문이다. 그녀는 자기 입에 검지를 세워 가져다대며 쉿 하더니만, 맞은 편 앞자리를 손으로 가리켰다.

그가 자리에 앉으면서 무슨 일인지 눈으로 묻자, 그녀는 대답 대신 한참 부르스 춤들이 돌아가고 있는 스테이지로 눈길을 돌렸다.

찰나의 짧고 부분적인 조명이 정신없이 돌아가는 어두운 스테이지 위였으나, 춤을 추고 있는 아내가 금방 눈에 들어왔다. 아내는 누군가 다른 남자와 잔뜩 부둥켜안은 채 열심히 돌아가고 있었다. 기분이 묘했다.

당장 단상으로 뛰어올라가 두 년 놈을 끌어내오고 싶은 절박한 분노는 결코 아니었지만, 그렇다고 해서 아주 담담한 기분도 아니었다.

"저 남자가 남편인가요?"

여자는 여전히 스테이지에 눈길을 떼지 않은 채로, 굳게 다문 자기 입술에 검지만 갖다 대었다. 여자는 첫눈에도 여간 미인이 아니었다. 오똑한 콧날, 서글서글한 눈매, 조화로운 입술…… 그만한 미모도 결코 흔하지 않을 것이었다.

여자가 스테이지에서 눈길을 돌려 잠시 그를 일별했다. 그의 눈길을 느꼈기 때문인 모양이었다. 여자가 조금 미소를 띄어보였다. 아내보다 훨씬 더 젊고 예쁘고 매력적인 얼굴이었다. 술이 취해서 그렇게 생각되는 것만은 절대로 아닐 것만큼…….

여자가 갑자기 자리에서 일어서며 그의 얼굴 가깝게 다가오더니 속삭이듯 말했다.

"일어서요."

그녀를 따라 일어서며, 다시 스테이지를 돌아보았다. 아직도 아내는 남자와 부르스에 취해서 두둥실 돌아가고 있었다.

여자는 클럽을 나와 종종 걸음으로 앞서 걸었다. 마침내 1층 로비로 올라온 여자는 뒤따라오는 그를 돌아보며 나직한 목소리로 일렀다.

"호텔 프런트를 잘 볼 수 있게 저랑 다른 자리에 앉으셔요."

호텔 프런트 곁에 개방식으로 설계되어 있는 커피숍이었다. 두 사람은 조금 떨어져서 따로 자리를 잡고 앉았다. 그가 커피를 시켰는데, 그녀 역시 커피를 시키는 모양이었다.

새벽 1시 반쯤, 마침내 아내는 남자와 함께 아주 유쾌한 표정으로 프런트로 다가갔다. 가까이서 보니 남자는 다소 작은 체구였고, 아내나 그보다 훨씬 더 젊게 보였다.

둘은 방을 얻고 있었다. 남자가 접수대 앞에서 숙박부를 쓴 후, 방 키를 건네받고 있는 것이 한 눈에 들어왔다. 아내는 남자와 가깝게 밀착하고 걸으며 벨보이를 ‎ 아 엘리베이터 앞으로 다가갔다. 기가 막혔다.

승강기에 타서도 둘은 아주 가깝게 서서, 다정한 미소와 함께 의미 있는 눈초리를 서로 주고받고 있었다.

그는 침을 꼴깍 삼켰다. 여자를 돌아다보았다. 여자 역시 그들에게서 눈을 떼지 못하고 있었는데, 커피 잔을 잡고 있는 손이 바르르 떨리고 있었다.

엘리베이터 문이 닫히자, 자리에서 일어선 그가 여자 쪽으로 다가갔다.

"언제부터 아셨죠?"

그러나 여자는 눈을 번히 뜬 채, 엘리베이터 쪽만 마냥 바라보고 앉아 있었다. 여자에게 난감한 눈길을 주며 맞은편 의자에 엉덩이를 부리고 앉았다.

마침내 여자가 정신을 차리고 그에게 눈길을 주었다. 그리고는 아까 그가 그랬듯이 이번에는 그녀 편에서 그를 유심히 뜯어보기 시작했다.

"언제부터였죠?"

여자는 눈길을 탁자로 내리뜨며 고개만 흔들었다. 그리고는 한 두 모금이나 입을 댔을까, 아직 그대로 남아있는 커피 잔을 만지며 작게 말했다.

"보이를 구슬려서 몇 호실로 들었는지 알아보세요."

"남편 이름이?…… 이철규?"

그녀가 고개를 끄덕였다.

프런트로 가서 방을 하나 얻었다. 증명사진이 붙어있는 경찰서 자문위원증을 꺼내 보이며 숙박계를 썼다. 그리고는 되도록 방금 전 아내와 이철규가 얻은 방과 같은 층을 원했다.

"같은 일로 왔거든요. 방금 전 올라간 사람들과 가까운 방으로 해주세요."

자기 신분을 확실하게 보여주며 워낙 자신 있게 말해서 그랬던지, 별다른 의심 없이 709호라면서 바로 옆방인 710호면 되겠느냐고 물었다.

"고마워요."

숙박비 역시 현금이 아닌 BC카드로 계산을 했다. 벨보이가 그를 방으로 인도해주려 하자, 잠시 기다리라 해놓고서는 커피숍 의자에 넋을 놓고 앉아있는 여자 곁으로 다가가 선채로 말했다. 엘리베이터 앞에서 벨보이가 그런 그를 돌아보며 기다리고 서있었다.

"바로 곁방을 얻었어요. 함께 올라가실래요?"

여자는 잠시 망설였으나, 결심을 한 듯, 곧 자리에서 일어섰다.

여자와 함께 객실로 들어섰다. 여자는 자기 발로 순순히 방까지 따라 들어왔으면서도 사방을 두리번거리며 불안한 자세로 엉거주춤 서있기만 했다. 런닝과 와이셔츠만의 간단한 여름옷 차림이라서 더 벗을 것도 말 것도 없었다.

"담뱃 피워도 되겠소?"

여자가 선채로 고개를 끄덕였다. 담배를 피워 물고 탁자 앞에 옮아앉은 후, 여자를 건너다보았다. 여자는 여전히 출입문과 그가 앉아있는 곳의 정확히 2분지 1 지점에서 엉거주춤 서있었다. 다시 방을 나가야 할지, 아니면 그와 마주보고 앉아야할지 아직 마음속 결정을 못했다는 듯이 ……:

"이왕 못 볼 걸 보아 버렸고…… 알고 계시는 대로 설명이나 좀 부탁드려도 될까요?"

여자가 아주 조심스러운 태도로 다가와서 맞은편에 앉았다.

"담배를 피우시나요?"

여자가 가볍게 고개를 흔들었다. 그리고는 그의 얼굴을 똑바로 한 번 쳐다본 후 창 쪽으로 고개를 돌리며 외면을 했다.

"제가 남편 된다는 것은 어떻게 아셨습니까?"

"말하자면 좀 길지요."

그녀는 작은 한숨과 함께 무겁게 입을 열며 나지막하게 말하기 시작했다. 여간 난처하고 괴로운 표정이 아니었다. 한숨 소리도 잦아졌다. 시종 커튼 쪽으로 얼굴을 돌린 채 말했고, 단 한 차례도 그를 똑바로 쳐다보지 않았다. 그녀는 말하는 도중에 손을 들어 자꾸만 머리칼을 쓸어올렸는데, 에어컨이 작동하는 방이었음에도 송골송골 이마에 땀이 베여 있었다.

두 사람이 몹시 가까워진 것은 아마도 함께 대학원에 입학하던 때부터였을 것이라는 이야기였다. 그렇다면 둘째 아이 진영이를 낳았던 82년으로 거슬러 올라가야 할 판이었다. 그 역시 등에서 식은땀이 나고 소름이 끼쳤다.

그녀의 남편은 대학원에 진학하고 나서부터 부쩍 아내와 지내는 시간이 많아졌는데, 모든 게 다 리포트다, 숙제다, 공동연구다 하는 등의 확실한 이유가 있는 이상, 뭐라고 투정부릴 수도 없었다는 것이다. 그러나 어떨 때는 이건 너무 심한 게 아닌가 하는 생각이 들기도 했다는 것이다.

"둘은 까딱하면 아파트로 함께 오기도 했어요. 점심은 학교에서 먹었다며 나는 쳐다보지도 않고 공부한답시고 둘이서만 마루에서 머리를 맞대고 사는 거예요. 무엇이 그리 좋은지 항상 둘 사이에는 웃음꽃이 자자하고……. 함께 집에 있는 나는 상관도 하지 않았죠. 속이 상해서 울기도 참 많이 울었고, 애도 많이 태웠죠……. 그와 결혼했던 것이 그렇게 후회될 수가 없었어요."

"아이가 생겼더라면 덜 그랬을 거예요. 시간이 갈수록 김영란 씨가 두려워지기 시작했어요. 그러다가 그녀가 임신이 되었다는 것을 알았어요. 아무려면 의사 부인이라는데, 내 남편의 씨앗은 아닐 것이라는 생각이 들긴 했으나……. 솔직히 둘이 하고 있는 꼴을 보면 그것조차 자신이 없는 거예요. 전 지금까지도 아이가 없어요……."

"그러던 어느 날이었어요. 배가 무척 아팠어요. 신경성 위장염이라나요? 신경쇠약이 돼서 그렇다고 했어요. 의사분이시니까 더 잘 아시겠지만…… 집에서 가까운 병원에 입원을 했죠. 3일째였는가 봐요. 아무래도 집을 한 번 가보고 싶은 거예요. 왜 그랬는지 몰라요. 아파트로 왔죠. 열쇠가 있기 때문에 집안으로 그냥 들어섰어요. 그런데…… 세상에! 그때는 아마 김영란 씨가 임신 6개월쯤이었을 거예요. 안방에서 두 남녀의 거친 숨소리가 나는 거예요. 아파트에 아무도 없었기 때문인지, 방문조차 닫지 않고 둘은 무슨 에로영화에서처럼 이상야릇한 체위로 그 일을 하고 있는 거예요. 진짜 포르노 배우들처럼 길게도 하더라고요. 김영란 씨는 자꾸만 간드러지게 숨넘어가는 소리만 질러대고……."

결혼 초기에는 아내 편에서 먼저 어떻게든 짬을 만들고 거의 매일같이 그 일을 요구했었다. 그리고 아내는 아닌 게 아니라 되도록 천천히 길게 끄기를 좋아했다. 누가 들을까봐 겁이 날 정도로 소리도 마구 질러대었다. 아내는 정말이지 무척이나 그 일을 좋아했다. 여자의 말은 모두 다 믿을만하고 수긍이 가는 이야기였다.

어느 때부터인가, 아마도 갑자기 줄어든 환자 때문에 고민하고 있던 때쯤이었을 것이다. 일 도중에 갑자기 맥없이 시들어버리는 통에, 아내의 요구는커녕, 본인조차 당황스러워지기 시작했고, 그 이후로는 아내가 더 이상 그 일을 요구하지 않았다는 것이 생각났다. 그때쯤이면 확실히 아내가 박사 코스에 들어선 딱 그 시기였으니까, 더욱 더 여자의 말에 신빙성이 갔다.

"둘은 그 일을 30분 이상 했을 거예요. 난 다시 가만히 집을 빠져 나왔어요. 남편은 시치미를 뚝 떼면서 좀 어떠냐고 다음날 낮에 병원에 들렀더라고요. 그러면서 시험 준비 때문에 바빠서 곧바로 가봐야 한다는 거였어요. 시험 준비가 아니라 김영란 씨가 기다리고 있어서였겠죠."

"그날 저녁 아파트를 다시 가보았죠. 똑 같았어요. 이번에는 방 쪽으로 조금 더 가까이 가보았어요. 둘은 완전히 벌거벗고 일을 하고 있었는데, 김영란 씨의 배가 불렀기 때문에 남편은 두 손바닥으로 방바닥을 버티면서 그 일을 하더라고요. 자연히 김영란 씨의 배와 다리와 머리가 다 들여다보였어요. 그때 김영란 씨는 오르가즘이나 하는지, 고개를 뒤로 젖히고 가쁜 숨을 몰아쉬면서, 막대기처럼 두 다리를 쭉 뻗는데, 세상에! 그 부른 배가 남산만해지면서 곧 터질 것만 같더라고요."

"둘은 계속해서 그 일을 했어요. 딱 그 비슷한 시간에 비슷한 스타일로…… 5일짼가? 마침내 더 이상 견딜 수 없어서 오후 2시쯤 낮 시간에 다시 가봤죠. 둘은 마루에서 완전히 홀딱 다 벗은 알몸으로 앉아있었는데, 세상에, 내가 문을 열고 들어서는 줄도 모르더라고요. 가만히 문을 다시 닫고 돌아섰는데…… 도저히 이렇게 살수는 없다는 생각뿐이었어요. 그리고서 그날 밤 10시쯤 다시 가봤어요. 둘은 여전하게 벌거벗은 채로 안방에서 그 일을 하고 있더라고요. 내가 들어온 줄도 모르고, 영락없이 포르노영화에서처럼 하는 거예요. 그러니 도대체 그 일을 하루에 몇 번씩이나 하는 것인지 짐작이나 할 수 있겠어요?"

그랬을 것이다. 그러고 보니 아내는 피곤하다, 숙제가 있다, 뭐다, 뭐다 해서 그때쯤 며칠이고 집에 들어오지 않는 때가 많았었다. 그리고 그때 이후로도 학교 일 핑계를 대며 외박을 밥 먹듯이 했었다.

"생각 같아서는 칼이라도 있었으면 그 두 사람을 그 자리에서 콱 찔러 죽이고 싶었어요. 더 이상 집을 비우고 두 사람 하는 꼴을 그대로 보고 있을 수가 없어서 서둘러 퇴원을 했죠. 그리고는 집으로 돌아왔는데, 오전 수업만 끝나면 여전하게 남편은 김영란 씨를 집으로 데려오는 거예요. 그리고 공부를 한답시고 고개를 맞대고 은근살짝 서로를 쳐다보는 꼴이라니! 정말이지 이제 더 이상 언급하고 싶지도 않군요. 그러면서도 둘은 아직 내가 모르고 있는 줄 알고 나에게 여간 태연히 구는 게 아니었어요. 아마 그때 아이가 12월 중순쯤 태어났죠? 그랬을 거예요. 둘은 아이를 낳기 며칠 전까지도 그 일을 하며 지냈을 거예요."

그리고 보면 아내가 했던 모든 일들이 다 그만한 이유가 있었던 것이다. 부부생활조차 힘들 정도로 환자들에게 시달리게 만들었던 것 하며, 신체적 접촉뿐만이 아니라, 은근한 부부만의 시간까지도 요리조리 회피했던 것하며…… 갑자기 아이들이 자기 아이들일까 하는 의심까지 더럭 들었다.

"그런데…… 참! 대단하시네요? 눈앞에서 그런 불륜을 보고 있었으면서도……."

그녀의 말은 모두 다 완전 수긍이 가는 이야기뿐이었다. 하지만 한 가지 의심스러운 것이 있다면 그런 현장을 그토록 여러 번 보았으면서도 어떻게 그렇게 아무런 내색도 하지 않고, 전혀 조치를 취하지 않았느냐 하는 점이었다. 참고 견디는 것도 한계가 있을 것이 아니겠는가?

"그건 오히려 제가 묻고 싶은 말이었는데요. 하지만 어차피 피차에 마찬가지 아닐까요?"

여자가 처음으로 고개를 세우고 그를 똑바로 쳐다보며 말했다. 여자의 태도가 갑자기 너무나 당당해졌으므로 당혹스러워졌다.

"피차에?"

"그렇지 않나요? 그건 원장님도 마찬가지였을 것 같은데요? 몇 주일, 몇 달도 아닌 5-6년 동안이나 부부가 한 침대에서 지내면서도 부부생활 한 번 하지 않고도 정상이라고 생각하며 사는 남자가 얼마나 되겠어요?"

갑자기 그가 그녀의 말끝에 신음처럼 부르짖었다.

"나…… 나 말인가요? 그…… 그건 어떻게 알았죠?"

"처음엔 무슨 말인지 잘 몰랐었는데, 그 일 중에 김영란 씨가 항상 반복하는 말이 있었어요. 울부짖듯 오르가즘 직전에 내뱉는 똑같은 말! '난 자기 말곤 이젠 누구에게도 날 내주지 않아! 남편에게도! 남편은 오로지 돈만 벌게 해!' 그리고는 오르가즘이었고, 그러고 나서 내 남편에게 '자긴 왜 그렇게 못해!'하고 소리를 쳤어요. 순서가 딱 그랬어요."

담배를 꺼내 물고 여자를 다시 훑어보았다. 또렷한 눈빛에 틀림없이 정상적인 여자였다. 여자의 말은 아주 적나라했고 믿을 수 있을 만큼 거의 확실할 것 같았다.

여자는 아내보다 훨씬 더 젊고 예쁘고 매력적이었다. 적당한 크기의 나름 앙증맞고 예쁜 입술, 화장발 덕택인지는 모르겠지만 다소 도발적으로 보이기는 해도 몹시 여성적이고 예쁜 눈, 조화롭게 오똑이 솟은 코……. 아내와는 비교도 할 수 없었다. 그런데도 그녀의 남편은 왜 그녀를 멀리하고 조그만 눈에 코와 입만 덜렁한 아내를 좋아했을까?

"그럼 그게 최근까지 계속된 이야긴가요?"

그는 두 주먹을 불끈 쥔 채, 몸을 부르르 떨며, 신음처럼 물었다. 그러나 그러면서도 이상하게도 그는 초점을 잃고 맥 빠진 눈빛이었다. 분통이 일고 억울하기 짝이 없지만. 이제는 노여워할 힘도, 자신도 없는, 절망상태라는 듯이…….

"자세한 건 나도 몰라요. 그 후로 난 곧바로 프랑스로 가버렸으니까요."

"이혼을 하시고요?"

"아뇨. 그렇진 않았어요. 남편과 김영란 씨의 관계로 보아서는 분명히 이혼해야 한다고 생각했으나, 그럴 순 없었어요. 지금 다 밝힐 수는 없지만, 사정이 있었죠. 전 원래 미술을 했어요."

"남편에게 뭔가 대단한 게 있었던 모양이죠? 이혼하지 않으려 했던 걸 보면."

정곡을 찌르는 그의 말에 그녀가 놀랍다는 듯, 그를 커다란 눈으로 쳐다보다가 작게 고개를 내저으며 말했다.

"아뇨. 그건 무엇보다 주위 사람들에 대한 제 자존심 문제였어요. 여자로서의 자존심요…… 그를 사랑하기도 했지만…… 그보다는 자존심 문제였어요. 부모님의 극심한 반대를 무릅쓰고, 그와 결혼을 했었거든요……."

"그렇다면 그건 오히려 두 사람에게 더욱 가깝게 지내라고 고사를 지낸 셈이 되지 않았을까요? 부인이 도불해버리면?"

"그때는 그렇게 생각하지 않았어요. 내가 그렇게 함으로서 그가 곧바로 상황을 깨닫고 정신을 차리리라 생각했기 때문이죠."

그녀는 다시 한숨을 내쉬며 말했다.

"그리고서 딱 2년 뒤에 다시 돌아왔어요. 남편이 돌아오라고 자꾸만 성화를 부렸기 때문이죠. 난 그때 김영란 씨 이야기를 꺼냈어요. 이혼을 하자고요……. 그렇지만 그게 쉽진 않더군요. 어쨌거나 예전의 부부로 다시 돌아왔죠……. 그런데, 그런데…… 남편이 다시 한 달 정도 미국에 갔었는데……."

"그때가 언제였죠?"

"가만있어 봐요. 더 중요한 이야기가 있으니까. 김영란 씨도 미국 갔다 온 일 있었죠? 그렇죠? 그때 미국에서 남편과 잘 놀아났었나 봐요. 한 달 동안이나 되니까 아주 잘 지냈겠죠. 그때 어떤 남자에게서 나에게 전화가 왔어요. 남편과 김영란 씨 일 때문이라면서 만나자고요. 난 예전부터 이미 둘 사이를 알 만큼 알고 있었으므로 당연 거절했죠. 그럴 필요가 없다고요. 그런데 그는 비디오가 하나 있는데 전하고 싶다고 하더군요……."

그는 침을 꿀꺽 삼키며 그녀를 응시하는 눈길을 풀지 못했다. 그녀가 잠시 말을 끊고는 목이 마른 듯 혀로 입술을 훑으며 그에게 물었다.

"술 더 하실래요?"

냉장고 안에 맥주가 몇 병 들어있었다. 그녀 잔에 술을 따라준 후, 자기 잔도 자작으로 채웠다. 그가 단숨에 한 잔을 다 마시고 빈 잔을 다시 자작으로 채우는 동안, 그녀는 잔을 들어 거품을 훑듯이 맛만 보고는 탁자에 도로 내려놓았다. 그리고는 다시 입을 열었다.

"김영란 씨는 남자관계가 보통으로 복잡한 게 아니었나 봐요. 대략 30대 후반쯤으로 보였는데, 만나자마자 제비 겸 포르노 배우라면서 스스럼없이 자기소개를 하더군요, 결론은 이랬어요. 김영란 씨는 자기와 같은 사람들과 다섯 명 정도 만나고 있지만, 현재로서는 자기가 가장 유력한 상대인데, 난데없이 남편이 끼어드는 통에 일이 영 복잡하게 꼬여간다고요. 그러니까 남편이 이번에 미국에서 돌아오는 즉시, 자기 이야기를 하라는 거였어요. 그러면서 돈 많은 병원 원장 사모님이라서 자기네들끼리도 경쟁이 치열한데, 남편까지 끼어들면 곤란하다고요. 칼침 맞고 일찍 죽을 필요는 없을 거라는 이야기였죠. 집에 와서 비디오를 봤죠. 상대가 그의 말대로 여럿인데, 여자는 하나같이 김영란 씨더라고요. 그걸 가져 왔어요. 필요하시다면 드릴 수도 있어요."

그는 마침내 얼굴을 감싸 안은 채 신음을 내지르고 말았다.

여자의 말이 다 사실이라면, 이제는 아무리 아내라 하더라도 부부관계를 맺을 수는 없을 일이었다. 말을 듣고 보니 아내는 음탕하기가 창녀 나 다름이 없었다. 하나 둘도 아니고…… 세상에! 다섯 남자가 넘는다니 …….

갑자기 화장실을 가고 싶었다. 뭐든 좀 토해 냈으면 싶기도 했고, 싸르 르 아랫배가 아파오면서 항문 쪽이 묵직하게 조여오고 설사가 나올 것 같아서였다. 그러나 헛구역질만 몇 번 나왔을 뿐, 토해지거나 밑으로 쏟 아져 나오는 것은 아무 것도 없었다.

화장실에서 돌아와 보니, 덥고 답답했던 모양으로, 여자는 양장 겉옷 을 벗어 곁 의자 등판위에 걸쳐놓고 블라우스 차림으로 눈을 감고 앉아 있었다. 얇은 미색 블라우스를 통해서 겨우 유두나 가릴 정도로 턱없이 작고 도발적인 검은 색 브래지어와 그 속을 풍성하게 채우고 있는 희고 탐스런 유방이 그대로 다 내비쳐보였다.

숨 쉴 때마다 들썩이며 봉긋 봉긋 솟는 가슴, 부드럽게 말아서 컬을 한껏 강조한 머리칼, 아련한 표정으로 눈을 감고 다소곳이 앉아있는 모 습…….

갑자기 아름다운 여체가 숨 막히도록 황홀하게 다가왔다. 여자를 어 떻게 해보아야겠다는 생각이 불같이 일기 시작했다. 물론 아내에게 미 안할 것은 털끝만큼도 없었다. 다만 여자 편에서 순순히 응해올지 그것 이 문제일 뿐…….

하지만 아무래도 자신이 없었다. 어떻게든 욕망에서 벗어나고 싶었 다. 그럼에도 불구하고 목이 몹시 타면서 마음만 급해졌다. 남은 술을 단숨에 마셔버리고는 눈을 감고서 당장 결론도 나지 않을 아내와의 일 들에 정신을 집중해보려 애를 썼다. 그러나 그러면 그럴수록 눈앞에 앉아있는 여자를 어떻게 한 번 해보고 싶다는 충동만 일어서 견딜 수 가 없었다.

술기운 때문도 아니고, 여자가 남녀 간의 일을 너무 적나라하게 설명했기 때문도 아니었다. 어쨌거나 오로지 여자를 어떻게 해보아야겠다는 생각뿐이었다. 스스로도 너무 이상했다. 그러나 그 이유를 알아내는 것은 하나도 중요하지 않았다. 오로지 어떻게 요리를 시작해서 여자를 한번 가져볼까 하는 그 생각뿐이었다.

아무래도 안 되었다. 일어서서 여자에게 다가갔다. 여자는 그가 다가오는 줄도 모르는지, 반 이상 가슴을 훤하게 드러낸 채, 눈을 감고 앉아 있었다.

여자의 손을 잡아 일으켜 세웠다. 여자가 눈을 번쩍 떴다. 하지만 의외였다. 여자는 몹시 놀라거나 저항하려는 기색이 전혀 없었다.

여자를 안은 채로 침대로 갔다. 여자는 안겨 있는 그대로 미동도 없이 그가 하는 대로 순순히 자기 몸을 내맡겨주었다.

하지만 막상 함께 침대 위에 들자, 여자는 그제야 제정신이 든 듯, 갑자기 심하게 저항을 하며 그를 거절하기 시작했다.

"안돼요! 이게 무슨 짓이에요?"

내내 침대까지 군소리 없이 따라왔던 것이라서, 몹시 당황스럽고 헷갈렸다. 하지만 한 치의 심적 여유도 없었다. 오로지 여자를 갖겠다는 생각뿐, 그것도 당장 이 자리에서…….

그리고 이렇게 저항하는 쪽이 그냥 순순히 내어주는 것보다 오히려 백배 천배 더 매력적이라는 오직 그 한 가지 생각밖에 없었다.

거의 강제이다시피 해서 힘으로 여자를 벗겼다. 일단 벌거벗겨지자, 여자는 잠시 사이로 생각을 바꾼 듯, 다행히 더 이상 심하게 앙탈을 부리거나 비협조적이지는 않았다. 아주 완강한 저항이라기보다, 못이긴 채, 체면상 입으로만 적당히 저항하고 있는 그런 식이기 때문이었다.

그러면 그렇지, 제 발로 방까지 따라 들어왔지 아니한가?

얼굴만큼 훌륭하고 탱탱한 몸매였다. 아니, 아내보다 젊어서 그런지, 얼굴보다 몸매가 더 여성적이고 매력적이었다. 일을 시작하면서 자연적으로 여자의 입으로 입이 갔다. 그러나 여자는 한사코 손으로 입을 가리며 절대로 내주지 않았다.

오랜만에 여자와 동침하기 때문인지, 이상하게도 젊었을 때처럼 자꾸만 아랫도리에 힘이 주어지며 성욕 또한 쉴 새 없이 솟아올랐다.

믿기 어려울 정도로 의아하고 신기한 일이었다. 하지만 어쨌거나 사실이 그랬다. 그만한 능력이 어떻게 그 동안 이렇게 남아있었나 싶게, 그는 그날 밤 여자를 3번이나 가져보았다.

처음 한 번만 다소 조급하고 일방적이었을 뿐, 그 이후로의 2번은 여자를 확실히 만족스럽게 만들어주었다. 그러나 그 어떤 순간에도 여자는 결코 제 입술과 혀만큼은 허락하지 않았다.

"이게 그 테이프예요."

새벽녘에 옷을 주어 입으며 여자가 말했다.

"다시 만날 수 있을까요?"

그는 마침내 턱도 없는 희망을 피력했다. 지난밤처럼 그 일이 즐겁고 행복하고 잘된 때는 솔직히 그 동안 단 한 번도 없었다. 처음 만난 사이이긴 했지만 상대가 그만큼 사랑스러운 여자이기 때문에 그렇다는 생각만 들었다.

꿩 대신 닭이 아니라, 닭 대신 꿩인 셈이었다. 외국에서처럼 스와핑을 하는 셈이라서 죄진 것도 아니었다. 지난 하루 밤이 너무나 행복하고 좋았다.

"제가 며칠 안으로 병원으로 갈게요. 그래도 되죠?"

고개를 끄덕이며 그는 그녀를 힘껏 껴안았다. 그러나 이번 역시 여자는 얼굴을 도리질하며 입술을 내주지 않았다. 할 만한 일은 다 했으나,

중요한 무엇 하나를 빠트린 것만 같아서 몹시 아쉬웠다. 그래서 몇 번이고 다시 탐해 보았으나, 그때마다 여자는 마찬가지로 도리질을 해서 그의 입술과 혀를 물리쳐버렸다. 다만 간밤의 일이 괜찮았다는 뜻인지, 의미심장한 웃음을 그에게 지어 보이고 있기는 했다.

다음 날 진료를 마치자마자, 저녁 먹을 생각도 하지 못하고 여자에게서 받았던 비디오부터 틀어보았다. 사실 보기도, 안보기도 그래서, 볼까 말까 하루 종일 고민만 하다가, 결국 확인해보기로 했던 것이다.

여자에게서 테이프 2개를 받아왔는데, 테이프 2개 모두 직직거리기만 하고 이상하게도 전혀 화면이 나오지 않았다. 비디오 기계가 잘못되었나 싶어 다른 테이프를 넣어서 확인해보았는데, 물론 기계에는 이상이 없었다. 뭔가 이상했다. 그러나 한편으로는 못 볼 것을 보지 않아서 다행이라는 생각이 들기도 했다.

'보면 뭘 해? 속만 상하지. 차라리 안본 게 무방하겠지.'

저녁도 거르고 술만 마셨다. 요사이로는 저녁 7시 이후로는 진료를 하지 않았다. 주야간을 통 털어서 그 동안 산모를 보지 않은 지도 벌써 여러 달째였다. 교통사고 환자나 상해 환자 역시, 제 발로 찾아 들어오면 모를까, 일부러 데려오지도 않았다. 그래서 자연히 입원환자도 거의 없게 되었다. 어느 때부턴가 저녁 7시가 넘으면 아예 병원 문을 걸어 잠가버렸다.

기획실 김 과장과 구급차 기사도 이미 여러 달 전에 스스로 그만 두었고, 물리치료사, 병리기사도 자리를 떴다. 간호사도 두 사람으로 줄였고, 식당 아줌마도 한 사람만 남겨두고 나머지는 모두 다 내보냈다. 한때는 16명의 대식구가 북적거리던 병원이었지만, 이제는 사무장, 방사선사, 식당아줌마, 간호사 둘해서, 그를 포함한 고작 6명이 단출하게 남아있는 셈이었다.

술을 마시면서 테이프를 끝까지 재생시켜보았으나, 직직거리기만 할뿐, 아무 것도 나오지 않았다. 2시간이 넘게 헛고생만 하다가 얼마 전에 샀던 애로 물을 틀어보았다. 물론 잘 나왔다. 절대로 기계의 이상은 아니었다.

남녀가 벌거벗은 채, 숨 가쁘게 열심히 일을 하고 있는 것을 보고 있으려니까, 말초신경에 당장 자극이 왔다. 어제 밤 호텔 방에서 기성을 내지르며 몸을 떨던 여자가 자꾸만 눈앞에 어른거렸다.

난데없이 검찰청 수사과에서 등기 우편 한 장이 날아왔다. 수사에 필요하니 다음날 오전 10시까지 수사2과로 출두하라는 명령서였다.

무엇 때문일까? 하지만 본인이 피의자라면 응당 경찰에서 먼저 왔거나, 벌써 잡혀갔어야 맞을 것이고, 이건 아마도 어떤 사건의 참고인으로 소환당하는 가능성이 가장 컸다. 그렇다면 진료했던 환자 때문일 것이고, 본인 일이 아닌 이상, 크게 걱정할 일은 아니지 않겠느냐 하면서도, 실제 마음은 그렇지 않고 몹시 무겁기만 했다.

밥맛이 다 떨어져버린 탓에 점심을 먹는 둥 마는 둥 하고서 오후 진료를 위해 외래 진료실로 내려오니, 엎친 데 덮친 격으로 이번에는 세무서에서 실사를 나왔다며 40대 초반으로 보이는 남자 한사람과 30대 초반으로 보이는 남자 두 사람이 그를 기다리고 있었다.

눈에 보이는 대로 병원 서류들을 자기들 마음대로 챙겨든 그들은 빈 방 하나를 요구했다. 빈 입원실에 급하게 책상과 의자를 놓아주고 나니, 그들은 또 다시 이런 저런 각종 서류 등을 쉬지 않고 계속해서 요구했다.

'통장들을 모조리 다 복사해서 가져오세요.', '수납 장부가 이것뿐만 아니죠? 다른 데 따로 더 있을 것 같은데?', '5년간 세금계산서 전체를 다 가져오세요.', '수술했던 환자들 차트만 따로 모아다 주세요.', '분만도 했죠?

분만실 차트도 다 가져오세요.', '최근 5년간 발행한 상해 진단서를 모조리 다 가져오세요.'…….

일의 귀추에 대한 걱정도 걱정이었으려니와, 그들의 방자함과 무례함을 감내해야 하는 일도 보통 고역이 아니었다. 하지만 그런 것쯤은 사실 운 없는 탓으로 돌리고 참을 수 있었다. 그보다는 이 무더운 여름날, 땀을 뻘뻘 흘리며 그들이 요구하는 대로 즉각 즉각 직원들과 함께 서류들을 찾아내어 갖다 바치는 일은 정말이지 세상에 없는 고통이었다. 그리고 어렵사리 서류를 찾았다 해도 그들에게 고스란히 가져다 바치는 것 또한 난감하기 그지없었다. 마치도 스스로 묻힐 무덤자리를 파고 있는 기분이기 때문이다.

거의 흙빛으로 변한 그의 얼굴은 말할 것도 없고, 간호사들 역시 굳어진 얼굴로 말없이 서류를 찾고 있었고, 사무장도 똑같았다.

그들은 의료보험 통장이 빠졌다며 빨리 가져오라는 것이었으나, 그것은 그동안 그가 단 한 번도 본 일도 없고 오로지 아내 소관이었던 통장이었다.

아내에게 전화할 일도 난감해서 얼마 전 분실했다고 둘러대었더니, 그들은 자기네에게 협조하지 않고 밉보이면 어떤 결과가 나올지 잘 알지 않느냐면서 그를 윽박질렀다. 하지만 그것만큼은 어쩔 수가 없었다.

'좋소. 알아서 하쇼. 정 그렇다면 우리가 은행에서 원본을 복사해오면 그만이니까. 하지만 좋을 일은 없을 거요.' 그들은 그가 일부러 감추고 내보이지 않는 줄로 아는 모양이었다. 2시부터 6시까지 불과 4시간 사이가 10년보다 더 길게 느껴졌다. 최근 들어 환자가 급감해서 한가해진 것이 오히려 다행이었다.

6시가 되자, 그들은 서류들을 종이 띠로 묶더니 일일이 도장을 찍어두었고, 그들이 일하던 입원실 방문에도 봉인을 했다. 그리고는 그와 직원들에게 엄포를 놓았다.

"이 봉인들을 하나라도 훼손하면 어떻게 되는 줄 잘 아시죠? 10년 징역은 아무 것도 아니요."

셋은 야릇한 미소와 함께 승자들만이 부릴 수 있는 여유로운 표정을 지으며 병원을 나갔다.

사무장이 한숨을 쉬며 그에게 말했다.

"아무래도 지난번 그만 둔 직원 장난 같은데요……. 잘못하면 크게 당하겠고…… 혹시 세무서 계통에 원장님 잘 아시는 분 없으세요?"

"글쎄……."

아닌 게 아니라, 사무장 말대로 그만 둔 직원 중에 누군가가 홧김에 여기저기 진정서를 냈을 가능성이 가장 컸다. 검찰청에서 날아온 출두명령서 역시 그 때문일지 모른다는 생각이 번개같이 뇌리를 스쳤다.

그렇다면 큰일이라도 이건 보통 큰일이 아니었다. 머리가 아팠다.

아니, 머리가 아픈 정도가 아니라, 속이 뒤집혀지며, 구토가 일고, 몸을 가눌 수 없이 어지럽기까지 했다.

정규 폐문 시간 전이었지만, 도저히 견딜 수가 없었다. 머리를 싸매고 침실로 올라와버렸다. 식사 생각은커녕 술 마실 기운조차 없었다. 하루 종일 시달렸던 고단한 몸을 자리에 내던지듯 눕히고는 일찌감치 눈을 감아버렸다. 하지만 도대체 잠은 오지 않고, 머리가 깨질 듯 아프기만 했다.

애라 모르겠다. 죽기 밖에 더 할까보냐?

아무리 해도 잠은 오지 않고 두통만 계속되었으므로, 천근만근 무거워진 몸뚱이를 마침내 일으켜 세운 후, 뒤집어진 위장 속으로 소주를 몇 잔 연속으로 털어 넣었다. 공복이고 불편한 뱃속에, 술까지 들이부어 놓았으니, 속이 뒤집어져도 완전히 뒤집어질 판이었으나, 의외로 오히려

속 불편함이나 두통이 훨씬 더 편해졌다.

하지만 그것만으로는 역부족, 결국 간호사들에게 마약진통제를 링거에 타서 한 대 맞고 나서야 간신히 잠을 이룰 수 있었다.

하지만 심한 갈증 때문에 3시간도 못되어 다시 깨고 말았는데, 땀을 얼마나 흘렸던지 옷을 쥐어짤 정도였다. 화장실에 들렀다가 거울은 보았다. 세상에! 단 몇 시간 사이로 눈이 움푹 꺼지고, 턱도 홀쭉해져 있었고, 본인 눈으로 보아도 하루 사이로 10년은 더 늙어버린 양 싶었다.

다음날 아침 9시쯤 지옥사자들은 어김없이 다시 병원을 찾아왔다. 그리고는 어제와 대동소이한 방법으로 병원 사람들을 들볶기 시작했다. 그들에게 검찰청에서 날아온 출두명령서를 내보였다. 40대의 책임자는 그걸 유심히 살펴보더니, 한심하다는 표정으로 그에게 냉소를 보이며 말했다.

"사무장이 대신 해주겠죠? 하지만…… 원장이 없으면 아무래도 실사 기간이 늘어날 텐데."

간호사들에게 신환은 받지 말고 재진 환자만 예전 처방 그대로 처치해주도록, 그리고 물론 아무리 재진이라도 예전과 다르면 이웃 병원으로 보내라고 해놓고는 검찰에 출두하기 위해 무거운 발걸음으로 병원을 나섰다.

담배를 피워 물었으나, 도무지 무슨 맛인지조차 알 수도 없고, 입안이 시커멓게 타서 소태처럼 쓰기만 했다. 어제저녁부터 낮까지 거의 세끼를 연속으로 굶었다는 것이 갑자기 생각났다. 하지만 배고프다는 느낌도, 밥 생각도 없었다.

출두명령은 다름이 아니었다. 작년 5월 말쯤 그의 병원에서 우측 슬관절부 좌상이라는 병명으로 5일간 입원치료를 받은 김 아무개라는 사람이 최근 사기절도범으로 잡혔는데, 그에게 발부해주었던 진단서가 과연 석법했던 것인가 하는 것과, 또 교통사고 환자를 유치하려고 사례비를 지급했다는 진정이 들어왔는데, 그게 사실이냐는 것이었다.

별 일은 아니라고 하면서도, 어쨌든 사실대로 진술하지 않으면 일이 몹시 커질 수 있다는 것이었는데, 이 더운 여름에 서로 쓸데없이 피곤하지 않도록 협조를 잘 해달라는, 어조는 부드러웠으나 내용은 추상같은 경고였다.

난감했다. 모든 것이 너무 얽히고설킨 나머지, 헤어날 수 없는 깊은 나락으로 굴러 떨어져 내리는 것만 같았다. 이제 아내나 가정 모두 거의 다 끝장이 났으며, 병원이나 그 자신 역시 서서히 거덜이 나려 하고 있었다. 아이들의 얼굴이 떠올랐다. 하지만 그 순간에도 돌연 자기 자식이 아닌 이철규의 자식일 수도 있다는 생각이 들어 마음이 더욱 심란하고 괴롭기만 했다.

돈으로 환자를 유치했던 것은 사실이었으나, 그렇다고 해서 고분고분 다 불어버릴 수는 없었다. 그건 자기 혼자만의 문제가 아니고 잘못하면 여러 사람들이 다칠 것이기 때문이다. 그 문제만큼은 철저하게 부인했다. 그러나 담당 조사 직원 역시 그렇게 호락호락하지는 않았다. 이미 증거를 다수 확보해두었으므로, 쓸데없는 고생 사서하지 말고, 모든 것을 다 사실대로 부는 게 신상에 이로울 것이라는 협박이었다. 그러면서 계속 잡아떼며 거짓말을 하면 구속수사가 불가피하다는 엄포까지 놓는 데에는 오싹 소름이 끼칠 정도였다. 그의 눈치만 살피며 상황판단을 해보고 있는데, 잠시 밖에 나가 더 생각을 해본 후 다시 이야기를 하자며 조사관은 그를 밖으로 잠시 내보냈다.

조사받을 사람이 많기도 했다. 그가 방에서 나오자마자 즉시 다른 한 사람이 그 방으로 들어갔고, 줄잡아 7~8명이 더 대기 중인 것으로 보였다.

배고픈 생각도 잊은 채, 입이 쓰도록 애꿎은 담배만 연속으로 피우고 있던 중, 마침내 오후 2시쯤 다시 불리어 들어갔다. 하지만 의외로 이번에는 별 다른 질문 없이 1주일 후 다시 오라는 것이었다. 몹시 의외의 일이었지만, 어쨌든 시간을 벌 수 있게 되어 천만 다행이었다. 다만 다시 올 때는 최근 1년간의 교통 환자와 상해환자의 차트를 모조리 다 들고 오라는 요구였는데, 1주일간의 말미가 있기는 했어도 그것은 몹시 부담스러운 일이었다.

어쨌든 우선 당장에는 구속되지 않고 풀려났으나 난감하기 짝이 없었다. 택시 뒷좌석에 깊숙이 몸을 쑤셔 넣고 앉아 눈을 감았다. 조사 상황을 벗어나자 비로소 깨달은 것인지, 조금 전까지도 잘 몰랐는데, 눈을 감고 있어도 이상하게 시큰거리고 아렸다.

세무서 일도 걱정이었고, 법원 일도 걱정이었다. 피곤하고 아픈 눈을 그대로 감은 채, 돌아오는 차안에서 내내, 스트레스 관리만 잘하면 될 것이라고 자기 암시를 걸어보며, 마음을 애써 달래보았다. 두 눈이 시큰거리고 아린 것뿐만 아니라, 견딜 수 없는 심한 두통까지 계속되고 있다는 것을 깨달았다.

좁은 시골이라서 벌써 소문이 돌았던지, 병원에 도착해보니 환자는 씨도 없고, 직원들만 불안한 눈빛으로 자리에 앉아있었다.

어제 들이닥쳤던 세무서 직원들은 여전하게 입원실 한 칸을 차지한 채 서류들을 뒤적거리고 있었고……

그가 돌아온 것을 본 순간, 기다리고 있었다는 듯이 그들은 집요하게 다시 그를 괴롭히기 시작했다. '여기 차트에 a자는 무슨 뜻이죠?', '2B라는 표시는 얼마 받았다는 표시죠? 2천원? 2만원?', '이건 전화해보니까. 병원에 5만원을 냈다는데…… 수납장부에는 15K라고만 적혀 있고…… K가 만원표시라면 1은 무슨 뜻이죠?' '수입금액 장부 자체가 다 가라 아니

에요?'

그들은 그저 사람이 숨을 들이마시고 내쉬듯이, 아주 자연스럽고 아무렇지도 않게, 질문과 개인적인 의견들을 쏟아내고 있었지만, 듣는 그에게는 그들의 말 한 마디 한 마디가 비수처럼 가슴을 후려 파는 것들뿐이었다.

그들의 하는 양을 그대로 두고 보고 있다가, 이래서는 도저히 안 되겠다 싶어서, 책임자로 보이는 연장자에게 따로 잠시 면담을 청했다.

'진정 때문인가요?' 하고 묻는 그의 말에 '우린 잘 모릅니다.' 하고 멀찍이 선채로 그를 건너다보며 퉁명스럽게 대답을 했다. 그는 완전히 고양이 앞에 선 쥐 꼴로 두 손을 모으고 허리를 굽히며 간청을 했다.

"이미 잘 아시겠지만, 저는 지금 세무서 일뿐만 아니고 검찰청 등 여러 가지 일로 몹시 힘든 상황입니다. 제발 좀…… 적당히 보아주실 수는 없겠습니까? 물론 그 은혜는 백골난망으로 결코 잊지 않겠습니다. 조사는 하시더라도 제발 최소한으로 하셔서……."

"지금도 그렇게 하고 있지 않습니까?"

그는 전혀 호의적이지 않은 표정으로 생뚱하게 말을 받고는 곧바로 돌아서버렸다. 그리고 그들은 그대로 자기네들 일을 계속하다가, 6시가 되자 칼처럼 다시 병원을 빠져나갔다.

사단도 이건 보통 사단이 아니었다. 한 군데 일만으로도 감당하기 힘들 터인데, 법원에, 세무서에 일들이 줄줄이 겹치다보니 이제는 죽을 일만 남았다는 생각뿐이었다.

왜 이렇게 되었을까? 일들이 갑자기 왜 이렇게 돌아갈까? 마치도 막다른 골목 안으로 쫓겨 들어가는 쥐의 형국이었다. 가정에서부터 병원 일에 이르기까지, 단 한 가지도 호의적인 것이 없고, 날마다 성가시고 힘든 일들만 정신 차릴 수 없게 찾아드는 것이라서, 더없이 참담하고 비통

하게만 느껴졌다.

세무서 직원들이 돌아간 후, 그는 혼자서 빈 진찰실 책상 앞에 쭈그리고 앉아 머리칼을 쥐어뜯으며 신음을 했다.

24시간 이상을 쫄쫄 굶고 있었음에도 배고픈 줄도 몰랐다. 진찰실 책상 위에 고개를 처박은 채 머리칼을 아무리 쥐어뜯으며 생각해보아도 이건 그냥 자기 혼자서 적당히 해결할 사안은 절대로 아니었다.

평소에 가깝다고 생각되는 사람들에게 이리 저리 급히 전화를 해서 상황설명을 하고 도움을 청했다. 그러나 대다수의 사람들은 그 계통에 아는 사람이 전무하다며 미안해서 어떻게 하느냐는 의례적인 답변들뿐이었지만, 그래도 친구 몇 몇은 몹시 걱정스러워 하며 혹시 도움이 될지 모르니 누구누구를 한번 찾아가보라는 친절한 답변을 아끼지 않았다.

시간적 여유도 없고 마음도 급했던 나머지, 전화를 마치자마자 무조건 택시에 올랐다. 소개받은 사람들을 만나려면 먼저 전화로 시간 약속부터 받아내는 것이 순서였으나, 생면부지의 사람들에게 처음부터 전화로 상황 설명을 할 일도 난감했고, 가벼운 사안도 아닌데 전화만으로는 너무 안일하고 성의 없게 보일지 몰라서, 직접 대면해서 부탁해보려고 일부러 택시를 탔던 것이었으나, 막상 차에 올라 다시 생각해보니, 일부러 전주까지 가면서 만약 사람들을 못 만나게 되면 어떻게 하나 하는 조바심이 일었다.

하지만 다행히도 전주에서 만날 사람 둘을 다 만나서 자세한 이야기를 나눌 수 있었고, 남원에서도 소개받은 사람을 만나 이야기를 나눌 수 있었다.

하지만 세 사람 모두 다 이구동성으로 하는 말은 자기네가 다시 자세히 알아보고 알려주겠다는 것뿐이었고, 당장 내일부터 어떻게 해주겠다거나, 어떻게 하라는 말은 한마디도 없었다. 어쨌든 연결 고리를 만들고 충분히 설명했다는 것으로 만족하고 기다려보는 수밖에 달리 방법이 없었다.

세무서 실사 반은 다음날에도 정확히 아침 9시 반에 다시 들이닥쳤다. 그리고는 어제 그제와 거의 대동소이하게 조사를 진행하다가, 오후 5시쯤 그를 조사실로 쓰던 입원실로 불러들였다.

"일단 여기에서 현지 조사를 마치고요……. 다만 이 장부들을 우리가 가져가서 다시 더 훑어본 후 최종 결정을 해야 하겠습니다. 그 동안 협조에 감사드립니다."

일단 세무서 조사반이 철수를 하기는 했지만, 무슨 결과가 나올지 몰랐고, 검찰청 일도 어떻게 풀리게 될지 오로지 걱정뿐이었다.

진료중인 낮 시간에도 오로지 세무서 일과 검찰청 일에 대한 생각으로 걱정뿐이었고, 저녁 시간이 되면 사람들 만나러 다니느라 전주로 남원으로 매일같이 바쁜 행보를 계속했다. 하지만 아는지 모르는지 그의 아내에게서는 단 한 번의 전화도 없었다.

이렇듯 밤낮으로 열심히 노력하고 애를 썼지만, 진척은 전혀 없고, 오히려 일이 점점 꼬여가는 것 같기만 했다. 소개받았던 사람들조차 나중에는 이구동성으로 하는 말이, 일단 이런 식으로 일이 터지면 어떤 방법으로든 사건을 축소하거나 피해갈 수 없으니, 그저 마음을 비우고 조사하는 사람들에게 잘 협조해주며 적당한 선에서 마무리를 잘 지어달라고 읍소하는 길밖에 다른 도리가 없다는 것이었다.

그래서 그 후로는 '에라, 모르겠다. 될 대로 되라, 죽기밖에 더 하겠느냐.'하는 식으로 자포자기의 심정이 되어 법원과 세무서에서 시키는 대로 오라면 오고, 가라면 가고를 반복하다보니 결국 끝이 났다. 구속되지 않고 일이 끝난 것은 천만 다행이었으나, 대신에 어마한 액수의 벌과금과 추징금을 물어야 했고, 그 돈은 그가 1년 이상 벌어도 충당하기 어려운 거액이라서, 결국 병원 건물을 담보로 잡히고 은행 융자를 받는 수밖에 다른 도리가 없었다.

근 한 달 반 이상이나 시달렸던 불의의 사안이었으나. 어쨌든 끝이 났고, 남은 것은 말할 수 없이 무기력해진 몸뚱이와, 상당한 은행 빚, 그리고 지칠 대로 지친 심신뿐이었다.

그 후로는 진료를 하는 일에도 정나미가 떨어졌고, 금시 10년 이상 늙어버린 것 같았다. 세상만사 모든 일이 다 귀찮고 성가시고 버겁기만 했다. 그렇지 않아도 얼마 안 되던 환자 수조차 더욱 급격하게 줄어 버렸다.

아침은 건너 뛰어버렸고, 점심이나 조금 들었을 뿐, 저녁도 먹지 않고 술만 마셨다. 벨트가 갑자기 헐거워지고 몸이 너무 휘청거려서 무심코 체중을 달아보았더니, 세상에, 두어 달 사이로 무려 10킬로그램이 줄어 있었다.

이철규의 아내가 진료가 거의 끝나 가는 시간인 오후 5시 반쯤 병원으로 다시 찾아왔다. 그녀는 아무래도 여염집 아낙으로 보이지는 않을 정도의 대담한 옷차림새와 짙은 화장을 하고 있었다. 간호사를 포함한 직원들이 대기실에 앉아있던 여자를 언짢은 표정으로 흘끔거리며 살펴 보고 있었다.

여자를 근처 식당으로 데려갔다. 모처럼 누군가를 대동하고 먹는 저녁 식사라서 그런지, 평소보다 음식이 잘 들어갔다. 술도 곁들였는데, 그녀는 술은 전혀 입도 대지 않았다.

"술을 원래 잘 하지 않는 거요?"

지난 번 호텔에서 처음 만났을 때에는 술을 했다는 것이 생각나서, 볼멘소리로 권유하듯 물었다.

"하지 않는 게 아니라, 못하는 거죠."

"그게 그 말 아닌가? 참! 테이프에 전혀 아무 내용도 없는 것 같던데?"

"그럴 리가 있나요?"

식사를 마친 후 여자와 함께 내실로 돌아와 다시 확인해보았으나, 결과는 똑 같았다.

"비디오가 잘못된 건 아닌가?"

"그럼 왜 다른 테이프는 다 잘 나오지?"

"참! 이상하네…… 집에서는 잘 나왔었는데……."

그 날 밤은 여자랑 함께 잤다. 정말 오랜만에 여자의 체취를 맡으며 지낸 내실에서의 하룻밤이었다. 어차피 스와핑이라고 생각하면서 죄의식도 느끼지 않았다. 당당한 마음가짐이었다. 병원직원들의 눈치를 볼 것도 말 것도 없었다.

여자 역시 그걸 무척 밝혔다. 여자는 밤새 그 일을 여러 차례 원했고, 그것은 마치도 신혼 초의 아내가 연상될 정도였다. 참으로 이상한 일이지만, 그 역시 보통 때와는 완전히 다르고, 젊은 시절 못지않게 물건이 잘 움직여주었다. 신기했다. 섹스란 아랫도리로 하는 것이 아니라, 머리로 하는 것이라는 데에 달리 이론이 있을 수 없다는 것을 아주 실감할 수 있었다.

비록 빵 한쪽에 우유 한 잔씩이었지만, 여자는 내실에서 그와 아침까지 함께 했다. 그리고는 자기 존재를 알리기나 하려는 듯이, 오전 10시쯤 유유히 내실을 나와 직원들의 중인환시 속에서 진찰실 안으로 당당하게 들어섰다. 돌아가겠다는 것이었다.

그리고서 2~3일 후였나, 아내에게서 정말 오랜만에 모처럼 전화가 왔다. 물론 지극히 사무적이고 간결한 어조였다.

"오늘밤 전주 거기, 옛날 다방에서 만나."

번듯한 자기 집을 놓아두고 이제는 남편과 아내가 길거리 다방에서 만나야 하는 지경에 이른 것이다. 하지만 그렇게라도 만나서 이야기를 할 기회가 생긴 것은 대단한 일이었다. 그날 진료가 끝나자마자 전주를 가기 위해 곧바로 택시를 탔다.

아내는 전에 없이 몹시 짙은 화장을 하고 있었다. 그뿐만 아니라, 옷차림도 무척이나 도발적이고, 헤어스타일도 완전히 달라져 있었다. 예전에 없던 쌍꺼풀에다가 코까지 손을 보았다는 것이 새삼스럽게 화가 날 정도로 기분이 언짢았다. 그가 알고 있던 아내보다 훨씬 더 나이가 젊고 섹시한 모습이었다. 여자가 바람나면 외모부터 달라지는 것인가?

"약국을 다시 시작 해야겠어……. 당신에게서 기대할 수 있는 건 의료보험 수입이 고작인데…… 그것 가지고는 집안 살림은커녕 아파트 관리비 내기도 바빠."

아무려면! 그러시겠지! 서방이 이놈 저놈 해서 열 놈도 넘는다는데……

"구체적으로 이야기를 해 봐."

그러자 갑자기 아내는 그를 흘겨보듯이 쳐다보며 화를 더럭 냈다.

"뭘 구체적으로 말하라는 거야? 당신이 번 돈이 형편없어서 약국을 내겠다니까…… 우선 1주일 안으로 5억 정도만 만들어 줘. 자리는 거의 확정된 상태니까."

1주일 안에? 5억이라고? 하이고! 이 여자 미쳤어? 5억이라니?

"5억?"

"그래. 5억, 도매약국을 할거야. 소매장사를 해서는 인건비도 안 나올 거고."

어련하시겠어? 사내를 열 놈씩도 더 거느리시는 여장부신데……

"그 이야길 하려고 여기까지 불러낸 거야?"

"그래."

그녀는 고개를 돌리고 천장을 보고 있었다. 자존심이 강하다는 건 잘 알고 있었으나, 아내는 조금도 허점을 보이려 하지 않았다. 저렇게 똑똑한 여자가 왜 인생을 그런 식으로 살려고 할까? 불현듯 아내가 가여워지기 시작했다. 마침내 아직은 눈곱만큼 남아있을 옛정을 생각해서 입을 열었다.

"이철규 교수 아내를 만났었지."

그녀의 눈에서 금세 동요의 빛이 뚜렷이 일었다.

"누구?"

"왜? 당신이 줄곧 말하던…… 이철규라는 교수 있잖아? 그의 부인을 만났다니까!"

당신이 아무리 죽자 사자 한다고 해도, 당신은 후실이겠고, 당신 애인, 그 '이철규'라는 사람의 정실부인이라는 말을 하려다가, 차마 남편 되는 사람의 입으로 할 말은 아니라는 생각에서 그렇게 말을 했던 것이다.

"호호! 귀신을 봤단 말이야? 말이 되는 소리를 해야 씨알이 맥히지."

그녀는 놀랍다는 표정 정도가 아니었다. 어이가 없다는 실소까지 곁들이고 있었다.

"귀신이라고?"

"그래, 귀신 아니면 도깨비겠지. 이 교수 상처한 게 언젠데. 3년 이상 됐을 텐데."

"뭐라고?"

그렇담 이게 어찌된 사연이지? 뭐가 뭔지 도무지 헷갈리고 알 수 없게 되면서 머릿속이 빙빙 돌기 시작했다. 이철규 부인이라는 여자와 바로 2~3일 전에도 함께 밤을 보냈었지 않는가? 문득 아내가 일단 회피목적으로 거짓말을 하거나, 아니면 다른 복선이 있다는 생각이 들었다.

"그럼, 지난 8월 12일 날 관광호텔 나이트에서 이철규 씨와 춤을 추다가 709호로 함께 자러 들어간 여자는 누군가?"

그러자 아내는 거의 신경질적인 눈빛이 되어서 그를 쏘아보며 대갈일성을 놓았다.

"그딴 걸 내가 어떻게 알아? 당신이 개업비용을 대주지 않으면, 병원 터로 사둔 땅을 되팔아야겠어. 어차피 당신 하고 있는 꼬락서니로 보면 병원은커녕, 구멍가게도 애시 당초 틀린 것 같으니까……. 그런데 당신이 그걸 어떻게 알지?"

아내는 결국 예전에 병원 터로 사두었던 땅을 제 맘대로 처분해서 쓰겠다는 예고를 하는 셈이었다. 그러다가 말끝에 정신이 든 듯 갑자기 그를 보며 되물었다. 그리고는 아내는 몹시 기분 나쁜 듯 천장을 올려다보며, 인상을 찌푸리다가는, 홀연히 자리에서 일어나버렸다.

"어떻게 알았느냐고?"

적반하장도 유분수이지, 지금 누가 화를 낼 일인데, 죄진 자가 먼저 화를 내나 싶어 그 역시 자리에서 일어서려는데, 갑자기 아내가 다시 자리에 주저앉으며 매우 당황스러운 얼굴이 되어 그에게 물었다.

"지금, 그…… 이철규 교수 부인을 만났다는 게 무슨 뜻이지?"

"그걸 꼭 내 입으로 말해야겠어?"

"그래서 묻고 있는 거잖아?"

아내는 다시 더럭 신경질부터 냈다. 양미간이 흔들리며 상이 찌푸려진 것은 몹시 화가 나 있다는 증좌였다.

"당신이 자기 남편과 가깝게 지내서 나를 찾아왔다고 하더군……. 그가 당신에게 베풀어 준 것만큼 나도 그 여자에 베풀어 주었지……. 그럼 된 거 아냐?"

"지금 당신 무슨 말을 하고 있는 거야? 남모르는 여자와 잠을 잤단 말이야, 뭐야?"

"그래. 잠도 잤지. 잠만 잤겠어? 할 수 있는 건 죄다 다 했지. 하룻밤에 3번도 하고……."

"개새끼! 이 더러운 새끼."

갑자기 아내가 입을 앙 다물고 입안 소리를 내며 그의 뺨을 심하게 후려쳤다. 사람이 많은 다방이었으나, 아내는 그런 건 상관도 없다는 식이었다. 그리고도 분이 풀리지 않은지, 아내는 들고 온 핸드백을 사정없이 몇 차례 그에게 휘두르기 시작했다.

워낙 순식간의 일이라서 일방적으로 당하기만 했다. 하지만 그렇다고 맞붙을 수도 없었다. 옳고 그름을 떠나서, 사람 많은 다방의 중인환시 속이고, 더더구나 남의 집 영업장 안이 아닌가?

"개자식! 결국 그 말이 그 말이었구나! 이혼도 다 해주겠다고 입버릇처럼 말했던 게……."

그리고 나서 아내는 뒤도 돌아보지 않고 나가버렸다.

워낙 어떨 결에 당한 일이라 뭐가 뭔지 도무지 갈피가 잡히지 않았다. 하지만 아내가 하는 양을 보면, 아무래도 몹시 이상했다. 이건 바람난 계집이 먼저 선수를 쓰려는 수작인가, 뭔가? 아무리 생각을 해보아도 아내의 태도가 너무나 당당해서 영 아리까렸했다. 뭇사람들의 시선이 그에게 쏠려있었고, 다방 종업원들조차 흥미로운 눈빛으로 그를 훑듯이 살피고 있었다.

아파트로 쫓아갔다. 하지만 아내는 아직 돌아오지 않고 있었다. 장모의 태도가 눈에 띄게 쌀쌀맞았다. 저녁을 굶었으므로, 배도 고팠고, 술 생각도 났다. 하지만 아이들까지도 아빠 오셨느냐는 인사는커녕, 자기네 방에서 나와 보지도 않았고, 집안이 썰렁하기가 살얼음 속 같았다.

자기 집에 와서도 마치 손님처럼 마루 소파에 혼자 앉아서 11시가 될 때까지 아내를 기다리며 담배만 피우고 있다가 마침내 자리에서 일어섰다. 통금시간도 문제이고, 장모의 말이 너무도 쌀쌀맞았기 때문이다.

"자넨 누구에게 빚 받으러 왔나? 12시가 다 되도록 혼자서 자리 지키고 앉아있게? 이혼 소리를 꺼내지 말든가, 아예 찾아오지를 말든가……."

늦은 시간이라서 다시 어디 갈만한 데도 없었다. 택시로 병원에 직행해서 되돌아온 후, 소주를 걸신들린 사람처럼 목안으로 들이부으며 다시 생각을 해보았다.

하지만 아무리 해도 아내의 태도가 영 석연치 않았다. 자기는 전혀 딴 짓을 하지 않은 것처럼 아주 당당하게 뺨까지 올려붙였던 것이 아닌가? 그리고서도 분이 풀리지 않았던지, 핸드백까지 휘둘러대지 않았던가? 아무래도 아리송했다.

그리고 밤 11시가 넘도록 아파트로 돌아오지도 않고 어디에 처박혀 있었다는 말일까? 어떤 놈팽이 놈을 찾아간 것은 아닐까?

아파트로 전화를 해보았다. 전화를 걸고 나서 보니 어느새 새벽 2시였다. '자네는 잠도 안 자는가?' 장모가 잠에 취한 목소리로 그렇게 전화를 받았다. 그리고는 거두절미 그 말 한마디만 뱉고서는 달칵 전화를 끊어버렸다. 아내의 불륜이 들어있던 테이프가 왜 공 테이프였을까 하고 생각을 해보다가는, 이번에는 거꾸로 이철규의 아내라는 여자를 의심해보기 시작했다.

'화장이 너무 짙었어. 하긴 마누라 역시 그 모양이었지. 요새 여자들은 다 그런 거니깐……. 그걸 이상하다고 말할 것까지는 없겠지……. 하지만 잠자리를 되게 밝혔어. 그건 또 무슨 의미일까? 참! 나도 보통 때와는 달라도 너무 달랐지 않았나? 3번을 기본으로 했으니까 말이야…… 참 이상한 일이었지…….'

그러고 나서 1주일쯤 지났나, 낯모르는 사내에게서 전화가 왔다.

"유 의원이죠? 원장이쇼?"

말투도 그렇고, 원장님도 아니고 원장이냐는 것이었다.

"누구시죠?"

아무 말도 없었다. 그래서 처음에는 이상한 인간이 헛소리를 하려다가 마는 줄로만 알고, 송수화기를 철커덕 내려놓으려는데, 쉰 목소리로 무덤 속에서 나오는 것처럼 무겁게 흘러나왔다.

"당신이 요사이 내 아내를 아주 홀딱 벗겨서 가지고 놀았다는데…….안 만날 수는 없지 않겠어?"

"뭐라고요?"

"야, 이 씨발 놈아! 의사면 다야? 지난번 전주 관광호텔, 그리고 바로 너 네집 안방에서 지낸 여자를 벌써 잊었어? 이봐, 이 개새끼야! 그게 내 마누라야! 내 마누라 년이라고! 씨발! 너 죽고 싶어 환장을 했어?"

그렇다면 이 친구는 이철규가 분명했다. 적반하장도 유분수지, 누가 누구에게 할 소리를 먼저 하고 있는 것인지, 걷잡을 수 없을 만큼 화가 났다. 속이 부글부글 끓어오르고, 전화기를 잡고 있는 손이 부들부들 떨렸다.

"얼씨구! 사돈네 남 말하고 있네, 이 씨발 놈? 개새끼? 너 말이면 단줄 알아? 야! 이 씨발놈아 네가 먼저 내 마누라를 처먹어서 나도 딱 그만큼 한 거 아니냐? 왜 그게 그렇게도 못 마땅하냐? 이 씨발 새끼야?"

"뭐야? 이 씨발 새끼! 의사 새끼라고 사정을 봐주려고 했더니…… 뭐라고? 이 개 쌍놈의 새끼야? 너 죽고 싶어 아주 환장했어? 너 죽을래?"

그날은 그렇게 전화가 끝나기는 했으나, 아무래도 찜찜했다. 검찰에 불려가고 세무실사를 받을 때보다 더 기분이 나쁘고 불안했다. 여자의 남편이라면 이철규가 분명할 터이고, 누가 먼저 성을 낼 일인데, 제깟 놈이 먼저 큰 소리냐 싶긴 했으나, 아무래도 좀 이상하고 찜찜했다. 그러고 나서 2~3일 후였을까? 그 여자에게서 전화가 왔다. 자기 남편이라면서 혹시 어떤 남자에게서 전화를 못 받았느냐는 것이었다.

"받았죠."

"그래요? 그럼…… 상관하지 마세요. 그 역시 이철규한테 부인을 뺏긴 남자니까요……. 다 말씀드릴 수는 없지만…… 그 남자는 이제 자기 부인은 관두고 나만 챙겨요."

그러고 나서 또 한 2~3일 지났나? 아내에게서 다시 연락이 왔다. 아내의 목소리가 평소와는 사뭇 달랐다. 화를 내는 것도 아니었고, 그렇다고 무심코 하는 평상시 어감도 아니었고, 하여간 몹시 이상한 뉘앙스였다.

"좀 만나야겠어."

"어디서?"

"그 다방, 오늘 밤 8시."

아내는 시간과 장소, 단 그 두 마디만 내뱉고서 곧바로 전화를 끊어버렸다.

아내는 예전의 그 다방에 먼저 와서 그를 기다리며 앉아있었다. 예전과는 달리 그렇게 도발적인 옷차림도 아니었다. 하기야 이제는 가을이라서 밤에는 다소 쌀쌀하기도 했으므로, 그 자랑스러운 몸매를 드러내놓고 싶어도 자제를 해야 하는지도 몰랐다.

"우린 아직 이혼을 하지 않았어. 근데 당신 그래도 되는 거야?"

"그게 무슨 소리야?"

"지난번에 당신이 했던 말은 순전히 협박인 줄 알았어……. 그런데 죄다 사실이더군. 이제 나도 그렇게 하라는 거야, 뭐야?"

"지금 무슨 소리를 하는 거야?"

"잘 들어둬, 유 원장! 치사해서 나는 내가 번 돈으로 살 거지만, 당신에게는 자그마지 아들놈이 셋이나 딸려있어. 알겠어? 돈노 제대로 못 벌던서 꼴에 꽃뱀들과 어울려 지낼 생각은 어떻게 할 수 있는 거야?"

"꽃뱀?"

"흥! 혼자 잘난 체 하지만, 제일 멍청하고 어리석은 게 의사야. 알아? 세상일이 그리 쉬어? 고지식한 게 저 혼자 잘난 줄이나 알지, 개똥도, 알 긴 뭘 알아? 자기 집 안방에까지 꽃뱀을 불러드려서 뭘 어쩌겠다는 거야? 그렇게 하고서도 직원들에게 창피하지도 않았어?"

아내는 가방 속에서 비디오테이프를 꺼내더니 그 앞에 내던지듯 탁자 위로 올려놓았다.

"이게 당신과 그 여자의 증거야. 기필코 5000만원 받아야겠다는 것을 1000만원에 간신히 거둬들였어. 당신이 예뻐서가 아니라 내 처지가 창피하기 때문이야. 알겠어? 물론 더 있을지 모르지만, 일단 공중까지 해두었으니까, 더 이상 성가시게 굴지는 않을 거야. 이봐, 유 원장! 여자를 사귀더라도 좀 똑똑하게 사귀도록 해! 변변찮은 주제에 병신같이……."

아내는 주제까지 들먹였다. 그리고 보니 그 여자는 처음서부터 다소 이상하기는 했었다. 화장도 그렇고…… 남편 감시를 나온 주제에 곧바로 외간 남자와 정사에 빠진 점도 그렇고…… 남자를 밝히는 실력도 그렇고……. 그렇지만 아내는 또 어떤가?

"그렇다면 그 여자는 이철규 교수 마누라가 아니라는 말이야?"

아내가 버럭 성을 내며 목소리를 올려 말을 받았다.

"유 원장! 이제 그만큼 했으면 정신 좀 차려! 집에 가서 이 비싼 테이프 한 번 더 보고…… 미치더라도 좀 곱게 미쳐."

"그럼 당신은? 당신은 그날 밤 그 남자 싸안고 돌다가 방에 들어가서 무슨 안 미칠 일을 했는데?"

그 말에 즉시 아내 얼굴이 붉으락푸르락 변하며 양 입술 끝이 올라갔다. 그러나 결국 잠시 후 마음을 가라앉혔는지 천장을 쳐다보며 낮은 목소리로 말했다.

"그날은 학교 동기생들과 밤샘 모임이 있었어……. 술판도 고스톱 판도 싫증나서 그와 잠시 홀에 내려갔던 거야. 그렇지만 난 당신처럼 그딴 일은 결코 하지 않아. 하지만…… 이제 나도 생각을 바꾸어야겠어. 당신이 한만큼 나도 하고 다녀야겠다는 뜻이야. 알겠어?"

누구 말이 옳은지 헷갈렸다. 예전 여자의 말은 여자의 말대로, 아내의 말은 아내의 말대로, 달라도 180도 완전히 달랐기 때문이다.

"그럼, 지난번엔 또 어디에서 밤샘을 하신 건가? 약국 시작하신다고 말씀하시던 날 말이야? 그날도 결단코 그런 일은 없었고, 남자와 잠시 싸안고 돌기만 했던 거야?"

아내는 대답을 하지 않았다. 잠시 동안 창문만 쳐다보고 앉아 있다가 아무 말도 없이 먼저 자리에서 불쑥 일어섰다. 그리고는 곧바로 뒤돌아서서 총총히 걸어 나가 버렸다.

테이프를 주머니에 집어넣고는 황급히 아내를 따라나섰다. 아내가 택시를 타고 있었다. 아내가 차 안에 들며 문을 막 닫으려는 순간, 그도 순식간에 몸을 차안으로 밀어 넣으며 아내의 곁에 앉았다. 아내는 그런 그를 냉소적으로 쳐다보더니 반대편 문을 열고 차에서 내려버렸다. 하는 수 없이 그 역시 차에서 내렸다. 택시기사가 '이 시발 좆거튼! 여기가 무슨 너네들 쌈박질허는 데냐?' 하고 큰 소리로 욕설을 내뱉는 소리가 들렸다.

그 사이에 아내는 부리나케 다른 차로 옮아 타고는 벌써 저만치 사라져가고 있었다. 어쩔 수 없었다. 아내는 절대로 아파트로는 가지 않을 거였다. 설령 아파트로 간다고 해도 아이들 얼굴을 보기가 겁이 났다. 그녀가 타고 간 택시 뒤꽁무니만 바라보다가 한숨을 내쉬며 돌아섰다.

병원으로 돌아와 비디오에 테이프를 끼워 넣고는 티비 앞에 쪼그리고 앉아 산에 술을 가득 재웠나. 이상하세노 처음 부분은 직직서리기만 할 뿐, 모조리 다 지워져 버리고, 여자가 옷을 벗지 않으려고 몹시 반항하고 있는 부분부터 녹화가 되어 있었다.

그가 강제로 일을 시작했고……. 마침내 몽둥이가 구멍 속으로 요란하게 왕복운동을 하고 있는 것이 포르노에서처럼 실감나게 클로즈업 되면서 여자의 음부와 그의 음경이 화면 가득 나타났다.

알만한 이야기였다. 아내의 말대로 그녀는 꽃뱀이 틀림이 없었다. 그렇지 않다면 이런 비디오가 찍혔을 리가 없었다. 만약 정말로 아내가 자기 말대로 이철규를 포함한 누구와도 아무 일도 벌이지 않았다면 그 비디오를 보면서 어떤 생각을 했을지, 생각할수록 가슴이 아려왔다. 아파트로 전화를 했다. 신호는 가는데 아무도 전화를 받지 않았다. 시계를 보았다. 이제 11시가 갓 넘은 시간이었다.

그런데 그 여자는 어떻게 아내와 이철규 간의 이야기를 그토록 실감나게 얘기할 수 있었을까 그 점이 몹시 의문이었다. 일단 이철규라는 사람을 만나보기로 했다.

다음날 오전 예의 약학대학으로 전화를 했다.

"이철규 교수님을 바꿀 수 있을까요?"

"네에! 제가 이철규입니다. 누구시죠?"

생각보다 굵고 웅장한 바리톤의 목소리였다. 그날 아내와 춤을 추며 돌아가던 남자의 체격을 떠올리면서, 그 체격에서 어떻게 이런 웅장한 목소리가 나올까 싶어 그때 보았던 사람이 맞는 것인지 헷갈렸다.

"아! 그러세요? 알겠습니다. 그럼 그렇게 하죠."

만나자는 말에 그는 이유도 묻지 않은 채, 순순히 응낙을 했다.

정규시간 전이었지만 오후 5시쯤 일찍 병원 문을 닫고 이철규 교수를 만나러 광주로 나갔다. 그는 지난 번 아내와 함께 하던 바로 그 남자가 분명했다.

처음에는 두 남자 모두 상대방을 견제하는 눈빛으로 말없이 담배만 피웠으나, 곧 이야기가 시작되었다. 그는 그의 아내와 학교를 함께 다녔던 것이라서 아내를 잘 알고 있다는 것과 약 5년 전 부인과 사별한 후 현재는 혼자 지내고 있다고 했다. 그러면서 그는 자기 아내라고 사칭했던 여자의 얼굴을 보고 싶어 했다.

물론 그런 걸 이미 다 예상하고 테이프까지 가져왔기 때문에 그더러 비디오를 볼 수 있는 곳으로 가자고 말했다. 그는 잠시 뭔가를 생각하는 눈치이더니, 곧장 일어서며 말했다.

"누군지 대강 짐작이 갑니다. 어떻게…… 술이나 한 잔씩 하면서 얘기를 나누는 것이 어떨까요?"

그를 따라간 곳은 그럴 듯한 옴팡집이었다. 주택가 속에 여느 주택처럼 들어앉은 흔치 않은 술집이었다.

"아내가 죽고 난 후로 외로울 때마다 들리는 집이죠."

그는 묻지도 않은 말을 하며 그에게 안내하는 집을 소개했다. 아닌 게 아니라 그의 말대로 집에는 여자 혼자뿐이었고, 집안의 꾸밈새가 여느 가정집이나 다를 바 없었다. 술집이라기보다는 영락없이 그가 숨겨두고 지내는 애인 집 같았다.

여자는 벨소리를 듣고 문을 열어주며 처음에는 이철규 혼자서 온 줄로만 알았던 모양이었으나, 그가 곧 뒤따라 들어서는 것을 보고는 몹시 놀라는 눈치였다.

"유 원장님이라고…… 병원 원장님이셔."

"아~ 그러세요? 연락도 없이 오셔서 난 혼자이신 줄 알았죠. 아유, 놀래라."

여자는 미소를 보이며 둘을 집안으로 맞아들었다.

"잠시만 기다리세요. 근데…… 연락이 없이 오셔서 어떡하죠? 워낙 준비가 없는데…… 우선 밖에서 뭘 좀 시켜드릴까요?"

"그냥 있는 대로 간단하게 술상을 봐주세요. 참! 비디오를 어디서 볼 수 있을까?"

"저쪽 문갑 옆쪽이요. 그런데 오시자마자 갑자기 무슨 비디오세요?"

비디오를 돌려보기 시작했다. 여자 역시 무슨 비디오인데 이렇게 서두를까 싶었던지, 목을 빼고 남자들 뒤편에서 화면에 눈길을 주고 있었다.

지직거리던 화면에서 갑자기 남녀의 벌거벗은 형체가 나타나더니, 곧바로 남자의 음경과 여자의 음부가 화면 정중앙에 클로즈업되면서 피스톤 운동을 실감나게 보여주었다. 순간 여자는 '빽' 소리를 내지르며 부엌으로 달려가 버렸다.

"됐어요. 알만 해요."

이철규는 더 이상 볼 것도 말 것도 없다며 비디오를 껐다. 마루를 몇 번이나 흘끔거리던 여자는 비디오가 끝난 것을 확인하고는 작은 술상을 받쳐 들고 왔다.

항상 얼마간은 미리 준비하고 있는 것인지, 순식간에 나온 술안주 상치고는 아주 괜찮았다. 오이, 고추, 마늘…… 된장, 과일 사라다에, 양념 불고기까지…… 옴팡집이 분명했다. 술은 시바스리갈 한 병이었다.

"뭘 좀 더 준비해야겠죠?"

그가 고개를 작게 끄덕이자, 그녀는 주방으로 다시 되돌아갔다.

"그 여자에게 나도 똑같이 당했어요. 참 귀신같은 여자였어요. 미리 상대에 대해서 속속들이 알아낸 후, 그러고 나서 접근을 하는 거죠. 여자는 장본인인 나 자신도 까맣게 잊어버리고 지내던 일까지 일깨워주었을 정도였으니까요. 더 이상 유 원장님 이야기를 들을 필요도 없어요. 참! 그 여자는 남자에게 최음제를 쓰는데 짐작이 가십니까?"

그러고 보니 자기가 무슨 이팔청춘이라고 밤새 3번씩이나 여자를 탐했던 일이 순식간에 생각났다. 그때에도 어쩐지 이상하다 싶었다.

"여자는 몰래 요힘빈을 술에 탔다고 나중에 내게 실토하더군요. 그렇지만 처음 의도와 달리 내가 너무 좋다며 아무 것도 원하지 않을 테니까 자기를 1주일에 한 번씩만 만나달라는 거예요. 물론 거절했지만요……."

술도 어느 새 바닥나고, 둘 다 몹시 취해있었다. 술 취해 물어볼 말은 절대로 아니었으나, 남자 대 남자로서 그에게 꼭 묻고 싶은 것이 있다며 말을 꺼냈다.

"난 그런 건 전혀 몰랐었고…… 진짜 몰랐었고…… 헌데…… 이 교수께 남자 대 남자로서 딱 한 가지만 더 물어봅시다. 우리 집 여자와 진짜 아무 일도 없었던 것은 아니지요?"

대답도 없이 한동안 눈을 내리깐 채 자기 술잔에 눈길만 두고 있던 그가 갑자기 어두운 창문 쪽으로 시선을 옮겨갔다. 그의 표정이 다소 흔들리는 것 같았다. 하지만 그는 곧 평상시의 평온한 표정으로 돌아왔다, 그리고는 그렇다고도 아니라고도 말하지 않고 계속해서 묵묵부답 침묵만 지켰다.

"우리는 오늘 처음으로 함께 술까지 했소. 하지만 이건 취해서 하는 말이 아니요. 이제 우리 정직하게 터놓고 이야기를 다 해봅시다. 지나간 일은 어쩔 수 없지 않겠소? 지나간 일은 지나간 일로 다 끝냅시다. 그리고 혹 서로 간에 섭섭한 일이 있었다고 해도 더 이상 왈가왈부하지 않기로 하고요. 내 약속하리다. 그 동안 내 아내와의 일을 소상히 밝혀주기만 한다면 나는 더 이상 그걸 가지고 왈가왈부할 생각도 없고, 또 솔직히 말해서 그럴만한 힘도, 여력도 없소. 하지만 말이오, 만약 이교수가 오늘 나에게 적당히 거짓말을 해서 얼렁뚱땅 넘겼다는 것을 나중에 알게 된다면 난 성밖도 가만있지 않을 서요. 반드시요, 알겠소?"

마침내 그가 실소를 하며, 황당하다는 표정이 되어 그의 얼굴을 똑바로 쳐다보며 말했다.

"무슨 그런 말씀을…… 원장님 취하셨나 보네요. 김(영란) 교수와 제가 개인적으로 무슨 관계가 있었겠습니까? 그리고 어떻게 한 직장에서 그런 관계를 가질 수 있겠습니까? 생각해보십시오. 그런 일은 하려고 해도 사실 절대로 불가능한 일입니다. 그리고 김 교수 성격은 원장님이 더 잘 아실 게 아닙니까? 제가 알고 있는 한, 김 교수 성격은 어디에서도 확실하고, 부러졌으면 부러졌지, 절대로 휘어질 사람은 아니라고 생각합니다."

"잘 보았어요. 그건 확실히 맞는 말일 거요. 그래서 더욱 이 교수님과의 관계를 알고 싶은 것이요. 솔직히 말해서…… 아마도 이 교수님도 진즉부터 알고 계시는지 모르겠지만…… 난…… 아내와 별거를 시작한 지여러 해째요. 그래서 지금은 아내라고도, 그렇다고 해서 아내가 아니라고도 할 수 없는 처지요. 하지만 이 교수님! 난 더 이상 이제 망설이고 있을 수가 없소. 더 늦기 전에, 그러니까 이번 기회에, 아내와 확실하게 마음정리를 하고 싶소. 이렇게 살 바에야 솔직히 차라리 완전히 갈라서는 게 더 나을 것 같아서기 때문이요. 그래서 오늘 이렇게 이 교수님을 만나자고 했던 것이고…… 무슨 일이 있었다 해도, 결코 상관하지 않을 터이니, 제발 진실만을 이야기해 주시오. 제발 부탁이요."

술에 취해있었지만, 그렇다고 해서 술기운 때문에 이렇듯 생각이나 마음이 헤퍼진 것은 결코 아니었다.

하지만 그는 계속해서 고개만 흔들었다. 안 되겠다싶어 전주 나이트클럽 일을 들먹이며 그를 몰아세웠다. 하지만 그는 그건 우발적인 일이었고, 잠시 함께 방에 든 것도 사실이었으나, 오로지 술이나 더 하려는 의도였지, 진짜 다른 일은 없었다고 펄펄 잡아뗐었다.

확실한 일에서까지 펄펄 잡아떼기만 하는 것이 너무나 불쾌해서 자리를 박차고 일어섰다. 그리고는 이철규에게 다가가서 힘껏 그의 뺨을 올려붙였다. 엉겁결에 뺨을 맞은 그의 상체가 조금 비틀거렸다. 다시 그의 반대편 뺨을 후려갈겼다. 여자가 깜짝 놀라 당황스럽게 그를 주시했고, 이철규 역시 무척 원망스러운 눈빛으로 그를 올려다보았다.

"당신이 인정하든, 하지 않든 간에, 당신은 누구에게도 충분히 의심받을 만한 일을 했다고 생각하오. 자, 이걸로 당신을 죄다 용서하겠소."

이철규를 그대로 앉혀둔 채, 일어선 김에 비틀거리는 발걸음으로 집을 나왔다. 그리고는 어느 골목 담장 옆을 지나면서 고이춤을 열어 아무렇게나 물건을 꺼내고는 오줌을 내깔기며 혼자말로 중얼거렸다.

'이놈의 물건이 문제였어. 눈깔도 문제였지만 말이야……. 그날 밤 이놈의 물건만 지랄을 떨지 않았더라도 괜찮았을 거야. 쓸데없는 고생을 사서하지도 않았을 거고……. 행복하게 살수도 있었을 거야. 그야 물론 다 내 운명이었겠지만…….'

그 후로 그는, 그의 아내에게는 물론이고, 아이들에게까지도 완전히 연락을 끊은 채, 오로지 그 혼자서만 초연하게 살았다.

아내가 병원 지을 터로 사둔 땅을 팔고 약국을 냈다는 소식을 들었지만, 그곳이 어디쯤인지, 얼마만큼의 규모인지조차 그는 알고 싶어 하지 않았다. 그리고 그는 예전과 똑같이 목돈으로 나오는 의료보험 청구액은 아파트구좌로 들어가도록 그대로 놓아두었고, 병원에서의 경비는 가능한 최소화하면서 외래수입과 기타 수입만으로 근근이 병원을 꾸려나갔다.

그래서 일견 예전과 똑같고 전혀 달라진 것이 없어보였으나, 그의 마음이 아내와 가족들에게서 완전히 멀어져버린 것만큼은 변화라도 대단한 변화였다.

그렇게 해서 다시 세월이 샀다. 1년, 2년. 3년, 4년…….

그는 외로움을 삭이며 병원에만 처박혀서 오로지 자기 혼자 두더지처럼 살았다. 가끔씩 기분이 몹시 울적해지거나, 외로움을 참을 수 없을 때에는 여자를 샀다. 물론 그리고서 그 다음날은 언제 그랬느냐 싶게 일상적인 병원 일로 다시 돌아왔다.

다행인지 불행인지 점차로 환자가 조금씩 늘어나기 시작하더니, 그런대로 다시 병원이 돌아가기 시작했다. 한 때는 얼마나 환자가 없던지, 정규 진료시간 중임에도 불구하고 내실로 올라가 술을 마시는 일도 있었으나, 이제 그런 일은 상상할 수도 없었다.

하지만 예전처럼 식사할 시간조차 없이, 오로지 돈을 벌기 위해 환자들 틈바구니에서 파묻혀 살며 동분서주하지는 않았다.

환자가 오면 오는 만큼 진료를 해주고, 그의 능력 밖이라면 즉시 다른 병원으로 의뢰서를 써주었다. 또한 한 번에 치료해줄 수 있는 환자는 두 번 오게 하지 않고 가능한 한 그 자리에서 해결해주려 애를 썼고, 법적으로 정해진 진료비도 환자들의 경제 사정에 따라 받기도 하고 받지 않기도 했다. 그래서인지 환자 수가 다시 계속해서 늘어났다. 사실 돈을 생각하지 않고 병원을 운영했으므로 많은 돈이 벌리지는 않았으나 어쨌든 환자 수가 늘어난 만큼 병원 수입도 다시 늘었고, 그것은 예전 벌과금과 추징금을 내기 위해 은행에서 빌린 거액의 빚을 생각해서라도 여간 다행한 일이 아니었다.

그의 얼굴에서 웃음이 사라진 지 이미 오래전의 일이었다. 그의 얼굴에서 작은 미소라도 본 사람은 아무도 없었다. 그렇다고 해서 뭘 슬퍼하는 표정도 아니었다. 어떻게 설명해야 할까? 그에게는 아무런 희로애락도 없이, 그저 눈앞의 일밖에 보이는 것이 없는 사람처럼 보였다. 하지만 또 그렇다고 해서 돌같이 무심하기만 하는 것도 아닌 것이, 어려운 환자일수록 각별하게 신경을 써서 치료를 해주었고, 진료 업무에서만큼은 환자가 참말을 하든, 거짓말을 하든 가능한 한 환자가 바라는 대로 해주었기 때문이다.

그래서 예전처럼 많은 돈은 결코 벌지 못했겠지만, 병원이 그런대로 무난하게 잘 돌아갔고, 그에게 치료받은 어떤 사람도 그의 욕을 하는 사람은 없었다.

1997년 12월 31일.

오전 9시가 다 되도록 유 원장이 진료실로 내려오지 않자, 아무래도 이상하게 생각한 병원 간호사들이 그를 찾아 나섰다.

내실 현관문은 굳게 잠겨있었고, 대신에 그는 응급실 옆 당직실에 평화롭게 잠들어 있었다. 마른 오징어와 소주병들이 방 한 구석에 널려있었고…….

그는 한 손으로 귀 가까이 전화기를 잡은 채 평화롭게 누워있었다. 어제 입었던 옷차림 그대로…….

"원장님! 원장님!"

대답이 없었다. 그가 모처럼 미소를 짓는 표정으로 잠들어있는 것이 분명 좋은 꿈을 꾸고 있는 듯한데, 아무런 대답이 없었다. 조금 이상하다 싶은 간호사가 조심스럽게 방안으로 들어가서 그를 가볍게 흔들어서 깨웠다.

"원장……."

그는 이미 이 세상 사람이 아니었다. 간호사는 '빽' 소리를 내지르며 방밖으로 뛰쳐나왔다.

"사무장님! 사무장님! 큰일 났어요! 빨리 와 봐요!"

간호사의 놀란 외침 소리를 듣고 사무장이 방으로 들어가서 그의 죽음을 확인했다. 경찰서로 연락을 했다. 이유를 알 수 없는 돌연사였기 때문이나.

그의 여동생과 전주 아파트로도 연락을 했다. 같은 읍내라서 아무래도 그의 아내보다 경찰서 직원과 여동생이 먼저 달려왔다.

동생은 서럽게도 울었다.

"오빠! 오빠! 아! 오빠! 왜 이렇게 바보같이 죽어? 지금 오빠 나이가 몇 살인데…… 벌써, 왜 죽어?"

두어 시간 후인 오전 11시쯤 마침내 그의 아내도 달려왔다. 그녀는 도착하자마자 죽은 그의 손을 붙잡고 눈물을 펑펑 쏟았다. 정말 거짓말 같은 사실이었고, 믿을 수조차 없는 일이었지만, 진짜로 사실이 그랬다.

그녀는 모기 만하게 겨우 자기 혼자나 들릴 정도의 음습하고 갈라진 목소리로 중얼거렸다.

"오늘 저녁, 당신을 만나…… 다시 시작해보자고 말하려 했었는데…… 당장 오늘 저녁에 말이야……. 그리고 내일, 98년 1월 1일부터는 정말 새로운 삶을 다시 살아보자고 말하려 했었는데…… 단 몇 시간을 못 참고서……."

1998년 1월 2일.

그는 그가 가진 모든 것을 그대로 다 놓아둔 채, 한 많은 사연이 깃든 Y읍이 빤히 내려다보이는 산등성이에 묻혔다.

비록 그의 아내가 말한 세상에서의 새로운 삶은 아니었지만, 어쨌든 무덤 속 사자의 시간을 새롭게 시작하게 되었다면 말이 될까? 아니다. 사자의 시간이란 애시 당초 있을 턱이 없다. 그런 건 말장난이고, 철저한 소멸의 시간이 시작된 것이다.

부검은 하지 않았다. 검찰청과 그의 유족들 모두 불필요한 일이라고 판단했기 때문이다. 어쨌거나 그는 50세가 되는 1998년 1월 1일부터서는 손발이 다 닳고 쓸개와 간이 녹도록 수고를 아끼지 않았던 병원에서의 생활과, 극에 달한 외로움으로 고통스럽기 그지없던 삶을 떠나서, 마침내 영원한 안식에 들 수가 있었다.

사람들은 그의 죽음을 놓고 말들이 많았다. 그와 비교적 가까이 지냈던 사람들, 특히 친구 의사들은 그가 그토록 외롭고 절망적인 삶을 오랫동안 살았는데, 심장마비가 당연하다고 했고, 병원직원들은 그것보다는 매일 술만 마시고 자기 몸을 혹사했기 때문에, 몸에 얼이 들어도 아주 단단히 들었기 때문일 것이라고 했다.

또 그와 경쟁관계에 있었거나, 호의적이지 못했던 사람들은 그가 환자를 너무 욕심 사납게 많이 볼 때부터 이미 알아보았다고 했다. 그렇게 돈만 알고 제 몸을 혹사시켰는데, 그럼, 돈과 일에 치어 죽지, 어떻게 배길 재간이 있었겠느냐는 것이었다. 그리고 그것은 돈을 더 빨리, 더 많이, 벌고 싶어 했던 사람들일수록 더욱 그랬다. 고소하다는 듯이…… 그것 보라는 듯이…… 그 사실을 한층 더 요란스럽게 떠들고 다녔다.

그런데 그것보다 훨씬 더 고약스러운 소문은 사실은 그가 절망과 외로움을 견디다 못해 자살을 했는데 덮어버렸다는 것과, 그게 아니라, 바람난 그의 아내가 거액의 보험금도 탈 겸, 재산을 빨리 차지하려고 지능적인 방법으로 죽였는데, 결국 밝혀내지 못하고 유야무야로 끝나게 되었다고 하는 것, 그 두 가지였다.

결국 그런 말은 그의 재산이 상당하기도 했지만, 사망보험금 역시 대단하다는 소문이 있었기 때문이다. 어쨌거나 그가 죽고 나서 한동안 그에 대한 이런 저런 소문들이 많았다. 그러나 그의 병원자리에 새로 젊은 의사가 다시 들어오고 나서부터는 그는 점차 사람들의 기억에서 사라져 갔다. 그의 육체뿐만 아니라, 그에 대한 기억조차 사람들의 생각에서 지워지게 된 것이다.

그가 죽은 후, 반년 이상 지난 동기생들 모임 자리에서, 나는 비로소 그의 급사 소식을 전해 들었다.

지난 해 연말 퇴근 무렵, 그에게서 실로 오랜만에 우연찮은 전화 한 통을 받았을 뿐으로, 그와는 학생 시절에나 가깝게 지내었을까, 근자에 들어서는 도통 연락도 전무했고, 그의 생활이나 행적에 대해서도 아는 바가 전혀 없었다.

그렇고 보니 그는 죽기 2일 전, 친구랍시고 나에게 마지막 인사를 했던 셈인데, 나는 그 사실을 무심코 지나쳐버린 것이다.

모임 자리에서는 그에 대해서 이런 저런 여러 가지 이야기들이 오갔다. 만약 그 이야기들이 모두 다 사실이라면 그의 아내는 단죄 받아야 마땅한 여자였다. 함께 있던 여러 친구들은 이구동성으로 그의 아내를 성토했다.

그의 결혼식이 끝나고 동기들끼리 따로 모인 자리에서 오갔던 말들이 생각났다. 한 친구는 똑똑하고 욕심 많은 여자일수록 재산도 잘 모으고, 자식도 잘 양육할 것이라면서 자기는 그런 여자기 좋다고 했으나, 그때 대다수는 여자가 너무 똑똑하고 욕심 사나우면, 함께 사는 남자는 평생 고역일 게 아니겠느냐는 것이 중론이었다.

그에 대한 이런 저런 이야기를 듣고 있노라니, 나는 마음이 몹시 착잡해지면서, 온갖 깊은 상념 속에 휩싸였다. 친구들이 성토하는 식으로 과연 그는 너무 똑똑한 여자 때문에 불행하게 살다가 일찍 죽은 것이 확실할까? 아니면 그와는 정반대로, 그의 성벽이나 기타 개인적인 문제 때문에 오히려 여자 편에서 더 힘들었고, 그것이 역으로 작용해서 그가 일찍 죽게 된 것은 혹시 아니었을까?

나는 그의 속사정이나 깊은 내막을 전혀 모르기는 했지만, 결국 그의 일들이 우리 개업 의사들의 숙명적인 삶인 것만 같아서 더욱 마음이 무겹고 판단이 서지 않았다.

하지만 어떻거나, 그의 아내가 조금만 더 욕심을 적게 부렸더라도⋯⋯ 그리고 인생이란 결코 경주를 하듯이 사는 것만이 능사가 아니라는 사실을 보다 일찍 깨닫기만 했더라도⋯⋯ 아니 그보다도 죽은 유복만 원장 역시 외롭고 불완전한 인간일 뿐이므로, 그의 부족한 절반이 되어주어야 한다는 사실을 그의 아내가 확실하게 깨닫기만 했더라면⋯⋯ 내 생각으로 그는 결단코 그렇게 일찍 죽거나 불행하게 살지만은 않았을 것이었다.

그리고 만약 유 원장에게 문제가 있었고, 그 때문에 그의 아내가 아내로서의 역할을 거부했다고 한다면, 그는 자기 체면이나 아이들이나 세상의 모든 가치기준을 떠나서 하루 빨리 자신에게 맞는 새로운 아내를 구했어야 했었다는 것이 나의 직감적인 판단이었다.

여러 연구에서 보면, 세상 모든 생물체는 자기가 사랑받고 있다고 느낄 때 수명도 길어지고, 저항력도 강해져서 암이라거나 심장병을 포함한 각종 질병에 안 걸리게 된다고 한다. 그렇다면 하물며 지능을 가지고 희로애락을 완벽하게 느끼는 인간의 경우에야 더 말해서 무엇 하겠는가?

사랑받는다는 것은, 결국 사랑할 대상이 있다는 뜻이다. 그래서 사랑한다면 아무리 힘들어도 서로에게 거는 희망이 있고, 위로가 있고, 보람이 있고, 기쁨이 있어, 현재의 고통이 오히려 행복의 도화선이 될 수도 있을 것이다.

고통과 불행은 엄연히 서로 다르다. 고통 중에 행복을 느낄 수는 있지만, 불행 중에 행복을 느낄 수는 없을 것이기 때문이다. 사랑하는 사람을 위해서 받는 고통은 행복일 수도 있다.

결국 공기와 물과 햇볕만으로 생명체가 살아갈 수 있는 것은 절대 아니고, 반드시 희망이라는 것이 있어야 하는데, 그 희망을 가지려면 세상만물은 사랑을 주고받을 수 있는 대상이 꼭 있어야 한다는 말이 될 것이다.

그가 죽어버렸으니까, 그의 아내는 보다 더 행복하게 될까? 마치 인생을 경주라고 생각하듯, 적극적이고 욕심껏 세상을 살 수 있도록 해줄 또 다른 남자를 다시 구할 수가 있을까? 유복만이 그보다도 더? 알 수 없는 문제이긴 하겠지만, 나는 고개를 흔들었다. 결코 그렇지는 못할 거라는 것이 내 생각이기 때문이다.

보나마나 앞으로도 그녀는 열심히 사랑할 누군가를 찾아 헤매겠지만, 본인의 생각을 바꾸지 않는 한, 결국 누구에게도 스쳐 지나가는 인연 이상은 되기 어려울 것이다. 돈이 아무리 많고, 세상에 남이 가지지 못한 어떤 것이 아무리 많다고 해도, 그것이 진실한 참사랑이 아닌 한, 그 어떤 것으로서도 결코 그것을 살수는 없을 테니까 말이다.

망자에 대해서 다시 깊은 생각을 해보았다. 남의 일이 아니라는 생각 때문이었다. 그에게 필요한 건 정녕 무엇이었을까? 그토록 손발이 다 닳도록 수고를 아끼지 않았으면서도, 정작 본인은 외로움에 몸서리치며 살았었다는 그의 짧은 인생살이에서 정녕 무엇이 가장 필요했을까? 그것은 혹시 아내의 살가운 말 한마디와, 그의 손이 닿을만한 곳에 존재하는 아내의 따뜻한 육체는 아니었을까? 나는 하늘로 먼저 올라간 그와 건배라도 하듯 술잔을 하늘로 쳐들어 올리며 술을 한숨에 목구멍 속으로 다 털어 넣었다.

망자에게 영원한 안식을! 그리고 어쨌거나 아직 목숨이 붙어있는 우리들에게는 부디 지혜를!

이제 앞으로 살아갈 날이 살아온 지난날보다 훨씬 더 짧기는 하겠지만…….

젊은 아내

◆ ◆ ◆
젊은 아내

　오늘은 오전, 오후로 2건의 예약 수술이 잡혀있는데다, 하필이면 이 바쁜 날, 간밤에 응급실로 들어온 수술 환자까지 있었으므로, 수술이 3 건이나 기다리고 있는 날이었다.

　아침 회진을 번개같이 돌고는 곧바로 수술 방으로 직행했다. 응급 수술을 포함한 수술 2건을 연달아 마치고나니 몸이 아주 젖은 솜뭉치 한 가지였다.

　요사이는 소위 '늙어 가느라고' 그런 것인지, 예전과 달리 수술이 조금만 힘들다싶거나, 두 시간이 넘는 수술이라면 우선 겁부터 났다. 수술이 끝나면 눈앞이 침침해지고 얼마나 피곤한지 몰랐기 때문이다. 그런데 오후에 또 다시 수술 한 건이 기다리고 있는 상황이라니……

　눈을 감은 채, 밥에 물을 말아서 몇 수저 목구멍 안으로 넘기는 것으로 점심을 때워버렸다. 그리고는 잠시 쉴 요량으로 외래 진찰실로 돌아와 진찰침대에 누워 막 눈을 감아보고 있는 판인데, 간호사가 전화를 받으라며 불러 세웠다. 누가 이렇게 짬나는 시간을 잘도 알고 전화를 하는 것인지 몰랐지만, 귀찮고 성가신데다 간호사가 눈치도 없다는 섭섭함에 신경질과 짜증이 동시에 일었다.

　"과장님, 전화 받으세요. ㅈ은행이라는데요. 아까도 한번 왔었는데요,

과장님이 수술 중이라서 연락할 수 없다고 했거든요."

ㅈ은행?

"여보세요? 네. 그렇습니다. 무슨 일이시라고요? 네, 네. 거야 집에서 아내가 다 알아서 하는 일이라서요. 네? 글세요오. 네, 네. 알겠습니다."

은행 직원의 용건은 통장에 잔고가 별로 없는 상황인데 가계수표와 카드결재가 들어왔다며, 오늘 3시 안으로 700만원을 입금해야 된다는 이야기였다.

무슨 말일까? 700만원이라니? 한 달 봉급으로 이것저것 해서 거의 보통사람들 두 세배 정도가 될 500만 원 이상을 받고 있는 명색이 대학병원 과장 교수였고, 그것도 바로 열흘 전에 봉급 전액이 고스란히 통장으로 자동이체 되지 않았던가? 그런데도 잔고가 없으니까 3시 안으로 700만원을 입금하라니?

은행직원의 말을 듣는 순간 처음에는 뭔가 잘못 알고 하는 말이 아닌가 했을 정도로 몹시 의아스러웠다. 하지만 은행에서 그에게 당부 전화를 할 상황이라면, 그런 것은 절대로 아닐 것이다. 더구나 방금 고액의 가계수표와 카드결재가 들어왔다는 것이 아닌가?

퍼뜩 이상한 예감이 들었다. 혹시 지금 아내가 어떤 몹쓸 놈들에게 납치당해서 끌려 다니고 있는 건 아닐까?

충분히 그럴 수도 있는 일이었다. 갑자기 젊은 아내의 해맑던 얼굴이 근심스럽게 변한 채로 눈앞에 생생하게 떠올랐다.

납치? 카드, 가계수표 도용? 몸 값?

만약 그렇다면 이건 보통 일이 아니었다.

30대 초반에 얻었던 첫 번째 아내는 사소한 오해 끝에 아이 하나 없이 곧바로 갈라서고 말았고, 그 후로 근 17~8년 이상이나 혼자서 잘도 살아왔는데, 수위에서 모두들 노양새가 좋시 않을 뿐만 아니라 사람이 돈만 갖고 살면 뭐하느냐며 결혼하기를 이구동성으로 권유하는 바람에, 50세가 되기 1년 전인 지난해 말, 갓 서른 살 된 미술학원 교사출신을 새 아내로 맞아들였던 것이다.

그런데 그 젊은 아내와 몇 달을 살아보니, 나이 차이뿐만 아니라 생각에서부터 세대차이가 나는데다, 또한 잠시도 집안에 붙어 있으려 하지 않고 한사코 밖으로만 나돌아 다녔으므로 솔직히 여간 신경이 쓰이는 게 아니었다.

그래서 처음에는 오랫동안 처녀로 자유분방하게 지내던 습관 때문에 그런 것인가, 아니면 원래부터 성격이 그런 것인가, 그것도 아니라면 혹시 과거에 사귀던 젊은 남자라도 있었는데 그를 만나러 다니는 것은 아닐까 하고 혼자서만 끙끙 앓으며 애를 태웠다. 하지만 매일같이 온갖 살림도구들을 쉬지 않고 장만해가며 집안을 꾸려나가려고 애를 쓰는 것이라서 다행히 그런 나쁜 쪽의 정황은 아닌 듯싶어서, 좋게 생각을 하며 한 시름을 놓고 있었던 것이다.

그런데 이게 무슨 일이란 말인가? 당장 3시 안으로 700만원이나 되는 돈을 넣으라니?

우선 아내에게 어찌된 셈인지 사정을 물어보는 것이 가장 빠른 순서였다. 집으로 전화를 해보았으나, 물론 이 시간에 집에 있을 아내는 아니었다. 그래서 다시 아내의 카폰과 삐삐로 연락을 시도해보았다. 하지만 응답이 없기는 매 한가지였다.

젊은 마누라 동태나 감시하는 늙은이라고 할까 싶기도 했지만, 마음이 조급했던 나머지, 하는 수 없이 아파트 경비실로 전화를 해서 차가 있는지 물어보았다. 아내는 오전 11시쯤 여일하게 차로 나가는 것을 확실하게 보았다는 경비실 영감님의 대답이었다.

어떡헌다? 도대체 사정이 어떻게 된 것인 줄을 알아야, 무슨 대책을 세우거나 말거나 할 것이 아닌가?

잠시라도 눈을 감아보려고 방을 찾아왔던 것이나, 오로지 아내 걱정뿐이라서, 이제는 피곤함도, 여타 다른 일들도 안중에 없었다.

"과장님! 수술 준비 다 되었다는데요."

그가 얼른 나타나지 않자, 마침내 수술 방에서 재촉이 왔다. 그러나 일이 일인 이상, 생각은 아내에게만 있고, 마음만 조급하고 바쁠 뿐이었다.

어떻게 할까?

은행에서 연락이 온 이상 어차피 돈은 넣어야 할 것이고, 아내에게 설령 무슨 좋지 않은 상황이 벌어져 있다 하더라도 아직 사실 여부를 알 수 없으니 만치, 당장 경찰에 수배를 부탁할 수도 없는 노릇이었다.

애써 여유를 갖고 다시 생각해보니 혹시 무슨 피치 못할 사정이 생긴 친척이나 친구에게 급히 돈을 빌려 줄 일이 생겼을 수도 있지 않을까 하는 생각도 들었다. 결혼한 지 얼마 안 되니까, 그가 아직 잘 모르는 아주 가깝고 친한 친구들이나 친척들이 있을 수도 있을 것이었다. 만약 그런 경우라면 수술하는 동안 연락이 안 되어서 수표를 끊었을 수도 있었을 것이고…….

그렇지만 그런 건 모두 혼자만의 어림짐작일 따름이었고, 확실한 것은 어쨌든 아내에게 물어보아야 할 일인데 도대체 연락을 해볼 길이 없는 것이 문제였다.

어쨌든 일단 은행에 돈부터 넣어야 할 것이라서, 병원 신협에 전화를 했다. 800만원을 긴급자금으로 대출해서 자기 구좌로 넣어달라고 부탁한 후, 서둘러 수술 방으로 올라갔다.

오후의 수술환자는 어제 입원시킨 처가 쪽의 먼 조카뻘이 된다는 여고생이었다. 탈장으로 여러 해 고생했다는 것이고, 형편이 딱하다며 아내가 몇 번이나 부탁 말을 했기 때문에 하는 수 없이 떠맡았던 것이다.

원래 응급환자가 아니라면 오전과 오후로 하루 두 차례씩 스케줄을 잡는 일은 없었으나, 아내의 부탁도 있고, 어떻게든지 잘 해주어야 할 것이라서, 시간도 절약할 겸 무리하게 스케줄을 잡았던 것인데, 난데없이 은행에서의 전화를 받고 보니 수술 방 일보다 아내 일이 더 걱정이었다.

수술은 재수술을 하는 경우라서 예측했던 대로 매우 힘들었고, 보통 때보다 2배가 더 걸린 3시간 반 만에 간신히 끝낼 수 있었다.

수술복을 벗어 던지는 대로 곧바로 병원 신협으로 전화를 해보았다. 부탁했던 대로 800만원을 은행에 입금시켰다는 것이다. 하지만 아내와 도무지 연락할 수 없는 것은 마찬가지였다.

전화통에 매달려 한 동안 아내와 통화를 시도하다보니, 어느새 퇴근 시간이 임박한 오후 5시였다. 어차피 돈은 은행에 입금시켰으므로, 이제는 퇴근해서 아내를 기다려보는 것이 순서였다.

나쁜 쪽의 상상을 지우고, 되도록 좋은 쪽으로 생각해보려 애써 마음을 달래며, 평소보다 일찍 병원을 나섰다. 아무리 생각해보아도 너무 젊은 아내와 재혼했던 것이 사단이라면 사단일 것이었다.

젊은 아내? 그렇다. 너무 젊은 아내…….

지난 17~8년간을 혼자서 아무 일없이 잘만 살아 왔었는데, 아내와의 만남도 그렇고, 결혼도 그렇고, 어째서 그렇게 번개 불에 콩 튀겨 먹듯이 서둘러야 했었을까, 이제와 다시 돌이켜 생각해보니, 참 알다가도 모를 일이었다.

어쨌든 너무 서둘렀던 것은 확실했다. 아마도 40대를 넘기지 않으려는 마음속의 무의식적인 강박관념이 가장 큰 이유였을 것이나, 여자를 만나던 날 너무 많이 마신 술 때문인 지도 몰랐다. 아니라면 그냥 어쩔 수 없는 운명이라거나…….

어쨌든 한 배를 타고 칠흑같이 어두운 망망대해를 나가는 것처럼, 서로 몸을 섞고 경제와 모든 고락을 함께 하며 살아가는 부부라는 인연이 어찌 한 순간의 실수나 강박관념 때문이기만 하겠는가?

첫 아내와 그토록 사소한 오해 끝에 갈라서 버렸던 것도 부부의 인연이 아니라서 그랬을 것이고, 15년을 기다린 후에서야 가까스로 만나게 된 지금의 이 젊은 아내 역시 피할 수 없는 운명임에 틀림없을 일이었다.

집으로 가는 택시 안에서도 마음이 불안하기만 해서, 피곤한 눈을 내내 감고 있었다. 그러면서 짧은 몇 개월간에 불과한 시간이었지만, 지금의 아내를 만났던 첫 순간에서부터 최근의 일들에 이르기까지의 일들을 다시 되새겨 생각해보았다.

재혼을 알선해준 이벤트 회사에서는 몇 사람의 후보를 거론하면서도, 현재의 아내를 극구 천거했다.

"교수님의 사회적 위치도 생각하셔야죠. 사실 다른 여자 분들도 다 괜찮은 분들이긴 하지만 모두 결혼했던 경험이 있고, 자식들도 있어서 말이죠. 아무래도 자식이 있으면 재혼해가더라도 먼젓번 가정을 돌아보지 않을 수 없잖아요? 하지만 이 여자 분은 진짜로 한 번도 결혼하지 않은 진짜 와다라시라니까요. 학벌로 보나, 처녀결혼이라는 점으로 보나…… 대한민국 천지를 다 뒤져보세요. 이만한 규수감이 있는지. 아마도 눈 씻고 봐도 없을 겁니다."

"그래도 나이차이가 너무 많고…… 좀, 그렇지 않나요?"

"다른 남자 분들은 모두들 한 살이라도 더 젊은 상대를 찾는 판인데, 어떻게 교수님은 거꾸로 가시는 겁니까? 헤헤헤…… 그 정도 나이 차이가 무슨 상관있겠습니까? 아무 상관도 없습니다. 제가 보기에 교수님은 앞으로도 한 30년 정도는 끄떡없으실 것 같고요, 또 그래보았자 스무 살 자인데요, 뭐…… 솔직히 스무 살이라면 같이 늙어가는 겁니다. 안 그래요? 또 옛말에도 젊은 여자와 살을 맞대고 살아야 빨리 늙지 않는다는 말이 있지 않던가요?"

이벤트 회사 소장은 그렇게 한껏 권유하다가 갑자기 목소리를 낮추며 결정적인 귓속말을 덧붙였다.

"그 여자 분에게요, 지금 다섯 사람이나 트라이를 하고 있어요. 그래서 어제 그 여자 분을 만나 뵙고 직접 물어보았어요. 그랬더니 뭐라고 한지 아십니까? 교수님이 젤 좋대요. 아, 그럼 다 된 것 아닙니까? 술과 친구야 오래될수록 좋다지만, 옷과 여자는 어디 그래요? 새 것일수록 좋을 거잖습니까? 그런데 뭐하려고 애까지 딸린 할망구를 찾아요? 안 그래요? 제가 봐도 교수님 금년에 아주 대복 터진 겁니다. 아무 말씀하지 마시고 이분과 하세요. 대신요, 소개비는 좀 더 생각해주셔야 합니다. 아시겠어요? 진짜 아다라시 처녀 결혼이니까요."

"그럼…… 일단 한번 만나기나 해볼까요?"

"아유…… 교수님도…… 만나기나 해보다니요오? 지금 어떤 상황인데 …… 다섯 사람이나 줄을 섰다니까요. 그리고요, 부끄러워하실 것 하나도 없습니다. 아, 천생연분 만난다는데, 좀 늦었더라도 그게 무슨 대수입니까? 안 그래요? 교수님도 교수님이지만 제가 다 흐뭇하다니까요. 헤헤헤…… 그럼, 내일 몇 시쯤으로 정할까요?"

"그럼, 일단 그렇게 하기로 하고…… 시간은? 퇴근하고 한 7시쯤?"

"그러세요. 그때가 저녁식사시간과도 딱 들어맞겠고, 좋겠네요. 그럼, 그렇게 주선하겠습니다. 혹시라도 사정이 달라진다면 즉시 또 연락을 드리도록 하겠습니다. 실제로 만나보시면 지금 생각과는 딴판이 되실 거고, 아마 입이 딱 벌어지실 겁니다. 헤헤헤……."

소장과 헤어져서 늘 하던 대로 저녁 식사를 하려고 아파트 지하상가 단골식당을 찾아가 지정석이나 되는 듯이 구석 쪽 식탁 앞에 엉덩이를 붙이고 앉았다.

5-6년 전 이 아파트로 처음 이사 온 후, 퇴근하면 거의 매일 이 식당에서 소주 한두 잔에 저녁식사를 마치고는 아무도 없는 빈집으로 기어들어가는 것이 습관처럼 굳어진 것인데, 이제 결혼을 하려며 다시 생각해보니, 자기 생각으로도 남들 보기에 얼마나 딱하고 궁상맞았을까 싶었다.

'그동안 너무 궁상을 떨고 살았어. 진즉 결혼을 서둘러야 했던 거야. 오죽했으면 주위에서 더 난리였을까? 남을 의식하지 않고 혼자 생각으로만 사는 것도 문제야. 혼자 사는 게 항상 편하기만 하는 것도 아닐 거고 말이야……. 나이가 들어갈수록 점점 더 힘들고 불편한 게 많아질 거야. 오죽하면 6-70대에서도 재혼을 할까? 어쨌든 50대가 되기 전에 하루라도 빨리 결혼하는 게 좋겠어. 잘 생각한 거야.'

이런 저런 생각을 하느라고 평소보다 훨씬 더 많은 술을 마셨는데도 전혀 취하지 않았다. 다시 한 병을 추가 주문하자, 식당 주인여자가 호들갑을 떨며 다가왔다.

"아니, 웬일이십니까? 술을 이렇게 많이 하시고요……. 괜찮으시겠어요? 진짜 더 드려요?"

"네, 한 병 더 주세요. 이제는 다 늙었는지 술을 마셔야 잠도 잘 오고 …… 허허허."

"다 늙으시긴요? 아직도 총각 같으신데……. 그럼, 국물도 다시 갖다 드릴게요."

주인 여자는 한껏 내숭을 떨더니만, 주방 쪽으로 건너가서 다시 술 한 병과 뜨거운 국물을 가져다주었다.

술을 천천히 자작하며 아무리 더 생각해봐야 그게 그거였다. 아예 첨서부터 마음먹지 않았으면 몰라도, 일단 한번 마음먹은 이상, 하루라도 빨리 새 장가를 드는 것이 좋을 일이었다.

아이들이 어느 정도 자립할 때까지는 어떻게든 뒷바라지를 해야 할 것이다. 내년에 아이를 낳게 된다 하더라도, 아이가 스무 살이 되면, 70세가 될 것인데, 그렇다면 늦지 않을까 하는 생각도 들었으나, 늦었다고 생각하는 때가 제일 빠르다는 말도 있었다. 또 사실 요사이 나이로 본다면 70세라도 별 것 없을 일이었다. 그리고 건강관리만 잘한다면 80세까지도 정정할 것이고, 그때는 아이들도 벌써 30세에 근접한 시기가 될 것이니, 지금 결혼해서도 충분히 아이들 뒷감당이 가능할 것 같았다. 또 실제로 살다보면 예상보다 훨씬 더 좋고 바람직한 일들이 많이 생길지도 모를 일이고…….

"다 드셨어요?"

"네. 자알 마셨습니다아."

저녁마다 들르는 단골손님인데다가, 사회적 위치를 잘 알고 있었으므로, 식당에서는 언제고 깍듯했고, 결코 함부로 대하는 일이 없었다. 또한 그러면서도 음식 맛이 괜찮고 무엇보다도 깔끔하다는 것이 가장 큰 장점이었다. 집에서 가깝다는 점도 있었지만, 그보다는 이런 점 때문에 이리 저리 식당을 옮겨 다니지 않았던 것인지도 몰랐다.

술이 과했던지 일어서려는데 몸이 자꾸만 흔들거렸다. 비틀거리는 발걸음으로 아파트 입구로 들어서면서, 살고 있는 14동을 올려다보았다. 아무래도 결혼하고 나면 더 넓은 다른 아파트로 이사를 나가야 할 것 같았다.

둘 만이라면 또 모르겠지만, 아이도 생길 터이고, 제자들도 이젠 집으로 자주 찾아올지 모르는데, 너무 집이 좁으면 불편하고 궁상스럽게 보이기도 할 것이기 때문이다.

결혼해서 새로운 생활을 위해서도 그렇고, 우선 당장은 전세로 가도 되는 거니까 현재 살고 있는 잠실 쪽보다, 새 아파트를 많이 짓고 있는 반포나 강남 쪽이 더 좋을 것 같았다.

몇 년째 살고 있던 14동 입구를 찾아 비틀거리며 들어서자, 낯익은 아파트경비원이 재빨리 알아보고 먼저 인사를 했다.

"술을 드셨나 봅니다? 좋은 일 있으셨나 봐요?"

"아! 네에, 좀 마셨습니다아."

긴장이 풀려서인지 집안에 들어서자, 술이 더욱 취했다. 샤워도 생략한 채, 양치와 세수만 하고서는 낯익은 둥지에 그냥 드러누워 버렸다. 하지만 이상하게 오늘은 술에 취해 있으면서도 도무지 잠이 들지 않고 계속해서 눈만 말똥거렸다.

얼마 전까지만 해도 베게에 뒤통수만 붙이면 금방 잠이 들었으나, 요사이는 이상하게 잠도 줄어들고 부시럭 소리만 나도 금방 잠이 깼다. 하지만 술을 많이 마신 날은 대체로 금방 잠도 들고 더 곤하게 잘 잤었는데……. 오늘은 왜 그럴까? 벌써 몸이 늙발일까?

하긴 옛날 같으면 은퇴할 나이가 되었을지 몰랐다. 그러다가 문득 새삼스럽게 걱정되는 것이 있었다. 바로 다름 아닌 아내와의 성생활이었다. 성생활을 오랫동안 안 하면 갱년기도 빨리 온다던데……. 잠은커녕, 갑자기 결혼할 일이 걱정스러워졌다.

명색이 대학병원 교수요, 외과 과장이라는 신분도 있고, 나이도 있었으므로, 그 동안 여자를 함부로 가까이 하지 못하고 어쩔 수 없이 금욕 위주로 살았었다. 그래서 일 년에 한 두 차례나 여자와 잠을 잤을까, 그나마도 최근 몇 년간은 도대체 기억조차 없었다.

잠이 안 오는데다, 혼자 사는 아파트라서 거리낄 것도 없었으므로 옷을 훌렁 다 벗어서 내던지고는, 벌거숭이가 되어 욕실 거울 앞에 서서 알몸을 비추어보았다.

하릴없는 중년의 한심스러운 몸매였다.

머리숱은 아직 그런 대로 남아있었으나, 성글고 윤기 잃은 반백으로 초로에 든 것이 완연했고, 가슴과 허리, 아랫배쯤은 이제 정말 더 이상 못 보아 줄 수 없는 처지였다. 가슴살의 탄력이라고는 찾아볼 수 없게 변해버렸고, 허리에 두터운 비계 살이 끼고 축 처진 배불뚝이가 된 데다, 그 아래로는 생기다 만 것 같은 초라한 고추가 대롱거리고 있을 뿐이기 때문이다.

샤워를 한다고 해서 잃어버린 탄력을 새로 얻고 다시 젊어질 것도 아니겠지만, 욕실로 들어선 김에 잘못 쓴 글자를 지우개로 지우듯이 온 몸을 공들여 닦았다.

그리고는 어떻게든 성욕을 한번 일으켜 보려했으나, 의학 교과서에 나오는 대로 '유즈리스 아트로피'(사용하지 않아 위축된 상태)라도 온 것인지, 고추는 여전히 새끼손가락 크기 그대로 배불뚝이 하복부 밑에서 힘없이 대롱거리며 매달려 있을 뿐이었다.

큰일이었다. 큰일이라도 보통 큰일이 아니었다.

우선 이 문제부터 해결하고 난 연후에 결혼을 하든지 말든지 해야 할 것이라는 생각이 퍼뜩 들어서 갑자기 난감해졌다. 그 동안 너무 여자를 모르고 살았던 것이 그렇게 후회스러울 수 없었다.

어떻게 헌다?

세상에서 제일 부러운 사람이라면 교수나 과장이 아니더라도 남자구실도 팔팔하게 잘하고 체력도 좋은 사람이라는 지극히 당연한 진리가 새삼스럽게 깨달아지는 순간이었다.

물론 당장은 자기암시라거나 조급한 마음에 충분히 그럴 수도 있을 거고, 또 술을 많이 마셨기 때문일 지도 몰랐다. 혹시라도 자기암시에 빠지게 되면 더욱 큰일이라서, 되도록 가볍게 생각하려고 무진 애를 쓰며 다시 잠자리에 들었다. 그러나 다음날 여자를 첫 대면한다는 생각에서인지, 마치도 소풍을 앞둔 초등학생 모양, 알 수 없는 흥분으로 쉽사리 잠이 들지 않았다.

아침에 일어나서는 몇 벌 안 되는 양복과 넥타이였지만, 여러 가지로 신경을 쓰며 생각을 거듭해보다가 가장 근사하다고 생각되는 감색 양복을 골라 입었다.

학회 모임에 가기위해 얼마 전에 샀던 옷인데, 제일 새 옷인데다 색깔도 산뜻하고 깔끔해서 여러 사람들에게 젊게 보인다는 말을 들었기 때문이다.

아침에 출근하자마자 소장의 확인 전화를 받았다. 그리고 오후 퇴근 직전에도 그는 한 차례 더 전화를 하며 약속시간과 장소를 재삼 상기시켜주었다. 그리고 제발 머리 염색도 하고 이발관을 꼭 좀 들르라는 부탁이었다.

그래서 처음에는 약속 시간도 남아있고 해서, 소장 말대로 할까 생각했으나, 결국 그만 두기로 했다. 겉모습으로 사람을 속일 필요도 없으려니와, 어차피 인연이 되면 되는 것이고, 안 되면 할 수 없는 것이며, 만약 인연이 안 될 거라면 처음서부터 시작도 하지 말아야 할 것이라는 생각 때문이었다. 다만 첫 만남이라는 예의상 이발관을 들르지 않을 수는 없었다.

시간에 맞추어서 약속장소로 나가자, 여자는 소장과 함께 먼저 와있다가 그를 맞아주었다.

병원에서는 어느 누구를 대하더라도 항상 여유롭고 흔들리지 않는 마음자세였는데, 여자를 보자마자 이상하게도 마음이 몹시 흔들렸고, 자기가 무슨 이팔청춘이라고 얼굴이 붉어지는가 하면, 가슴까지 두근대기 시작했다.

여자는 적당한 외모에 적당한 몸매였고, 기내에서 서비스를 하는 스튜어디스가 연상될 정도로 친절하고 예의바른 태도에 웃는 모습이 인상적이었다.

"자, 그럼, 이제부터서는 소생은 필요 없을 거고……. 전 이만 가보겠습니다. 그럼, 두 분들 말씀 잘 나누세요."

"저녁이나 함께 하실 걸……."

"아닙니다. 두 분이 오붓하게 하셔야죠."

셋이서 저녁 먹는 것이 무슨 대수냐며 함께 하자고 권했지만, 소장은 의미 있는 웃음을 보이며 두 사람만 남겨둔 채로 황황히 떠나갔다.

여자가 막연한 곳으로 눈길을 돌리며 소장의 말에 대한 뉘앙스를 생각하는지, 뜻도 모를 웃음을 흘리면서 그를 몇 번이나 훔쳐보았다.

"자! 그럼 우리도 일어서서 저녁이나 하러……."

사람이 나이가 들어갈수록 말도 신중해지는 것인지, 결혼을 전제로 해서 처음 만나는 것이니 만큼, 묻고 싶을 말도 많고, 하고 싶을 말도 많을 것임에도, 도무지 어떻게 시작해야 좋을지 몰라 저녁타령부터 했던 것인데, 경칭을 쓰기도 안 쓰기도 뭐해서 말끝이 저절로 흐려졌다.

여자가 따라 일어섰다.

어느 식당이 좋을까 잠시 망설이다가 S호텔을 생각하고는, 여자의 의견을 물었다.

"어디 좋은데 있으면 말씀하시고…… 아니면, S호텔?"

여자는 미소를 띤 채 잠시 쳐다보더니, 대답 대신 고개만 가볍게 끄덕였다.

여자는 검은 색깔의 투피스를 미색의 블라우스 위에 받쳐 입었는데, 앉아서 보던 것과는 달리 체격이 좀 빈약해 보이는 것이 다소 섭섭할 뿐, 키도 그만하면 되었고 뒤따라 걸어오는 자태도 괜찮아보였다. 요새 여자들은 너나없이 죄다 말라깽이가 되고 싶어 한다는 것이 아니겠는가?

비프스테이크에 적포도주를 곁들인 식사였는데, 첫 대면이라서 여자 역시 매우 조심스러운 모양이었다. 물도 조금씩 찔끔거리며 마셨고, 음식을 잘게 썰어서 아주 조금씩 입으로 가져다가 오물거릴 뿐이었다.

"난 술을 좋아해서 말이요. 이선영 선생은 어때요? 한 잔 더 할래요?"

자기 이름을 기억하고 불러주어서 그런 것인지, 아니면 술이라는 편견 때문에 그런 것인지, 여자는 다소 얼굴을 붉히며 작게 도리질을 했다.

"아뇨, 전 이거면 돼요."

"그래요? 참, 집은 원래 서울이었어요?"

"네."

"학곤 E대 서양학과……."

그보다 먼저 물어서 좋을 다른 말이 얼마나 많았을 터인데도, 대화가 잘 안 풀렸으므로 그렇게 물었던 것인데, 순간 여자는 '그럼, 내가 거짓말한 줄 아느냐'는 식으로 표정이 다소 흔들리며 쳐다보았으므로 적이 당황스러웠다.

하지만 여자는 곧장 표정을 풀며 다소곳이 대답했다.

"네. 하지만 그 방면으로 아직 별로 신통치 못해요."

"그래도 남을 지도하니까……. 어쨌든 실력이 대단하지 않을까요?"

"아니에요. 무슨! 원래 실력과 지도는 완전 별개잖아요."

그러고는 여자는 사기 스스로도 겸연쩍었던지 풋풋거리며 웃었다.

"그럴 수도 있겠지."

여자는 아주 특별난 미인도 아니고, 그렇다고 몹시 평범한 용모도 아니었으나, 교양미랄지 여러 가지 면에서 볼 때, 대체로 평균점 이상이었고, 자기 나이를 따져보면 오히려 과분한 상대일 것이었다. 그리고 무엇보나도 여자의 가장 큰 매력이라면 웃는 인상의 예의 바르고 나긋나긋한 태도였다.

대충 식사를 끝내고 식당을 나왔으나, 곧바로 그대로 헤어질 수도 없는 문제였다. 서로를 조금이라도 더 파악해볼 시간이 필요할 것이 아니겠는가?

어디로 갈까? 식사가 끝났으니 이제 차나 술인데, 차보다는 술을 마시는 것이 좀 더 쉽고 솔직한 계기가 될 것 같았다.

"지하에 가면 괜찮은 칵테일 바가 있는데…… 거기에서 얘기나 더 나누는 게 어떻겠소?"

여자는 여전히 미소를 띤 얼굴로 어디로든지 따라가 주겠다는 표정이었다.

여자를 지하의 바로 데리고 들어가서, 자기는 위스키 칵테일을 시키면서 여자에게 무얼 하겠는지 눈으로 물었다.

"전 이런 델 잘 안 와봤기 때문에……"

여자는 매우 조심스럽게 운을 뗀 후 이내 말꼬리를 흐렸다. 하긴 이런 데에 와보지 않았다면 잘 모를 수도 있을 것이었다. 보이에게 제일 순하고 맛있는 걸 물었더니, 꼬냑 종류의 칵테일을 권해주었다.

어떻든 바에서 단둘이 마시는 술이라서 초면이긴 했지만 건배를 하지 않을 수 없었다.

"만나서 반갑습니다. 자! 드시죠."

"저도요."

서로 잔을 딱 부딪치지는 못하고 조금 앞쪽으로 잔을 내미는 시늉을 하면서 건배를 했는데, 마침내 여자의 입에서 그에 대한 최초의 반응이 나왔다.

"그런데요, 전, 처음에……"

"말 해봐요."

"전 처음엔 선생님이 무척이나 완고하고 엄격하신 분일 걸로 생각했었어요. 그런데 의외로 젊어 뵈고, 퍽 소탈하신가 봐요?"

"젊어 뵈고, 소탈? 허허허!"

기분 좋게 들어줄 만한 괜찮은 말이었다.

"그럼요. 호호호…… 이제 걱정 안 해도 될 것 같고요. 선생님이 완전
좋아질 것 같아요."

낯을 살짝 붉히기는 했으나, 서른이 된 여자가 마치도 어린 소녀들처
럼 스스럼없이 망설이지도 않고 아주 자연스럽고 천연덕스럽게 말했다.
하지만 당돌하다기보다는 오히려 귀엽고 발랄하다는 생각이 들었다. 그
리고 또 그만큼 젊기 때문에 그럴 수 있다는 생각에서 또 다른 매력 포
인트로 느껴지기도 했다.

결혼 상대로서는 나이 차가 좀 있다고 생각되긴 했으나, 좋고 그르기
만 하는 것은 아닐 것이고, 어쨌든 그에 따른 장단점이나 허실도 반드시
있을 것이었다. 술이 들어가면서 점점 눈앞의 여자가 가깝게 현실적으
로 다가오고 있었다.

모처럼 여자와 함께 하는 분위기라서 술도 잘 들어갔다. 칵테일 후에
포도주를 아예 병째 다시 시켰던 것인데, 술을 여자가 곁에서 자꾸만 따
라주는 것이라서 평소보다 훨씬 많이 마시게 되었다.

"난 이선영 선생이 예의바르고 착한 마음씨를 가졌다는 것이 더없이
좋은데, 이 선생은 내가 소탈하다는 것 때문에 점수를 후하게 주는 거
라고?"

"그렇지 않고요? 노인 티내시면 어떻게 함께 살아요? 걱정 마세요. 전
선생님의 하나하나가 다 완전 좋아요."

"하나하나가 다?"

대답대신 여자는 귀여운 얼굴을 들고 빤히 그를 쳐다보며 고개를 끄
덕이면서 생긋 웃기까지 했다.

"자! 그렇담, 그런 의미에서 이선생도 한 잔!"

"그냥 선영이라고 불러 주세요. 이 선생이 다 뭐예요."

"그럼, 그럴까? 자! 선영이도 한 잔!"

그가 병을 들어 술을 따라주려 하자, 여자는 3분지 1정도 남기고 있던 잔을 단숨에 비우고는 별로 사양하는 기색도 없이 곧바로 다시 술을 받았다.

"우리 다시 건배해요."

술이 들어갈수록 여자가 더욱 괜찮게 보였다. 이만큼 괜찮은 여자가 어째서 늙은 사람과 결혼하려는 것인지 이제 그것이 몹시 궁금해졌다.

"술김에서가 아니고…… 딱 한 가지만 묻고 싶은 게 있는데……. 진짜 진실한 대답을 해야 해요."

"말씀하세요."

"별다른 건 아니고. 어째서 늙은 나를 선택하려는가 하는 것과."

여자가 초롱초롱한 눈빛으로 그를 쳐다보았다.

"결혼이 다소 늦어진 것 같은데…… 혹시 피치 못할 무슨 특별한 사정이라도 있었는지?"

"또요?"

"그것뿐이요. 뭐, 입장 곤란하면 관두어도 되고……."

"아네요. 다 대답해드리겠어요. 선생님을 좋아하는 건 아마도…… 제 성격 탓일 거예요. 그래서 아직 결혼하지 않고 남자도 없었는지 모르지만요. 전 선생님 같은 분이 좋아요. 젊은 남자들에겐 어쩐지 믿음이 가질 않거든요. 시시하고요. 결혼하더라도 남편이라고 할 수도 없을 것 같아요. 그래서 그래요."

여자는 두 가지 질문에 대한 답을 '성격'이라는 단 한 가지 단어로서 확실하게 설명했고, 덤으로 남자가 없었다는 것까지도 밝혀주었다.

아무래도 2세를 위해서는 머리도 매우 중요할 터인데, 이렇게까지 순발력 좋고 조리 있게 말하는 것을 보면 그 문제만큼은 전혀 걱정하지 않아도 될 것 같았다.

"그럴 수도 있을 거요. 이해가 가는 일이야."

여자가 거북살스러워 하지 않도록 그 한마디로 모든 것을 다 이해할 수 있다는 듯이 더 이상 캐묻지 않고 고개만 주억거려주었다.

11시가 넘은 시간에 생각했던 것보다 많은 액수를 술값으로 지불한 후 여자와 함께 바를 나왔다.

"집은?"

여자를 먼저 택시에 태우려고 물었던 것인데, 여자는 웃기만 할뿐이었다. 성가시게 새삼 다시 물으려다 보니 술을 혼자서 얼마나 많이 마셨던 것인지 혀가 꼬부라져서 발음이 잘 안 되는 것은 물론, 몹시 비틀거려진다는 것을 깨달았다.

"집은? 집은 어느 쪽이요? 먼저 들어가야지?"

"아네요. 전, 괜찮아요. 이렇게 취하셨는데 선생님 혼자서 댁에 가실 수 있겠어요? 제가 모셔다 드릴게요."

"난 괜찮고…… 먼저 택시를……."

말은 그렇게 했지만 휘청거리고 몹시 어지러워서, 초면의 여자를 그냥 붙잡아 몸을 의지하고 싶을 정도였다. 여자는 호텔 입구 도어맨이 열어주는 택시 문 앞에서 그의 뒤편에 선 채 그가 먼저 오르기만 기다리고 있었다.

몹시 취한 상태라서 주위 사람들 눈에 추태로 보일까봐 고집만 피울 수도 없었다. 체면 불문하고 먼저 차에 올랐다. 그녀는 정말로 그를 바래다 준 셈이었는지 곧바로 뒤따라 차에 올라 곁에 앉았다.

거꾸로 여자에게 에스코트를 받으며 귀가한다는 것도, 오늘 이렇게 잔뜩 과음했던 것도 사실 결코 그렇게 바람직스러운 일은 아니었다. 하지만 그러면서도 술김에 해보는 생각이기는 했으나, 이상하게도 이런 자기 행동이 결코 후회스러운 것만도 아니었다. 첫 대면부터 많이 마셨긴 했어도 그렇다고 무슨 큰 실수를 저질렀던 것도 아니고, 어차피 결혼하려면 흉허물을 감추지만 말고 처음부터 확실하게 이런 모습이 있을 수도 있다는 것을 보여주는 것도 괜찮고, 오히려 더 바람직할 수도 있으리라는 생각 때문이었다.

생각해보면 나이 50에서야 이제 겨우 인생의 가장 중중지대사인 결혼을 앞두고 있는 것인데, 어찌 이만한 감회도 없을 것인가?

어차피 이미 다 지난 일이었다. 홀아비 청산식을 너무 요란스럽게 했다는 생각에서 자책 반, 위안 반으로 자리에 앉아 그냥 눈을 감아버렸다.

"어디로 모실까요?"

택시 기사가 여자를 보고 행선지를 묻고 있는 모양이었으나, 여자가 대답을 할 수 없을 것이라서, 어쩔 수 없이 그가 눈을 감은 채로 대신해 주었다.

"우선 잠실 고밀도 아파트로 갑시다."

연 이틀째 술이 잔뜩 취한 채로, 더구나 오늘은 여자의 부축까지 받으며 집으로 들어서는 모양을 본 아파트 경비원이 깜짝 놀라 쳐다보다가, 곧 못 본 척 외면하는 것이 술에 취한 그의 눈에도 쉽게 들어왔다.

집안이래야 일주일에 한 번 파출부를 불러서 간단한 청소와 빨래를 시키는 정도였고, 거의 한 평생을 늙은 홀아비 혼자서 제멋대로 살았던 것이라서, 엉겁결에 여자와 함께 들어서게 되자, 술기운 중에도 부끄러운 것이 한두 가지가 아니었다.

그러나 여자는 그런 것에 전혀 무관하게 그를 마루 소파까지 부축해서 데려다 앉혀주고는 제 집처럼 곧바로 화장실을 찾아들어갔다.

잠시 후 화장실을 나온 여자는 물을 받는다며 샤워를 하시라는 말과 함께, 정수기에서 물까지 한 컵 뽑아다주며 말했다.

"우선 집안을…… 치워야겠어요."

며칠 전에 파출부가 다녀갔다 해도 자기 눈으로는 그게 아닌 모양이었고, 여자들의 손길이란 참 대단했다.

샤워할 사이에 밖에 잠시 나갔다 오겠다며 대문 열쇠를 달라고 하더니, 여자는 청소도구와 부엌도구, 그리고 약간의 음료와 빵을 사왔고, 자기 집이나 되는 것처럼 냉장고 안에 사온 음식거리를 넣고 나더니, 방과 마루 청소를 하기 시작했다.

상당 시간 동안 방방 대며 청소를 마친 여자는 마침내 샤워를 하려는지, 아무 옷이나 달라는 것이었다. 집안에 여자 옷이 있을 턱이 있나, 해서 일단 그의 잠옷을 주었더니, 샤워 후 젖은 머리칼로 그걸 둘러 입고 욕실에서 나오더니만, 어느새 조금 전에 사온 과일을 꺼내오며 말했다.

"부엌은 나중에 하고요……. 우선 며칠 걸러서라도 집안 청소부터 해야겠어요. 사람이 하루를 살더라도…… 그렇잖아요? 누가 놀러오더라도 그렇고……."

자기 잠옷까지 걸쳐 입고 늦은 밤 시간에 거실에 함께 앉아 과일을 깎고 있는 여자를 보자 이제는 영락없는 부부였다.

벌써 새벽 2시였다. 여자를 어디 다른 곳으로 보낼 수도 없었다. 우선 곁방에서 자도록 했다. 아니, 정확히 말하자면 사실은 그게 아니었다. 여자가 그 방에도 침대가 놓여있는 것을 보고서는 그곳에서 자겠다며 제맘대로 들어갔던 것이다.

술이 과했던 데다가 새벽 늦게 잠을 청했으므로 아침 늦게 그것도 간신히 일어났는데, 여자는 벌써부터 일어나서 어느새 빵과 끓인 커피를 식탁에 준비해두고 있었다.

출근하려는데 여자는 아예 집 열쇠를 달라고 했다.

"청소를 해야겠어요."

"청소?"

오랫동안 홀아비로 지저분하게 살았던 것이 몹시 난처하고 부끄럽기도 했고, 솔직히 여자에게 고스란히 집안 구석구석까지 노출시켜주며 보여줄 것, 못 보여줄 것 모두 다 보게 할 수는 없다는 생각도 들었으나, 하지만 이미 내친김이었다.

"늘 오는 아줌마가 있는데, 갑자기 오늘 부르면 올지 모르겠네."

"상관없어요. 제가 알아서 할게요. 걱정하지 마세요."

병원에 출근해서 오전 수술을 마치고 점심 후 잠시 쉬고 있는데, 여자를 소개해준 이벤트회사 소장에게서 전화가 왔다.

"괜찮으셨죠? 과장님, 정말 대복 터진 겁니다요. 이제 일마다 다 잘되시고 승승장구하실 겁니다. 아! 사람이 돈만 있으면 뭘 해요? 그걸 쓸 마누라와 자식이 있어야지…… 안 그래요?"

여자를 소개받은 것이 바로 어제 저녁인데, 그는 하루 밤 사이에 턱도 없이 자식 이야기까지 하고 있었으나, 그걸 듣고 있으면서도 하나도 이상스럽다는 생각이 들지 않는 것이 자기 생각으로도 퍽 신기했다.

"이제, 건강 유의하시고 행복하게 잘 사실 일만 남은 거고요……. 참! 소개비는 언제쯤 해주시겠어요?"

이제 모든 것이 끝났다는 생각인지, 벌써 소개비 운운이었다.

"그거야 뭐…… 언제라도 좋지만…… 아직은……."

"알겠습니다. 뭐, 제 농담이었고요, 모든 게 다 확실하게 결정되신 다음에 천천히 주셔도 무방합니다. 네, 네. 그렇지만 두 분이 모두 다 만족하시는 것 같아서 저 역시 여간 기쁜 게 아니랍니다. 그럼 또 전화 올립지오. 안녕히 계세요."

평소와 달리, 칼 퇴근을 하고서, 상가 식당을 들르지 않고 곧바로 아파트로 와보았다. 집안 일이 궁금하기도 했지만, 여자의 수고도 치하할 겸, 함께 저녁을 하기 위해서였다.

여자는 현관문에서부터 온통 문이라는 문은 죄다 다 활짝 열어놓고서, 아직도 파출부들과 함께 대대적인 청소 작업 중이었고, 하루 낮 사이에 그 음산하고 어두웠던 방, 마루, 욕실 등 집안 곳곳이 해가 들고 반짝 반짝 윤이 날 정도였다.

"청소를 하다보니까…… 집안이 너무 낡아 있더라고요. 몽땅 새로 다시 하는 게 좋겠어요. 도배나 문이나 창틀 모두 다요. 하나도 쓸 만한 게 없어요. 아파트는 단장하면 곧바로 새 집이 되는 거잖아요? 그렇게 하실 거죠?"

"자! 주인도 없는 집에서 애를 썼는데……. 식사나 하러 갑시다."

파출부들을 돌려보내놓고 함께 집 밖으로 나왔으나, 단골 식당에 갑자기 젊은 여자를 대동하고 가기도 마뜩찮아서, 큰길 쪽 일식집을 찾아갔다.

"뭘 시킬까?"

"아무 거나요. 전 사실 간단히 들고 싶어요."

"그래도 하루 종일 애를 썼는데?"

"선생님은 술을 좀 하셔야죠?"

"선영인?"

"전 괜찮아요."

"그럼 관두지, 뭐."

"술은 술로 풀어야 한다는데……. 그럼 저도 조금 마셔드릴게요."

"그럼, 마주앙 한 병만 시킬까?"

"술은 백세주가 몸에 좋다는 데요?"

"백세주? 왜? 아, 백세까지 살고 싶어서? 하하하!"

백세주에는 음양곽이 들어있어서 정력에 좋다는 소문이 있다는 것을 여자도 알고 있었던 모양인지, 그의 말에 얼굴을 붉혔기 때문에 백세까지 살고 싶어서 그러는 것이냐고 다시 말하면서 얼버무려버렸다.

식사를 끝내고 집으로 돌아오는 길에 여자는 과일과 빵 우유 등 식품을 사야한다며 그를 아파트 상가로 이끌었고, 익숙하게 물건을 고르더니만, 마치 결혼한 주부라도 되는 양, 자기 지갑을 열려는 것이었는데, 물론 그렇게 하도록 놓아둘 수는 없었다.

여자는 그날 밤에도 가지 않았다.

여자는 이미 다 확실하게 결정한 모양으로 자기 옷들뿐만 아니라, 벌써 욕실에 화장품까지 준비해두고 있었다. 이벤트 회사 사장이 소개비 운운했던 말이 결코 농담일 수 없다는 생각이 새삼스럽게 다시 떠올랐다.

익숙하게 몇 가지 집안일을 마치고 나자, 여자는 과일을 깎으며 이런저런 담소를 하며 저녁시간을 함께 보내주었고, 밤이 늦자 샤워를 하고는 이제 자기 집이나 된다는 듯이 아주 자연스럽게 곁방으로 들어가서 잠을 잤다. 그리고는 아침이 되자 어제처럼 여일하게 토스트와 커피를 식탁을 차려 주었다.

깨끗이 청소가 되어 있고, 여자랑 함께 하기 때문인지, 그 동안 수년간 지냈던 자기 집인데도 불구하고 예전과 완전히 다르게 모든 것이 다 새롭게 느껴졌고, 그런 여자가 몹시도 알뜰살뜰하게 보였다.

"오늘부터 도배를 시작할까 봐요. 청소를 그렇게 했는데도 아무리해도 찌든 때도 가시지 않고 냄새도 그대로예요."

"그거야 남자 혼자서만 살았으니까 당연히 홀아비 냄새가 나는 거겠지."

여자는 그 말에 재미있다는 듯이 풋풋거리며 말했다.

"그러니까, 이제 여자 냄새도 나게 해야 하잖아요?"

여자의 말마따나 사람이 단 하루를 살더라도 갖출 것은 갖추고 살아야할 것이고, 어차피 이제는 결혼 생활을 해야 할 것이라서, 찬성도 반대도할 수 없어서 그냥 알아서 하라는 식으로 웃어 주기만 하고 말았다.

그날 저녁때 돌아와 보니 집안 분위기가 또 다시 완전히 달라져있었다. 청소만 했을 때에도 예전과 완전히 달라진 집안 분위기였는데, 도배장판이 새로 되어있으니까, 마치도 남의 집에 잘못 들어왔나 싶은 정도였다. 도배를 하는 김에 방과 마루의 바닥까지 몽땅 다 새로 한 모양이었다.

"도배만 하려다가 보니까 새 웃옷 차림에 바지가 넝마더라고요. 그래서 아예 자리까지 걷어내 달라고 했어요. 색깔이 어때요? 괜찮죠? 맘에드세요?"

맘에 드느냐고? 돈 들어서 나쁠 게 세상 어디 있겠는가?

경비를 물었더니, 현재까지 대략 400만 원 정도라는 것이라서, 500만원을 주려다가 마음을 고쳐먹고 준비했던 100만 원 짜리 수표 열 장을아예 몽땅 다 여자에게 건네주었다.

제 아무리 돈이 들더라도 그쯤이면 넉넉하리라는 생각이었고, 여러번 번거롭게 나누어주느니, 믿는다는 뜻으로 몽땅 다 여유 있게 한꺼번에 주는 것이 좁쌀영감 티를 내지 않을 것 같아서였다.

"이거면 될까?"

그러나 예상과 달리 여자는 턱도 없는 말을 했다.

"일단 조금씩 시작해 보고요."

조금씩 시작해보다니? 그럼, 여기에서 뭘 또 더 할 게 있다는 말인가?

아닌 게 아니라 1주일가량 함께 기거하는 동안 여자는 온통 벽지나바닥재뿐만 아니라 전등, 스위치, 소켓은 물론이고, 커튼에서부터 침대시트, 잠옷에 이르기까지 송두리째 내일길이 완전히 새것으로 바꾸어 놓고 있었고, 소파 천 갈이까지 해버리고 나서는 다시 물었다.

"이젠 좀 사람 사는 집 같죠? 그렇죠?"

"그렇긴 한데……."

마침내 얼마 지나지 않아서 집안은 송두리째 새 자재와 새 가구로 완벽하게 치장되어, 예전의 홀아비 냄새가 남아있는 곳은 단 한군데도 없게 되었다.

침대와 침대보, 이부자리까지 완전히 새것으로 바꾸었던 날 밤에는, 함께 저녁을 마치고 들어와 여자와 처음으로 합방을 했다. 그토록 오랫동안 사용해보지 못했을 뿐만 아니라, 초라하게만 보이던 고추까지도 의외로 제구실을 잘 해주었으며, 처음 생각했던 것과 달리 여자의 몸매도 그렇게 빈약한 것만은 결코 아니라는 것도 알게 되었다.

그 다음날, 아침 식사 도중에 여자가 말했다.

"이제 집안 정리가 거의 마무리되었으니까 저는 집에 가봐야겠어요. 저기 마루 전화기 옆에 연락전화를 적어놓을게요. 말씀하실 일이 있으면, 그리로 연락해주세요."

그 동안 마치 결혼해서 신혼을 사는 것처럼 정신없이 집안을 꾸미면서 여성까지 다 허락해주고 나서는, 아무런 다짐도 없이 그렇게 집을 나서는 사람이 또 있을까 싶었고, 그런 그녀가 무척이나 대단해보였다.

"그러지 말고…… 이따가 저녁에 다시 오면 안 될까? 벌써부터 혼자 잘 일이 한심스럽고 따분해지네. 퇴근하면 오늘도 곧장 들어오려 했거든……."

그러자 그 말을 기다리기나 했다는 듯이 여자가 눈빛을 빛내며 말했다.

"그럼 오늘 저녁에는 아예 집에서 식사를 준비할까요? 뭘 좋아하세요?"

그 동안 여자와 함께 지내면서 아침 외에는 항상 밖에 나가서 먹거나 간단한 음식을 집으로 불러다 먹었는데, 이제는 주부 노릇까지 하겠다는 것이었다.

"뭐든지 다. 선영이 좋아하는 것은 모두 다."

"피이. 그런 게 어딨어요?"

기뻐서 어쩔 줄 모르겠다는 여자의 태도가 너무도 천진스러웠던 나머지, 청초하다는 느낌마저 들었고, 그래서 그런지, 여자와 함께 지내는 그조차도 딱 그만큼 젊어진 듯싶기만 했다.

이벤트회사 소장이 누누이 설명했듯이, 이왕이면 한 살이라도 더 젊은 여자와 사는 것이 한 살이라도 더 젊어지는 비결임은 확실했다. 마치 20대나 30대의 젊은 남자가 그렇게 하듯이, 그는 여자를 힘껏 안으며 입을 맞추어 주었다. 그러자 여자는 어제 밤 이미 합방까지 했으면서도 그를 몹시 수줍게 받아들이며 조심스럽게 안겨왔다.

퇴근시간이 되자마자 여자와 음식이 기다리고 있을 집으로 곧바로 직행을 했다. 그러고 보니 공교롭게도 오늘은 그의 생일날이었다. 뭔가 좋은 일이 생기고 있는 것인지, 아니면 늙발에 젊은 여자에게 혼이 나가 간이라도 뽑히고 있는 것인지, 전혀 알 수 없었다. 하지만 간이 뽑히든 혼이 나가든 그만한 여자라면 그만한 대가가 필요할 것이라는 생각으로 아주 흡족한 기분이 되어 택시의자에 앉은 채로 연방 입가에 미소만 떠올리고 있었다.

집 현관 앞에서 평소처럼 열쇠로 문을 따고 들어서지 않고, 그 동안 자기 손으로는 단 한 번도 써본 일이 없었던 낯선 초인종을 눌러보았다.

"잠시만요오⋯⋯ 나갈게요오⋯⋯."

역시 기대했던 그대로 살갑고 한껏 격앙된 하이 소프라노 목소리가 들렸고, 곧 이어 현관문이 열리며 여자의 얼굴이 나타났다. 여자는 오늘따라 한껏 성장을 한 채, 세상에서 가장 행복한 사람이라는 표정이었다.

식탁에는 이미 음식이 풍성하게 차려져 있었고, 촛불과 장미꽃까지 놓여있었다.

"손 씻으셔야죠?"

음식이 깔끔하기 이를 데 없고 맛도 좋았으며, 모양새 또한 보통 솜씨가 아니었다. 너무 놀라웠던 나머지 내력을 물어보지 않을 수 없었다. 그러자 여자는 다소 겸연쩍어하며 말했다.

"잘 아는 요리사 아줌마가 있거든요. 요리를 함께 했어요. 전, 아직 살림을 해보지 않아서 자신이 없어서…… 하지만 이제 차쯤 배워가야겠어요. 어때요? 맛이 괜찮죠?"

"괜찮긴…… 너무 훌륭한데…… 최상급이야, 최상급. 사실은 오늘이 내 생일날인데, 생일상을 이렇게 황홀하게 받아보긴 또 처음이네."

"어머! 그래요오? 아유 신나라! 정말 너무 너무 잘 됐다아. 그죠? 그럼 케익도 준비해야겠네요. 상가에 전화를 하고 올게요."

"아냐, 이것도 다 못 먹겠는데? 관둬요."

"아이! 그래도 생일날이신데, 케이크에 불은 붙여야죠. 안 그래요오?"

여자와 소꿉장난을 시작한 이후부터는, 퍽 이상한 일이지만, 수술뿐만 아니라 병원에서의 모든 일이 다 잘 풀렸으며, 괜히 이유도 없이 기분이 좋고, 난생 처음으로 여자가 있을 집을 그려보며 퇴근 시간을 기다리게까지 되었다.

그래서 집에 들어오면 텔레비전 앞에서 잠시 앉아 있다가, 잠이 오면 아무렇게나 자는 것이 그 동안의 버릇이었으나, 여자가 온 후로부터는 저녁식사 후에 과일 등을 들면서 함께 이야기를 나누거나 연속극을 보다가 여자와 사랑 놀음을 하며 밤늦게 자리에 드는 것이 하루의 일과로 바뀌었다.

그렇지만 정식으로 결혼식도 하기 전에 여자와 그런 식으로 계속 지내는 것도 문제가 있을 것이었다. 명색이 소위 대학병원 교수이자 과장이 아닌가? 아무래도 남의 이목도 있고 하니, 더 늦기 전에 어떻게든 결혼식을 치르고 나서 동거를 하더라도 해야 한다는 생각이 들었다.

생일날이 며칠 지난 어느 날 밤, 여자와 소파에 나란히 앉아서 텔레비전을 보다가 여자에게 물었다.

"서둘러서 일찍 결혼식을 올리는 게 좋지 않을까? 그러려면 먼저 선영이 집에 가서 부모님들도 한번 만나보아야겠지?"

"언제쯤 가시게요?"

"일찍. 아무 때라도…… 내일 당장이라도 상관없지 않을까?"

"내일요? 집에서는…… 사실 이런 줄을 알면 부모님들이 다소 실망하실 지도 몰라요. 그렇지만 뭐 상관없어요. 난 여기가 좋으니까요."

결혼하겠다고 이미 이벤트회사에 광고까지 냈으면서도, 여자는 턱없는 소리를 했다. 하지만 이제 그만한 이야기는 애교로 받아주어도 될 만한 일이었다.

"어떻든 집에 가서 부모님을 만나봐야 할 텐데?"

"그럼, 제가 내일 집에 가서 귀띔해드리고 오겠어요. 실은…… 부모님들께 아직 자세한 건 말씀을 드리지 못했거든요."

"그럼, 그렇게 하기로 하고……."

여자의 나긋나긋한 젊은 육체를 재촉해서 함께 잠자리에 들었다.

그렇게 하고 나서 생각보다 빨리 일이 진행되었는데, 다음날 곧바로 여자에게서 병원으로 전화가 왔고, 퇴근시간에 맞추어서 병원 앞에서 기다리겠으니 함께 자기 집을 가보자는 것이었다.

여자의 집은 반포 무슨 빌라였는데, 생활수준이 상당히 높은 듯 했고, 걱정했던 것과는 달리 부모들도 그보다 훨씬 나이들이 많았으며, 여자가 말했던 것만큼 그다지 실망하는 눈치도 아니었다.

"장본인이 좋아서 하는 것이라면 우린 군이 반대할 생각은 없어. 제 나이도 이제 삼십인데, 부모 말을 듣겠나? 나이 차이가 좀 있긴 하지만 저렇게 철없이 천방지축으로 날뛰는 선영이에겐 오히려 든든해서 더 좋을 수도 있을 게야."

여자는 4남매 중 막내인데, 엄마가 마흔을 넘겨 출산했다는 것이었으며, 그러다 보니 너무 늦둥이라서 귀여워하기만 할 줄 알았지, 제대로 잘 가르치지 못했다는 설명이었다.

"자네가 이제 알아서 잘 가르치며 데리고 살아야지……. 우린 너무 늙었어."

옳은 말이었다.

쇠뿔도 단김에 빼라고 했다고, 아예 그 자리에서 혼인 날자가 언제가 좋겠는지 물어보았다.

"둘이 벌써부터 결정을 다 했다니까, 무슨 소용 있을까 싶네만…… 그래도 예로부터 내려오는 전통이 있으니까 혼인단자나 써주고 가게. 우리가 궁합도 보고 날짜도 좋다는 날로 택일해 볼 터이니."

비록 당사자들끼리 스스로 알아서 짝을 맞추어 온 것이지만, 그래도 사윗감을 최종 결정하는 자리였음에도 불구하고 부모들은 좋다 나쁘다 하는 말 대신에 그렇게 심드렁하게 말했다.

이야기가 끝나자마자, 노부모를 모시고 근처 일식집으로 가서 저녁을 하면서 여러 가지 이야기를 나누었는데, 부모들은 어떻게 하든지 잘 타일러서 사랑해주며 살라는 이야기가 주된 내용이었고, 50세가 되는 총각 대학병원 교수의사라고 소개되었던 만큼, 재산상황이라던가, 가족사항에 대해서는 별다른 질문이 없었다.

식사가 끝나고 나서 비용을 그가 계산하려 했으나, 부모들은 그런 법은 없다며 자기들이 부담하겠다며 한사코 고집을 피웠다.

"선영이를 찾아온 우리 집 백년지대객인데 집에서 대접을 못해서 미안

허이. 자네가 보다시피 우린 이제 너무 늙어서 해주는 밥이나 얻어먹을 뿐, 이럴 수밖에 없다네. 이해를 하게. 그리고 선영이는 제발 철모르는 아이라고 생각하고 아무쪼록 귀여워해주고 항상 사랑으로 감싸주게나. 우린 그것만 부탁함세. 알겠나?"

"네. 네! 잘 알겠습니다. 너무 걱정하지 마세요."

나이가 서른인데 어찌 철모르는 어린아이일까 마는, 늙은 부모의 눈으로 보면 당연한 말일 것이었다. 새삼 얼마 전 그 역시 자기 부친에게서도 똑같은 말을 들었던 것이 생각나서 쓴웃음이 났다.

그 자리는 추석명절이라서 식구들이 모두 다 모여 있었는데, 늙은 노친네가 50세가 다 되는 그더러 혼자 산다고 밥 거르지 말고, 집안에 사람이 없으니 가스 단속, 문단속 잘하고 다니라는 엉뚱한 훈계와 걱정을 해주었던 것이다.

언제까지 혼자 살 거냐고 닦달하지 않는 것만도 천만다행으로 생각하며, 나이가 50세가 되어도 자식은 자식이라는 생각에서 '네 네' 하고 대답만 했었다.

여자의 집에는 두 노친네 외에는 식구가 없었다.

여자 위의 두 딸과 아들은 모두 미국에서 시민권을 얻어 미국사람이 되어 살고 있고, 부모는 미국이 싫어서 그 동안 막내인 여자와 함께 살고 있었다는 것이나.

그리고 나서 또 며칠 있다가 여자가 자기 집으로 다시 초청해서 가보았더니, 이번에는 지난번과는 달리 자기 집에다 상을 보아두고 있었다.

여자에게 묻지 않더라도 지난번 아파트에서 음식준비를 했을 요리사와의 합동작전일 것이었다.

"내년 4월까지는 날짜가 아무래도 다 좋다는구먼……. 하지만 해를 넘기지 말고 내달 15일쯤 치르는 게 제일 좋다고는 하던네, 그리러면 시간이 너무 촉박한 게 문제겠지. 그거야 뭐, 두 사람이 서로 잘 의논하면 될 일이고……. 그리고 궁합은 말이야……. 나이 차이가 많으면 원래 궁합이라는 게 소용없는 거라고 하더구먼. 그래도 어떻겠느냐고 물었더니, 재물이 좀 덜 모일 궁합이긴 해도 나이 차이가 있어서 괜찮겠데네. 하지만 요새 세상에 그런 게 무슨 소용이 있겠나."

그런 후로는 부쩍 자주 여자가 아파트를 드나들었고, 자연히 밤을 함께 지내는 시간이 많아졌다. 그래서 이왕 이렇게 시작할 거라면 차라리 하루라도 빨리 식을 올리는 게 좋을 일이었다.

얼마 후 집으로 찾아온 여자와 몸을 섞고 나서 침대에 누운 채로 물었다.

"다음 달 15일이면 대략 35일 정도 여유가 있으니까…… 시간적으로 그리 촉박할 것도 없고…… 어때? 그날로 그냥 결정해버릴까?"

"그렇게나 빨리요? 하긴 저도 그렇게 생각하고 있긴 했었는데……. 당신만 좋으시다면…… 그럼 어떻게 해요? 그렇게 해요?"

"그러지, 뭐."

"그럼 미국으로도 빨리 알려주어야겠네."

날자가 결정되자, 모든 것이 다 바빠지기 시작했다.

여자는 뭘 그리 사서 나르는 것인지 퇴근해서 집에 가보면 금시 새로운 살림도구가 생겨나 있었고, 그런 식으로 물어다 나른다면 얼마 지나지 않아서 집안이 온통 살림도구로 가득 차버릴 지도 모를 일이었다. 여자를 얻어 살림살이를 한다는 것이 돈도 돈이지만 보통으로 복잡한 문제가 아니었다.

여자가 벌써부터 물어다 놓은 갓난아기에 관계되는 옷과 몇 가지 물품들을 발견하고는 실소를 금치 못하고 물어보았다.

"이런 게 벌써부터 필요한 거야?"

"그럼요, 친구들이 그러는데 일찍부터 미리 미리 준비해두어야 한대요. 아이를 낳으면 당장 필요해질 물건들인데, 그럼 그때 가서 갑자기 어떻게 해요? 그렇다고 바쁜 당신이 나가서 즉시 사올 수도 없겠고요. 안 그래요?"

여자가 하는 말을 듣고 보니 딴은 틀린 말도 아니었다. 막상 출산하면, 친정 쪽이거나 그 쪽 모두 아이와 산모 수발해줄 사람이 없고, 그렇다고 해서 그가 직접 나서서 해줄 수도 없는 노릇이 분명하기 때문이다. 하지만 그래도 그렇지, 아직 태기도 없는데 너무 일찍부터 서두른다는 생각에서 조금은 그랬다.

"요런 건 어디다 쓰는 건데 이렇게 몇 개씩이나 되는 건가?"

여자가 낡고 구식이라는 핑계를 대며 바로 엊그저께 교체했던 주방시설이었음에도 불구하고, 너무 좁고 칸이 부족해서 아무래도 찬장을 새로 다시 맞추어야 하겠다는 것이라서, 너무 어이가 없어서 주방을 둘러보다가 알 수 없는 용도의 똑같이 생긴 물건이 여럿 있는 것을 보며 물은 말이었다.

"요리사 아줌마가 그러는데, 한 가지 기계로 마늘, 고추를 갈아서 음식을 만들 수는 없대요. 그러면 영 제 맛이 안 나서 못쓰는 법이래요. 또 혹시 국수를 뽑던가. 밀가루 반죽을 한다 하더라도 모두 기계가 따로 따로 있어야 한대요."

요는 그러니까 분쇄 역할을 하는 똑 같은 기계라 할지라도 음식 재료별로 따로 따로 제각각 사다 놓았다는 말인데, 그러다가는 가정 집 주방이 아니라 요리 집 주방이 되어버릴 지도 모를 일이었다.

그렇지만 아직 식도 올리지 않은 새 신부감에게 잔소리를 하는 것도 뭐해서 그냥 얼버무리고 말았다.

"이렇게 준비하다가는 친정집 기둥뿌리 다 빠지겠는걸……. 또 잘못차면 우리 집은 요릿집으로 변할지도 모르겠고."

"그러기 전에 당신 돈을 써야죠. 딸을 30년간이나 키워주고 먹여준 것도 어딘데 기둥뿌리까지 뽑아 와서 되겠어요?"

그러니까 그 동안 주어 날랐던 물건들은 모두 친정집에서 혼숫감으로 해오는 것만은 아니고, 어디까지나 필요한 새 살림 도구이므로 남자 쪽에서도 부담해야 할 것이라는 선언인 셈이었다.

"그건 그렇다 치고, 그러다가 우리 집이 진짜로 요릿집이 되면 어떻게 하지?"

"그만한 실력이 된다면야 얼마나 좋죠. 그렇지 않아도 결혼하면 이제 미술보다 요리를 배워볼까 해요. 우선 당신께 맛있는 음식을 해드릴 수 있으니까 좋을 거고, 집에서 그냥 놀고 지낼 수도 없잖아요."

"기대되는데? 그렇지만 이제 곧 당신 말마따나 아이를 갖게 되고 그러면 집에서 살림하기도 바빠지지 않을까?"

"그래도 사람은 뭔가 늘 배워야 하는 거잖아요? 직업적인 프로가 아니고 자기 취미 생활로 그치는 한이 있더라도 말이에요."

그건 그럴 것이다.

아무리 여자라고 해도 집에서 아이 낳아 기르는 일만 할 수는 없을 일이고, 취미생활로라도 무언가 열심히 배우려고 늘 애쓴다는 것은 좋을 일이었다.

"그럼 이제 결혼하면 미술 학원은 어떻게 할 거야? 그만두는 거야?"

"그럴 참이에요."

"그래도 조금은 아깝지 않을까? 뭐, 내 말은…… 돈을 말하는 건 아니고, 대학 전공을 생각해서라도 요리보다는 미술을 더 열심히 하는 게 좋지 않을까 싶은데?"

"그건 아니에요. 전업 작가로 나서서나 국전에서 입상하려면 대학 때부터 노력했어야 하는 거거든요. 이제는 아이들 지도했던 정도로서만 만족해야 할까 봐요. 학원을 차리기도 그렇고……."

"왜, 학원을 차리려면 어려운 건가?"

"그럼요. 돈이 얼마나 많이 드는 건지 아세요? 그리고 차려놓았다고 뭐가 그냥 쉽게 돌아가나요? 수지타산 맞게 학원 운영하려면 아이들 숫자도 그만큼 유지해야 하는데 쉽지 않은 일이에요. 그리고 그러려면 거기에 하루 종일 매달려 있어야 하는데……. 아이라도 낳을 거래면 그건 절대로 안 될 거잖아요."

"요리는?"

"그거야 지금부터 조금씩 배우러 다니는 거고, 몇 시간씩만 투자하면 되는 건데요, 뭐."

"참, 요런 건 또 어디다 쓰는 거야?"

분쇄기와 찬장 이야기를 하다가 여자와 결혼 후의 진로로 방향이 바뀌었는데, 별스럽게 생긴 까닭에 순간적으로 눈에 들어오는 이상한 기구를 발견하고는 다시 물었다.

"어떤 거요? 이거요?"

"그래. 그거."

"아! 이건요, 가래떡도 뽑을 수 있고, 국수도 뽑을 수 있는 거래서 하나 사 둔 거에요."

"가래떡? 당신 가래떡 좋아해?"

"가래떡을 좋아하느냐고요? 호호호! 무슨 말씀을 하시려는 거죠? 저야 물론 좋아하죠. 그럼 당신은 좋아하지 않으세요?"

"나야 뭐……."

"좋아하든 안 하든 그래도 설날이 되면 어쨌든 필요한 기계가 될 거잖아요?"

"아니 그럼, 설날 하루 쓰겠다고 이걸 샀다는 말이야?"

"하루든 이틀이든 필요한 건 어쨌든 필요한 거잖아요?"

"그렇더라도 단 두 식구뿐인데, 필요할 때마다 조금씩 사다먹으면 되지 않을까?"

"그렇긴 하죠. 하지만 가정을 제대로 꾸미고 살려면 언제까지 그런 식으로 살수는 없지 않겠어요?"

매사에 여자는 그런 식이었다.

결혼 날자가 잡힌 만큼 혼수와 살림을 장만하는 것 말고도, 결혼식장을 예약하고 청첩장도 돌려야 했다.

50이 다 되는 늙은 나이에 하는 결혼식이라서 친구들이나 친지들에게 새삼스럽게 청첩장을 돌리기도 뭐했으나, 여자 입장을 고려해보면 하객도 없이 썰렁하게 치를 수도 없었다.

그래서 조금 고급스럽게 보이면서도 하객의 숫자가 적어도 좋을 호텔에서의 결혼식이 어떨까 하고 여자의 의견을 물었다.

"날짜 때문에 예식장을 빨리 알아보아야겠어. 그런데 일반 예식장보다는 호텔 소연회장이 어떨까? 아담하기도 하고 더 고급스럽기도 할 텐데? 당신 생각은 어때?"

"정말 생각 잘하셨어요. 저도 그런 시장 속 같은 예식장에서 하는 결혼식은 정말 싫거든요. 그럼 당신 생각대로 그렇게 하세요. 어느 호텔에서 하실 건데요?"

"특별히 잘 아는 데는 없어. 어쨌든 날짜에 맞출 수 있는지 빨리 알아보아야겠지. 참! 당신 쪽으로 하객이 얼마나 올까?"

"글쎄요?"

"대략 전체 하객 숫자를 100명 내외로 잡아 볼까? 대략적인 숫자를 알아야 방을 빌릴 수 있을 거잖아?"

"당신 알아서 좋을 대로 하세요."

다음날 의국원 제자를 시켜 호텔을 알아보게 했더니, 호텔 측에서는 그래도 명색이 대학교 교수에다가 대학병원 과장인데 아무려면 하객이 100명만 되겠느냐면서, 최소한 250석 정도 가능한 홀로 하라고 권하더라는 것이었고, 그러자 그의 생각에도 그럴 것이라는 추측이 들었다.

"날짜 때문에 서둘러야 되는데…… 잠시만……."

이야기 도중에 이런 것은 여자에게 물어서 결정해야 할 것이라는 생각이 들어 즉시 연락을 취했더니, 그렇지 않아도 잠실 아파트에 와있다면서, 자기가 직접 그곳을 가보고 세세하게 따져보고 싶다는 것이었다.

"시간이 촉박하잖아? 그럼, 지금 곧바로 병원으로 와. 우리 김 선생하고 함께 가서 알아보면 될 것 같거든."

곁에서 전화내용을 듣고 있던 닥터 김은 전화중인 그를 쳐다보며 볼멘소리를 냈다.

"그러시지 마시고 과장님께서 직접 사모님과 호텔 담당자를 만나보시죠? 제가 사모님과 함께 가봐야……."

딴은 그랬다. 다른 일이라면 몰라도, 이런 일은 아랫사람 누구를 대신 시킬 수도 사실 없을 일이었다.

"그렇지? 그게 낫겠지? 알았어. 그럼, 잠시만……. 아, 지금 곧바로 P호텔로 올 테야? 나도 그리로 금방 갈게."

늙은 결혼식이고 젊은 결혼식이고 간에, 할 일이 많은 것은 똑 같았다. 호텔 프런트에서 여자를 만나 호텔 예약부로 갔는데, 그 동안 남들이 결혼식을 한다면 그냥 하는가보다 했었지만, 담당직원이 조목조목 알려주는 결혼식 절차를 듣고 있노라니까, 복잡다단하기가 이루 말할 수 없었다.

식장 선택에서부터, 주례 선정, 만찬 음식, 예식 시간, 사진, 비디오, 꽃,

부케, 폐백, 신부화장, 드레스, 사회자…… 신혼여행지, 체류일자. 조건 등등…….

그런 수도 없이 많은 여러 가지 항목들을 일일이 따져보며 세세하게 선택하고 예약해야 할 것이라서, 결국 그 호텔의 200석 규모 연회실을 빌리는 것으로, 그리고 나머지 일들은 여자가 결정하기로 하고, 간신히 날자와 시간만 가계약해둔 채, 바쁜 그는 골머리를 흔들며 먼저 일어서 버렸다.

그러나 여자는 그날 오후 내내 거기에 붙어 앉아서 모든 내용들을 세세히 알아보았던 모양으로 저녁에 아파트로 다시 찾아와서 말했다.

"조금 비싸기는 하지만 호텔이라서 고급스럽기도 하고, 무엇보다 청첩장에서부터 신혼여행에 이르기까지 한 곳에서 원스톱으로 다 처리되는 거니까 얼마나 편리하고 좋아요? 안 그러면 당신 병원 출근도 못 하고서 사방팔방으로 쫓아다녀야 하겠지만 말예요. 안 그래요?"

딴은 그럴 것이다.

여자는 옵션 사항을 모조리 메모해 달래서 가져온 모양으로, 그에게 A4용지 5장에 가득 적힌 내용을 보여주었는데, 그걸 살펴보려는 순간부터 갑자기 생머리가 아파오기 시작했다.

"내가 뭘 알겠어? 당신이 알아서 다 결정해요."

"그래요? 그럼, 그러죠, 뭐…… 그렇지만 주례는요? 당신 체면도 있으니까, 주례까지 상업적인 사람에게 맡길 수는 없잖아요?"

"주례?"

주례를 설 나이에 주례 서줄 사람을 찾아다닐 일이 사실 보통으로 난감한 게 아니었지만, 그렇다고 주례도 없이 식을 치를 수는 없는 일이었다.

"그래. 그것만 내가 결정할게. 나머지는 다 당신이 적당히 알아서 처리해."

다음날 병원장실로 가서 주례문제를 꺼냈다.

병원장이라고 해보아야 거의 동기에 가까운 2년 선배일 따름이었는데, 그는 용건을 듣고 나서 폭소를 터트리며 말했다.

"주례? 핫핫핫! 이제 주례 없이도 결혼식 치를만한 나이가 되지 않았나? 핫핫핫! 나도 늙은 마누라 죽고 젊은 마누라 끼고 살 팔자가 되었으면 여한이 없겠네. 자넨 진짜 행운아일세. 핫핫핫!"

병원장은 그래도 당사자가 명색이 정교수인데, 어떻게 자기가 주례를 서겠느냐면서 대학 총장에게 부탁해주겠다는 것이었고, 젊은 아내를 끼고 살 팔자가 부러워서 죽겠다는 시샘 이야기였다.

호텔에 가서 세세한 걸 또 알아보고는 의논 겸해서 밤에 다시 온 여자에게 주례이야기와 병원장 이야기를 해주었다.

"그럼, 젊은 여자랑 사는 게 그게 어디 그리 쉬운 일인 줄 아셨어요? 그렇지만 그 병원장님 농담 너무 심하다. 그죠? 새파랗게 살아있을 부인을 두고서 어떻게 그런 말을 할 수 있겠어요. 참! 이걸 좀 보세요. 신혼여행까지 명세를 완전 다 뽑아 왔어요."

여자가 뽑아온 명세서를 살펴보니 150명분의 음식과 신부 화장에서부터 식장 사용료, 사진, 비디오……. 5박 6일간의 하와이 여행까지 모두 합해서 1200만원이 조금 넘었다.

호텔식이라서 당연히 비쌀 것으로 예상은 했지만, 생각보다 너무 과다했다. 하지만 여자의 말은 그게 아니었다.

"그래도요, 주말치고는 호텔 급수를 따져본다면 무척 싼 거래요."

"그래?"

"그럼은요. 제 친구도 작년에 그런 식으로 훨씬 급수가 낮은 H 호텔에서 했거든요. 그래서 물어보았더니 거의 1500만 원 이상 들었대요."

"1500만원?"

"네에- 그렇다니까요. 그러니까 우리가 얼마나 싼 거예요?"

예정대로 결혼식은 12월 15일 P호텔에서 총장의 주례로 치르게 되었다.

하객이 많을 줄로 예상했던 처가 쪽에서는 미국에서 날아온 형제자매와 얼마 안 되는 친척들, 그리고 아내 친구 몇 사람들이 고작이었으나, 그 쪽에서는 병원식구들을 포함하여 학생 대표, 대학 사람들, 그리고 부끄러워서 알리지도 않았는데 어떻게 그렇게 잘도 알고 찾아온 것인지, 제약업계 관계자들, 학회 임원들, 친구들, 심지어는 단골 환자들까지 많이 찾아와주었으므로 일찌감치 150석을 훨씬 초과해버렸다. 해서 궁여지책으로 식이 시작되기 직전, 간신히 방을 더 확장해서, 계약의 두 배인 300석으로 늘렸다.

그렇게 하고도, 더 늦게 온 축하객들도 많은데, 더 이상 수용할 수 없었던 나머지, 추가 비용이 만만찮았지만, 부득이 결혼식장이 아닌 호텔 내 다른 양식당을 이용하도록 식권 발부를 해줄 수밖에 없었다.

식이 끝난 후에야 비로소 두 처형 내외와 오빠 부부를 상면했다. 미국 LA 시내에서 이민 생활에 길들여져 그렁저렁 잘 지낸다는 것이었고, 그들 역시 부모가 하던 말과 똑같은 내용의 당부만 했다.

"어떻게든 우리 선영이 행복하게 해주시고 잘 살아주면 고맙겠어요."

"그래요. 엄마 아빠가 계시지만 연로하시잖아요? 나이 어린 신부라서 나이 든 사람의 눈으로 보면 혹 철없는 짓으로 보일지도 몰라요. 예쁘게 보아주시고 어떻게든 행복하게 사셔야 해요."

30대 중반과 40대 초반으로 보이는 두 언니들의 한결같은 부탁이었고, 오빠 역시 오빠대로 똑 같은 이야기였다.

학회 일로 미국 갈 기회가 많으므로 만약 미국 서부 쪽으로 가게 되면 LA를 들릴 수도 있을 것이라고 하니까, 모두들 그럼 그때마다 선영이랑 함께 오면 얼마나 좋겠느냐는 것이었고, 하여간 이번에 막내까지 다시집가버리고 나면 늙은 부모가 쓸쓸해서 큰일이라는 걱정만 늘어놓고 있었다.

"그럼 우리도 심심한데, 함께 사실까요?"

그래서 아들은 아니라도 국내에 있는 유일한 자식인 자기들이 모실 수밖에 없겠다는 생각에서 한자리에 있던 노부모에게 그렇게 물었다.

"아냐, 서로 따로 사는 게 편해. 가끔씩 와주면 고마운 거고……. 할망구하고 둘이 지내는 게 아직은 더 좋을 것 같구먼."

그러나 웬일인지 장인은 그런 그의 제의를 일언지하에 거절해버렸다.

처가와 본가를 잠시 들렀다가 다음 날에는 예정대로 5박 6일 일정의 하와이 신혼여행을 떠났다.

신랑도 신랑 나름이지, 워낙 부모 뻘로 나이든 신랑이라서, 젊은 사람들만 가득 찬 출국 비행기 기내에서부터 주눅이 들기 시작하더니만, 즐겁고 행복해야할 신혼여행 기간 내내 다른 쌍들의 가십 감만 되는 것 같아 마음이 불편한데다가, 아무래도 음악이나 춤이나 무드나 모든 면에서 젊은 신세대와 융화한다는 것은 한마디로 불가능 그 자체였다.

차라리 이럴 바에야 중년부부들이 가는 크루즈 여행을 선택할 것인데 잘못했다는 생각에서 원스톱으로 신혼여행까지 계약했던 것이 이루 다 말할 수 없을 만큼 후회스러웠다.

하지만 이미 때는 늦었고, 어떻게든지 아내를 위해서라도 모든 것을 다 희생하고 즐거운 기분으로 보이도록 애를 썼다.

그러나 다행히 아내도 다소 늦은 만혼이라서 그런지, 아주 젊은 20대의 신세대 부부들과는 달리 요새 유행하는 노래라거나, 춤, 단체 놀이 등에 어울리려하기보다는 쇼핑에 더 관심이 많았는데, 어떻게 보면 그것이 오히려 더 잘된 일인지도 몰랐다.

아내의 눈길이 머무는 곳은 주로 값비싼 장신구용의 보석류라거나, 세계적인 유명 메이커의 패션 액세서리 제품들이었다.

"정말이지, 너무 싸네요. 국내 백화점에서 사려면 3배 이상 비쌀 텐데."

"하지만 세관에서 관세를 물면 비슷하지 않을까?"

아내는 어떻게든 사고 싶은 나머지, 몹시 싸다는 점에만 흘려있었지만, 소위 교수라는 그의 입장으로서는 돈도 돈이지만, 졸부들처럼 통 크고 편안한 마음으로 사치와 허영을 따라갈 수도 없는 문제였다.

그러나 그럴 때마다 아내는 응원이라도 얻으려는 듯이 점원에게 다시 물었다.

"이 정도는 웬만한 사람이면 다 끼고 다니는 거니까 손가락에 끼고서 살짝 세관을 빠져나가도 될 것 같은데…… 어때요? 그렇지 않나요?"

그러면 점원들은 그와 아내의 표정을 번갈아서 살피며 하나같이 대답했다.

"그럼요. 아주 운이 없으면 몰라도…… 그 정도는 괜찮을 거예요."

"어때요? 사주실 거죠?"

"글쎄…… 요 다음에 사면 안 될까? 학회 일로 해외 출장이 많으니까 말이야……. 그때마다 함께 가면 이런 데 들르기 쉽잖아? 또 솔직히 말해서 이번에 가져온 돈도 얼마 안 되고……."

아내는 그럴 때마다 몹시 아쉬워했지만, 그렇다고 해서 재벌도 아닌 이상, 아무리 고소득근로소득자라 할지라도 원하는 것을 모두 다 사줄 수는 없었다. 더욱이 아내가 갖고 싶어 하는 것은 모조리 다 턱없이 비싸고 실용성과는 아주 거리가 먼 것들뿐이었다.

그러나 사실 그런 것은 아무 것도 아니었다. 신혼여행에서 진짜 황당하게 사람을 괴롭히는 것은 뭐니 뭐니 해도 잠자리 일이었다.

결혼 전에 아파트에서는 그런 대로 남자 구실을 했었으나, 이상하게도 신혼여행지에 와서는 밤이 두려울 정도로 바뀌어버렸다. 나이가 들긴 했지만 그렇다고 해서 아주 노인도 아니고 이제 겨우 49세의 팔팔한 때라는 생각에서, 어떻게든 해보려고 하면 할수록, 옛날의 금잔디 동산이 되어버리는 데에는 진짜 미칠 지경이었고, 초조하기 이루 말할 수 없었다.

신혼여행지에서 그걸 빼면 할 게 뭐가 또 있을 것인가?

낮에는 낮대로 아내의 쇼핑에 신경을 썼던 데다가, 밤에는 또 밤대로 되지도 않을 노력을 해보느라고 애를 태웠는데, 그러다 보니 신혼여행 5박 6일이 5년 6개월만큼이나 길게 느껴졌다.

첫날에는 피곤해서 그러겠지 하고 마음을 달랬고, 둘째 날에는 피곤하고 신경을 써서 그러겠지 하고 마음을 달랬으나, 웬걸, 신혼여행 5박 동안 단 한 번도 일을 치르지 못하게 되자, 지옥이 따로 없는 거였다.

그러나 아내는 이상하게도 그 부분에서만큼은 별 욕심이 없는지, 전혀 내색도 하지 않았고, 걱정도 없어보였다.

그렇지만 아무리 아내가 그렇게 보일지라도 미안하고, 견딜 수 없이 마음이 무거웠다. 어쨌거나 남자의 기능에 대해서 의심하지 않도록 해줄 필요는 있었다.

"이상하게 병원에서 힘들게 일할 때보다 더 피곤해. 아무래도 귀국하면 검사를 좀 받아봐야 할까봐. 결혼식 피로가 아직 가시지 않은 것인지 너무 피곤해. 그리고 그게 영 잘 안되네."

아내 역시 그가 짓는 미소와 똑같이 적당하고 애매하게 미소를 지어보였다. 하지만 그런 아내의 미소는 의심 반, 걱정 반이라는 모호한 느낌으로 받아들여지는 것이라서, 차라리 반응을 확실하게 해주었으면 덜 괴로울 것만 같았다.

여하튼 5박 6일의 지옥 같은 신혼여행에서 귀국하는 날이 되었다.

귀국하는 짐을 꾸리려다 보니 샀네, 안 샀네 했어도 아내가 그 짧은 5박6일 동안 물어다놓은 것이 상당했으므로 출국시의 여행 가방과 현지에서 새로 구입한 새 가방들까지 모조리 동원하여 꾹꾹 눌러 담아도 다 못 담고 넘칠 지경이었다.

하지만 정작 제일 중요한 잠자리 일만큼은 결국 신혼기간 내내 단 한 번도 치루지 못했던 것이라서 아쉽고 부끄럽기 이루 말할 수 없었다.

서울로 돌아오자마자 창피를 무릅쓰고 동기인 비뇨기과 과장을 찾아가서 하소연을 했다. 그러나 그 친구는 남의 걱정은 아랑곳도 하지 않고 낄낄거리며 웃기만 하다가, 어깨를 두드려주며 말했다.

"걱정하지 마! 마누라는 젊지, 오랫동안 홀아비 생활만 했지, 그게 오히려 당연한 거지, 뭘 그래? 자네가 무슨 변강쇠 사촌도 아닐 거고 말이야. 우선 주사약을 좀 줄게, 그걸 써 봐. 그래도 안 되면 뭐, 다른 방법을 써야지. 요새는 좋은 방법들이 많아. 걱정하지 마. 그리고 자네가 좀 특별해서 그렇지, 솔직히 우리 나이에는 그게 당연한 거야. 젊은 아내 얻은 턱이나 잘 내도록 해. 알겠지?"

의사생활을 4반세기 동안이나 했으나, 그 역시도 본인에게 문제가 생기고 보니 하릴없는 환자였다. 의사의 안심시켜주는 따뜻한 말 한 마디가 얼마나 환자의 정신과 육체를 잘 치료해주는 것인지 새삼스럽게 깨달아졌다.

돌아온 날은 처가와 친가로 고맙다는 치사를 겸하여 안부전화만 했었고, 저녁에는 다시 결혼식을 치렀던 P호텔로 가서 불란서 식으로 우아한 저녁식사를 했다.

집으로 돌아와서는 샤워 후에 시간을 맞추어서 비뇨기과 과장 처방대로 했더니, 만족할 만한 수준은 아니었으나, 천만다행으로 그런 대로 일을 치를 수는 있었다.

"피곤해서 그랬던가 봐?"

이번에도 아내는 애매한 표정으로 미소만 지어 보였다. 하지만 비뇨기과 과장의 장담도 있었고 그의 첫 처방 약효가 확실했던 만큼, 그리 눈치 볼 정도는 아니었다.

그 후로는 그 일로서 더 이상 걱정하지 않고 지냈는데, 그건 처방받은 주사를 사용하지 않고도 대체로 일이 가능해졌기 때문이다. 그래서 하와이 신혼여행 이후로는 말 그대로 한동안 진짜 신혼이었다. 지구력과 순발력이 다소 부족하다는 생각 정도였지, 자기 스스로도 체력적이든, 정신적이든 모든 면에서 아내와 똑같은 30대라고 착각할 만큼 젊게 살 수 있었다. 시간이 나는 껏 외식도 했고, 아내가 좋아하는 백화점 쇼핑도 줄기차게 함께 다녔다.

그랬다.

그래서 아내의 끝도 없는 물건 사 나르기만 없었다면 아무 문제도 없을 일이었다.

사실 신혼여행을 다녀온 후로는 아내도 조금씩 변해가는 듯싶었다. 물건 값이 다소 비싸다 싶으면 스스로 무척 자제하는 듯이 보였고, 또 이상한 일이지만 한 동안은 쇼핑에 그리 신경을 쓰지 않는 듯싶기도 했기 때문이다.

그런데 봉급 500만원을 아내에게 고스란히 갖다 바친 것이 바로 열흘 전인데, 무슨 돈 700만원이 또 필요했단 말일까?

택시에서 내리자마자 아파트 마당부터 살펴보았으나, 역시 예상했던 대로 차가 없었다.

물어보아야 그게 그것일 터수라서, 경비 영감님을 만나고서도 아내에 대해 더 이상 물어보지도 않고, 대신에 최근 결혼한 후로는 아내에게 맡기고 전혀 살펴보지도 않았던 집 우편함부터 살펴보았다. 다른 집 우편함과 달리 편지가 한 보따리 가득 들어있는 것이 한 눈에 들어왔다.

우편물은 거의가 다 아내에게 온 것들이었다. 신혼이라서 축하한다는 엽서도 있었지만, 무슨 무슨 연구회, 모임 등에서 보내는 안내장도 있었고, 은행이나 신용카드회사, 무슨 무슨 백화점 등에서 보내는 두툼한 봉함편지도 있었는데, 아마도 그런 것은 모조리 다 요금청구서일 것이었다.

요금청구서로 보이는 편지까지 한 보따리 안고 보니, 걱정스럽고 심란했던 마음이 더욱 걱정스럽고 심란해졌다. 하지만 그렇다고 이제 와서 어쩌겠는가? 한숨을 내쉬면서 아무도 없을 집으로 올라가기 위해 엘리베이터를 탔다.

역시 집안에는 아무도 없었다.

아내에게 대여섯 번 이상 계속해서 연락을 시도해보다가는, 제풀에 지친 나머지, 백화점과 은행, 신용카드 회사 등에서 온 요금 청구서로 보이는 편지들을 개봉해보기 시작했다.

모든 것이 다 예상했던 그대로였다. 하나같이 최근 몇 달간 구매했던 물품들의 내역과 사용금액들이 찍혀있었고, 아내가 결혼 전부터 주워날랐던 온갖 살림도구의 비용까지도 고스란히 그대로 다 들어있었다.

일시불도 있었지만, 어떤 것은 3개월 할부, 어떤 것은 6개월, 9개월, 12개월 할부……. 물품의 종류가 많다보니 지불방법도 벼라 별 방법이 다 동원되어있었다. 그리고 더욱 기가 막힐 일은 구입한 물품들이 많다보니 어느 봉투에서고 청구서가 한 장만 들어있는 경우는 하나도 없고 모조리 다 2장 아니면 3장씩이라는 점이었다.

그렇다면 이제는 모든 것이 다 이해될 만한 일이었다. 최근 들어 갑자기 이렇게 많은 물품들을 구입했는데, 무슨 수로 은행에서 입금 재촉이 오지 않을 턱이 있겠는가?

젊은 아내의 병적인 구매욕은 생각하면 생각할수록 한숨만 나왔다.

결혼 전 장인이 하던 부탁 말이나, 결혼식 날 미국에서 날아온 처형들이 하나같이 하던 부탁 말이 단순한 예의상의 말이라거나 늙은 부모의 노파심만은 절대로 아니었다는 것을 확실하게 깨닫고는, 머리만 절레절레 흔들다가, 심란한 마음을 어쩌지 못하고서 땀과 한숨으로 후줄근히 젖은 몸을 씻을 요량으로 욕실부터 찾아 들어갔다.

어쩔 수 없는 일이라면 받아드릴 수밖에 다른 도리가 없을 일이었다. 다만 다시 한 번 노력은 해보아야 할 것이었다. 그저 오늘 밤부터서는 젊은 아내가 알아들을 수 있게 현 상황을 객관적으로 잘 설명해주고 가능한 한 구매를 줄이라고 하던지, 아니면 현금만 사용하게 해서 주어진 한도까지만 지출하게 하던지, 그도 아니라면 더 늦기 전에 그냥 예전으로 다시 돌아가 버리던지……

샤워 도중이었는데, 아내가 돌아온 모양으로 문소리가 났다.

"여보오! 일찍 오셨네요오. 당신보다 먼저 도착하려고 기를 쓰고 왔는데 길이 엄청 막히드라고요."

심란한 얼굴로 샤워 실을 나와 생전 처음 보는 사람이기나 하듯 아내의 얼굴을 유심히 뜯어보며 관찰해보기 시작했다.

그러나 젊은 아내는 그의 심란한 마음은 아예 읽으려고도 하지 않고 여자들이 통상 사용하는 방호막 같은 야릇한 표정을 지으면서 인쇄도 선명한 L백화점의 쇼핑백을 건네주며 말했다.

"왜, 왜 그러시는 거예요? 내, 참…… 당신 봄 코트 한 벌 사왔어요. 한번 입어보세요."

아내는 신용카드 청구서에 첨가될 또 하나의 물품을 물어온 것이다.

"자! 지금 한번 입어보세요. 디자인도 좋지만 색깔이 너무 멋지더라고요."

아내와 눈길을 마주친 순간, 갑자기 아내가 가여워지기 시작했다.

그까짓 신용 카드 청구서 금액이 얼마나 된다고 아내만 힐책해서 되겠는가? 그 금액 다 보태봐야 돈 많은 집 하루 생활비노 채 안될시 몰랐다. 정해진 액수의 자기 한 달 봉급만 생각해서 그렇지, 결혼 초기에 새 살림 시작하려면 솔직히 살림살이 장만할 게 어디 한두 가지일 것인가?

그리고 늙바리 남편 젊게 보이려고 이렇듯 온갖 정성을 다 쏟고 있는데, 생각해보면 이 얼마나 눈물겹게 고마운 일이겠는가?

그렇게 생각하고 보자, 그 자신의 생각에 문제가 있었던 것이지, 실제로 아내에게 무슨 문제가 있는 것은 아니라는 판단이 들었고, 오히려 아내는 재벌 집 며느리 감이었어야 했는데, 그렇게 하지 못하고 그에게 시집온 것이 문제일 뿐이었다.

심란하고 불쾌한 생각들을 순식간에 지우며 아내가 사왔다는 코트를 걸쳐 입어보았다.

"정말, 어쩜 이렇게 잘 어울릴까? 당신은 체격이 조금 뚱뚱하신 편이긴 해도 옷을 입으면 완전 괜찮아 보이는 거 있죠? 여보! 나, 참, 임신했대요. 아무래도 이상해서 반포 갔던 길에 집 앞 산부인과에 들렀거든요. 임신 2개월째인데 모든 게 다 좋대요. 당신도 기쁘죠?"

임신? 기쁘냐고? 그럼, 그거야 그렇지. 기쁘고말고.

생각을 바꾸고 아내가 새로 물어온 옷을 입어보는 순간. 그리고 나이 50에 아내의 임신 소식을 들었던 순간, 지금껏 신경 쓰고 걱정했던 일들은 마치도 한 순간의 안개처럼 스러져버렸고, 이상하기도 하고 야릇하기도 하고, 어쩐지 뭔지 모를 희망적인 생각들이 용솟음치듯 다시 살아나기 시작했다.

그의 갑작스레 달라진 표정을 조심스럽게 살피던 아내 역시, 얼굴을 활짝 펴고 만면에 웃음을 지으며 말했다.

"그래서 기념으로 당신과 내 봄옷 한 벌씩 샀던 거예요."

"기념으로 봄옷 한 벌씩?"

아내는 손을 씻으려는지 욕실로 들어가며 상기된 목소리로 대답했다.

"네에. 세상에! 50프로 세일을 하더라고요오. 요샌 장사들이 잘 안 되는지 50프로면 완전 반값 아녜요? 세상에! 반값 세일을 하는 거예요. 원래 거긴 10년 가도 세일 한 번 하는 법이 없는 회산데…… 50프로 세일이면 얼마나 싼 거예요, 그래애?"

그래, 싸다. 싸. 제길헐! 지독히도 싸다. 제발 이제부터서는 입덧이나 좀 심하게 해라. 심하면 심할수록 더 좋을 일이니까…….

그래서 제발 덕분에 싸돌아다니지도 못하고 백화점 출입도 안했으면 얼마나 좋겠냐?

하여간 임신을 했다니, 이제는 입덧도 있겠고 배도 부를 터이니 물건 사러 다닐 횟수도 그만큼 줄어들 것이고, 아이를 낳아 기르다보면 아이 생각에 외출이나 낭비도 저절로 줄어들 것이다.

정말이지 늘그막에 자식을 본다는 것도 좋을 일이지만, 아내가 철이 들고 수입과 지출을 잘 관리한다면 그보다 더 바람직한 일이 어디 있겠는가?

정말이지 너무나 잘 된 일이었다.

그리고 그런 모든 걸 다 떠나서라도, 사람이 자기 자식을 갖게 된다는 게 얼마나 자연스럽고 좋은 일일 것인가?